图书在版编目（CIP）数据

群岛 /（德）英格尔-玛丽亚·马尔克著；徐胤，来炯译 . -- 北京：中国大百科全书出版社，2022.3
ISBN 978-7-5202-1073-7

Ⅰ.①群… Ⅱ.①英…②徐…③来… Ⅲ.长篇小说—德国—现代 Ⅳ.① I516.45

中国版本图书馆 CIP 数据核字（2022）第 029256 号

Original Title: ARCHIPEL
Author: Inger-Maria Mahlke
Copyright © 2018 by Rowohlt Verlag GmbH, Rernbek bei Hamburg
Chinese language edition arranged through HERCULES Business & Culture GmbH, Germany.

著作权合同登记号 图字：01-2022-0227

群 岛

[德] 英格尔-玛丽亚·马尔克 著　　徐胤　来炯 译

策 划 人	李默耘
选题统筹	程　园
责任编辑	王云霞
责任印制	吴永星
出版发行	中国大百科全书出版社
地　　址	北京市西城区阜成门北大街 17 号
邮　　编	100037
网　　址	http://www.ecph.com.cn
电　　话	010-88390739
印　　刷	文畅阁印刷有限公司
开　　本	658 毫米 ×910 毫米　1/32
字　　数	281 千字
印　　张	11.625
版　　次	2022 年 3 月第 1 版
印　　次	2022 年 4 月第 1 次印刷
书　　号	ISBN 978-7-5202-1073-7
定　　价	68.00 元

版权所有　翻印必究

群 岛

〔德〕英格尔—玛丽亚·马尔克 著

徐胤 来炯 译

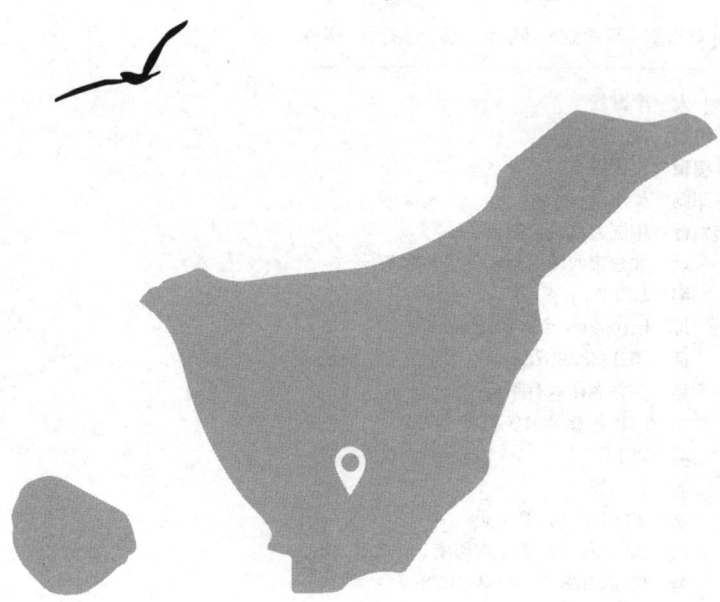

中国大百科全书出版社

目 录

2015 年　圣波隆顿 …… 1

2015 年　拉拉古纳救济院 …… 48

2015 年　自行车 …… 97

2007 年　吃玉米面糊过日子 …… 116

2000 年　金鱼 …… 136

1993 年　毁灭和苦难 …… 143

1981 年　嘉年华 …… 172

1975 年　把我的灵魂托付给你 …… 197

1970 年　贝纳维斯塔 …… 204

1963 年　海浪之中 …… 223

1957～1958 年　鬼针草 …… 235

1950 年　鲜花 …… 251

1944 年　劳教所 …… 264

1936 年　蓝色时期 …… 290

1935年　超现实主义者的集会 …… 323

1929年　一九二九年 …… 345

1919年　小海 …… 354

2015 年
圣波隆顿

美术中心

2015 年 7 月 9 日，14 点刚过两三分钟。加那利群岛前省会拉拉古纳，29.1 摄氏度。气温预计于 17 点 27 分达到当日最高的 31.3 摄氏度。天气晴朗，万里无云。淡蓝色的天空，依稀有些泛白。

去看展览是安娜的主意。费利佩勉强同意，因为他想清净一会儿。罗莎勉强同意，因为她也想静静地待着。这样的日子已经持续两周了：安娜一边坐在吧台旁吃早饭，一边拆开那摞被归入"次要"行列的信件。其他两个人正巧都在厨房：罗莎的咖啡里没有加够甜炼乳；费利佩去厨房里找剪刀，却不肯说干什么用。

安娜拿起一个信封，大声读道："圣克鲁斯超现实主义者集会 80 周年纪念展。"罗莎盯着打开的炼乳瓶，黏稠的白色液体在它的边缘缓缓积聚，却始终没有滴下。

费利佩使劲关上抽屉，震得里头的餐具发出丁零当啷的响声，直至重新恢复安静。他朝安娜看了一眼，似乎是在观察她有没有生气。安娜叉起一块木瓜放进嘴里,从信封里抽出卡片,再次念道:"圣克鲁斯超现实主义集会80周年纪念展……我们去看看吧!"她说。

费利佩默不作声地拉开下一个抽屉;罗莎使劲晃动炼乳瓶,希望能再挤出些炼乳,好回自己房间。她已经把《幸存者》追到了第十季第五集或第六集。主持人杰夫·普罗布斯特刚刚叫来救援直升机。在一场比赛谁先将对方从跳板上推入水中的游戏中,一位参与者伤到了肩膀。

安娜继续读道:"1935年,著名超现实主义者安德烈·布列东……"她不确定自己的拼读是否正确,便朝罗莎看了一眼。"艺术是费利佩的专长,而我是学行政管理的。"安娜每次就艺术问题高谈阔论之前,都会先这么说上一句。每次安娜说她觉得什么东西好看,费利佩和罗莎父女俩都会相互偷偷交换眼神。但如果他们以为安娜注意不到这些,那就大错特错了。

罗莎用勺子搅拌着咖啡,看着勺尖的那座白色小山迅速融化,又特地多搅了几下。她抿了一口咖啡,盼着母亲别再叨叨。如果现在出去,就必须参与讨论。至少也要等到安娜不再边念边朝她这里张望再说。

"……参加了特内里费岛圣克鲁斯美术中心举办的超现实主义者集会。为了纪念这一历史事件……"

罗莎撞了费利佩一下。后者正跪在水槽旁的瓷砖上,身旁就是厨房的垃圾桶。

"得了!那儿怎么会有剪刀?"安娜停下来说。费利佩讨厌这种语气,但他还是把垃圾桶放回了原位。他确信家里有一把剪鸡肉的剪刀。但欧拉利娅今天休息。在靠近他书房的走廊上,有根电线松动了。由于铆钉从墙上脱落,一大捆连着保险盒的电线垂落到空中。费利佩从一个工具箱里找出一段胶皮电线。他想把它剪成合适的长度,至少先把线缆给捆起来。

"够了,我去给电工打电话。"如果安娜发现了他的意图,一定会这么说,并和他持续数小时争论不休。费利佩站起身,靠在水槽上,装出一副在认真听的样子。

"……一些美术学院学生和青年艺术家对超现实主义的经典人物做出了全新的阐释。"安娜又朝已经走到门边的罗莎看了一眼。

罗莎停下来,点点头。她别无选择。

"要不我们一起去?罗莎已经回来六个月了,我们还没有一起出去……"安娜停下来思索正确的用词,"……做点什么。"她最后说。

费利佩和罗莎表示完全同意,便忙不迭地离开了厨房。

看门人胡里奥·博特

胡里奥·博特先打开电视,再打开电扇,继而把拐杖靠在覆盖整面门房背墙的置物架上。他移动座椅,以便无须扭头就能观赏环法自行车比赛,又不至于被电风扇吹僵脖子,随后把帽子搭上椅背,又透过监视器瞄了一眼外头,看是否又有叉着手、看着表、焦急地等待进门的访客,这才在椅子上落座。此时正是午休时间,开门时间就写在门铃旁的名牌上。

现在是平地赛段,领骑队伍大概还有两分半钟的优势。领头的是两个法国人和一个荷兰人,排在第四的也不是西班牙人。大部队越追越近,离终点还有47千米;他们会赶上来的,早晚将会上演一场集体冲刺。胡里奥·博特把电视调至静音状态。明天终于要进入山地赛段了。当然，他更爱看的其实还是环西班牙自行车赛。

外头站着两个女人，一位是迟到的下午班厨房帮工，另一位是一名房客。胡里奥·博特按下开门按钮。晚上将有一名新客入住。胡里奥·博特坚信收男客是一个错误。明天一早，他的判断便会应验。救济院里已经没有女客的空位了。其实女人寿命更长，也更少惹是生非。

早上，玛丽·卡门修女打开会客室的大门，一个女义工把一盆过时的鹤望兰搬出室外。在温暖、阴暗的环境中，放在窄茶几上的鹤望兰已经枯萎了。瓶子里的水十分浑浊，贴在瓶壁上的荆条已经有些黏滑。走廊上弥漫的气味，随着大门的开合渗进门房。胡里奥·博特听见来人在身后说了句"谢谢"，却没有转过身去。三位领骑者的优势还有2分7秒，离终点还有39千米。

他身边的桌上放着白色的通话机，大约40厘米见方。左侧是话筒，上方有两个按键，但他只使用其中一个。这个应答键，已经被他的手指磨出了棕印。他按下录音回放键，没有新信息。下方是五排长条状的发光二极管按钮，每个按钮旁的透明塑料板下都有一小块硬纸片。纸片上面大多没有字，有字的那些，也多半对不上号。

看门人胡里奥·博特是这儿的联络枢纽，是通往外部世界的闸门。离开了他，外头的人进不来救济院，里头的人也出不去。那些没有拨分机号或是没有应答的来电，也都会被转到他这里。

领先优势还有1分40秒、39秒，荷兰人试图冲出领骑队伍，但其他骑手很快便牢牢追上。

电话旁是用来播送通知的麦克风。看门人胡里奥·博特每次发通知，都会重复两遍。"西普里安娜修女，请到女宾餐厅。西普里安娜修女,请到女宾餐厅。"他说得缓慢而又清晰。久而久之,访客们自然会拿这个开玩笑。"搞得跟机场似的。"他听见他们在经过时说。他今年95岁,但耳朵依然灵敏,只是膝盖有些不好使了。当然,这又是另一回事了。

胡里奥·博特望着屏幕右侧逐渐变小的数字,1分20秒,离终点还有32千米。走廊里传来餐车推进电视厅的声音。监视器里没有人影。夏天,这里很清静。

他从12月中旬开始忙,经过圣诞节和新年前夜,一直持续到1月的三圣节。这段时间里,门口的台阶每晚都会有乐队光临。他们取出乐器,把乐器盒放在门房,好心地为住客演奏上两三曲。下午,带孩子的家庭前来参观理疗室旁的耶稣诞生塑像。快递员送来本地商店的捐赠品;旺季到时,商家需要腾出库房。从前,胡里奥·博特也是这么干的。在女宾区的发廊因为经济危机关门之前,里面的部分卷发棒就是他的马雷罗电器行捐助的。

面包房送来饼干,农业合作社送来成袋的土豆、洋葱、甜玉米粉以及成箱的西红柿、牛油果和木瓜。慈善机构送来一袋袋未经分类的捐赠品,本地企业送来产品试用装、一百瓶沐浴液、两千袋果仁糖和三大箱粉红色的毛绒独角兽玩偶。这一切都得从他看守的大门进入,再堆到斜坡和台阶上,直到厨房派人或是某位修女带着几个志愿者把东西搬进去。到了三圣节,前来探视的访客比往常更多。他们怀着内疚的心情,将对童年的回忆揣进大包小包。这时候,新报名的义工也不计其数;新年前夜辞旧迎新,正是找点有意思的事情做的好时候。

胡里奥·博特注意到安娜已经有一周没来了。前天,门口有个女孩很像罗莎,但他也不敢肯定。他只是从监视器里瞥到一眼,而那里的画面是扭曲的。

"来点咖啡？"护工卡门修女在门边问。看门人胡里奥·博特点点头。她用亮棕色的液体将一个亮红色的塑料杯斟到半满，放在他的桌子上，又在一旁摆上两小包糖。

"谁会赢？"卡门指了指电视屏幕。镜头切到领骑队伍，他们的优势还有 42 秒。

"反正不是这几个。"胡里奥·博特说。她笑了。

门铃响了。他瞥了一眼监视器，按下开门按钮。来者是一名义工。实际上，不管来人是谁，他都得开门。除此之外，他没有得到任何其他指示。让他坐在这里的首要目的，是防止里面的人出去。有了咖啡之后，所有人都一下子清醒了。他们从沙发椅上坐起，和身旁的人交谈。那声浪穿过走廊，一直传进门房。喝完咖啡后，众人把塑料杯在餐车上摞成五彩斑斓的一座座高塔。接着，便有一些住客率先出现在大门对面，趴在门庭的窗户旁。他们尽可能地和门房保持距离，在远处偷偷窥伺，指望趁他——看门人胡里奥·博特一不留神，便偷偷溜到外头去。胡里奥·博特知道谁被允许单独外出散步，谁不可以。掌控全局，也是他的任务。

监视器里的女人推开门，朝他笑了笑。两位女士，拄着拐杖的德梅特里亚和带着一只鹦鹉的特里尼，已经靠在了门庭的窗户上。"女士们好！"胡里奥·博特听见义工和她俩打招呼，夸她们今天气色很好。两位女客咯咯直笑，但胡里奥·博特敢肯定，她们的眼里现在只有那道越来越小的门缝。奥古斯托就快来了，他是最坚持不懈的那一个。他患有老年痴呆，自从得了中风之后，说话也变得含糊不清。

大部队的速度有所减缓，还没追上领骑队伍。胡里奥·博特想把声音开得大一点，却按错了键；画面不见了，屏幕上出现了"菜单"字样。他连忙按"退出"。"菜单"键很容易被误触,可这个新遥控器上的某些按键却能让人找上半天。等他重新调出电视画面的时候,想看的节目往往已经结束了。

那台旧电视机还是胡里奥·博特从家里带来的,蓝宝牌,显像管屏幕,已经修过六次,直到屏幕的下边缘出现上下抖动的雪花纹。这是显像管的底部坏了,但配件已经弄不到了。

新的这台电视比他的手掌还薄。三圣节那天上午,当这台新电视机出现在窗户下的小桌上时,胡安娜修女打趣说,这下他的门房面积突然增大了一倍。那是一家胡里奥·博特从没听过名字的电器连锁店捐助的。修女们激动地在他身旁围成半圈,不放过他脸上的任何表情。他当然尽力表现出高兴的样子,但他也知道,这点事还不至于让自己的喜悦之情溢于言表。但直到他握住每个人的双手,被她们的喜悦感动地流下眼泪时,众人才心满意足地散去。

虽然新电视机的外壳边缘贴着"损毁则保修无效"的封条,胡里奥·博特还是试着把它打开了。5×60毫米规格的十字螺钉个头很小,却拧得很紧。螺丝刀多次从他手中滑落,在煤褐色的塑料外壳上留下了几道小划痕。最后,胡里奥·博特还是放弃了。从此往后,每当他看到电视图像,就会想到一些问题:他是否还对它了如指掌,是否还知道每个部件有何用途,是否还认得它们,熟悉它们。那些电缆和线圈,是否还能一如既往地在他的脑海里汇聚成电路图。

在电视日渐式微,其市场逐渐被电脑蚕食之前,他就转让了自己的电器行。有那么一阵子,女修道院院长一直说要换掉通话机。后来随着经济危机的爆发,这话最终没再被提起,他总算松了口气。晚上入睡前,他想象着自己和那些男宾一道坐在电视厅里,时而出去抽根烟,每日享用三餐,下午喝咖啡,在乐队伴奏下和女护工一起跳舞，趁人不注意或许还可以用手蹭一把她们的屁股。

奥古斯托一边咕哝着，一边拄着拐杖从理疗室那边走来。他就站在大门前，守着门把手。门当然是打不开的，控制权掌握在看门人胡里奥·博特的手中。每天早上和午休之后，奥古斯托总会来这儿磨蹭一会儿，然后自己就消停了。在这段时间里，从门外进来的人必须等他一小步一小步地后退，才能小心翼翼地推开门。

领先集团被大部队追上，集体冲刺真的要上演了。个别骑手还想摆脱大部队，但没甩开几米，就被重新赶上。车队里的破风手紧贴在一起，摆出斜线队形，呈蛇形加速前进。当有多个进攻者向他们发起冲击时，彩色头盔下的队员纷纷咬紧牙关，封锁住每一道空隙。这样的状况，将一直持续到车队拐进某个法国小城的小巷。接下来，紧张刺激的时刻就要到来了。冲刺手从破风手让出的位置中冲出，绝尘而去。顷刻之间，胜负便可见分晓。

集体冲刺让他想起了自己年轻时的早泄。但比赛明天才会进入比利牛斯山赛段，之后还有阿尔卑斯山赛段。看门人胡里奥·博特瞥了一眼时钟。那个新住客再不来就该晚了。晚祷将在半小时后开始，祷告的时间也写在门铃旁的名牌上。他可不想一直坐着等下去。有些人大哭大闹，就是不愿意离开家。他们会想："你们把我抬去吧，反正我不愿自己去！"对此，他早就见怪不怪了。

"我该怎么办呢？"亲属们在电话那头泣不成声地说，"我不能强迫他啊，我该怎么办？"

有些人刚搬进来，还没开始整理行李，没等修女用记号笔在标签、洗衣袋、里襟和衣领内侧上写上他们的编号，就已经开始衰老了。他们日渐消瘦，原本圆润的身体开始变得扁平，直至最后被棱角分明的外形所取代。他们的肩膀朝着膝盖的方向佝偻下去，再也无法伸直，背也驼得越来越厉害。这样的变化最初按周计算，随后以天为单位，直至他们坐上轮椅。这样的状况能维持一段时间，但久坐难免成疾，他们的肌肉开始枯萎，背驼得越来越接近90度，甚至还要更夸张一些。再往后，他们就得搬去二楼了。那里住着久卧不起的人，他们的嘴里发出临终的呻吟声，身上插着连着尿壶的导尿管。床头柜上点着红色的夜灯，覆着浅纱的屏风将他们一一隔开。直到这时，他们才算重新伸直了双腿。

另一些人则适应得游刃有余。女士们戴起假胡子，男士们的脸颊和下巴上留着雪白的胡茬，皱纹在其间肆意生长。胡里奥·博特来救济院已经有十八年了，他在这里过得很好。十八年前，他的膝盖突然报废，半月板撕裂，只因为鞋尖在超市门口的门槛上绊了一下。他每天早上都去超市，每天都踮起鞋尖跨过门槛，这一次就差了半厘米，仅此而已。他的反应还算快，连忙双手撑在身体前，才没有跌倒在地。但右腿膝盖骨和胫骨的连接处磕到安装在地面上的金属滑轨上，产生剧痛，以至于他不得不叫了辆出租车把自己送回两个街区外的家。

他在出租车司机的搀扶下才得以走进电梯。上楼后，他坐到地上，靠双手和那条没有受伤的腿一路爬到自家门前的鞋垫旁，过程中还不忘盯着邻居家的猫眼，见没人偷看才放心。

"你为啥不叫人帮忙呢？"安娜后来埋怨他说。第二天早上，他的膝盖还是肿了。此前，他已经用冰袋冷敷了一晚上，直到破晓时分才勉强打了个盹儿。挣扎着泡了杯咖啡后，他打电话叫来救护车。躺在沙发上等车的时候，他意识到这将是自己在家里喝的最后一杯咖啡。

"安娜想让他搬去同住。"她说，"欧拉利娅可以照顾你。要是她忙不过来,我们再雇一个人。"搬到救济院住,完全是他——胡里奥·博特的单方面决定。他鄙视教会,但喜欢修女。

没变。每次他去做季度检查,医生都说数值没变。

入睡前,胡里奥·博特还要把自己喜欢的人的名单在脑中过一遍。有时他得强迫自己;但大多数时候,他撑不过第五位就软了下来,也没能搞出任何动静。排在第五位的是露易莎,他从前的雇员吉尔的妻子。

罗莎决定去买手袋

营地里,天已经黑了下来。嘉宾们吃完剩下的米饭,正在把衣服铺到竹地板上。摄像机切换到夜景模式,画面灰中透蓝。有些人已经躺下了,另一些人还坐在篝火旁,发表着最后的战斗宣言。"一切都还没结束,我才刚刚发力。"很可能下一个被淘汰的金发女郎会这样信誓旦旦地说。在黑暗中,她的脸、头发、眼睛、瞳孔和虹膜都是一个颜色。毫无差别的黑色。镜头切换到夜空,开始快进。云层堆聚,光点游移,画面渐渐变得模糊。下一个画面切到海湾,潮水拍打着礁石,冉冉升起的旭日将天空染成粉红。瞧!天又亮了。就是这么轻巧。

支在大腿上的平板电脑,此时已经有些发烫。它的底部卡进胯骨附近的皮肤,压迫着她的膀胱,使她产生尿意。她摘下耳机,竖起耳朵听去。卫生间里还有刷子刷东西的响声,欧拉利娅还没完事。罗莎开始冒汗。平板的背面已经湿了,她连忙用床单擦了擦。她已经有些憋不住了。

嘉宾们醒了。女士们游完泳后,开始争论派谁去灭掉篝火。镜头又切到海湾，宣告比赛开始的音乐响起。但声音很快就消失了，画面定格在原地，卫生间里的声音越来越大，耳机也无法阻隔。网页加载的图标不停转动，视频卡住了。主持人瞪大眼睛，张开双臂，站在那儿一动不动，仿佛在说他也不知道这是怎么回事。

罗莎刷新了页面。卫生间里传来啪嗒一声，像是有玻璃制品被放在坚硬的东西上。欧拉利娅每天都要花很长时间搞卫生。罗莎把视频快进到卡住的位置。一根根木桩插入水中，其顶部的左右两侧各有一道狭长的凹槽。嘉宾们把脚伸过去，从而得以在木桩上站立。最后落水的人，将有权为她的部落从鱼线、鱼钩、渔网和竹矛中挑选一样渔具。现在，她们还分属两个部落。当场上只剩下十人时，嘉宾们就将各自为战。阿曼达倒数第二个落水。

"这片海太棒了，凉爽清澈。"罗莎发完状态，把手机攥在手里。嘉宾们回到营地，却没有去捕鱼。两个赞，三个赞，四个，无人转发。马德里的伙计都没动静。

最后，金发女郎被观众投票淘汰，接着是下集预告。

2月，罗莎下了飞机，在行李传送带旁解除了手机的飞行模式，持续好几分钟的振动让她心安了不少。直到传送带将第一件行李送到身边，屏幕依然不停闪动，没有歇停。她拿着手机，望着不断弹出的白色消息框，任由未读消息的数量越积越多。取第二件行李时，她开始考虑该给谁打电话，或者究竟要不要打电话。安娜肯定不会接，她不是关机就是切换到静音；18点39分，费利佩大概还在俱乐部，估计开不了车。干脆不打电话，直接叫辆出租车，下车后把行李放在路边，再去按门铃，这就是标准的电影场景——在大城市里碰了壁，不得不面对现实，狼狈地回到父母身边。要是开门的是欧拉利娅，她大概会问："为什么？怎么了？你是怎么想的？"要是没人开门，她就得等在路边，这又是标准的电影场景——可怜的罗莎蹲坐在马路牙子上，身边两个高大的行李箱与她形成鲜明的对比。那样的话，安娜大概会说："你的狼狈样都被邻居看在眼里了。"

第一声铃响后，费利佩接了电话。

"将死之人向你致敬。"停顿片刻后，他又说，"Morituri te salutant"①。

"我在机场。"

"你知道什么是morituri te……"

"不知道。"她打断他，"哦，我知道。"

又是一阵沉默。

"在马德里机场？"

"不是。"传送带停止了转动。最后一批同机乘客推着行李车，朝着海关的方向走去。狂欢节刚过，来的飞机上座率只有一半，罗莎一个人就占了一排座位。

"复活节到了？"

"没有。"

"你妈知道……"

"不知道。我在洛斯罗德奥斯机场，刚取完行李。"

"我开不了车。"

"你帮我给妈打个电话？别提将死之人那一套。"

屏幕上又弹出六个白色消息框，有信息、照片和视频。无论是

---

① 译者注：拉丁文，意为"将死之人向你致敬"，这是角斗士在拼死搏斗前对皇帝说的话。

等在机场大厅，还是坐在车后座，罗莎都没去看这些信息。车里一阵沉默。罗莎敢肯定，费利佩此时也更愿看他的手机，而不是窗外的风景。她仅仅用大拇指下滑屏幕，一边阅读那些推送消息，一边心满意足地看着增长的数字：10条、11条、12条聊天消息，18条"照片墙"，11条推特通知，两封航空公司发来的邮件，名为"请您评价本次航班体验"。

这些消息，罗莎打算留到心情糟透之后一个人躲在房间里读。她小心地积攒着它们，就像晚餐时慢吞吞地吃着餐盘边的薯条一样。接下来，她只能把手机攥在手心。上面无非就是"我们就是想跟你聊聊"以及"好歹给个解释吧！"以及"那你现在想干什么？"她不敢再用拇指下滑屏幕去看那些数字，只是牢牢地攥着手机。忍住，她想，忍住。回到房间后，她打开灯，扑倒在床上，这才开始思索这些问题的答案：不要！不要！没啥打算！

等到看完信息抬起头，她才意识到自己忘记了飞蚁的存在。在马德里，碗碟长时间不洗才会招来苍蝇；晚上很少有蚊子；蟑螂个头很小，也没有翅膀。可在这里，虫子们川流不息，成群结队地蜂拥而来。这里的一切，都是从大自然手中强取豪夺来的。

天花板上亮着灯，窗户开了一道缝，虫子就是从这里进来的。飞蚁随风而来，一个个黑点在斑驳的窗框上爬动，还有的在空中漫天飞舞，绕着顶灯打转，或钉在天花板上。窗边的小黑点最多最密，迎风鼓起的淡黄色窗帘是它们最爱的去处。

第二天早上，它们成群地落在地砖上，轻飘飘，浅灰色的一片。当罗莎从旁边经过，它们便轻盈地飞起。她脚底的茧子上，也沾满了飞蚁。

卫生间里终于安静了下来。罗莎起身打开门。她的润肤霜、唇膏和眼线膏被摆得东倒西歪，指甲油和皂盒在搞完卫生之后，没有被放回有着红色纹理的大理石板上，而是被扔在了洗手盆里，上头甚至还滴淌着水珠。

14季半，每季23集，每集将近45分钟。上厕所的时候，罗莎在手机上按着计算器。回到家后，她已经看了超过250个小时《幸存者》。这一点都不好笑。这部美剧已经出了23季，她还需要146.625小时，这个数字让她心安。

罗莎冲了厕所，把化妆品从洗手盆里捞起，却没有兴趣再去处理这些瓶瓶罐罐。她顺着大理石板一路摸去，手指一直伸到调水阀所在的位置，那儿的石板已经被锈成了褐色。她竖起耳朵听。厨房里传来餐具碰撞的声音。

在她刚从马德里回来的某天早上，欧拉利娅在打扫卫生间前，把通往罗莎房间的套门全敞开了。她声称这是为了通风。罗莎当时躺在床上，眼睁睁地看着欧拉利娅戴上一次性手套，边摇头边抬起马桶座圈。最后，她拿着平板，逃到了客厅的沙发椅上，后来又转战堆满旧书的书房。从那以后，她每次都不忘把自己房间的套门反锁上。

她穿上运动鞋，拉开客厅的窗帘，打开露台门。阳光刺得她睁不开眼睛，一股干燥的热浪扑面而来。在院墙之外，空气在街道上空颤动。石板缝间，钻出一丛约有小腿高的草秆。罗莎小心地避免踩到它们，甚至都不敢从它们旁边擦身而过。这东西就像不小心摸到的虫子，会让人皮肤发痒。露台周围是一圈发黄的草坪，它的外侧已经长出了齐腰高的杂草。它们大多已泛黄，垂落的荆条边缘很锋利，一不留神就能在大腿上留下一道白色的划痕。罗莎走了几步，又停了下来，跺了几下脚，直到草丛里的蜥蜴不再窸窣作响。黑色的草籽粘在她的T恤上，散落在她的头发里。这是接骨草，它的寓意是"干涩的爱"。更高处的植物上黏附着一堆发白的蜗牛壳，都是空的，大部分已经有了小孔。

罗莎每走一步，都必须小心翼翼。这片灌木丛盖住了田畦的轮廓，十多年的风雨，都没能将潜藏的沟壑冲平。父亲从大学辞职时，罗莎只有九岁。从那时起，他就一直强调自己只是一个普通的农民。

父亲曾试过种土豆。从沟槽里挖出的泥土，被成排堆放在两侧。这些只有弹珠大小的土豆外皮黝黑，中间金黄，嚼起来有股甜味儿，还格外黏糊。它们大多被罗莎偷偷扔掉了。蔬菜上全是斑点和疤痕，表皮也皱皱巴巴；费利佩将它们挖出时，又搞得它们遍体鳞伤，那样子简直是活受罪。有一天罗莎放学回来，想去冰箱里拿瓶酸奶，可那里的每个抽屉都塞满了西葫芦，甚至连冰箱门上的小格子都没被放过。一周后，生菜取代西葫芦占领了冰箱。

有一段时间，母亲说这一切只是暂时的，然后她把那些蔬菜送给了欧拉利娅。

去马德里上大学的第一个学期，罗莎试过借此进行创作。这件装置作品的名字，被暂定为"父亲的印迹"。但它最终没能成形。她对记录式的摄影不感兴趣，视频呢，几乎是个人都在搞。不如搞点超现实的吧！她想过把田畦搬到展厅里，再将它荒废。她想从岛上取来泥土、草籽、蜗牛和虫子，再在屋顶上安装足够亮的照明灯，用来代替日光。如果罗莎提出要求，费利佩或许会给她提供资助。但她没有开口。

三角梅攻陷了鸡棚，它的藤蔓绕着几厘米长的荆条盘旋而上，牢牢地吸附在干灰浆上。鸡棚的门上留了个通气孔，装着刷有绿漆的防蝇网。可三角梅硬是在它的细网眼上撑开了缺口，把枝条伸到了鸡棚里头。

　　罗莎讨厌公鸡；因为怕得病和寄生虫，她也不敢触摸母鸡。母亲坚持让费利佩把鸡圈养起来。罗莎亲眼看着父亲把窄木条七倒八歪地钉在柱子上，算是扎成了篱笆。为此，他把大拇指指甲都给砸紫了，脖子也被太阳晒伤了。到了晚上，他总是让罗莎帮他撕下脖子上的死皮。

　　最后，鸡都被曼其塔给叼走了。先是一只鸡翻出了篱笆，邻居家的猄犬曼其塔飞奔而来，张嘴咬去，一口就撕开了它的肚皮。一团又黄又湿的鸡饲料掉在地上，就落在罗莎跟前。这件事情发生后，费利佩找人借了把气枪；为了练枪，他把龙舌兰那肥嫩的宽叶片打得千疮百孔。后来，他暗中潜伏了好几天，最后干脆把鸡放到空地上作为诱饵。可曼其塔总是在夜深人静的时候出现。罗莎还记得费利佩终于放弃做普通农民的念头、开始在下午去俱乐部闲逛时，安娜那如释重负的样子。

　　还没推开露台门，罗莎就听见了吸尘器的动静。欧拉利娅已经到了客厅，正吸着从发潮的墙皮上落到沙发垫上的石灰。这把黑色的沙发椅，是母亲上次为了装饰房间买的。

　　"看着点。"欧拉利娅一边说，一边指了指罗莎身后。一团团红土块散落在露台的瓷砖上，上头还有罗莎的鞋印。罗莎脱下运动鞋，拎着它走回了房间。在马德里，她没法承认自己讨厌欧拉利娅。只要未被家境所累，就必须学会欣赏自己的用人。她在玛丽萨面前曾这样说过。

　　罗莎没心情冲澡，甚至都没兴趣看《幸存者》。"太热了，啥都做不成，现在回家。"她写道。

　　"你在哪个海滩？我在拉达祖尔，不过这儿尽是海藻。"玛丽萨很快就回了信息。罗莎的手机被扔到了床上。她本来只需伸出手——不对，是一个手指，微微一动，在屏幕上轻触一下"发送"键，一切就搞定了。如果她没有在转身时撞到抽屉柜，如果那个手袋没从上头掉下来砸到她的脚丫，她或许已经给玛丽萨回完信息约她见面了。

这个方形的白色塑料手袋上方有道拉链，底部用黑色染料印着纽约的摩天大楼图案，看得出是世贸中心的双子塔。它大概是20世纪80～90年代的产物，许多地方的塑料皮已经开始脱落，露出脏兮兮的灰衬里。

就在前天，罗莎还确信自己不会去买新手袋。当时，她只是一边听着音乐，一边在外头闲逛。突然，一个满头白发的老妇人挡住了她的去路。她弯着身子，前臂撑在一辆助行车上，罗莎不得不给她让路。

"小姑娘！"老妇人喊道。她的声音很大，罗莎虽然戴着耳机，但是依然听得一清二楚。等罗莎转过身，她又说："帮帮我！"不，这不是请求，而是不容反驳的命令。罗莎呆立在原地。这个老妇人戴着深色太阳镜，浓密的白发梳成侧分的形状，看上去就像一条雪橇滑道。

"帮帮我！"她重复道。

"怎么帮？"罗莎上前一步问道。

老妇人指了指挂在助行车上的袋子："拎上这个。"

罗莎走在她身旁，默不作声。空气中只传来轮子咯吱咯吱的响声。

"停！"老妇人突然说，"我就住这儿。"她向两扇对开的大木门指去。

罗莎当然知道她们现在在哪儿。入口的白色石匾上，写着几个黑字：仁爱修女贫困长者救济院。

"告辞。"罗莎不愿在监控摄像头前多作停留。就算她进去亲吻那布满白色胡茬的脸颊，他充其量也就抬抬手，便又会扭头往电视的方向看去。

"小姑娘，"老妇人说，"我一个人上不去。"她指了指赭石铺成的坡道。那上头每隔一段距离，就刻有几道粗糙的条纹，以防有人滑倒；左右两侧装有栏杆，也是为了防止摔跤。

坡道往上的三道台阶通往一个小平台，门铃就安装在那儿。黄铜按钮嵌入墙中，正好位于摄像头的正下方。一个壁龛里挂着基督像，耶稣的脚底摆着一个小女孩像。小女孩头戴黑白相间的帽子，帽檐下露出金发的刘海。她穿着修女服，就连腰间也系着别在长铁链上的十字架。罗莎还记得自己小时候每次走到这儿就累得想回家；她还曾伸手想去摸摸那个小女孩雕像，还招致一阵大呼小叫。他们不是经常来这儿。在罗莎的印象中，他只和自己有过一次认真的谈话。"艺术？"他问。"干吗搞这个？"搬去马德里之前，安娜坚持要她来和他道别。"让别人听到我的声音。"罗莎大概这样瞎扯了一通。"你有啥要说的呢？"他问。"外公为啥要恨我们？"有一次，罗莎这样问。"外公不恨我们。"安娜的语气十分严厉。

"走吧！"老妇人已经来到坡道旁，一只手扶着栏杆。她把助行车摆到前面，将两个把手一左一右别在肚子两侧，以防它倒退。"你走前头。"说完，她侧了侧身，好让罗莎从她身边过去。

"这儿，抓住它。"罗莎没明白她的意思。"助行车。"说着，她朝着助行车努了努嘴，"我抓着它，你在前头拉。"于是，罗莎用力抓住助行车的方向杆，倒退着走上坡道。她的双眼一直盯着摄像头。

罗莎按响门铃，把一只手放在球形把手上，只等蜂鸣声一响就打开门。她朝旁边瞥了一眼。她确信，现在他肯定看到她了。但门没有任何反应。

"几点了？"身后的老妇人问道。

罗莎掏出手机。"马上5点。"说着，她又按了一次门铃。

"算了，5点前是祷告时间，这老家伙乘机偷懒，也不跟其他人一起去教堂，就在咖啡机旁的沙发上懒洋洋地躺着，害得大家都进不来也出不去。"

"抱歉，"罗莎说，"我得走了。"

"等等。"老妇人打开手提包的拉链。这个棕色的路易威登包，已经不是一般的破旧，想必一定是个正牌货。

"不必了。"罗莎可没想过收钱。

"等等！"老妇人又重复了一句。罗莎不明所以地停住脚步。

"拿着这个。"老妇人掏出一个脏兮兮的白色手袋，上头印着世贸大厦的图案。

"我要买一个这样的手袋。"她说，"就这个大小，上头带拉链。你也看到了，这个已经坏了。"她来回扯拉链，好几处链齿已经无法闭合。"这个不行了。你告诉我花了多少钱，我再把钱还你。"

"行。"罗莎说，"我去买。"她口是心非地说。"回见！"

"等等。"就在罗莎转身要走的时候，老妇人又说，"拿这个当样子。我就要这个大小，带拉链。"她把手袋递到罗莎手上。罗莎伸手接过它的时候，钟声响了。祷告结束了。

罗莎原本已经拿定了主意：她不会去买新手袋，但会留着这个旧的。光是上头的双子塔，看上去就很酷。可是她撞到了抽屉柜，手袋掉到了她的脚上。罗莎捡起这个冰冷光滑的手袋，把它拿在手里，在房间里发了一会儿呆。她想，站在房间里，拿着个手袋发呆，该做点啥吧！她把手袋扔到床上，它正好和红色的床单形成了鲜明的对比。罗莎取过手机，给它拍了个照。

"今天计划攒点人品。"她发了一条状态。

等她穿好凉鞋，在腋下喷好止汗剂，阿基——没错，就是马德里的阿基——已经给她留言了："攒进这个手袋里？"

32分钟后，罗莎已经在特立尼达大道尽头一家大码商店的收银台前排队了。她一只手拿着一个印着粉色和淡黄色花纹的塑料手袋，另一只手拿着信用卡。那个手袋和双子塔手袋一般大小，售价3.99欧元。

橱窗外人流熙攘；在特立尼达大道的尽头，一切都显得那么拥挤。从圣克鲁斯方向延伸过来的四车道马路，在这里和拉拉古纳老城交汇，就像血流突然从动脉流入分支血管和毛细血管。中间是礼拜堂，左右两边分别是两条步行街——卡雷拉大道和赫拉多雷斯大道。拐角是一间已经有些历史的家居用品店；现在马斯折扣店的位置，从前是外祖父的电器行。店门口是有轨电车的终点站。每隔五分钟，就有一群乘客从彩色的小车厢里下车，踏上拱门下方的人行道。路旁坐着许多卖彩票的商贩，他们聚坐在折叠马扎上，一边抽着烟，一边不遗余力地推销着自己的彩票。他们身边还有一群卖首饰的嬉皮士，这群皮肤被晒得黝黑的德国人、瑞典人和荷兰人背着橙色、棕色和绿色的拉绳包，面前的丝绒布上摆着银戒指和一堆不知用什么方法串在皮带上的贝壳。

大码商店里的空调似乎有些问题。罗莎拎包的手已经开始出汗。她前头还有两位顾客。她打量着收银台旁的凯蒂猫专柜，恨不得把毛绒书包和彩色铅笔都拿起来把玩一番。或许，她会买一套"沙滩"

系列的橡皮。在那上头，凯蒂猫穿着红色泳衣，打着彩虹色的太阳伞，边上放着一只粉色水桶和三块淡蓝色的贝壳。机不可失！

　　一切都是从画"凯蒂猫"开始的。上幼儿园的时候，她才发现画画对其他人来说并非轻而易举。"你只要把看见的东西画出来就行了啊！"罗莎每次都这么说，直到玛丽萨掐了她一下。上小学时，她不到三分钟就能画出一幅凯蒂猫。它们有的拿着气球，有的拿着红色或粉色彩带，有的拿着冰激凌，有的拿着盒装蛋糕和蜡烛。课间休息时，她坐在餐厅的桌前，班上的女孩在一旁排成一排，挨个描述她们想要的画。"求你了，拜托！"她们常常因为排队顺序发生争执，因为排位靠后的人必须再等一节课，才能得到她们想要的画。而玛丽萨永远排第一个。

　　"艺术。"在十五六岁时，每次被问到以后想学什么，罗莎都会这样毫不犹豫地说。她的回答没有半分迟疑，也没有任何尴尬或迷茫，甚至还往往边说边点头。即便是那些最爱疑神疑鬼的友人——她妈妈的朋友都很爱疑神疑鬼——在听了这番话后，也都说罗莎以后肯定会成为艺术家。

　　多年来，每到三圣节，安娜和费利佩都会送她画册作为礼物。来到马德里后，罗莎才发现这都已经过时了。毕加索、米罗、马蒂斯、现代派、波普艺术、沃霍尔、凯斯·哈林、利希滕斯坦，这些都是60岁以上那拨人的偶像。

　　如果有人问起马德里的情况，罗莎肯定会用绝望来回答。无论是已经存在的，还是正在成形的，那儿的一切都让人绝望。一切都稀松平常，没有奇特之处；何况奇特二字，本身就存有疑问。倍感绝望的她，唯一能做的就是找寻自我。但这个自我，似乎早已以醒目的方式存在，她只需透过一个放大镜——不对，是透过显微镜的目镜——去观察自己。它被放得大大地锁在画面中央，左右两侧都扣着固定夹，根本不会滑落，也不会有任何其他东西误入视线之中。她在自己身上观察、思考和寻觅，"平庸"这个词已经不复存在。大多数人都觉得生活千篇一律，稀松平常，无法令人满意。此外还有恐惧，万分的恐惧。当一切皆有可能，那还有什么是有意义的呢？

罗莎的手机振动了一下。费利佩发来一条短信。

上头写道："你得来接我，我开不了车。"

"去哪儿？"罗莎回信问。

"你妈想让我们去看超现实主义展。"

"没兴趣。"罗莎已经打出这行字，却突然想到自己或许可以借机发个状态。她在马德里的室友内娜每次听她说起小时候和父母在圣克鲁斯看过的展览，都笑得前仰后合。当然，罗莎每次说起"展览"，都会用双手比画出一个引号。

"你要不去，那我也不去。"费利佩写道。找个借口吧。罗莎想了想，最后还是删掉了打好的文字，转而写道："我7点30分来接你。"

最后的殖民者

费利佩·贝尔纳多特没有坐直身子，而是瘫倒在沙发椅上。他穿着一条米色的裤子和一件橙红色的Polo衫。领口内侧已经有些磨损，但这只有他的女管家才知道。现在的他，正挺着身子，跷着腿，双手懒洋洋地搭在扶手上。汗水浸湿了扶手的皮革，他不得不频频抬起手腕，让空调把汗水吹干。

费利佩·贝尔纳多特今年53岁，终日无所事事。保持清醒是他唯一的任务，但这一点今天已经做不到了。房间四周装着齐腰高的木护墙板。费利佩瞥了一眼上方的时钟。两点刚过，阅览室里只有他一个人。其他的客人都在吸烟室里坐着；那里其实不让抽烟，只是一个供人聊天的地方。根据俱乐部的规定，说话只能用正常音量，不得大声嚷嚷，也不能放声大笑。

一滴遇冷凝结在威士忌酒杯上的水珠顺着他的手臂淌下。费利佩把酒杯放到一旁的小桌上，用湿润的指尖来回弹着自己的太阳穴，再闭上眼睛，感受着水汽蒸发所带来的凉意。空调像小汽车的发动机一样轰鸣着，一成不变的声响让人感到疲倦，可这动静偏又挺大，时不时一反常态地让人感知到它的存在。

直到听见附近的响声，费利佩才再次睁开眼睛。那是陶瓷杯相互碰撞的声音。在他右侧的窗台底下有一张双人桌，两侧各摆放着一把罩着蓝白条纹丝绸布的座椅。一个服务员正从沙发桌上收起装浓咖啡的杯子，再将它们堆放到双人桌上。

费利佩突然有一种坐起身来的冲动。他要检查一下自己的衣着是否整齐，顺便擦一把脸。服务员没有朝他这边张望；在费利佩看来，他这么做完全是有意的。那个服务员虽已两鬓斑白，在离开时却依然动作麻利地把座椅摆放整齐。费利佩拿起酒杯，微微晃动，让剩下的冰块相互碰撞，发出响声。老服务员望着他，却没有点头，也没有做任何表示明白的动作。

"再来一杯。"费利佩说。

"确定？"

费利佩不记得自己曾见过他。他没有回答，只是再次举起酒杯晃了晃。老服务员一声不响地走了。

大多数俱乐部成员都是看着费利佩长大的。偶尔，还会有一两个人坐到他的身旁。人们故意不让访客注意到他，只是压低声音介绍说，拿着威士忌酒杯坐在那儿的费利佩·贝尔纳多特可是位人物，他是岛上最后的殖民者。只要还有足够的办法，人们总会设法不让外人知道这些，他们往往无须费劲，也不必多费口舌，就能如愿以偿。费利佩在家甚至都不去拆信，一切都由安娜的办公室人员代劳。至少现在还是如此。上周，安娜暗示以后不能再这样。费利佩不情愿地抿了一口酒，杯里的冰块已经全部融化了。他朝门口看去，走廊上空无一人，那个蠢家伙的动作实在是太慢了。

他当然可以按呼唤铃催促，但为此他必须先坐起身。呼唤铃被安装在壁炉和门之间，嵌在护墙板里。如果他现在继续往下躺倒，屁股再往前挪一挪，甚至整个人都平躺下来，只让脖子、脑袋与身体呈直角状态——这时如果他能再加把劲蹬一下腿，同时没有失去平衡，那他的鞋尖也许可以勉强够到呼唤铃。费利佩抬头看了一眼上方的费尔南多·贝尔纳多特像。这位第四世布埃纳维斯塔伯爵，正在从未使用过的壁炉上方皱着眉头；他那深色的眉毛剑拔弩张，卷曲的披肩假发像银子一样雪白发亮。费利佩用右手撑住扶手，使劲往前挪屁股，眼看离那个黄铜按钮只剩下一只手的距离——他正准备挺直膝盖，另一个看上去年轻一些的服务员举着个银托盘走了进来。费利佩收回腿，滑回座椅上方。服务员把威士忌放在了他身边的小桌上。

"谢谢。"费利佩等服务员走出阅览室，才伸手去拿酒杯。在壁炉上方，第四世布埃纳维斯塔伯爵正扭头望向对面墙上的第六世布埃纳维斯塔伯爵拉斐尔·贝尔纳多特，似乎在迫切地征求后者的意见。费利佩知道，两者一致认为：他，费利佩·贝尔纳多特——在

20世纪初,伯爵的称号已经随着另一个家族分支一道湮灭了——现在这样醉醺醺地瘫倒在沙发椅上,是一件有辱家风的事。

费利佩举起酒杯说:"为合法剥削干杯!"

起初,他想和他们一刀两断。他列了十页提纲,打算撰文批判西班牙的殖民统治,又花了几周时间,试图找出群岛历史上最为卑鄙无耻的阶段。要知道,他的家族就曾深陷其中,并起着决定性的作用。这样的时刻不计其数,以至于他根本无法做出选择。在屋顶上连醉数晚之后,他决心把一切都写下来,记录贝尔纳多特家族从殖民时期直到法西斯时代的卑鄙行径。在写了48页之后,原定的交稿时间早已一拖再拖,他也最终选择了放弃。

"我不研究了。"费利佩的说话声很大,连他自己都吃了一惊。但墙上所有的布埃纳维斯塔伯爵个个都无动于衷。

他曾是个还算凑合的历史学家。学生们并不会觉得他的课比其他老师的课更加无聊。他的论文仍然不时被人引用,有时候费利佩甚至会去关注一下它们的最新下载量。他离开大学已经有十一个年头了。当时,罗莎只有九岁。

他没有得到任何承诺或担保,也没有与人达成任何约定,他没有任何诉求,一切都是顺其自然的决定。他的研究领域是第二共和国和内战。他讲授研讨课,发表文章的数量远超他人;工会出现之前的工人运动、地主之间的勾结、法西斯运动和教会,都是他的研究课题。但因为莱蒂西娅·费雷拉此前对日常史有过研究,所以她便"顺理成章"地负责撰写课题申请书的研究方法部分。而且,她还正巧是位女士。当然,此前费利佩曾主持过两个较大的课题,所以完全可以做课题组成员,想做多少事情就做多少,下一个课题肯定又会归他主持。最糟糕的是,竟然没有人敢把这些话说出口。他反复把这些告诉安娜。"得了吧,这无非就是你的执念。"安娜也总是这么回应他。

"加那利群岛的内战与镇压——私人照片、信件和口述历史",这绝对是为他量身打造的课题。他的落选和性别比例无关,只是其他人也得有机会试试。不!真正的问题出在他名字里的"贝尔纳多特"上。他一直在批判它。他揭露家族的罪责,对它进行无情的批判和谴责。这些话在他每本书的前言里都曾出现。从内容上看,他们根本挑不出刺,所以才没有人敢把话说出口,因为他们不想授人以柄。但费利佩相信,莱蒂西娅·费雷拉正是因此成了这个课题的负责人。系主任说辞职信来得太突然,问他是否还能三思。

不,他去意已决。

费利佩再次举起酒杯。"贝尔纳多特万岁!"他说。这威士忌喝上去又有些淡了。伯爵们的目光从他身旁掠过,望向地面。

起初,费利佩想成立一家基金会。清算和披露历史是他的使命。如果大学不能给他提供帮助,那他就自己单干。他计划给它取名为佛朗哥政权迫害史研究协会。他和一名网页设计师商谈过,还考虑过自己的哪位毕业生可以胜任研究助理的职位。基金会还需要雇一位秘书。此外,他还去考察过办公室、撰写过纲领、构思过课题又将它否定。"没人会把你当回事的。"安娜这样说。

为此,他还认真考虑过离婚的必要性。最后,他决定不再做"贝尔纳多特",转而打理起了花园。这显然是个愚蠢的决定。意识到这一点的那天,他便穿着沾满泥土的衣服去了俱乐部。他曾经试过去地里收番薯,却挖错了地方,刨了好长时间的土,才勉强找到一块细胡萝卜大小的番薯,还没有他的食指粗。他把番薯连同工具一道扔在原地,然后来到俱乐部,二话不说便走进了阅览室。他在诸位先人严厉的目光下,伸直四肢,平躺在地面上。身上的黄泥都蹭到了波斯地毯上。但就连他的彻底投降,也无法引起伯爵们的兴趣。

服务员们在门边商量该对他怎么办。他们试过给安娜打电话,幸好她没接。最后,还赖在地上的费利佩点了一杯威士忌;他先是坐在地上,后来又坐在了沙发椅上;万念俱灰的他,觉得一切都失去了意义。从那以后,他总是一个人坐在那儿沉思。大多数时候,他都坐在这把沙发椅上,偶尔也会光顾壁炉右侧的那张椅子。

"为你们的胜利干杯!"费利佩又举起了酒杯。他对"最后的殖民者"这一身份颇为满意。心情好的时候,他觉得自己就像萨默塞特·毛姆小说中的一个人物——那位忧郁的独饮者,与他所处的时代格格不入。唯一的区别,就是他还没有经历一段不幸的爱情,不过安娜显然还不够资格。费利佩甚至说不出那究竟是毛姆的哪本书。读那本书,已经是很久以前的事情了。但他的失败早已是板上钉钉的事情,他对此心知肚明。殖民主义,好一个殖民主义!费利佩·贝尔纳多特就是一个身不由己的铁证。

吸烟室里的人在讨论圣波隆顿①,这个地名已经好几次清晰地传进他的耳朵里。这座人工岛的选址距离大西洋浅滩不到20海里,它修建在一块微微隆起、只有五处尖端凸出海面的地壳上。想到这一创意的美国财团,将它称为"莱斯特的遗产"。这是因为海明威的哥哥莱斯特曾于20世纪60年代在牙买加海岸附近创建了一个漂浮之国——新亚特兰蒂斯。"试想一下……"这段铺天盖地的广告已经

---

① 译者注:圣波隆顿相传是加那利群岛的第八座岛屿,但并没在近代的地图中出现过。关于它的位置,存在着各种传说。

在电视里播放了一整年。后来,各式各样的美妙创意迅速汇聚成一首悠扬的小提琴曲。虽然这座岛的用途至今仍是一个谜,但马德里的议会还是在一个月前批准了这一计划。安娜是该项目的坚定反对者之一,但她所属的政党联盟却投了赞成票。旅游协会宣称,这个项目将带来难以估测的损害。它将使我们的安身立命之地毁于一旦。他们害怕它被建成集住宿、主题公园和岛屿旅游为一体的新式旅店。

隔壁的人在讨论这究竟是一座岛还是一艘船,因为规划中的地面大多浮在水面,就像巨大的漂浮码头。

费利佩对此毫不关心。自从安娜宣布代表保守党参加选举后,他就对政治失去了兴趣。当时他们在吃晚饭,在从头盘换到主菜的间隙,她轻描淡写地公布了这个消息。坐在他俩中间的罗莎,当时刚吃完从超市打包回来的蟹肉沙拉。费利佩依然记得,那里头放了太多的蛋黄酱。欧拉利娅正把杯子收到餐盘里,安娜还没等她离开房间,就迫不及待地去厨房取肉。罗莎突然不见了,费利佩根本没注意到她是怎么回房间的。

他挣扎着从沙发椅上站起,来到卫生间。幸好一路都没有碰到人。他从洗手盆上方的储物架上拿过一条毛巾。重新落座后,他把毛巾对折,往前挪了挪身子,直到脖子彻底平贴靠背,才用毛巾盖住了双眼。

服务员叫醒了他。他先把手搭在费利佩的肩膀上,接着又扯下盖在他脸上的毛巾:"有人在等您。"

费利佩点了点头,边站起身边接过毛巾。状态尚可,他想。他来到卫生间,用热水浸湿毛巾,擦了把脸,闭上眼睛默默站了一会儿,直到皮肤上传来一丝凉意,才把脸擦干。

罗莎坐在车里,等费利佩拉开副驾的门上车,便一声不响地启动了引擎。她朝费利佩笑了笑，装作根本没注意到他领口和胸口的深色水渍。她选择走古老的将军大道。"高速堵车。"注意到费利佩质询的目光，她解释说，"广播里说的。"

他原本应该吃点什么。费利佩突然觉得自己的胃在抽搐，仿佛它已经缩成一粒葡萄干大小。他开始打嗝，嘴里的酸水越来越多。他一面猛按玻璃升降开关，一面靠在座位上。在罗莎将她那一侧的玻璃升上去后，他依然不停按动开关，直到他这一侧的车玻璃几乎彻底没入车门之中。呼吸过新鲜空气后，他总算感觉好了一些，整个人彻底瘫在座椅靠垫上。罗莎向右转弯，打开了收音机，听到里面在放萨尔萨舞曲，又立刻把它关掉。

有那么一段路，透过路边房屋的缝隙，大海清晰可见。太阳已经下山了。几年之后，尚处黑暗之中的海面也将亮起灯火。再去傻里傻气地议论圣波隆顿能否算岛屿，其实根本没有意义。它将在天际线上、在漆黑一片的海天之间划定自己的边界。费利佩想象，那应该是一串黄色的光点。据说，山嘴底下要搭一个水泥平台，它将被打造成人工海滩。去年他被迫陪安娜出席美食协会的年度招待会时，那里的人们正兴奋地议论此事。

无论是在弥撒结束后的大教堂、餐馆、超市收银台，还是在他昨天路过的阿德尔安塔多广场公交车站，到处都在谈论着圣波隆顿。在《阿维索斯日报》[①]上，无论是左派还是右派都在宣扬阴谋论，各种关于秘密基地、武器和无人机的谣言此起彼伏。如果没有酝酿什么坏事，他们为何偏要在那么远的地方造一座岛呢？有人猜这与服务器集群和人工智能有关，有人则认为这是UFO的起落场。

---

① 译者注：《阿维索斯日报》是特内里费岛历史最为悠久的本地报纸。

革新，缓慢的革新，使他们感到害怕。他们不想遭到时代的排挤、碾压和锤打。不敢在历史中留下姓名，才是他们畏缩不前的原因。他们抱残守缺，在那勉力维持的光鲜外表之下，其实早已千疮百孔，破烂不堪。汽车经过一片堆满白房子的山坡，橘黄色的街灯不时从画面中闪过，形成一道不规则的弧线。这里永远不会有新的变化，费利佩想。它永远那么臃肿，不会有精细的线条。一切都有它的功用，而不是因为它一直就在那儿，或是没人愿意花时间清理。

可那些创造圣波隆顿的人，不就青史留名了吗？他的心中其实有些不解。但他们完全是另一副做派，他又格外耐心地自问自答。这群人摆出一副能够忘记一切的姿态，所有不再有利用价值的事物，都能被他们随时抛在一边。这其实是因为他们在害怕。那我们该怎么办？所有关于"圣波隆顿是不是岛屿"以及"如果是的话，这究竟有多糟糕"的讨论，其实都是在问："那我们该怎么办？"

前方红灯，罗莎踩下刹车。他们得给有轨电车让道，电车的轨道横穿路口。费利佩打量起科学博物馆门口的巨型圆盘来，那是一架射电望远镜的天线，上面印着一块棕斑，看上去像是褪色的保护涂装，但那其实是月球上以这座岛屿命名的那座山的坐标和形状。

山坡上遍地是遗迹。除去越来越密的浅色小屋，还有平缓的坡地。人们在坡地上种植葡萄，已经有近百年历史。每一小块未种庄稼的土地以及街道和山坡之间的每一片空地，都长满了仙人掌。覆在上头的白色介壳虫卵，在黄昏中依然清晰可见。由于罗莎错过了出口，他们不得不围着同一个转盘绕了两次；那里种的甘蔗，在风中噼啪作响。甘蔗种植在岛上也有近百年历史，直到古巴开始大规模量产后才日渐式微。每一片作物单一的土地，每一个崩溃的市场，每一次饥荒，每一次被暴力镇压的起义，都在这儿沉淀了下来。一切都保留着原状。

费利佩指了指车窗外,扭头看向罗莎。

"1498年。"罗莎几乎脱口而出。一般来说,费利佩听到这儿就会消停了。偶尔,他还会就"没有历史意识的一代"和"没有明确身份认同的一代"做一番说教。"殖民军第一次成功攻占岛上腹地,成功征服关切人[①],修建圣母感恩教堂,以感谢上帝的护佑。"说完,她打开收音机,里面正在放萨尔萨舞曲。从街上其实看不见教堂,它的周围有不少破败的建筑;两块巨大的"七喜"和"卡氏"饮料广告牌,更是直接挡住了视线。

美术中心门前放着一把沙发椅,上头摆着一堆被粘在一起的书,这些书清一色是研究1935年超现实主义者集会的著作。这把沙发椅,看起来和费利佩在列祖列宗那责备的目光下瘫卧其上的那把椅子颇有几分相似。

"哦,天哪!"罗莎在他身边说,"看得人想哭。"当天晚上,她还真就一直处于这种想哭的状态:她的面颊就像一层在泪湖上漂浮的薄纸,稍有不慎就会被泪水吞没。费利佩把手搭在她的后背上,轻轻推着她走进了敞开的大门。

"你身上有股味道。"她小声说。

费利佩点点头。她说得肯定没错。他其实更想点一杯威士忌,不过最后还是从托盘里拿过两杯香槟。

"谢谢。"罗莎摇着头说。

托盘消失后,费利佩将第一杯香槟一饮而尽。气泡涌上他的鼻

[①] 译者注:关切人,特内里费岛原住民。

腔，呛得他连声咳嗽。

"真不可思议！"罗莎转过身，朝一件展品走去，很快又一脸鄙夷地转向下一件。她的目光只在那里稍做停留，便又转向别处。最后，她来到裱在镜框内挂在墙上的报刊文章前，随即便立马后退了一步。

费利佩没有继续喝酒，而是捧着斟满的酒杯，看着女儿像弹球一样在展厅里瞎逛。她两次拿起手机，在屏幕上打了些什么字。他定睛看去。罗莎在"照片墙"上传了一张左轮手枪的照片，并在下方写道："他们管这个叫艺术。"

费利佩站到入口处的自助餐桌旁，那里摆满了加那利特色小吃。一只用盐水土豆雕成的猫头鹰，正用金枪鱼油炸丸子做成的爪子牢牢抓住一卷被做成证书状的玉米饼。

可以避免的错误

"早知道换个包。"安娜一边想，一边把自己的包从桌子上拿了下来。下周三，她肯定得换个包。今天的这个手提包，就是她今天上午提到的"可以避免的错误"之一。她转过身，想把肩带挂在椅背上，可椅背却由一根光滑闪亮的金属弧形圆管组成，根本没有能挂肩带的地方。该死的会议室，该死的酒店，我为何气不打一处来呢？她想。该死的悬臂椅，该死的水果盘，该死的酒店协会季度聚会。安娜只得把包抱在怀里。这个粉色的羊皮包接缝对称，正中间是被售货员称为"双C"的真皮的品牌标志。这个香奈儿手提包售价3500欧元，2014年款，一看就是在经济危机后买的。

如果有人借此发个博客，肯定可以大做一番文章：页面上方放一张拎手提包的高冷的模特照片，底下跟一张安娜拎同款手提包的照片，虽然这张照片尺寸较小，也有些模糊，但每个人都会把模特那高傲的眼神嫁接到她的脸上。

安娜看了一眼已经在桌前落座的人。一个都叫不出名字，大概都是替人来开会的。她瞥了一眼自己的几部手机，整理了一下文件。两个女人正在谈论孩子们在学校里的食物。对大家而言，下周三都将是克莱普纳大驾光临的日子；他们受邀与他共进晚餐，中午还要和某个协会进行一场纯属消磨时间的无聊会谈。仅此而已！她不会被吸入黑洞，然后在某台机器的肚子里粉身碎骨。这只是本月11号，一个周三而已。

何况机器也没有肚子，安娜想。而且什么叫粉身碎骨呢！其中一个女人已经开始如数家珍地念叨起土豆、米饭等配菜。"安静点！"安娜发觉自己的声音有些激动。她朝两个女人望去。她们不再说话，也没有表现出歉意，既没有直接看向她，也没有相互对视。只有一个人把椅子往桌前挪了挪。男士们不急不慢地站在全景窗前，一副有说有笑的样子。安娜考虑是否也要起身凑上前去。在坡地尽头的那排棕榈盆栽后，只有白茫茫的云雾。它沿着山坡一路往上，弥漫在整片奥罗塔瓦山谷上空；两侧的山口就像湖岸，从白茫茫一片中耸立而出。

日光照耀圣克鲁斯，照在卡斯特罗大街上。那儿也是他们今天上午会面的地点。这场会议不在市政厅，不在党总部，也不在议会党团的会议室举行，而是选在一家安娜从没听说过的律师事务所进行。保守党秘书长埃利萨多·鲁维奥口头通知她会议地点，叮嘱她不得把它列入公开日程安排中。卡斯特罗大街上的合欢花已经开了。

第一批游轮已经完成卸客，乘客们朝着步行街蜂拥而来。在一家挂着"加那利特色"招牌的刺绣商店前，一个女孩正在抽着手里的最后一支烟。她穿着民族服装：一条黑底上带着绿、黄、红三色条纹的裙子，围裙，还有一件白色衬衣。身旁的台阶上放着她的帽子。安娜也想在太阳底下待着。这是她第一次想要重新开始抽烟。

她拿起手机，想记一句"下周三换包"，但最终还是将它重新放下。关于手机的使用，埃利萨多·鲁维奥没有给出明确指示。"保持镇定，"他说，"不要蛮干，先考虑清楚，深思熟虑，保持警惕，惜字如金。除此之外，一切都只会适得其反。问题就在于那些漏洞，它们让人看起来有罪。通信中的漏洞。你所有的通信都存档的吧？"

安娜点了点头。

埃利萨多·鲁维奥的语气，听上去仍像在谈论他的孙女。每周日，他都会带她去西班牙广场的水池旁，看着她把小石子扔进池里。"我们要堆座小山，爷爷。"她总是这样说。他说话的声音丝毫未变，还是那么柔和、温暖和低沉。或许他想要借此安抚安娜的情绪。不要慌，他说，像从前一样继续干吧。或许可以把家里的围墙砌高一些，再订一套百叶窗。但不要慌，一切都像从前一样。不要匆忙行事。小心适应，别太声张。一切都会过去的。

酒店协会主席向她问好，感谢她抽空前来，安娜报以微笑。这季度的数据上周已经通过邮件群发给参会者。这些数字十分喜人，说明整个行业已经开始从北非沿岸和土耳其的恐怖袭击中受益。在座的所有人都看过这些数据，他们只会点头，根本无心听讲。

埃利萨多·鲁维奥估计，检察院的新闻发布会将于明天上午召开。"床位利用率……"主席说，"旅客的平均逗留天数……遗憾的是，旅客的平均年龄仍高达42.1岁。"但它至少没有继续上升，而是停在了原位。

"你的处境并不危险。"埃利萨多·鲁维奥说。下周一,也就是听证会召开前的两天,基建发展局发言人安德烈斯·里韦拉将会以家庭原因为由宣布辞职,因为他需要更多的时间照顾孩子。"这也是为了缓和一下紧张的气氛。"埃利萨多·鲁维奥笑着说。安娜试着回想里韦拉孩子的名字,还有他妻子伊莎贝尔的面容。有那么一阵子,费利佩和她经常去里韦拉家吃饭。他们去的时候,孩子们已经睡觉了。那是一对双胞胎,两个男孩。但他们性格迥异,里韦拉总是这样说。他的妻子是一位瑜伽教练。这对他们而言没有什么用。

他知道这个消息了吗?安娜想问却没问出口,最后只是点了点头。如果他们通知了他,那他肯定会做好准备。给一楼的窗户安上百叶窗,把花园的围墙加高,在上面装上锋利的玻璃片,甚至装上运动探测器和报警装置,以防摄像团队闯入。或是干脆去度个假,或者把他的妻子、孩子送走。或许他会把自己的电话、平板和笔记本都束之高阁,断开无线网,拔掉固定电话插头。或者他们也跟他说,他的处境并不危险。

罗莎自己倒无所谓,但费利佩肯定会幸灾乐祸,胡里奥·博特也不例外。有趣的是,在代表人民党就职这件事上,他俩都对她颇有微词。

"但愿你除老公之外,没有和别的人干过。"埃利萨多·鲁维奥说。安娜点了点头。"我们保持联系。我会再来找你的。"埃利萨多·鲁维奥把"我"和"你"两个字眼说得特别重。他似乎已经在等她起身致谢,宣布告辞。仿佛他俩已经把该说的都说完了。

"那个漏洞呢?"

埃利萨多·鲁维奥没有回答。他把写着笔记的纸翻了个面,用双手压出一道白色的折痕，身子微微前倾，耸着肩俯到桌面上。

"你们知道是谁干的了吗？"安娜不无气恼地发现，自己的双手已经不知不觉叉在了胸前。她缓缓地把手垂下，手心朝上，手指微曲。这样太不自然了。她知道，自己不能低头，必须盯着埃利萨多·鲁维奥的脸看。如果她想要得到答案，就必须盯着他的脸看。

"是谁干了什么？"他问道，语气平和，没有半分激动。"假如真有可以作为呈堂证供的东西，比如旅游局女副发言人和基建局发言人对话的录音带——姑且认为他们在讨论如何操纵鉴定结果吧——那我必须先证明在这段恰巧音质不佳的录音带上说话的正是这两名被告。"

接着是一片寂静。

直到安娜说出"莱斯特的遗产"这几个字。这听起来不像是一个问句，而是言之凿凿。埃利萨多·鲁维奥对此不置可否，只是扬起眉头，露出会心的笑容。

"我的反对立场比任何人都鲜明。"这番开脱之词听起来有些仓促，也有些奇怪。

埃利萨多·鲁维奥默然起身，一边抬手扣上衣扣，一边伸手与她道别。

"今晚美术中心见？"

安娜点点头。

"你家人来吗？"

安娜点了点头，虽然这并非实情。

"我对此充满信心。"在介绍完最后一组数据后，酒店协会主席这样说道。所有人都露出笑容，开始一边收拾资料，一边掏出手机看时间。主席朝安娜这边看来。她知道，该来的终于来了。比如有没有可能向马德里政府进一步施压。果然，他已经开始说起发展潜力受阻了。安娜则一如既往地回答，解决问题的关键在布鲁塞尔，这是事关全欧洲的整体政策。说着，她亲吻他的两颊道别。

4点过后，安娜才再次坐进车里。空调——后来被问及那晚为何还要开车去办公室，而不是去拉拉古纳看望父亲再回家换衣服时，她这样回答道。办公室里有空调。

环阿纳加山脉而建、海拔数百米高的北部高速公路，此时车流稀少，雾气缭绕。安娜打开车灯。道路一侧悬空，下方是海洋和星罗棋布的粉色房屋。另一侧贴着陡峭的山壁，在7月的毒阳之下，上面的树木依然郁郁葱葱。氤氲的雾气在海面上生成，沿着山崖一路向上弥漫，直到在山顶凝结成水珠消散。到拉拉古纳的白色城墙前，雾气已经彻底不见了踪影。

在低压的雾状云层中驾车行驶，让安娜想到在阴影中沿着屋墙穿行。脚上的芭莉瑞娜[①]鞋后跟已经湿透，狭长的阴影一直通向救济院。门房窗户紧闭，百叶窗拉下，一切都是为了阻挡石子路面所散发的热气。电扇来回吹动的热浪，足以让安娜喘不过气来。她父亲也许会说："我想看这个。"然后伸手指指某个体育节目。

再晚些时候就该到家了：一想到从车库到家门口那段石板路周围那片泛黄的草地，安娜就忍不住想靠边走。她必须给俱乐部打电话，因为费利佩肯定不会接手机。她必须坚持让工作人员把费利佩叫来听电话，坚持要求他回家洗澡，换上一件干净的衬衫，再坚持要他陪她去美术中心。

"我们会去的。"她这样回答埃利萨多·鲁维奥。这本来就不是

[①] 芭莉瑞娜全名 Pretty Ballerinas，知名平底芭蕾舞鞋品牌。

什么大场面，一切都和往常一样。安娜不禁怀念起办公室的宁静。那儿有人流稀少的接待室和安静的厨房，她可以惬意地在里头煮杯咖啡，再闭上眼，跷起腿，在办公椅上躺上十分钟。椅子的后背可以调节。衣柜里挂着好几套应急的衣服，浅米色的那件配上深色的鞋子就足以对付了。毕竟不是什么大场面。

如果没有喝得醉醺醺的费利佩在场——他肯定会和没洗过澡的罗莎一起对那些展品评头论足——这个晚上大概会好过许多。不如就说我的家人有事来不了？但这理由听上去有点牵强。

北部高速一路穿过山脊。驶过古阿马萨后，云雾彻底消散。从机场旁驶过时，安娜已经能看到沥青路面上方抖动的空气。快接近高尔夫球场时——费利佩还在大学上班时，他们曾来这儿打过一阵子球——安娜决定不再前行，转而朝空调声轰鸣的办公室驶去。

明天，明天她一定去，决不食言。安娜一手握住方向盘，一手拿起放在副驾驶座位上的手机，用拇指设置了一个"明天17点看爸爸"的闹钟。决不能让他挂念她。即便她去的时候，他不是在和修女说笑，就是在和倚在门框上的住客交谈，或是向护工打听她的上班时间。安娜一进屋，他便开始沉默，甚至都不愿让她轻吻自己的脸颊。"我忙着呢。"说着，胡里奥·博特指向通话机、监视器或是正放着自行车比赛的电视机。他甚至都拒绝和她去喝杯咖啡。"我有任务在身。"他说，"不能擅离岗位。"除此之外，他一概用点头或嘟哝声进行回复。

"爸，你怎么样？"嘟哝。"吃得怎么样？"点头。和安娜独处时，他会把电视的音量调得更大。就算偶尔和她交谈，他大多数时候都在骂这个家。一开始，是因为他们搬到长街居住。"我们干吗空着好好的房子不住，却要挤在一个小套间里生孩子呢？"安娜反复念叨，直到费利佩最终做出让步。她父亲却说那是一条住满杀人犯和叛国贼的街道。自从几年前从那附近开车驶过后，他便做出了这番论断。他一再强调，自己的目的地是特古尔斯特，那只是一次绕行；还特别详细地指出，当时那条道被封了，所以他别无选择……一看到那所房子的状况，他就气不打一处来。"八块屋瓦啊！"胡里奥·博特一边说，一边伸出八个手指："竟然缺八块屋瓦！"换作他绝不可能对此不闻不问。

安娜把车停到地下车库，乘电梯上楼。她有些饿了。冰箱里常常放着些某次招待会吃剩下的食物，它们被包在湿透的红黄餐巾和锡纸里。过道里一片寂静，房间里也悄无声息。安娜走进她的办公室。暮色低垂，遮阳篷已经被摇下。她走到办公桌前，正打算把该死的手提包和大衣放下，却突然注意到一个人影。那是安德烈斯·里韦拉，基建局发言人。你的处境并不危险。后者坐在她的一张访客椅上，所受到的惊吓并不比她少。

安娜去办公室厨房给安德烈斯和自己煮咖啡。一路上，她坚信费利佩和罗莎肯定不会去美术中心。咖啡机已经关了。安娜按下开始按钮，屏幕上的绿光朦胧亮着。"加热中，请等待！"的字样清晰地出现在屏幕上，旁边是一小团逐渐弥漫又突然散开的雾气。

安娜没有开灯。她靠在工作台上，从盒子里取出一个咖啡胶囊，拿在手里晃了晃，放在咖啡机旁。她从柜子里拿出两个杯子，放在接盘上。安娜望着雾气，她不愿回办公室，因为安德烈斯·里韦拉托着下巴靠住扶手、在暮光中瘫坐在访客椅上的样子，无疑传递出一个明显的信息：他已经得到消息了。他知道自己周一将宣布辞职。安娜担心，埃利萨多·鲁维奥也会和她说同样的话。你的处境并不危险，只是为了缓和一下紧张的气氛。

屏幕上出现"准备就绪"的字样，雾气消失了。安娜把咖啡胶囊塞进胶囊位。有那么一刻，她感到自己是幸运的。她担心，一切还没尘埃落定。她按下操纵杆，把胶囊使劲往下压。她望着透明的水箱，直到其中冒出水泡，才收起微笑。

埃利萨多·鲁维奥信任她。或者说，他经受不起同时失去一位内阁成员和一位国务秘书的损失。热水流过胶囊，发出嘶嘶声，把安娜吓了一跳。

"拿着。"她把咖啡递给安德烈斯·里韦拉。面前的这团东西开始移动，重新露出了脑袋，伸出手。

"我们被人涮了。"他一边说，一边把咖啡杯放在两张访客椅中间的小桌子上。

"等一下。"安娜抿了一口咖啡。她想说，那段录音质量糟糕透了，别人听不清我们说什么。但她最终还是闭上嘴，转而望向书桌上的台灯。它还是老样子，鼓起的白玻璃灯罩，安放在北欧白蜡木做成的三角支架上。

要是在电影里，那里大概装有窃听器，安娜想。她考虑要不要在纸条上写一句：当心！有窃听器！或者也可能是针孔摄像机，她想。胡闹，她转念一想，还是绕过办公桌，坐到自己的椅子上，小心地拿好咖啡，以免它从杯子里溢出。

"回家吧，"安娜说，"跟你老婆过个愉快的夜晚。"

她的双脚在芭莉瑞娜皮鞋上贴住了，她必须上手，才能把脚从鞋后跟取出。她已经累得弯不下腰，干脆就把鞋留在桌子底下，用一只脚揉着另一只脚。安德烈斯·里韦拉又重新瘫成一团。

"我一直在想，那究竟是什么时候。当然，这其实已经无所谓了。"

看来没有危险，安娜暗地里判断。

"我能想到的有三次。"他说。

有点危险了。安德烈斯·里韦拉盯着她的办公桌底。安娜注意到他在盯着自己的鞋看，于是伸开腿，把它勾到自己身边，放在废纸篓旁。

"肯定是在室外。"安德烈斯·里韦拉竖起拇指数道，"第一次，茶花女餐厅。"说着，他朝着窗外努了努下巴，伸出食指，"第二次，在楼底下的船坞吃饭的时候，我们也讨论过这个项目。"他紧接着竖起中指，"还有就是在和平合唱团的招待会，在户外的阳台上。我能想到的就这些。"

说完，他的目光看向安娜。安娜还能想到好几次在议会党团会议室、里韦拉办公室和自己办公室里的谈话，但她没有说话，只是耸了耸肩。出于安全起见，她现在其实应该问一句"说什么？"或是"谈了些什么？"但她已经累得没有时间演戏，只朝温热的咖啡吹了口气，就点了点头。

"你认得他吗？"

"谁？"

"那个记者？他们跟我说，检察院从一个记者那里得到了录音带。"这其实是在问"他们是不是也这么跟你说的"。

安娜摇摇头："可能他也是受人指使吧。"该死，该死，该死，她想。闭嘴，她想，别说话。

"受谁指使？"安德烈斯·里韦拉似乎根本没想过背后还有一股更为强大的力量。他以为只是某个记者凑巧录下了这段质量不佳的对话。

或者这是在试探她，想看看她究竟怎么想，怎么说。或许安德烈斯·里韦拉一无所知，但说不定他也可能是他们派来的。

安娜耸了耸肩。

"我觉得自己没得罪谁啊！"安德烈斯·里韦拉说。

可能这样的结局对他未尝不是好事，安娜想。他三四年前宣誓就职的时候，还仪表堂堂。从那以后，他就变得越来越力不从心。他以前有一头棕发，现在已两鬓斑白，就连下巴上都泛起了皱纹。

匝道出问题了。十天前，他给她打电话说。

"哪个匝道？"安娜问。

大约一周前，谣言也传到了议会党团。没人把它当回事，大家都以为调查已经不了了之了。"这跟我有什么关系，"安娜当时想，"这都是安德烈斯的事情，根本不关我的事。"

她的部门只是向外界证实确有规划存在，仅此而已。岛上哪块地方没有规划图、开发商、全景图、座谈会、轮廓图、视觉图和动画效果图呢？这没什么大不了，也是所有人过去、现在和将来都在做的事情：某人在高速路旁继承了一片土地，一个朋友经营一家建筑公司，这两个人又凑巧都是基建局发言人的朋友。后者向欧盟申请资助，要在那块地上修一个包含引桥和引道的多车道高速出入口。为了配合这一申请，旅游局发言人办公室证实，政府计划在高速匝道尽头修建一个包含自然保护区、资源再生利用区、教育基地和四千张床位在内的大型休闲基地。一个发展基金为项目投资，两年后又追加了投入，这在道路建设领域也是常事。最后，匝道建成了，一位欧洲议会的西班牙籍议员专程从布鲁塞尔赶来，出席落成典礼。第二年夏天，路面的沥青开始起泡和开裂，但这已经无关紧要，因为修建包含自然保护区、资源再生利用区、教育基地和四千张床位在内的大型休闲基地的计划已经无限期推迟。有关部门对此展开调查，为此难免需要写份说明。

"我甚至都不在被告之列，"安娜想，"我只是给安德烈斯·里韦拉帮了个忙，仅此而已，甚至都没有从中得到任何好处。"

安娜伸手取过屏幕朝上的手机，将它倒扣在桌子上。真是胡闹，她一边想，一边重新取过手机，长按侧边的按钮，直到它在她掌心发出一阵振动，彻底被关上。

说不定他们知道你在想什么，或者可以相当准确地预测到这一点。或许，他们正在讨论你的心跳频率呢！窃听器，多么老套的手段。

安娜的眼里闪过许多白色、黑色、蓝白条纹和红色的衣服！看来穿米色裙应急是一个错误的决定。这看起来就像光着身子。从入口处的镜子前走过时，安娜这样想。

"你来啦。"安娜从后头挽住费利佩的手，俯身亲了一下他的脸颊，又用指尖擦了擦他的嘴唇，抹掉上头的唇膏印。她在大厅里环视一周，观察都来了哪些人，盘算着该先去跟谁打招呼。

埃利萨多·鲁维奥没有露面。正如她所担心的那样，费利佩身上散发着酒气。安娜拿过他的杯子，不由分说一饮而尽。这杯普罗塞克酒又酸又热，还出奇乏味，肯定已经被费利佩捏在手里许久了。

"罗莎呢？"她把空酒杯还给费利佩。后者朝房间另一端努了努下巴，还故意晃了晃身子，想惹她发火。安娜敢肯定，他还不至于醉到那种程度。

罗莎正站在一件展品前。有那么一会儿，安娜以为她在仔细观赏那件小型雕塑。她的头发盘成了一个结，工装裤的背带一直垂到后腰，几乎快要碰到尾骨；两厘米宽的牛仔条纹，沿着裸露的后背一路往上，中途与黑色的胸罩肩带交汇，最终在肩部消失。安娜看到一大片浅棕色的皮肤。看样子，罗莎是不打算准备9月的补考了。她拒绝说出年初匆忙回家的理由，拒绝考虑转专业，也拒绝走出房间去海滩和见闺蜜，甚至都不愿意上街购物。

这条工装裤是安娜去年秋天去马德里看望罗莎时和她一起买的，580欧元。后来，安娜眼睁睁地看着罗莎在合租屋的厨房里用一把家里从前剪鸡骨头的剪刀把裤腿剪短。她忍住没有说话，只是默默地洗着番茄。这裤子一点也不长啊，她想。剪过的切口处，留下了一根根棉线头。

这些今天都看不到，因为罗莎把裤子一直卷到了大腿处，好让浅棕色的腿显得更加瘦长，直至没入一双青绿色的运动鞋中。这双鞋是公平生产和公平贸易的产物，生态环保可降解，售价460欧元。罗莎没穿袜子，这双鞋想来已经发臭了。罗莎遗传了外祖父的汗脚。即便是她十岁、十一岁、十二岁时穿的白色、淡蓝和粉色芭莉瑞娜鞋，也和安娜父亲的工作鞋一样臭。他有一双棕色和一双黑色的鞋子。安娜的母亲受不了那股味道，便在晚上把旧报纸塞进鞋里，搁在卫生间里。安娜小时候半夜醒来，摸索着去上厕所，闻到的就是这股足以令人反胃和作呕的味道。

一个男子站在罗莎刚刚停留过的那件小型雕塑旁。那是家庭、青少年和文化局发言人热姆·墨菲·阿尔韦斯。他一边伸手和安娜打招呼，一边朝她露出笑容。安娜点了点头作为回应。她不确定对方是否对早上的谈话有所耳闻。"你不在被媒体狂轰滥炸的范围之列。"但不管怎样，他没有动身穿过屋子走过来向她问好，而是和两个穿着宽松亚麻裤的男子继续交谈。他俩都穿着浅色的Polo衫，一件颜色像开心果,一件青得像鸭蛋,其中一个人戴着一顶系着黑色宽绸带的白帽,另一个手里拿着一根电子烟。后来有人告诉她,说这两个人是艺术学院的教授,这儿展出的部分作品就出自他们带的毕业班学生之手。

罗莎站在展厅中央,在手机上打着字。父亲一家在1936年真的支持军方吗?安娜其实想搞明白这个问题。粗野的举止和被撕裂的衣服——被撕裂的廉价衣服——那也是她想搞明白的事情。"你知道自己的耳环需要消耗多少资源吗?何况那还只是你众多耳环中的一个。为什么我们的花园里没有太阳能设施?你们真的得一直开车吗?"这都是安娜想要搞明白的问题。她和环保组织结成钢铁同盟,安德烈斯·里韦拉称她为"沟通的奇迹"。安德烈斯·里韦拉明天就该辞职了。安娜理解罗莎学艺术的选择,理解她说的"以后靠啥为生都无所谓"。只要费利佩继续成天无所事事地坐在俱乐部里喝酒,罗莎就能继承可观的财富,从而无须为自身选择所带来的经济后果感到后悔。

"拿着。"费利佩递给她一张包着两团黄色物体的餐巾。是蛋卷,里头大概夹着什么东西。"鹿排。"他说。

安娜咬了一口,白色的汁水流到她手指上。一小块土豆连带蛋黄酱掉落在一个位于柱子旁、大约齐腰高的方形玻璃展柜上。

费利佩去擦沙拉酱,反倒用油脂弄花了展柜。"别弄了。"安娜说。

展柜中摆放着一个浅色棉纱做成的蛋状物体。它的部分表面很薄,甚至都能让人看见里面的三角形金属架。

这个自己能看懂,安娜想。一个人身处棉纱织成的薄茧中,手指被绑在围栏上,以免它们左右乱动,把十分轻薄的细纱捅出一个小洞，使得聚光灯的光得以投射进来，带来笑声和嘈杂的声响。这个蛋状物体正处在一个圆形剧场的正中央，周围是无比陡峭却座无虚席的看台。观众们伸直脖子，左右张望，只为透过那些小洞，更好地观察到薄茧之中的安娜。又乱想，她想。

"你看！"她说。

"哦，天哪！"罗莎笑着把自己的手从安娜的肩膀拿下。"瞧这鸟嘴！"只听"咔嚓"一声，她举起手机，拍了张照片。

"什么鸟嘴？"安娜问。

罗莎转过身，看了她一眼，默默指了指那个三角形金属架。

全家人都坐安娜的车回家。费利佩把车留在了西班牙广场旁的车库里。"一切都好。"安娜突然说。街上几乎空无一人，车里的沉默看来十分和谐，"一切都好"。

"他们管这个叫艺术。"费利佩在手机上读到这条信息。

"别看了。"罗莎连忙朝前排座椅中间伸过手，想要抢走他的手机。

费利佩小心地躲开。"这是对所有人可见的，那我也可以看。"

罗莎跌坐回座位。透过后视镜，安娜能看见她无奈的笑容。

"十七个赞。"费利佩说，"算多吗？"

罗莎耸耸肩。

"可怜的家伙。"费利佩读道，之后又问，"这个阿基是谁？"

"不重要。"罗莎回答说。

"保持坚强，拥抱亲吻你，祝你在小岛上过得开心。"费利佩一边读，一边从后视镜里看着罗莎翻白眼的样子。

"明晚，特立尼达大道，喝杯啤酒？"费利佩继续读道。"等等，埃纳的维瑟①,莫非他爹是……"

"哦。"安娜哼了一声,仿佛发现了什么不愉快的事情。

"没错,是他。"

安娜把车驶进空荡荡的小型环道,打开转向灯,转弯,望向远处的马路。她的目光无处可去,也只能看向马路。

"埃纳什么时候回来的?"她最后问道。

"不知道。"罗莎回答说。这时,车已经拐进了长街。在嵌着碎玻璃片的高墙内,房屋一片漆黑,只有门边的摄像头闪着亮光,车库的入口处亮着绿灯。

车灯扫过院墙。几个星期前,墙上被人用红字喷上了"波利萨里奥阵线"。"就算费利佩不同意,我们也得在邻居抗议前,找个油漆工来。"安娜想。

她在车库门口停了下来。伴随着一阵沙哑的声音,车库门在黑暗中向两边开启。埃纳这次没告诉她自己要回来。从前他来岛上的时候,都会告诉安娜。他大多在圣诞节时来,在这里待两个星期。要是没记错的话,上一次是在五年前。

洪水在围墙上留下的白色痕迹,在车灯的照射下闪着光。当时,费利佩的父亲埃里塞奥·贝尔纳多特还住在这里。这条齐腰高的白线环绕在整座房子周围。在它的下方,泥浆已经开始剥落,露出深色的石块。

---

① 译者注:维瑟这一姓氏在德语中又有"草场"的意思。

2015 年
拉拉古纳救济院

时候尚早,救济院的女宾们还在餐厅里吃早饭。男宾们动作较快,他们的餐具已经被厨房帮工拿到热水池里洗净晾干了。桌上只剩下散落的餐巾圈、插着塑料花束的瓶子、白面包屑、敞开的黄油盒和果酱渍。两位要做理疗的住客已经等在紧闭的大门前。院子里,烟民们在狭长的阴影里默默地站成一排。一个义工走出厨房侧门,推着清洁车朝电梯走去。看门人胡里奥·博特从自动咖啡机上接了杯咖啡。还有四十分钟,开门时间就写在名牌上。卡门修女打开男宾休息室的电视机;第一批住客已经坐上沙发,舒服地把腿翘在小长凳上。

鸟笼——救济院里一共有三个鸟笼,其中两个里面各有一只金丝雀,另一个里面则有一对——仍然放在走廊里的长桌上,还没有被拎到院子里,挂在太阳底下。那对金丝雀有着绿色的羽毛,另外两只落单的金丝雀羽毛呈淡黄色,其中一只羽尖有些发白。一有人靠近,它们就从一根横木蹦到另一根,在笼子里来回窜动,抓得塑料板咔咔直响。人们必须走上前去,才能看清正拼命拍打着笼杆、弄出干涩的沙沙声的白色羽尖。无论是雄鸟还是雌鸟,都在扑腾着翅膀。

是只小公鸟，佩佩正想说这句话，却先大喊一声："走开！出去！"

"出去！"他又重复了一遍。佩佩高抬右手，手指蜷曲，却没有捏成拳头的形状，而像攥着什么小物件。一支笔，或是一根指挥棒。他的左手撑在轮椅的握环上，拼命地做着使劲往前推的动作。"走开！给我放手！蛋我自己扔。"

"轻点。"卡门修女抓住轮椅靠背的扶手，整个身子都连带着朝前跌去。她夸张地把一条腿甩到身后，像小丑一样把穿着白鞋的腿踢到空中，做出一副手忙脚乱的样子。那根怒冲冲地向她捅过来的看不见的逗鸟棒，被她巧妙地避开。"它们都不孵蛋了。放开我！我的鸟。放开我！"

埃纳听见餐具碰撞，听见洗碗水哗哗流入水槽，听见水管嗡嗡作响。醒来后，他便听到了这一切，中间没有任何过渡和缓冲。

房间里依旧昏暗。昨天晚上，他关上阳台门和窗户上的百叶卷帘，还插上了门闩。在那之前，街灯把天花板染成了橘红色。他上床睡觉时，还能依稀看见照向海滨大道棕榈分隔带的刺眼白光。门闩被利落地插入锁帽。在赛拉诺将军大街的房子里，门闩上的漆往往很厚，以至于销子都没法活动。门闩大部分呈白色，但最深处的划痕已经呈淡蓝色。无论他如何拉拽，甚至把手心压得通红，也都无济于事。

他的T恤放在床边的地上，如果把它套在身上，会有股坐飞机时因为紧张而流下的汗味，还有一股昨晚吸过大麻卷烟的味道。厨房十分安静，水龙头悄无声息，只有水管的嗡嗡声变得愈加响亮。其实那还算不上嗡嗡声，只是乌特在电话里总是这么说。她就这样反复念叨了好几周,埃纳却觉得这是无稽之谈,甚至怀疑是她喝多了灰皮诺葡萄酒产生的幻觉。那不是嗡嗡声,听起来就像火车在进站前几公里开外时的缓缓刹车声。那声音听上去像金属在相互摩擦,不是亮亮闪闪、火花四溅,而是发出奇特、单调的哀鸣声。

埃纳打开阳台门,决定打电话叫水管修理工。灰黄色的早晨,外头下着暴风雨。细小的雨点像成群的蚊子拍打着护墙。在这里,没有什么东西能垂直落向地面。即便是在艳阳之下,它们也会在空中来回打转。汉堡的毛毛雨则完全不同,它们懒洋洋地悬在空中,像一块海绵。

昨天从机场到圣克鲁斯的路上,南部高速的两侧都是灰蒙蒙一片。埃纳近年来都在冬天来到岛上;那是过圣诞节的时候,山坡上还是一片嫩绿的景象。现在,路边斜坡上柔嫩多汁的植物已不复存在,太阳把一切都烤成了焦黄色,除了偶尔出现的蓝色龙舌兰群,一切都被削减到了最原始的状态,只剩下纤维和细枝,以及尖钝不一的木屑和树皮。冬天还绿油油的山丘和山谷,被凸出的山岩、石缝和沟壑取代了。当出租车在一个红绿灯前停下时,只听见荚果在风中嗒嗒作响。

埃纳能感觉到沥青路面腾起的热浪。他一边把小臂搁在副驾驶一侧的窗框上,一边想,时间长了可受不了,最多也就是临时回岛待一下。他总觉得自己就是临时回来,有时是为了争取信贷额,有时是因为听到"你都没发现我上周搬出去了"的抱怨,有时是在融资过程中过来露个面、点两下鼠标。他曾坐在警车里,双手绑着腕扣;曾在从吸食毒品的迷幻状态中醒来后,发现自己被铐住双手,眼前闪着医院的方形灯光。在他受不了自己浑身恶臭地钻进睡袋、躺上隔垫的时候,当他在某个卫生间的某面镜子前受不了自己的黑眼圈和芬迪毛衣的时候,当他身处某家各色食品应有尽有的汉堡餐厅的时候,一切都让他感到万念俱灰。他幻想自己坐上飞机,回到自己在赛拉诺将军大街的房间,躺在床上。经过浅色窗帘的柔化,射入房间的阳光已经没有那么刺眼。一阵穿堂风拂过皮肤。那是一种懒洋洋的状态,而非"我身子很沉,但我其实在放松"这种疲惫的感觉。那绝对是带来欢乐的地方。

乌特的厨房跟在赛拉诺将军大街的房子里一样,以白色、浅蓝和灰色为主。"我做好饭了。"当他亲吻她的脸颊时,她这样说。他的母亲还穿着晨服,没有化妆,头发湿漉漉的,散发着一股洗发水的味道。埃纳发现,就连每个盘子上的餐巾都被整齐地叠成了三角形。餐具在白色的桌布上闪着银光,两个杯子里的鲜榨橙汁看上去比放在小碗里的两半葡萄柚色泽更淡。蛋杯的盖子上印着蓝白格的花纹。"我也可以做个煎蛋。"见他盯着煮蛋器看,乌特连忙说。

"不用,棒极了,谢谢!"埃纳一边说,一边掀开蛋杯的盖子,仿佛只有这样才能让她相信他的话。他想拿起鸡蛋,于是伸手握住暗棕色的蛋壳。那种无比烫手的感觉,着实让他吃了一惊。鸡蛋掉在盘子里,落在餐巾旁边,发出碎裂的声响。从蛋壳的裂缝中,流出一汪滚烫的热水。

"对不起。"埃纳嘴上这么说,脑子里想的却是楼底下的酒吧,夹着白奶酪和熟火腿的三明治、煨青椒和香肠炒蛋,再来一杯告尔多咖啡。他可以坐在遮阳伞底下,在人行道上享用这一切。还可以一边吸烟,一边透过太阳镜观察细雨中的游客。吃完三明治后,说不定还能再来一杯啤酒。

乌特给他倒了一杯滴滤咖啡,把小牛奶罐推到他跟前。"你先来。"埃纳说。

"我只喝茶。"她的语气像是在说,"这已经有很多年了,你上次来的时候也是这样。"

"对对。"埃纳一边说,一边掀开盖在面包篮上的餐巾。里面装着德式烤面包。

"你今天有啥打算?"乌特望向他问,"报纸上说,港口那边的海滩上有海藻。"

"她就是上上兴趣班,然后就是酗酒。"当他在汉堡时,经常有人问起他母亲,埃纳总是这样回答。

"你要上山吗?"

埃纳愣了一会儿。

"去墓地?"

乌特点点头。

"今天不去。"埃纳说。

"你跟人约的什么时候?"

在电话里,埃纳告诉她自己回来参加一场面试。剩下的就由她自由发挥吧,他这样想。这倒不全是谎话,他是打算接下来找时间和贾比见个面。他们总说:"我们啥时候一起做点什么。"贾比现在就职于岛上的政府部门,负责IT安全。从那以后,埃纳就管他叫"长官大人"。但这绝不是埃纳感兴趣的事情,他只是有意和贾比做点自己的事情。

"我们明天通个电话。房子怎么样了?"

乌特没有抬头,只是自顾自地放下茶杯,伸手试了试自己的头发是否已干,接着又双手环抱起茶杯,像是坐在敞开的壁炉旁拍一段茶叶广告,而背后的窗外正飘着白雪。

"那些人还在吗?"

乌特抬起肩,又重新放下,继续盯着面前的茶杯。"那他们还能去哪儿?又没人愿意采取点啥行动。"

赛拉诺将军大街的房子已经空置快十年了。"我们两个都要搬走。"在告诉他自己将要离婚的消息时,埃纳的父母在电话那头这样说道。那时,埃纳才去柏林没几个月,刚刚开始罢课。乌特一说要和他讨论一件严肃的事情,埃纳就明白了。

"那我们的房子怎么办?"他问完后,就在一阵沉默中等着他俩交换眼神,或许是希望他们能把房子卖掉。起初,父亲想把房子租出去,却找不到愿意接受其出价的租户。父亲死后,乌特和父亲的新妻子更是话不投机。

"你跟埃娃聊过了吗?你们可以让警察去把房子清空啊,只要你俩都签字就行。"

乌特摇摇头。"她不答应,也不回我的信。我想,要是能把我也一道毒死,她会毫不犹豫地服毒自尽。就像自杀式炸弹袭击者那样。你能想象吧?"

"你又在夸大其词了。"一般来说,只要乌特在电话里提起这个话题,他就会挂机了事。他从没见过埃娃,只是在她和父亲结婚后和她通过几次电话,那是在父亲身体已经出现异常的时候。

"我可没招惹她。"

"好吧。"埃纳把座椅推回原位,说,"谢谢你的早餐。"说着,他拿起自己的盘子、咖啡杯和用过的其他餐具。

"我有什么理由对她……"

埃纳已经走到厨房了。

"你去看看?"乌特在他身后喊道,"只要那些人还在,就没法带别人去看房。"

埃纳突然想起自己忘记处理汉堡家中厨房里的香蕉了。等那些人去的时候,它们早已变黑腐烂在一摊已经干涸的黏稠液体中,上头叮满果蝇。出发乘机前,他还专门打扫过卫生,以备法庭的执行人员上门。

长街的清晨与往日并无不同。走运,实在是太走运了。安娜一边这样想着,一边用枕头垫着腰,把平板电脑支在大腿上。她又喝了一口咖啡,温度刚好,奶量适中,堪称完美。她又翻看了一遍照片:小公主们正在把玩水里漂浮的充气动物玩具;新国王身着T恤,迎风靠立在双体船的船舷上;莱蒂西娅王后和姑娘们刚洗过头,她们穿着淡米色和海军蓝的衣服,从拉达祖尔的游艇码头出发去吃晚饭。

费利佩睡在楼下。床头柜上,调成静音状态的手机亮了一下屏幕,发出一阵振动。"欧盟理事会办公室来电:检察院新闻发布会最早1点召开,预定日程不变。"她的助理孔查发来一条消息。

一小时后,安娜已经收拾停当,夹着手提包准备出门。她又在脑海里记下:下周三换包。她像往常一样从卧室的窗户朝外瞥了一眼,看了看人行道两侧的情况。几个三十岁出头的人刚刚慢跑归来;穿着校服的孩子大多一左一右,在用人的牵引下朝公交车站的方向奔去。深色的大轿车开出向上开启的白色车库门。目光可及的范围内,都没有她父亲的身影。

安娜确信胡里奥·博特仍然会来看看。去年夏天,一场暴风雨刮倒了避雷针。"你们不要命啦?"她下次去看他时,胡里奥·博特劈头盖脸就是这么一句。他说,这是别人告诉他的。据说因为水泥老旧,已经有了孔洞,所以固定螺栓很容易就被风连根拔起。正如胡里奥·博特所指责的那样，一切都是因为屋檐的雨水槽几个月来无人清理。每次下大雨，雨水都会沿着墙体流下。只有又瞎又笨的人，才会视而不见。在最底下的那道门阶石板断裂后，他就预言她肯定会跌倒并摔断脊柱——如果她有脊柱的话。

据西普里安娜修女说，如果天不太热，他早上会去散步。他只需穿过不远处的基督广场和最高委员会广场，再沿着卖国贼大街一路下坡。安娜从没见过他拄着拐杖、戴着灰便帽出现在门口。她每天都会从卧室的窗户向外张望，想象自己某天会把倒出车库门的车停在他面前，摇下窗户说："上车，我捎你回去。"

罗莎还在睡觉。安娜已经和欧拉利娅告过别了。还有32分钟，她就将如约与狂欢节委员会的主席团见面，商量下一年的媒体造势。就在这时，她手里的手机屏幕又亮了起来。

"你在家吗？"

既没有问"你怎么样"，也没有说"你好"，埃利萨多·鲁维奥甚至都没有自报家门。有那么一阵子，安娜想回答"已经在路上了"。但欧拉利娅正在客厅用吸尘器，声音总会传进听筒。

"安德烈斯·里韦拉死了。"就在她犹豫的当口，埃利萨多·鲁维奥说。

"啥，怎么死了？"安德烈斯政治上已经完蛋了，是她昨天就知道的事情。

"你在家吗？"

"在。"她的声音大到有些不耐烦。冷静，她想，不要有突然的动作，一切照旧。

"该死的意外，这真是个该死的意外。但那些人会瞎编乱造，写出再愚蠢不过的阴谋论，等着瞧吧。车祸，游客，三个喝得烂醉的荷兰人昨晚把他给撞了。安德烈斯当时在回家的路上。那些人没看到红灯，撞了他的车，还正好撞在驾驶座一侧。安德烈斯可能都没反应过来怎么回事就走了。但那些人会捕风捉影的。走着瞧。"

安娜默不作声。她想到了小山，想到了昨晚在她办公室里的一幕，但就是想不起他那对双胞胎儿子的名字。这个她得去问问孔查。

"你待在原地别动。"埃利萨多·鲁维奥说。

"好吧。"安娜回答。吸尘器的声音越来越响。欧拉利娅已经开始收拾走廊了。

"一旦检察院宣布对你们两个展开调查，"他特意把"两个"拖得很长，"一切舆论压力都会被导向你这儿。把百叶窗拉下来，锁上门，总之你们自己想办法。"

"新闻发布会什么时候召开？"

"不知道，也许没变，还是1点。就先当是1点吧。你跟人有约吗？"

"要和人商量2017年狂欢节的市场宣传。"

"我会让你的办公室回绝掉一切活动。除此之外，不要跟任何人说任何事。你千万别动。你都想象不到这里究竟发生了什么。"埃利萨多·鲁维奥挂了电话。

安娜仍然把手机放在耳边。她本该给孔查打个电话，但最终还是没有去动放在耳边的手机，直到欧拉利娅一手拿软管，一手提着吸尘器出现在门边。

"我在家办公。"说着，安娜终于把手放下了。

刷新，蓝色载入标志一阵转动，没有新消息。继续刷新，载入，没有新消息。一早上都在刷新，但就是没有新消息。"该死，真恨不得死的人是我。"安娜想。刷新，仍然什么都没有，除了一条"惨遭车祸，留下孤儿寡母"。有人回顾了他为本岛做出的贡献。有人发了他出席希亚姆公园落成典礼时的照片。那时安德烈斯的头发还是棕色的，只见他站在一条张着大嘴的中国巨龙前，一群孩子尖叫着从巨龙的嘴里滑入泳池。还有人晒出了安德烈斯·里韦拉把手搁在《圣经》上宣誓就职的照片。一些谣言提到了几篇文章，最后以"死者为大"结尾。孔查没有来电，没有消息，什么都没有。孔查的手机直接呼叫转移到了语音信箱，她办公室的分机一直处于无人接听的状态。

"你们那儿怎么样？"安娜最终选择写邮件。友善，她想，语气一定要友善。千万不能写："你们是怎么想的，都不给我通风报信，就算没有新消息，好歹也告诉我一声啊！"

她多次翻出鲁维奥的电话号码，大拇指离手机屏幕上那个绿色的听筒按钮只有几毫米的距离。直到发给孔查的邮件收到自动回复，她才按下按钮。那封邮件里写道："由于议会党团发生不幸意外，本办公室今天无人办公。敬请见谅。"

"你在哪儿？"埃利萨多·鲁维奥一上来就和早上一样发问。

"在家。"她的语气又显得有些不耐烦。振作起来，她对自己说。

"好的，待在原地。"

"检察院那边怎么样了？"

"我们还在谈。有消息我会告诉你的。"

就在安娜接着问"那我办公室里怎么样了？"的时候，电话断了。她又拨打了一次电话号码——别犯傻，她想——绿色听筒，拨号中，响铃，声音变轻，她把听筒放到耳边，又是一阵响铃，第三声，然后电话被转到了语音信箱。埃利萨多·鲁维奥没有接听她的电话。

有备无患,她必须有所准备。安娜决定利用好时间,制订计划。下周三,她一定得去 Zara① 或者 Mango② 逛逛,总之得找一家西班牙连锁店,当然得去精品区,其他产品她觉得都不可信。最好是买套装,而不是连体裤,不要显得野心勃勃、精明能干,而要显得勤奋可靠。她要去买浅色夹克衫和裙子,最好是灰褐色或者米色的,白色的就显得有些过于精致了。不要最新款,最好是去年的款式。只是,安娜想不起有谁能帮她参谋一下。她的助理孔查个子几乎比她矮一头。

待在原地,埃利萨多·鲁维奥是这样说的。Mango 就在不远处的赫拉多雷斯大街,步行大概五分钟。"可要是有人看到我该怎么办?"安娜想,"要是他们一路跟着我拍照呢?他们大概会说我要去参加化装舞会。那又该是一场闹剧。"

"这些都是他们逼的。"安娜想。"我们和泡沫毫无关系。"她大声说,似乎是要为自己申辩。费利佩拒绝投资,所以他们也没受到经济危机的影响。这并不是因为他在大家一边吃着柚子果冻,喝着芦笋汁,一边神侃公寓、整体出租回报率和利息成本时有先见之明。当时大家手头都有些项目,安娜也多次提醒费利佩不要犯傻——"我们是唯一没有入股的人"。安娜坚信,费利佩拒绝投资只是为了和她唱反调,想要从中作梗,而不是因为他有多少远见卓识。

"我们还请得起女用人,买得起香奈儿包和巴黎世家的套装,这怎能怪我呢?"安娜想。相比之下,她真看不上 Mango。

---

① 译者注:西班牙的服饰品牌名。
② 同上。

何况危机也慢慢结束了。主街上的金店收起了挂在橱窗上的白帘。电车站出现了上面写着"金子不能当饭吃"的标语牌。电话亭前不再排起长队，人人手里都拿着智能手机。晚间新闻不再天天报道因为被驱赶出门而被迫自杀的事件。只有安全环岛上还偶尔挂起纸板，纸板上头贴着穿冲浪短裤和T恤、脖子刮得干干净净的男子照片，写着："求工作，工种不限。"偶尔也会有女士照片出现，上面写着："单身，有两/三/四个孩子，求服务员/售货员/用人等体面工作。"安保公司仍然在不遗余力地推销防范强占房屋者的特殊服务。

她的母亲还在家里。罗莎在去厨房的途中经过敞开的客厅门，才发现这一切。10点已过，她也已经醒了一阵子。她在床上静躺了片刻，直到听见欧拉利娅拿着吸尘器去了二楼。她敢肯定，吸尘器将在头顶的地板上来回刮擦一段时间。

安娜给吓了一跳。她坐在沙发上，膝盖上支着没有开启屏幕的平板电脑，背后枕着昨夜又掉下许多彩色碎屑的靠垫；罗莎的出现，着实吓了她一跳。她的动作十分夸张，把罗莎也吓得愣在原地。但长出了一口气后，安娜却啥都没说，也完全没看罗莎，目光一半看向房门，一半看向地面。

"你不是要去什么地方吗？"罗莎终于发问。

安娜默默摇了摇头，但总算抬起了头。

"早上好。"罗莎在去厨房的路上说道。

"你哭了？"回来的时候，她一边朝手中的咖啡杯吹气，一边眯起眼睛，好在逆光中更好地看清安娜的脸。安娜摇了摇头。

安娜的眼妆仍然和往常一样整齐。眼睫毛被画成了黑色的圆弧，双重的泥土色眼影几乎看不出任何过渡的痕迹。她的鼻子没有红肿，而是涂着一层薄薄的倩碧面霜；淡淡的口红，也丝毫没有被抹乱的迹象。一切都恰到好处。她的母亲看上去一切如常，只是不愿开口说话。

周围突然安静下来，原来是欧拉利娅关掉了吸尘器。罗莎和安娜同时抬头朝斜上方望去，仿佛能透过客厅的天花板看到站在头顶上方主卧里的欧拉利娅。只听她用脚尖按下吸尘器右边的按键，然后，她会望着插头穿过走廊，从敞开的卧室门一路沿着地毯朝她飞来，最终伴随着"咔嚓"一声，电线缩回吸尘器里。

这"咔嚓"声虽然传到客厅时已经十分微弱，但依然能听到，吓得安娜忙不迭地伸手拿起平板电脑。罗莎从门口走开，边走边朝咖啡杯吹气。她不知道自己究竟是否应该关上身后的房门。从客厅的沙发上，很容易看到她房间里的情形。随着欧拉利娅走下楼梯，她终于还是锁上了门。

简直是四面受敌。罗莎一边想，一边来到淋浴喷头下。她在温水里站了许久，没有往身上打肥皂，也没有洗头，只是让水顺着耳朵、额头和太阳穴淌下，在她与吸尘器和客厅的沉默之间形成一道屏障。

淋浴完毕，罗莎拿起印花手袋。不然她还能做啥呢？玛丽萨也不回信息。打开聊天窗口时，罗莎发现上一条信息还是她十天前发的。欧拉利娅无处不在，她的身影遍布厨房、走廊和餐厅，甚至还在窗前的花园里出现了一小会儿。她把空咖啡杯拿到厨房，顺便侦察一下情况。安娜还一直坐在客厅里。平板电脑呈打开状态，支在她的膝盖上。她也不抬头，正默默地翻看着什么。

罗莎拿起手袋，思考了一阵是否要剪掉拴着价签的塑料绳，最后还是放下了这个念头。她把那个印着双子塔的旧手袋放在家里了，以防老妇人把它要回。

"放轻松"，埃利萨多·鲁维奥在第二次来电时说。

"你的境况不会变。当然，我们现在没法找人替你挡枪了，虽然那原本是最简单的方法。但我们还是按照原定计划行事。要有什么不对劲的地方，那最多就是安德烈斯的办公室那边——不过我们觉得没事。肯定会有些不便，毕竟他们要找地方发泄，但一切依然照旧。别慌，低调行事就好。"

"那我的听证会呢？"

"还是在周三。别再想听证会了。到那时候，一切都已经过去了。检察院肯定会找你谈话的，好好准备一下。"

"他们什么时候开新闻发布会？"

"快了，但不是今天。"别紧张，埃利萨多·鲁维奥的语气传递着这样的信息。一阵沉默。安娜在等他挂掉电话。

"还有一件事。"埃利萨多·鲁维奥说。

"什么？"厨房里传来"丁零"一声响，是微波炉发出的声音。肯定是费利佩起床了。

"我觉得，你最好还是去参加一下葬礼。换作平时，你也肯定会去。别太引人注目，别接受采访，之后也别跟着去陵园。花半小时参加守灵和弥撒，然后就回家。穿件能表达哀思的衣服，别太夸张，也别在摄影师面前掉眼泪。明白了吗？"

费利佩赖在床上很久才起床。他从书房的窗户里看见罗莎出了大门，看到欧拉利娅夹着两个叠放整齐的梅尔卡多纳超市袋上了车,听见推拉门打开又重新关上,这才结束等待。他只想去拿个报纸——欧拉利娅会替他把报纸放在厨房的桌子上——热一下剩下的咖啡,再去上趟厕所。在书房的沙发上倒头酣睡时,他以为安娜已经上班去了。现在,欧拉利娅早上已经懒得把沙发床收起,再把床单、被子和枕头在坐垫上摆放整齐了。费利佩和安娜都不知道她是什么时候开始不再这么做的。费利佩套上昨天的POLO衫。他的换洗衣物像往常一样放在楼上卧室的柜子里。接着,他光脚走进了厨房。

他把剩下的咖啡从壶里倒进杯子,再把杯子放进微波炉。听见安娜气喘吁吁地发出"啊"的一声,他也吓了一跳。他不确定她是否已经注意到了他的一举一动。他决定将就着喝冷咖啡,他伸手去按微波炉的开门按钮,微波炉却仍然发出"丁零"一声响。

"这有必要吗?"过了一会儿,安娜说。看来她在打电话。或许她没听见他的动静。费利佩连忙拿起报纸,打算走回书房,却在走廊里被安娜挡住了去路。费利佩想从她身边走过,但安娜已经结束了通话,放下手机盯着他看。

"我得去守灵。"她说,"否则就太匪夷所思了。"

"给谁守灵?"有那么一瞬间,费利佩还以为是胡里奥·博特死了,而他却没有得到消息。

安娜没有回答,而是看着他,眼睛一眨不眨地盯着他的脸扫来扫去。他不由自主地伸出手背,抹了一把自己的鼻子和嘴。看上去很干净啊。

"一个同事,昨晚出了意外。"安娜终于说,"我得穿件黑色的衣服。"

费利佩已经转身回厨房准备热咖啡了,却听见安娜在身后说:"你认得他。安德烈斯·里韦拉,我们去他家吃过饭。"她已经站到了楼梯口。费利佩惊讶地发现,她穿着尼龙丝袜,光着脚,没有穿鞋。

胡里奥·博特知道阿马利娅·冈萨雷斯·埃雷拉患有阿尔茨海默病,不能单独出门。他恨不得马上把电视的音量重新调大,现在是进入比利牛斯山脉后的第一个赛段,但骑手们还是簇拥在黄色领骑衫周围,攀爬着一个中等难度的山坡。

"我已经知道了。"他还是重复说。

修道院院长闭着双唇微微一笑。她双手交叉在腹前,用手臂摆出一个三角形。

阿马利娅·冈萨雷斯·埃雷拉昨天来的时候,他正在吃晚饭,是一个修女替他开的门。他和第二拨人一起吃饭,当时肯定已经过了7点。阿马利娅·冈萨雷斯·埃雷拉要是准时到达,就不会出问题。开门时间就刻在门铃旁的名牌上。

"我妈妈有阿尔茨海默病。"一位女眷打破沉默说。两位站在门口的护工垂头看向地面。

"我知道。"看门人胡里奥·博特重复说。今日早班负责女宾区的卡门修女早饭后来过他这儿。他记下了阿马利娅·冈萨雷斯·埃雷拉的名字和所患的疾病,一切他都心里有数。就大多数人而言,这也是一目了然的。他知道谁可以出去,谁不能出去。只是,他此前从未见过她。而且她还冲他笑了。当时她站在门口,露出整齐亮洁、做工考究的假牙,脖子上披着一条珊瑚色的围巾,灰色薄羊毛衫的领子高高竖起。她跟他道了声:"晚上好!"寒暄说,"但愿外头现在没那么热了",然后问他能不能开一下门。

胡里奥·博特以为她是谁的妹妹,大概是来探视的,于是就按下了开门按钮。现场直播已经开始了，但他还是从监视器里目送着阿马利娅·冈萨雷斯·埃雷拉迅速走下斜坡，径直穿过敞开的木门，在监视器里缩成一个白点。阿马利娅·冈萨雷斯·埃雷拉的女儿默不作声，修道院院长依然赔着笑脸，只是手臂摆出的三角形已经略有一些走样。

"我不知道她长什么样。"看门人胡里奥·博特瞥了一眼电视。骑手们爬上中等难度的山坡，已经开始进入下坡道。接下来是一小段平地赛道，然后就将迎来最后的决战——一座最高等级难度的山坡。

"她的照片在那儿挂着呢！"阿马利娅的女儿指了指女宾区的走廊。她深棕色的头发一直垂到下巴两侧，但不难看出，它原本是黑色的。在女宾区电视厅大门旁的墙上挂着一串用红纸做成的爱心。随着时间的流逝，大多数爱心的尖端和弧边已经有些卷曲。红纸有不同程度的褪色，有些呈橙色，许多呈淡红色，只有少数几张还像印在酸奶盖上的樱桃一样鲜红发亮。每个爱心的中央都贴着一个头像。那是在入住时当场拍摄的，所以没有哪位住客在照片上露出笑容。

"这我从来不看。"胡里奥·博特回答说。

"下不为例。"卡门修女在门边说。

修道院院长转过身去，朝她点了点头。"很高兴，咱们终于把事情搞清楚了。"说着，她轻轻按住阿马利娅的女儿正准备抬起的手，"跟我来，亲爱的。"

看门人胡里奥·博特重新摆正椅子的位置。卡门修女把一只手搭在他的肩上。

"就大多数人而言，这是一目了然的。"胡里奥·博特说。

"她就去市场上的咖啡店喝了杯告尔多，没出什么事。"说完，卡门就走了。

骑手们仍骑行在平地赛段，他们接过路边人们递来的营养液，在完赛前最后再喝上一口。他看了一眼时钟，希望他们在理疗师拉斐尔出现之前赶紧骑上山顶。那家伙总是双手拄着木棍，朝着窗户的方向走六步，然后转身、换手，再朝着大门的方向走六步，再转身、换手。每周三次，每次二十分钟。拉斐尔说，拐杖让他的身子有些歪。在胡里奥·博特看来，九十六岁年纪的人身子再怎么歪都很正常，但他忍着没说，以免修女们又来到他这狭小的门房里，面带关切地在他身边围成半圈。

大部队的行进速度很快，已经有人开始掉队。他们低着头，从车座上抬起屁股，全身汗流浃背，黝黑的皮肤上露出明显的肌腱和肌肉。夺冠热门的车队在前头领骑，他们的队伍呈蛇形前进，加速，折返，急转弯，再折返，很快便只有几个骑手留在第一梯队。其中没有西班牙人。南美人他还能忍受，法国人实在是——有人敲门。看门人胡里奥·博特没有回头，只是在等待。领骑队伍最多还剩下二十名骑手。他在观望，看自己是否需要伸手按一下开门按钮。但敲门声又响了。

"给你介绍个人。"卡门修女在他身后说。就在这时，一个年轻的哥伦比亚人在一个斜坡突然发力。他没有回头，甚至都没有观察身后的骑手究竟在做什么。就该这样。他的优势一米米地扩大。每增加一米，看门人胡里奥·博特就越加明白：无论这个哥伦比亚人是否会被反超，自己此时都得转过身去。

站在卡门修女身旁的是患有阿尔茨海默病的阿马利娅·冈萨雷斯·埃雷拉。胡里奥·博特撑起身子，伸手去拿靠在柜子上的拐杖；他朝两人走去的脚步无疑有些过快，以至于原本打算伸出去和阿马利娅·冈萨雷斯·埃雷拉打招呼的手,不得不一下子撑住桌子。就连卡门修女也伸过手来在他的肩膀上扶了一把。

"没事吧?"她问。

胡里奥·博特没有回答,他再次把手递给阿马利娅·冈萨雷斯。后者握住他的手——她的手指既暖和又干燥——并把头伸过来,让他轻吻自己的脸颊。她的头发有股发胶的味道。

"这是胡里奥·博特,"卡门说,"我们的大总管。"

他伸出两根手指弹了弹自己的额头。

"很高兴认识您。"阿马利娅·冈萨雷斯容光焕发地说。

胡里奥·博特点点头说:"彼此彼此。"

接下来,她俩都没有说话。阿马利娅·冈萨雷斯盯着通话机发呆。胡里奥·博特注意到左右两侧的桌板上都有塑料杯大小的咖啡渍。他希望卡门修女说点什么,好让阿马利娅·冈萨雷斯把目光转向别处。

要是没把电视调成静音,那他至少还可以听一下在他背后究竟发生了什么,看看那个哥伦比亚人是否还在为以米为单位的领先优势奋力拼搏,是否还在埋头骑行,眼里只有灰色的路面和交替出现的鞋尖。

阿马利娅·冈萨雷斯伸出手,用指尖触摸送话器。

"这是用来发广播通知的。"胡里奥·博特说。

阿马利娅抬头看向天花板,似乎在寻找遍布餐厅、电视厅、理疗室、自助咖啡机旁、会客室、院子、走廊、厨房和洗衣间房顶的广播喇叭。

"没错。"看门人胡里奥·博特边点头边说,"您总能在广播里听到我的声音。"

"您是哪儿人?"

"拉拉古纳，我之前在特立尼达大道开电器行。"

"您是叫马里奥吗？"

他摇摇头。

"我认识一个叫马里奥的。他被卡车撞死了。"

胡里奥·博特点点头。不然还能咋样？要是那个哥伦比亚人依然一马当先，那他可能有点机会。又是一阵沉默。

"阿马利娅也是从北边来的。"卡门修女终于说道。

"我来自古埃拉山谷，"阿马利娅说，"我的祖父母在波塞隆峰后转弯处有座农场。我们家种白无花果，或许您可能也听过这玩意儿。我奶奶会一篮一篮地卖。是那种小篓般大的篮子，不是小篮。把无花果摘下之后，要先洗净，再拿到太阳底下晒干，然后我爷爷就会把它们放进篮子里。这玩意儿得很用力才能堆结实。"阿马利娅·冈萨雷斯边说边伸手比画，"放一层，盖上一层事先洗净的无花果叶，然后再堆一层无花果。按压很重要，这样表面才能平整。"

胡里奥·博特点点头。不然还能咋样？在他的背后，环法自行车赛即将决出胜负。

"我们家还有一大块打麦场。乡亲们一清早就带谷物过来，乘天还凉快的时候开始打麦子。先用辘轴不停转圈，完事后再上连枷。那声音震耳欲聋，让人脑袋疼。"

门铃发出一阵蜂鸣声。胡里奥·博特转过身，先看了一眼电视。可以等等再看监视器。大部队又追上了那个年轻的哥伦比亚人，至少他已经不再独自领骑。有大概十到十二个骑手位于第一梯队，他们还在爬坡，距离终点还有十四千米。

门铃又响了，是一个厨房的帮工。就在她消失在门口时，一个瘦削的人影也跟了进去。是罗莎。这一次他可以肯定。

"一个新的志愿者？"卡门也看着监视器说。看门人胡里奥·博特点点头。安娜昨天还是没来他这儿。明天早上,他得去看看情况。

"那我就告辞了。"阿马利娅·冈萨雷斯·埃雷拉说,"我得去喂鸡了。"她一只手搭在卡门的肩膀上,微微欠过身,想要亲吻她的脸颊与她告别,"很高兴认识您。"

"等等。"卡门笑着说,"我们一起走。"说着,她牵起阿马利娅·冈萨雷斯·埃雷拉的手。

一个来自巴斯克地区的山地选手冲出大部队,赢得了这一赛段。就在胡里奥·博特重新调大声音时,那个被甩在后面的哥伦比亚人刚刚到达终点。

路途并不远,只需经过最高委员会广场和游乐场。大多数商店中午都关门,基督广场边上的市场已经被拆除了。两点半,罗莎准备按门铃。她决定一进门就立即左转拐进女宾区,而不从门房门口经过。他肯定会在监视器里看到她,那就随它去吧。尽管如此,她还是背过脸,把脑后的发髻暴露在门铃旁的摄像头面前。伴随着一阵蜂鸣声,门开了。"谢谢！"罗莎在过道里说了一句。门房里只传来体育节目解说员的声音。

她走过贴在儿童手工纸板上的成片红色爱心,穿过摆着一张圆桌和几把空椅子、窗龛上放着一台电话机的前厅。

后头的大厅里摆放着几排靠背椅。上面有酒红色和米色的软垫。罗莎发现,那是用人造革做的,可以用水洗。这些椅子面朝电视机排成五排,电视机被固定在顶端的木质隔板上。装有软垫的扶手和靠背都如此之高,以至于人们必须从靠背椅旁绕过,才能看清上头是否坐了人。椅子很重,这儿的住客根本不可能搬动。它们被摆成五排七列。不管住客是来是去，是蹲下身找手提包、突然出现，还是永远消失，这些椅子都兀自岿然不动。

那个她在维亚纳大街上遇到的老妇人没有坐在这些靠背沙发椅上，而是坐在左手边靠墙的位置。她坐在一把高脚凳上，前臂撑在助行车上，那样子就像是在骑跑车。在她身旁，通往门庭的玻璃门开着。和老妇人打招呼时，罗莎能感受到穿堂风所带来的阵阵凉意。后者点点头，将右手从助行车上微微抬起。

"这是新手袋。"说着，罗莎把它递了过去。老妇人撑着助行车站起来，接过手袋，又一把将它推开。

"我不要，太难看了。"她把手袋递给罗莎。"不行，"老妇人说，"这个我不喜欢。"

大厅里一阵骚动，电视不知被谁调成了静音。女客们纷纷撑起拐杖，握住它的手柄，从沙发椅上起身。她们扶着前排的靠背站了一会儿，等着身体平衡、气息和供血都恢复到正常水平。但她们的脸已经纷纷向目标转去，看向那个披头散发、着装清凉的瘦瘦的女孩。她们朝罗莎走来，起初还只是试探性地迈几小步，后来却变得麻利而果断，让人意外。她们一边在罗莎面前围成半圈，一边把手伸进手提包里摸索眼镜。

"让我瞧瞧。"罗莎身旁的一个妇人伸出手说，"很漂亮，就送我吧。"说着，她来回拉了两下手袋的拉链，"还是全新的呢。"

很多只手同时伸向这个印花塑料手袋。这些手指已经无法伸直，手心柔软，指背却青筋突起，关节处高高肿起，上面满是老年斑。这群妇人看上去就像来自某个项目、视频或人物特写，甚至比那更不同寻常，也更趣味盎然。

"贪得无厌的杂种。"

"为什么她有手袋我却没有？"

"我得走了。"罗莎说。

顿时，众人沉默了，伸出的手都停在半空。那个正捏着手袋的妇人，忙不迭地把它塞进自己的裙腰。

"去哪儿？"一个妇人问。罗莎那时还不知道她叫奥蒂利娅。她的声音细细的，带着一丝哭腔。

"约了人。"罗莎回答说。奥蒂利娅的头秃得很厉害，发际线十分靠后，在浓密的眉毛和梳得整整齐齐的中分白发之间露出一大片前额。这不禁让罗莎想到了艺术史导论课。那是一门必修课，去年某个炎热的夏日，老师正在讲16世纪肖像画。讲师把一排额头高高的贵族形象投在墙上，可投影仪却隔三岔五地罢工。这些人物的形象可得好好捯饬一下，罗莎想，就在现在的基础上。黑色的连衣裙，浅灰色的立领，裙边刚刚没过膝盖，双手交叉在圆肚子前，平坦的胸口上垂着拴在一根琥珀项链上的方形眼镜。可以再给她加一把富丽堂皇的宝座，不，最好就坐在这把高靠背椅上。背景是一扇窗户，窗外是不可或缺的公园景色。细长的带盖水杯和麦秆吸管就是她的权杖，然后再来点什么圆形的东西——罗莎环顾四周，想再替她找个象征皇权的十字圣球。动物在画面上也必不可少，来只袖珍犬，最好是一只狮子狗，就让它躺在米色的平底系带鞋旁。

注意到罗莎正盯着她看，这个妇人耸起肩膀又重新放下，闭上眼睛又重新睁开，就像一只不知所措的小猫头鹰。"我也不知道。"奥蒂利娅说，"我也不知道。"

"你约了谁？"

"你有未婚夫了吗？"

罗莎摇摇头。只听前厅传来一阵刺耳的声音。妇人们纷纷转过头去。"今天你们竟然在上告尔多咖啡前就都醒了。"费丽萨修女一边大声嚷着,一边把手推车推到房间中央。

原本围成半圈的妇人们纷纷挪动位置。有人从罗莎身旁匆忙走过,有人在路过时甚至还从她身上借了一把力,助行车从PVC地板上碾过,有人走得快,有人走得慢。在众人的争抢之下,一摞塑料杯掉在了地上。

"都坐下。"费丽萨修女喊道,"都像女王一样在沙发椅上坐好。我会把告尔多咖啡给你们亲自递过去。都坐好。不坐好就没有。"

罗莎从地上捡起杯子,放回车上。

"谢谢。"修女一边微笑着说,一边忙着去调停一场争抢黑色脚凳的冲突。罗莎没有走回前厅,然后穿过走道和玻璃门,朝门房喊"请开门"。她只是站在原地,看着费丽萨修女。

"我们一般是两个人合作。"费丽萨修女说。听起来她似乎是在为自己找借口。

"别说了。"说完,罗莎就感到一阵羞愧。她是想说,"千万别解释,千万别跟我道歉。是我该道歉。都是我惹的祸"。

那只不过是一顶白色的便帽和一条黑色的拖地连衣裙。还有毫无意义的标准和对自我牺牲的迷恋。罗莎想:"我甚至都不信上帝。"

她从一叠彩色杯子里拿起最上头的那个,递给费丽萨修女。后者点点头,把淡棕色的牛奶咖啡加到四分之三的位置。"给吉韦维瓦。"说着,她朝第二排一个已经伸出手的妇人努了努嘴。端咖啡过去的路上,罗莎小心翼翼的,生怕踩到妇人穿拖鞋的脚、拐杖头和小长凳。她真想知道修女们究竟穿什么样的鞋子。鞋子这样的东西虽然平平无奇,但能帮上忙。

"谢谢",老妇人们一边迫不及待地伸出手,接过杯子,一边接二连三地说。"小美人,"她们说,"小可爱,小甜心,你都吃些啥啊,给我说说,我也想变得跟你一样美,小天使。"也有人说:"我需要一个鸡蛋。我想做鸡蛋饼,但我现在没有鸡蛋。"

"不用给她。"来到前排时,费丽萨修女指着一个坐在轮椅上的老妇人说,"玛加丽塔到4月就104岁了。"

她的头发很短,侧分,右边的太阳穴旁夹着一个带塑料蝴蝶结的淡蓝色发夹。她长着又小又瘦的鼻子,从前应该很漂亮。她的面颊已经变了样,彻底塌陷了下去。这样子不禁让罗莎联想到巴吉度犬。当这个老妇人摇动脑袋时,她的面颊也跟着一起晃动。她穿着一件白色的开襟羊毛衫,不,是一件像床围一样的斗篷。在那张祖母在医院里抱宝宝的照片里,她也穿着一件这样的衣服。要是没记错的话,她抱的不是费利佩,而是他哥哥。

她的下唇有些下垂。104岁。就凭这把年纪,只要坐着轮椅出现在固定摄像机的三脚架前,就足以说明一切。不用变焦,只需一个长镜头;唯一要注意的,大概就是不要让她全程睡着。这件作品可以命名为"一百零四",不如再简洁一些,干脆就叫"104。"

停尸房在北边,他的老家在港口一带。但安德烈斯·里韦拉并没有在鲜花和三角烛台的簇拥下躺在海岸边,而是停灵在奥罗塔瓦山谷的山坡上。礼堂前的停车场挤得满满当当,空气十分清爽,根本感觉不出拉拉古纳的气温已经超过30摄氏度。

安娜从副驾驶座上拿起礼帽,在手提包里翻找着饰针。外头风很大,她必须把帽子固定牢。她特意把车停在街旁的小巷里。沿着山谷朝下望去,脚下浓密的白雾一直延伸到海边才渐渐散去。多好啊,安娜想,所有的停尸房都应该建在山上,一切都那么纯洁、静谧而肃穆。她的母亲被安葬在山下的圣克鲁斯，躺在冷凝器的轰鸣声和被电风扇吹得东倒西歪的蜡烛中间。刺眼的光束射进窗帘底下和窗户两侧。母亲的身旁长眠着安娜的外祖父。

两个身穿深色西装的中年人朝她的车走来，每个人的衣领上都别着一枚金币——至少从反光镜里看——那是基督皇家朝圣所的徽章。安娜举起手机，装作在发信息；当其中一个男子从车旁朝里张望时，她抬起另一只手和他打了个招呼。他微微一笑，她也报以微笑；他朝她点点头，她也朝他点点头。安娜认得他是旅游协会的成员。在两人从车旁经过后，安娜深吸了一口气，目送着他们穿过停车场。这两人冲着摄像机点了点头，然后迅速前行。安德烈斯当然也是基督皇家朝圣所成员及和平合唱团的资助人，同时也加入了1月12日友好协会①。在一排排座位上，各种各样的奖章、荣誉项链和徽章必然会在飘舞的银紫色佩带和绶带之间闪闪发光。

安娜数了数，一共有三支摄像团队，但没有来自大陆的。一位电台主持人——她认得麦克风上的标志颜色——请求入场者发表感言。大多数人对他不理不睬。安娜认得那些年纪较轻的人，在议会党团时打过交道；年长者身着黑衣，大多挂着拐杖，他们和那些坐立不安的孩子一样，都是安德烈斯的亲属。过了好一会儿，孔查才接起她的电话。

"那对双胞胎叫什么名字？"安娜问道。

"安吉尔和拉斐尔。"孔查立即回答道。

"有什么新消息吗？"

"检察院会给家属留下表达哀思的时间。"

---

① 译者注：此协会位于圣克鲁斯王子广场的文化协会和活动举办地。

手机在安娜的耳边振动,她拿下来一看,屏幕上写着"下午5点见"。落款写着"爸爸"。

"探视时间已过",英玛库拉达修女的声音回荡在救济院的各个扬声器中。胡里奥·博特还坐在门房里,而没有去自动咖啡机旁的单人沙发,因为直播还在继续,落在后头的"观光旅行团"还没骑过终点。他根本没看监视器,甚至在门铃响了第二声、第三声后依然无动于衷。于是,门铃开始尖叫个不停。

"真烦人。"胡里奥·博特骂骂咧咧地转过身去。门外站着一个女人,她体态瘦长,一身黑衣,正用戴手套的手不停地按动黄铜按钮;她的裙子没过膝盖,脖子细长,头发高高盘起,头戴礼帽,约莫一只手宽的面纱遮住了她的额头和眼睛。胡里奥·博特坐在那儿纹丝未动,虽然听不到声音,但他认得监视器里那个正疯狂跺脚、用半高跟狂踩着石板地面的女人。奥尔加·拉莫斯的食指仍然放在门铃上。这不可能,因为他的母亲——他已经记不清过了多少年——早就过世了。

胡里奥·博特一动不动。他午饭后按时服过药。即便他能听见自己血液流淌的声音,感受到怀里颤动的手腕弯曲处跳动的脉搏,但他依然不敢相信这一切。可门铃仍然在尖叫,这声音和晚祷声及体育节目解说员的解说声汇在一起。而他的母亲就站在门外。

直到这个女人再次跺脚并抬头向上张望,嘴里露出"拜托了"的口型,胡里奥·博特这才回过神来,认出来人其实是安娜。他按下蜂鸣器,但马上就后悔了,因为安娜已经从监视器中消失,正推开大门,马上就会出现在门房里,而他还需要那么一会儿。他必须闭一会儿眼睛——广播里传来"我愿把我的灵魂托付给你"的声音——深呼吸。

"爸爸！"就在他闭眼的当口，安娜在他身后喊道，"你还好吗？"

胡里奥·博特感觉到她的手搭在自己的肩膀上。她那惊慌的语气让他颇感诧异。他睁开了眼，用手肘微微推开安娜。他的动作很轻。一切都恢复了平静。

"你怎么这副打扮？"胡里奥·博特指了指她的礼帽和深灰色的高领衬衫。

"我还以为你昏过去了。"安娜说。她伸手摸了摸帽檐，似乎根本就不记得自己戴着一顶礼帽，接着深呼了一口气。"参加了一场葬礼。"说着，她开始用戴着手套的手在黑色的毡帽上摸索，"你怎么样？"

"挺好的。"胡里奥·博特说。

安娜的手指终于摸到了用来夹紧礼帽的两个夹子。她取下它们，放在桌上的通话器旁。其中一个夹子上还挂着好几根连带着扯下的头发。

"午饭吃得怎么样？"安娜一边问，一边逐一拉扯指套，直到将手套彻底脱下。一阵沉寂，空中只有广播里英玛库拉达修女的声音。晚祷马上就要结束了。

"跟你关系挺好的人？"胡里奥·博特最终开口问道。

"谁？"

"那个死者。"他翻了个白眼。

安娜打开手提包，把手套搁进去，还打算把礼帽也塞进去。但礼帽总是露出一截。尽管如此，她依然试图按紧扣子。

"我给你个袋子。"胡里奥·博特挣扎着从座位上站起，"这样会弄坏的。"他没有理睬安娜递上的拐杖，用手撑住柜子，很快便找出了一叠塑料袋。

"拿着。"说着,他甩开其中一个,握住提手,把它递给安娜。安娜默默地把礼帽放进去。胡里奥·博特扎紧袋口,这才把它递给安娜。他也不知道自己为什么要这么做。

安娜接过塑料袋。接下来,她做了一件十分可怕的事情。她的泪水倏然而下,等胡里奥·博特发现时,眼泪已经流到她的脸颊中央了。泪痕里还夹杂着她的睫毛膏,形成一个个黑色的小色块。

安娜就这样站在门房里,手里拎着塑料袋,使劲吸着在鼻孔边缘打转的鼻涕。每吸一次,她的肩膀和胸腔都随着抽泣上下起伏,好像是在努力地克制自己。她没有伸手去擦自己的脸,只是不知何时伸出左手手背掩住鼻子,右手仍然拎着袋子。

胡里奥·博特伸出手,却不知道自己究竟要用它做什么,只是小心地把手伸向安娜。安娜扭过头,将身体朝逆时针方向转动了90度,一路后退,直到撞在桌子上。她干脆在桌角上坐下,任凭塑料袋掉到地上,双手掩面痛哭。

直到这时,胡里奥·博特才想起纸巾。安娜现在需要纸巾。他伸手去摸自己的西服上衣。那不是真正的纸巾,只是一块浅色的口袋巾。经过精心缝制,三个淡蓝色的小三角形正好在上衣口袋开口处露出胸袋。他把它递给安娜。过了一会儿,安娜才注意到它。

"怎么了?"直到那团湿透的浅色手帕被扔进垃圾桶,又等安娜从手提包里掏出餐巾纸,徒劳地试图用它和几滴淡粉色的液体擦掉泪囊上的睫毛膏,胡里奥·博特这才开口问道。

"没事。"安娜说。

"我早就说过,你老公是个傻瓜。"

"你不去吃晚饭了吗?"

胡里奥·博特看了一眼时钟。尽管轮到他吃饭还要半个多小时,但他还是点了点头。

一开始,胡里奥·博特以为安娜又回来了,尽管他亲眼从监视器里看到安娜拎着装礼帽的塑料袋走了出去。

"您好!"阿马利娅·冈萨雷斯·埃雷拉站在门边说。见胡里奥·博特冲她点了点头,她又问:"您怎么样?"

"挺好的。"胡里奥·博特说完,就开始等待着她说:"您能不能开一下门?"还有:"让我出去!"大多数住客第一天来的时候,都会在门房前上演一番闹剧。只见他们一边痛哭流涕,一边苦苦哀求,嘴上喊着"救命",或是"快叫警察",还有"我是个自由的人,我想去哪就去哪儿"。

但阿马利娅·冈萨雷斯·埃雷拉却只是靠在木门框上。"这些玩意儿怎么这个样子?"说着,她指了指"移动之星队"的弧形计时头盔。那是去年的画面,电视里正在播放明天的赛事预测。

"这是为了减少空气阻力。"胡里奥·博特说。阿马利娅默默地盯着在平坦的绿地间来回穿梭的骑手。他应该站起来给她让座,可她凭什么坐在他的门房里?尽管如此,他还是伸手去够拐杖。起立,一步到位,而不是跌坐回椅子上。他一手抓拐杖,一手撑住座椅扶手,起身,一鼓作气。

"您是叫胡里奥·博特吗?"

胡里奥·博特缩回伸出的手。"不是。"他听见自己不无遗憾地说。

"我从前也认得一个胡里奥·博特。"阿马利娅·冈萨雷斯·埃雷拉说。"但仔细想想,"她停顿了一下,"他好像开卡车出事故死了。"

"真遗憾。您要坐吗?"

77

"我们其实也不熟,没有什么正式的来往。"

"您要……"

"他是长枪党党员。穿蓝色制服的样子很帅气。"

"抱歉,我要看电视了。"胡里奥·博特边说边拿起遥控器。"菜单"两字出现在了屏幕上。他的手指有些不听使唤。退出,终于找到按键了。他把声音调大了一些。

胡里奥·博特第二天醒来,脑袋里只剩下一片雪白。他的四肢仍在轻轻颤动,仿佛依然在开车。走廊上很安静,他把头转向门边。马上,或许是五分钟后,卡门修女就会像往常一样在门外喊"早上好!""日照三竿啦!"以及"起床啦,你们这群夜猫子"。在路过胡里奥·博特的房间时,她会轻敲一下门;从渐渐远去的运动鞋后跟摩擦地面的吱吱声中,可以听出她已经沿着走廊去楼下的四人间寝室了。

胡里奥·博特能回忆起的只有白色。尽管如此,他还是敢肯定自己梦见了鼓起的裙子,一排刚被粉刷得雪白的一尘不染的栅格门、网球裤和一摞手帕,所有这些都是白色的。或许这就是回忆,或许正是因此,电影里的倒叙情节往往都在刺眼的白光中拍摄,但一切其实已经无从改变:回想起乘有轨电车经过圣格拉西亚弯道的那天时,胡里奥·博特只能回忆起一片刺眼的白色。因为一切就是从圣格拉西亚的弯道开始的。当时他们计划去诺蒂科俱乐部打网球,然后再去游泳。他,他的同学安塞尔莫,还有一个被他们叫作柯柯的人,第四个人的名字他已经想不起来了。他们坐在有轨电车的前部,也就是司机身后的两排。第二天早上,当他们在课前再次聚在校门口时,安塞尔莫说他听到了枪炮声。但这肯定不对,胡里奥·博特记不起任何枪炮声。

和下一站的帕加罗弯道和上一站的诺利亚弯道不同,圣格拉西亚的弯道没有名字。马路绕着一块突出的山岩盘旋而过,山岩上有一座小教堂;驶近之后,人们根本望不到马路的尽头。斜坡上除了三四棵树,就是光秃秃的岩壁;岩缝中堆积着脱落的鹅卵石;岩壁上只有一条小路可以通行,从远处看去,就像一条蜿蜒的深色细线。

驶过拉拉古纳老城后,电车开始加速,超越一群拎着大铝罐将它们在空中甩来甩去的女人。迎面而来的女人则把装满水的铝罐顶在头上。电车轨道从蓄水池经过,那是位于城南的公共取水地。水池一角的石块脱落了,缺口中溢出边缘的水汇成了一个小水坑。白色的蝴蝶在上头飞舞。在老城后方的坡地,电车又开始飞驰,掠过一排排无花果树,惊起一群黄绿色的小鸟。它们像一个个小球嗡嗡飞向天空,在电线杆的瓷葫芦上稍做停留,又四散而去。

电车在进入弯道前刹车,金属车轮摩擦着钢轨。一群裙子鼓起的女孩沿着陡峭的阶梯向山下走去。一等车厢靠近,停在转弯处那三四棵树上的戴胜鸟便扬起黑白相间的翅膀飞走了。透过敞开的窗户,胡里奥·博特依稀还能闻见空气中它们留下的臭味。

一个男子追着电车奔跑,试图抓住拉杆,踩着踏板跳上电车。其他人给他加油鼓劲,对于这一点,安塞尔莫、柯柯、那个叫不出名字的人还有胡里奥·博特——拉拉古纳药剂师博特的幼子、未来的马德里工学院学生——都很肯定。当那个男子成功跳上车,气喘吁吁地站到司机身旁的位置时,他们还对他报以掌声。因为奔跑的缘故,他那深色西裤膝盖以下的部位都沾满了灰尘。只见他脱下帽子拿在手里说:"今天是个大日子。"

诺蒂科俱乐部比往日更为冷清。他们甚至都不必像往常一样，等待网球场的空位。后来，他们大概又去游了个泳，因为胡里奥·博特记得自己一周后在背包里发现了已经开始发霉的泳衣。发现依然湿漉漉、上头还残留着氯水气味的泳衣时，他一时不知所措。

那天晚上他回家时，约尔格已经出门上班了。后来，就再也没有回来。

房子很窄，三层，带地下层。埃纳还是个孩子时，就觉得它古里古怪。房门口有一块凸出的飘窗，每一层都有四扇窗户，中间两扇紧挨在一起，外面的两扇带有法式阳台，两层楼之间的位置装饰着石膏花纹。赛拉诺将军大街、林荫道以及周围的大多数房子都跟它不一样，其中也包括他朋友家的房子，在德国度假时见到的房子就更不必提了。直到多年之后，他才意识到这无非就是典型的英式排屋。它们总被刷成淡黄色和白色，这两种涂料已经几乎看不出差别，只有在要脱落时，才会显出点深绿色。

临街的一侧有一道齐腰高的围墙，上头镶嵌着熟铁制成的弧形和弓形装饰以及一排利箭般的箭头。埃纳从二楼儿童房的窗户虽然看不见这些箭头，却总是忍不住设想自己从空中落下，正好被这栏杆戳穿肚子。他甚至还估算过大概有多少根箭头会同时戳穿他的身体；后来，他站在人行道上用双手丈量了一番，发现最多可以有四根。

现在，应该至少有五根了。从门口往下迈一道台阶，就来到了屋前小院。在靠近房子的地上有一摊脱落的泥浆和涂料。第一眼看去，整座房子似乎无人居住。百叶窗紧紧闭合，大门旁一棵蜡花树的厚厚落叶已经铺满了瓷砖地面。大门和房门之间也残留着几片树叶,或许是有人在不久前刚刚清扫过这里,把落叶堆到了一边。

直到这时,他才注意到缆线的存在。它从二楼左侧的窗户伸出,消失在中间的一扇窗户里,在空中画出一道弧形。这是为了偷电。乌特说过,这些人在偷电。

从前,地下层是厨房和洗衣房,一楼是客厅和餐厅,二楼是儿童房和书房,顶楼则是主卧。

埃纳按了按门铃。他其实有钥匙,但不敢直接开门走进玄关区,然后再往前走几步,在楼梯口喊一声"喂"。他不知道里头究竟住了多少人。只听门铃发出刺耳的声音,里面却没有任何反应。没有脚步声,没有低语声,一片空寂。他又反复按了好几次,这才用钥匙打开门锁。

从前用作衣帽间的小屋开着门,屋里空无一物,地上积满灰尘;从前放大衣柜的位置,瓷砖比其他地方更为光亮。用来悬挂镜子的挂钩,依然还留在墙上。

厨房门半开半掩。现在,他应该喊出声,让人们注意到他的出现,而不是紧盯着门缝,小心地试探前行,不发出任何声响。直到踩到拖鞋,埃纳才发现它们的存在;当时他感觉脚下有什么柔软的东西,着实给吓了一跳,还以为自己踩到了一只手。借着走廊里微弱的光线,他看出拖鞋是丁香色的,上面的塑料饰带发着银光。埃纳曾经还暗自希望有人强占房屋这件事是乌特编造的,是她用来攻击埃娃的一套说辞。水槽旁的灰白斑大理石板上叠扣着三个盘子,显然是为了沥干上头的水。旁边还有一个咖啡杯、一套带橙色透明塑料把手的刀叉和一只淡蓝色的碗。他能听见冰箱的嗡嗡声,那些人肯定是给它插上电了。

他断定屋里没人。尽管如此,他还是背贴着墙,小心翼翼地一

81

步步走上楼梯。当一道台阶发出"吱啦"一声响时,他连忙停下脚步。没有反应,没有急促的动作,没有人低声细语,什么都没有。还没完全走上楼梯平台,埃纳就已经看见了二楼的场景:餐厅的门大敞着,里面放着一张床垫。

　　西班牙式的床铺铺整停当。床垫上套着床单,棕色的涤纶被整齐地叠放在床尾三分之一的位置。旁边的地板上放着一盏夜灯,白色的灯罩上印着灰色的小星星图案。原本挂着汉堡内阿尔斯特湖版画的钉子上,现在挂着衣架。衣架上挂着两件白色的女式衬衫,第三个衣架上盖着旅馆洗衣房的塑料薄膜。埃纳站了一会儿,这才把衣架从挂钩上取下来拿到手里;又拿着衣架站了一小会儿——它还挺沉——这才掀开塑料薄膜。里面是一套制服。蓝色的套裙、坎肩和夹克衫,还有一条条带有红黄相间的条纹、背面缝着松紧带的细长领带。夹克衫胸前的口袋上别着一枚徽章,上头是两片相互交织的棕榈叶,下方写着一行弧形文字:门赛耶斯宫廷酒店。

　　一楼的浴室里,有一瓶护肤乳,两支牙刷,一罐面霜。拧开面霜盖后,埃纳闻到一股刺鼻的香草香精味。面霜还剩一半。一包已经拆开的卫生棉条,包装上印着三滴大水珠。埃纳一点都不着急了。他拿起梳子,放在浴室灯下打量,上面的头发是黑色的,中等长度。房间里很安静,似乎这就是它本来的状态,似乎不会有人闯入此地打破这番平静。垂在室外的缆线从窗外伸进来,连接着放在床尾一个纸箱上的电视。

　　千万不要。打开从前的客房门时,埃纳在心里默念道。因为角落里摆放着一辆粉色的玩具脚踏汽车,散热器的栅格上写着"芭比"字样;一辆童车上放着洋娃娃、水桶、铲子和模具;此外还有一个玩具球。但没有儿童床或者类似的东西。埃纳关上门,转身离开。

在西班牙语里，这类人被称为"Okupas（占屋者）"。但和汉堡的那些强占房屋者不同，他们不会聚居在一起，不会让房间里弥漫一股刺蕊草的味道，也不会再把厨房搭出室外。他们只是一群被赶出家门，被迫在无人居住的房子里落脚的普通人。

"昨天没看见你。"安娜还没来得及把手机放到耳边，就听见埃利萨多·鲁维奥在那里说。他又没有一句问候的话，语调也不是提问，而是在下结论。

"我就待了一会儿。"安娜回答说。

事实也是如此。她在摄像机前勉强挤出一丝微笑——毕竟安德烈斯人死了——朝着记者们点了点头，就继续往前走，穿过玻璃门，走进停尸房。微笑，点头，握手，很快她便从所有人身边匆匆走过，走上楼梯，然后沿着过道往下走。最后几步，她已经有些气喘吁吁了。直到女卫生间陶瓷洗手盆那冰冷的棱角顶到肚子，她才停下了脚步。她洗了手，从按压瓶里挤了两遍洗手液，把手长时间地置于干手器的热风之下，直到指间不再有任何潮湿的感觉。她先用描线笔，再用唇膏重新描了嘴唇，嘴里嘟哝着"节哀顺变"；当有人走进厕所，或是从隔间里出来时，她便垂下眼睑。她取下发夹，摘下礼帽，梳过头后又小心地将它重新固定好。安娜不知道自己在镜子前站了多久。来的时候，她忘了看手机。她又涂了点唇膏，但很快又觉得涂太多了——毕竟安德烈斯死了——便用指尖小心地将唇膏抹掉，再重新洗了手。那些人肯定拍下了她的照片，那就足够了。干手器里的风吹到手腕上，似乎有些发烫。她又在镜子前最后照了一下自己的脸。安德烈斯就躺在几米开外的一个白色冷冻柜里，与外界隔着一道玻璃隔板。旁边站着他的妻子和双胞胎——两个儿子，孔查说，想想那俩小伙子——左右鲜花环绕，大概是白百合，还有蜡烛。

安娜离开洗手池旁，走出卫生间门，沿着过道往下走。安德烈斯喜欢嚼橡皮糖。他的桌上总会放着一袋开封的儿童橡皮糖，有的呈带白色泡沫的粉色爱心状，有的呈淡粉色的棉花糖状，还有一种酸橡皮糖呈可乐瓶状。每次去他那儿，他都会拿出一些请她吃。每次她都摇摇头。下楼，和熟人打招呼，握手，挤出微笑，在摄像机前点头致意，不做停留，径直走回停车场。

"他们拍到我了。"当电话那头陷入沉默时，安娜说。

"你明天 11 点和航空公司的会面由马里索尔代劳。你去参加规划会议。"

"为什么？"

"这是我的命令。"埃利萨多·鲁维奥挂了电话。

未来委员会——展望旅游业的未来。在她成为国务秘书前，参加这一活动就在她的职责范围之内。每次都是同样的建议和同样的回答。

海盗？那属于加勒比地区，已经被炒烂了，这个主题也被拍烂了。无论是谁、何时、在何地出生，又在何处生活，无论这一切是否有依据，无论是否有过往来，这个概念已经没有进一步炒作的空间。

哥伦布？他属于巴塞罗那，属于里斯本，属于圣保罗和圣多明各。说老实话，他也只是为了航行补给在附近的岛屿上停留过几天。

内尔松攻打圣克鲁斯？毕竟他在这场战役中丢了条手臂啊！可就连一首与此事相关的流行歌曲都没有，英国人怎么会对自己吃的败仗感兴趣呢？

关切人，温泉，古老的美食？要推销这些，势必要废旧立新，比如拆掉高层宾馆的阳台，让紧挨着的公寓楼变得稀疏一些，再把马路、停车场和高速公路引道迁出去，甚至包括那些烂尾工程。

特立尼达大道上的酒吧清一色铺着米色和棕色相间的石板地砖，墙上装着闪红黄绿三色光的投币游戏机，木质的酒吧柜上放着好几台马力十足的电扇。桌上交替放着绿色的七喜纸巾盒和红色的可口可乐纸巾盒。小时候，父母禁止罗莎晚上独自来此。玻璃柜里摆着像蛋糕一样被切成小块的西班牙蛋饼和装在长碗里、覆着保鲜膜的沙拉，以及西班牙三明治切片，上面有白奶酪，深色表皮上残留着冷凝水斑的半熟奶酪，意大利香肠切片，大香肠，科西多火腿，番茄，洋葱，牛油果和沙拉。

罗莎从冰箱里拿出两瓶多朗多啤酒，想了想又回去换成半打啤酒。几年来，每次埃纳来岛上，他们都会在晚上边喝着啤酒边往山下走。这次，他们相约在位于赫拉多雷斯大街口的泰奥菲洛酒庄门口见面。

埃纳还没有出现。自从庭院里的棕榈树在一场暴雨后压塌了屋顶，这座房子就成了一片废墟。它就像一只老态龙钟、矮小又体态圆润的犰狳，弯腰驼背地立在那里。招牌上写着"加那利融合美食"。罗莎去马德里念书前，曾和安娜来这里吃过饭。"算是告别吧。"安娜说。席间，她给罗莎说起了自己上大学时听过的朋克音乐会。

"我们又来这里了。"埃纳出现在她面前，张开手臂；当他拥抱罗莎时，手中的一个啤酒瓶里晃出些许啤酒。罗莎指了指身边的半打啤酒。"咱们想到一块去了。"她的肩膀上湿了一块。

起初一段路还算平坦，随后就是下坡道；走到最后，每迈出一步，胫骨上的肌腱都会紧绷一下。"明天我们肯定要肌肉酸痛了。"说着，罗莎把她手中的空酒瓶扔进了垃圾桶。埃纳拎着那半打啤酒。他用打火机撬开其中一瓶，递给罗莎。

走到科学博物馆时，他问："你为什么学艺术？"当时他们正说到马德里。

"为了发财啊！"说到这里，他们两个都笑了。"我想，我已经够有钱的了。"罗莎补充说。

圣母感恩教堂的那个女孩泛着橙色的光。准确地说，是她的脸部和上身在闪光，不是活人，而是教堂右侧一座多层建筑顶上的一尊石像。夕阳西下，日光将她原本黑色的头发染成了栗棕色。她的手中依然拿着弹弓，橡皮筋呈紧绷状态。有人在石像上画了一个红色的爱心。

罗莎指着这个涂鸦问："是你干的吗？"

"不是，但我知道是谁。这个红心从前不是这样的。"

"是谁？"

"谁也不是，一个老朋友。"

华灯初上。走到拉库埃斯塔时，他们在广场上坐了一会儿。罗莎买了点瓜子来嗑，他们把细小的碎渣连带唾沫吐到两人中间的地面上。最后，她的手指沾满了盐粒，不得不去一家酒吧里清洗干净。

几十只飞蛾绕着街灯投下的光柱盘旋飞舞。走到和平广场时，维克多电影院 22 点场的电影刚刚开始。两个烟客站在烟灰缸旁吸完最后一口，才忙不迭地把香烟掐灭，走进黑暗的侧门。普利多街上的商店已经关门了，只有一家三明治店门口还坐着些许客人。"我不想吃这个。"一个女孩哭闹着说。

在横穿过电车轨道后，罗莎发现喷泉又重新开始喷水了。十八道呈正方形排列的水柱从水泥外罩中迸涌而出,垂直喷射到足有一米高的位置。罗莎试着拍了张照片,"他们管这叫喷泉"。前几次来这里时,喷泉都因为经济危机而被关停。金属管的末端堆满了垃圾。

"我走不动了。"罗莎在韦勒广场说。

"加油,"埃纳说,"目标特雷西塔沙滩。"

"这我绝对做不到,而且我们也没啤酒了。"

"走吧,"埃纳说,"西班牙广场上的小卖部还开着门。我们打个车。"

港口寂静无声,船上只亮着昏暗的灯光。通往圣安德烈斯的马路有三条车道,此时几乎空无一人。出租车司机任意切换车道;引擎盖前,在两个车灯的照射下,车道标识消失不见了。埃纳扭头望去,只见罗莎正盯着覆着防护网的山坡,打量着灌木丛和堆放在它和路面之间的垃圾。罗莎肩膀上的淡棕色皮肤是那么光滑,那么柔软;至于她身上散发出的微微的酸臭味,埃纳完全不在乎。

"这儿都没车了。"他大声说,"你还记得那些排成一排、用毛巾遮住玻璃的爱情小车吗?"

"没错,那些小四轮车,还有满地的避孕套。"罗莎点点头说,"有一次我想去尿尿,爸爸拦住我,叫妈妈陪我去。我见到满地积满灰尘的彩色气球,还想伸手去摸来着。"

"现在没人和父母一起住了。"

"经济危机后又有了。不过现在兴许可以光明正大地在家里上床了。"

停车场空荡一片,卖酒的小木棚早已熄灯停业。埃纳付了车钱。一个淋浴喷头上喷出一道水线,水哗哗地沿着木板台阶往下流。罗莎伸手抓向被狂风吹向一侧的水珠。

"从前你为什么一直和我玩？"

"什么意思？"

"我还小的时候，肯定很让你抓狂。"

"有吗？"

"当我们去洛斯克里斯蒂亚诺斯，到你家做客的时候。还记得水池旁成群的蚂蚁吗？你用塑料杯接水，我拿它淹蚂蚁，你不记得了吗？水池旁的木条中间有个蚂蚁洞。我把水灌进去，你拿着铲子，防止它们被冲进水池里。我们一玩就是好几个小时。"

埃纳摇摇头。

"当时你肯定已经有十六岁了。"

"十七岁。"

"我们还玩捉迷藏来着。"

埃纳微微一笑。

"那时我最多七岁。有一次，你大概是躲进了我父母房间的柜子里，我找不到你，生气极了，就号啕大哭，最后你只好去酒吧的自助贩卖机上给我买了个里面有米妮鼠的塑料球赔罪。"

"啊，不记得了。"

罗莎盯着他看。

"当心。"埃纳说着，指了指罗莎小腿前方的一排长方形木条。那是一把躺椅。风把丝胶太阳伞吹得上下直晃。罗莎仍在盯着他看。

"从前这里停满了小船。"埃纳说，"我还在一艘船里跟人上过床。"接下来，又是一阵沉默。他们朝前走去，直到脚下的沙子从微微发潮变得湿透；退潮的海浪十分轻柔，直到她的身体对寒冷有了反应，脚上的肌肉和小腿肚开始抽动，整个人不禁往后一个趔趄，罗莎才感觉到它的存在。她的身上已经起了鸡皮疙瘩。"水太冷了，没法游泳。"罗莎说。埃纳点了点头。

　　漆黑一片的海面上偶尔闪过几个发光的小点，它们在海面上起伏晃动。那是渔船或欧盟海岸警卫队的巡逻船。夜空还不够明朗，否则海平面上应该可以看见相邻岛上星罗棋布的灯光。

　　"咱们抽一根？"埃纳问道。

　　罗莎抬起又干又冷的双手，拢成三角形，防止风把火吹灭。埃纳伸手用打火机点烟时，他们的指尖几次碰到一起。

　　手枕着头、并排躺在沙滩上吸烟时，他们发现周围还有其他人。先是笑声，然后是一阵叫喊声；一个女人的声音，十分响亮地从寒冷的水面传来。接下来，他们便看到了海浪中紧贴在一起的脑袋。身子抱在一起，四条腿。从海浪中出来时，他们就是这副样子。他们倒退着走，男人的双手放在女人的背和屁股上。相拥着跌进沙子里时，他们又发出一阵惊叫。

　　"咱们走吧。"罗莎掐灭烟头说。

　　埃纳去德国后的头几年，还会告诉安娜回岛的消息。在柏林的时候，他有时会想起给她打电话，而不是自己的父母。他想说："我需要帮助。"这主要是因为他知道安娜觉得自己欠他什么。那往往是在清醒的周一。他醒来睁开眼，厌恶地看着横在面前的白色茶几。白色的桌板上，残留着已经干涸的注射液、咖啡、啤酒，还有别的什么东西。在陷入米色地毯里的茶几腿旁，有一道道白色的条纹痕迹，那是从运动鞋后跟磨下的粉末。清醒的周一，意味着从睁眼的那刻起到晚上10点、11点都不做傻事；意味着忍受茶几、睡垫和睡袋，而不去碰柔软的过滤嘴，不去碰任何能在他和沾满污渍的桌板之间形成缓冲的东西；意味着忍受面前的这包人造黄油——它已经开封好几天，就这么放在椭圆形的桌板上，上头还插着烟头，深色的

89

黄油已经开始变质。在这包黄油周围，棕绿色的啤酒瓶密密麻麻地围成一片树林。他只要一站起身，就能望见已经成为烟灰缸的那片灰色林间空地。清醒的周一，意味着弄来底漆罐，用滚筒刷墙。然后就是搞点那玩意儿——他吸可卡因——吃饭，酗酒。再就是把还藏在暗处的素描本扔掉。扔掉在"寻找目标—观察—画画—下楼—寻找目标—观察"的循环往复中让他耗尽精力的一切。有时候，他真想给安娜打电话，告诉她自己需要帮助。

罗莎醒着。她上了趟厕所，便光着脚，穿着内裤和T恤走进厨房。她没有开灯，因为周围已经足够亮了。当她走到窗边，站在被光照亮的瓷砖上打开吊柜时，还以为今天是满月。她把成包的吐司、麦片和面条推到一边。动静很小，起初只听到玻璃纸袋的噼啪声，直到罗莎停止了动作。

有人在说话。声音很清楚，一个男人的声音，但不是来自书房。她回想了一下自己是否还开着在线视频。去卫生间的时候，上一集刚刚放完。另一个男声答了句什么。然后是一阵大笑。

罗莎走到窗旁。从花园的门洞中，在有些弯曲的三角梅枝条之间，透出许多白光。那是汽车大灯发出的光亮。又一道灯柱慢慢扫过花园的围墙，在另一道灯柱旁停了下来，然后熄灭了。是打劫的，罗莎想，有人要入室抢劫。但目标肯定不是这里。谁看见这样的房子，都不会对它动邪念。"你们家很穷吗？"有一次，班上一个新来的女生在和罗莎一道回家的路上这样问她。"不，"罗莎回答说，"我爸爸多得是钱。他可以买下你们家的一切。"但出于某些莫名其妙的原因，她父亲反倒乐得把自家的房子弄得像一幢摇摇欲坠的破屋。

罗莎想听一下外头的动静,当她推开窗户时却听见了窗外的蜘蛛网破裂的声响。一阵凉风从她身边穿过,吹进厨房。围墙后传来打招呼的声音。

"你那儿怎么样?"

"里头有动静了吗?"

这声音一清二楚。罗莎从冰箱里拿出一杯椰子酸奶,在一侧咬了个洞,又用牙齿撕开另一端的塑封膜,直到撕出一个一厘米宽的开口。她小心地收拾好残留在舌尖的塑封膜碎片,用嘴唇试探酸奶盒边缘的锋利程度。玛丽萨曾因此缝了两针。当时还是罗莎陪她去的医院。从那之后,学校食堂只允许用勺子喝酸奶。

罗莎低下头,把嘴贴到开口处使劲吮吸。一开始酸奶杯还是杯子形状的,这时吸是最困难的。当一摊酸奶在吸力的作用下开始移动,当这股又酸又甜的冰冷液体开始流入口中时,一切就变得容易多了。

"你是冲谁来的?"她听见有人问。对方没有回答。又一道灯柱扫过围墙,停在大门口。它看上去更小更低,应该是一辆摩托车。引擎停止工作。打招呼。还有刺耳的嘎吱声。

又一道光束停在大门口。安静一段时间后,传来关车门的声音。下车的人和其他人打招呼,汽车则掉头沿着长街开往山下。透过围墙和三角梅的枝条,可以看见一盏绿灯。那是辆出租车,它的顶灯刚切回"空车"状态。

大概是一群来潜水的,罗莎一边想,一边关上窗户,把吸空的酸奶杯扔进垃圾桶里。这群人大概是组团去潜水或钓鱼的。

还剩下两季《幸存者》没看。

当门铃开始狂响时,天色已经破晓。就在罗莎打盹儿的工夫,面前的这集已经播完了。播放器上出现了"重新加载"按钮。安娜已经醒了,她把自己今天去不了的活动通通回想了一遍。孔查昨晚给她讲了一遍谁将替她出席哪场活动。孔查说的是"帮你参加",而不是"代你参加"。马里索尔·阿苏莱霍帮你参加和托马斯·库克公司的会谈。

费利佩还在睡觉。他梦见了弗朗西斯卡,但在醒来却什么都想不起来了。他的母亲跪在花园里挖番薯,每次向前俯身,脖子上的珍珠项链便会一直垂入刨开的洞里。每次起身,那些足有乒乓球大小的珍珠就会在空中摆动,砸在她胸口的绿毛衣上。"我搞不定",弗朗西斯卡说。门铃一响,她便站起身,脱下沾满泥土的手套递给费利佩说:"有客人来了。"

费利佩伸手摸索自己的枕头。找到枕头后,他翻了个身,把它垫在胸口下,又开始做下一个梦。

当门铃开始狂响时,外头已经聚集了一大堆人。国家电视一台、电视五台、加那利电视台、岛屿广播七台、西班牙广播电台,还有多家通讯社的常驻摄影记者。剩下的人正搭乘6点22分起飞的班机,从马德里赶往洛斯罗德奥斯机场。最先赶到的是《阿维索斯日报》,《西班牙国家报》也派来了自己的报道团队,还有《ABC报》和成群的自由记者。此外还有披着浴袍、穿着睡衣睡裤、衣衫不整的邻居们。他们手里拿着房门钥匙,有两个手里牵着狗,另一个则夹着报纸。

出交通事故了,欧拉利娅想。当时7点30分刚过,她开着车,以接近步行的速度拐入长街。但没有看见警灯。两辆白色的厢式汽车停在右侧的人行道上。欧拉利娅发现，虽然黄色警戒线已经拉起，但没有救护车出现。厢式汽车的车顶上装着卫星天线，推拉门上印着本地电视台的标志。直到她打起转向灯，转动方向盘，才发现人群最为密集的地方，正是车库入口处的下沉通道。聚集的多数都是年轻人，他们穿着牛仔裤、运动鞋、连帽衫，胸前挂着方形的尼龙口袋。有些人架起手中的相机，伸入围墙又再次取下，在小屏幕上检查刚拍的照片，又再次举起相机。

虽然车窗紧闭，但欧拉利娅还是能听见门铃响个不停。她不知道是谁在按铃，正盘算着是否要继续朝人群里开，她那辆菲亚特熊猫的保险杠已经快要碰到车库门那剥落的浅灰色油漆了。接下来，她不得不在一群"牛仔裤"的簇拥下摇下车窗，听着它发出吱啦吱啦的响声。她必须把钥匙插进柱子上的锁孔，转上四分之一圈，等待车库门轰隆轰隆地完全打开。有时候，卷帘门会被水泥槽卡住。她必须下车，挤入汽车周围的人群，伸手清除水泥槽里的石块。这一切的报酬，是每月不到六百欧元。

欧拉利娅调转车头，不顾多年的情谊和所有的一切，在轮胎碾过柏油马路的声响中按喇叭轰走那些已经坐在引擎盖上的屁股，一路绝尘而去。

罗莎在里面，她想，罗莎还在里面。"美女！"三岁的罗莎伸出肥嘟嘟的手指，指着欧拉利娅说："美女！"掉头，或许她应该掉头。然后呢？按喇叭开道，把那些穿牛仔裤的家伙驱散，直到保险杠快要碰到车库门？转动钥匙，直视挡风玻璃，抬起下巴，紧闭双唇，不露任何声色。听着"咔嚓咔嚓"的声响和车轱辘的咕隆声，为到处剥落的漆面感到羞愧，仿佛这里是她家，或者一切都是她的过错。

欧拉利娅瞥了一眼反光镜。她得去染发了。栗红色的发根,已经出现了一指宽的灰发。她继续沿着隆达路下行。罗莎在里面。今天是周一。她应该去换床单,采购,补齐周末消耗的物资。甜炼乳是肯定要买的。罗莎喝告尔多咖啡的时候,要往里面加许多炼乳。

欧拉利娅继续往山下开。没办法掉头。她像往常一样,从侧窗望向桑托斯峡谷大道的另一侧,望向圣格拉西亚旁的劳教所,不禁想到了梅尔凯。妈妈肯定会继续往前开,在人群中杀出一条血路,然后冷静地系上围裙,收拾早饭用过的餐具——假如今天有人吃过早饭的话。或许费利佩会吃。

罗莎在里面。欧拉利娅一边想,一边拐进希诺约撒区。"美女,人家出钱雇你搞卫生,那你就得去搞卫生!""可是我已经快到家了。"经过拉克萨酒吧时,欧拉利娅这样想。回去没有意义。到家后,她会打电话称病告假。"对不起,我该早点请假。要是安娜还接电话的话。"

罗莎第一个来到门厅。在短暂的间隙——的确有那么一瞬间,门铃没有被手指按下——她能听见外头的说话声。门外聚集着一群人。不是门铃出了故障,而是门外聚集了一群人。

罗莎抬头看向门框上方的方盒,盘算着要不要搬把椅子过来。但她不知道怎样才能让它消停下去。她又转身回去。肯定能在哪里找出一副耳塞。这时,费利佩走出了书房。

"外头有人。"罗莎说。

费利佩耸了耸肩,表示不知道啥情况。楼梯上传来安娜的脚步声,虽然门铃响个不停,但这声音依然清晰可见。罗莎和费利佩转过身望向她。

"老天爷，总有办法让它不响。搬把椅子来。"不知道安娜是在跟谁说话，"或者拔掉保险丝。"

罗莎和费利佩都站在原地不动。

"怎么回事？"费利佩问道。他把手伸向开门按钮，想要打开门，让安娜明白问题所在。

"别开门，"安娜说，"你们谁也别出去。"

"是冲你来的？"

安娜没有回答，而是走进厨房，搬出一把椅子。她登上椅子，决定在门铃盒上乱按一气，直到它停止出声。

"这些人要干吗？"

"你还不如来帮我一把。"安娜的手上沾满了灰尘和蜘蛛网。把手放下时，她顺便在睡衣上抹了一把。

"要不要我出去问问？"

这时，罗莎在走廊里找到了总开关。顿时，四周寂然无声。但没过一会儿，门外便又人声鼎沸。

"不用。"安娜淡定而坚决地说。

"你可以让我去看看。"费利佩望向窗外。

成堆的长枪短炮从三角梅枝条中伸出，像长颈鹿的脑袋一样来回乱晃。费利佩关上身后的房门时，他们听见了动静，快门"咔嚓咔嚓"响个不停。费利佩走下台阶时，咔嚓声稍微轻了一些；等他出现在花园的小道上，暴露在透过门洞就可以看见的范围之内时，咔嚓声又响了起来。照相机密密麻麻地挤在那里，就像昆虫扁平、映着彩色光的巨眼。费利佩站住不动，背过身去，又是一阵咔嚓，咔嚓，咔嚓，咔嚓，咔嚓。穿着浴袍、运动短裤和拖鞋的他，到底要去哪儿呢？他已经放弃了和"昆虫眼"对话的念头，而俱乐部8点

95

钟才开门。当费利佩发现自己没带房门钥匙时,背后又是一阵咔嚓,咔嚓,咔嚓,咔嚓。他不得不按响房门旁的门铃,见里头没反应,又重重地按了一下,直到那个黄铜按钮彻底嵌在里头。屋里依然没有动静。当费利佩开始用手掌使劲拍门时,背后又是一阵咔嚓,咔嚓,咔嚓,咔嚓,咔嚓。安娜打开门,小心地躲在门板背后。

"到底怎么回事?"

安娜深吸了一口气,仿佛要为接下来的话储备足够的空气。

"安德烈斯·里韦拉死了。"

"谁?"

"我在议会党团的同事。我不是跟你说过吗?我去参加他葬礼了。他是基建局发言人。"

"这跟我们有什么关系?"

"我们正一道接受调查。"安娜终于说,"一切都是瞎折腾,但他们肯定会大做文章。"

费利佩心不在焉地向门外一指。"谢谢。"他说。

"什么?"

"谢谢你总是不遗余力地把一切——真的是一切——弄得一团糟。"费利佩说。

说完,他自己都忍不住笑了。

2015 年
自　行　车

　　阿方索拉好鞋店的卷帘门，开始转动钥匙。彩票站已经倒闭了。一身白衣、盘着头发的护士聚在医疗中心的门口抽烟。"五大洋"商店里的女售货员正等着最后一位顾客在冻沙丁鱼和鳕鱼之间做出抉择。在拉克萨酒吧，最后的啤酒也已被那不听使唤的脑瓜子一饮而尽。大多数人中午都要回家吃饭。拉克萨酒吧提供两种午餐套餐，一种是烤鸡套餐，另一种是烧章鱼套餐。上一次有人点烧章鱼，还是2012年2月的事情。那是一个丹麦游客，他也获得了常客们的关注和掌声。走出店门50米后，他还是忍不住在出租车停靠点吐了出来。

　　超市切片肉食柜台后的女售货员正在说笑。一个人用机器切着熟火腿，另一个人在她的耳边轻声低语着什么。显示屏上红色的"57"，已经停了足足有10分钟。在它显示"56"的时候，梅赛德斯·莫拉莱斯跑去拿了瓶酸奶。椰子味的已经卖完了，她只好拿了瓶菠萝味酸奶。回来时，屏幕上还是"56"。她还需要洗发水。当她把一瓶洗发水放进停在切片肉食柜台旁的购物车里时，又发现木瓜已经有些烂了。于是她又回到蔬菜水果区，还和负责称重的女孩发生了点口角。"你最好戴上手套。"她一边说,一边指了指旁边的一块硬纸板。

梅赛德斯从滚筒上扯下一只一次性手套,用夸张的动作把它慢慢套进手指,仿佛要让站在秤前的女孩看清楚这一切。她从木瓜堆里重新挑了一个,摘下手套扔进垃圾桶,回到购物车那里,显示屏上的数字还是"56"。周围的人窃窃私语,连连摇头。众人把手叉在胸前,手中夹着三角形的号码条,拎着仍然空荡荡的购物袋。但没有人说什么。只是低语和摇头。

"喂,服务员。"梅赛德斯终于忍不住说。

"就来了。"两个收银员齐声答道。

现在,"57"已经停在那里 11 分钟了。孩子们马上放学,得给他们做饭,床铺也没铺好。昨晚的那堆东西还放在餐桌上没有收拾。她之前想去打理,但还是决定先抓紧时间去一趟超市,毕竟冰箱里连鸡蛋都没有了。这时,"57"已经显示了 12 分钟。孩子们半年前搬来与她同住。"你会慢慢适应的",梅赛德斯一开始这样想。

她一顶开十字闸门走进超市,就注意到了"肉排"——所有人都这般称呼他。当时他正站在放厕纸的柜台前,一手拎着瓶 1.5 升的可乐,另一只手拿着手机,正用拇指点击屏幕。抬头看见她,"肉排"给吓了一跳。这时,梅赛德斯才想起来他还欠她 10 块钱。他躲到冷柜后头,梅赛德斯过去拿酸奶,又把他吓得跑到别处。这时,"肉排"犯了一个严重的错误:他试图后退一大截,躲到切片肉食柜台,想和挂满香肠包装的货架融为一体。他不敢朝梅赛德斯那儿看,指望拿那两个穿着颜色相仿的针织衫和连裤袜、一边摇头一边窃窃私语的售货员做挡箭牌。他那黑色 T 恤上,用方正的字体印着粉色的"Gangstar"字样。

他没看见梅赛德斯走来。等她在他面前摊开手,他才下意识地举起前臂护在身前。

"你的号。"梅赛德斯说。

"我会还你钱的。""肉排"望向穿着针织衫的售货员,她们大概是他奶奶的朋友,"给我两天时间。"

"你的号。"梅赛德斯重复说,她摊开的手放在离"Gangstar"的第二个"g"不远的位置。和其他同行不一样,梅赛德斯最讨厌别人低三下四地哀求。

"什么号?"

梅赛德斯翻了翻白眼,伸手指了指结账柜台前的指示牌。

她把自己的号码条递给"肉排":"你今天要买东西的话就拿着。"他当然要买东西,来超市本来就是买东西的。

"肉排"低头看了一眼手里的"79"号:"这可得等好几个小时呢!"

"那又怎么样?难道你要上班?"梅赛德斯回敬道。

在公交车站抽烟的那两个人向梅赛德斯点头致意。"回见。"她说。她穿过斑马线,经过被马路环绕的广场。从几年前开始,那儿晚上就被聚光灯照得像个足球场。她从棕榈树丛中穿过,空白的塑料袋挂在被截断的叶片末端,在风中来回飘荡。一群老年人在长椅上比对着彩票上的数字,一旁的座位上放着他们褪色的黑礼帽。当梅赛德斯·莫拉莱斯从他们身边匆忙走过时,他们没有抬头看,也没有跟她打招呼。迎面走来的推童车女人,也没有任何表示。这个女人上周每晚都来她这儿,上上周也是,再往前有一个月时间没来,总是这样反反复复。这种偶尔光顾的客人,梅赛德斯都记不住他们的名字。毕竟也没有必要记住,这些人从来不会赊账。赊账是需要信任的,只有那种定期来的人才会做此尝试。那些人喜欢上厨房坐坐,和其他那些常客一起抽会儿烟,再胡扯一通,但这样的客人在梅赛德斯这里并不存在。她的规矩,是每人22分钟。不能刚好半小时,那样太过显眼;但时间也不能太短,否则人来人往,很容易被他们发现。

大多数常客都住在大楼里。他们可以随意来往,而不至于引起停在广场前的警车注意,或是吸引来那群对彩票的老年人关注的目光。每个人要为自己的22分钟负责,这是规矩;尽管如此,梅赛德斯还是要经常催促他们,将他们赶出门去,甚至给某些人上计时器。想喝什么必须自带,就连自来水也不例外。"我不给任何人刷杯子,这也是规矩。"还有一条:11点必须结束。

从塑像前经过时,梅赛德斯换了只手提袋。这座塑像由刷着绿漆的齿轮和步枪零件组成,没有人知道这究竟象征着什么。她口中的"大楼"建在教堂的隔壁,与一座小型游乐场相邻。游乐场有一个沙盘,一座秋千,还有两只腹部连着弹簧的粉色小动物。如果梅赛德斯允许她的常客在餐桌旁久坐,在那儿卷上一根烟,那他们偶尔就会讨论,那两个带弹簧的小动物究竟是什么。是带来幸运的小驴,还是来自圣波隆顿的飞骆驼。他们经常把许多事情和圣波隆顿——那个全新的岛屿联系在一起。

梅赛德斯在上周差点被欧拉利娅撞倒,她在那里的斑马线前驻足片刻,左右张望,仿佛她的妹妹每天都会在挡风玻璃前吓得六神无主。当时,那辆菲亚特熊猫的保险杠离梅赛德斯的膝盖只有几厘米距离。"我得去度假。"从那天起,梅赛德斯每次经过此地,就会产生这样的想法。看哪,贝尔纳多特家竟然都给人放假了。

大楼的外墙被漆成灰色和淡黄色,从空中望去呈一个巨大的

"U"形。中间是又大又黑的车库入口。大多数时候,它都被金属折叠门给封锁了起来。当大门开启时,先是一阵巨响,然后是一阵低沉的轰鸣声——那是折叠门在吱呀作响。折叠门升到半米高的位置时,就会发出尖叫声。如果天气寒冷,这声音就十分响亮;遇上下雨天,则稍微轻一些;夏天的时候,尤为让人难以忍受。

欧拉利娅宁愿去上班,但她别无选择。毕竟谁愿意和这个老妇人一天到晚待在一起呢?只有当她早上匆忙关上门,生怕错过了6点27分的公交车时,她才停止咒骂。而当她下午回家,从手提包里掏出钥匙串时,放在两侧的塑料袋会慢慢倒在木门上,发出沉闷的响声。这些声音,早被老妇人听到了。

梅赛德斯的房子位于一楼,两个房间分别用作客厅和卧室,此外还有厨房和卫生间。梅赛德斯·莫拉莱斯今年64岁,以贩毒为生,有两个女儿。其中一个女儿离婚,带两个孩子,从前在建筑公司上班,后来因为经济危机丢了工作,不得不腾退住房,当起了占房者。她的两个孩子,就被送到了梅赛德斯这里。另一个女儿上一次来电话时在马德里,那已经是九年前的事情了。

"您好,"阿马利娅·冈萨雷斯·埃雷拉每次在门口出现,都会这样问好,然后问,"您是叫马里奥吗?"

"种丝兰的花盆实在小得可怜。"每当胡里奥·博特挽着她散步时,她都会指着内院门旁过道里的植物说。这个想法早已在她的脑子里根深蒂固。还没等胡里奥·博特右手撑住拐杖,用空出的左手使出浑身力气推开后院的大门,以便让她从他身旁经过,阿马利娅就已经望着大苗圃说:"棕榈树比屋顶都高了。"

每次都关上门后,胡里奥·博特都回应道:"这棵树大概有多少年啦?"

"至少五十年了吧。"阿马利娅一边回答,一边心满意足地重新挽住他的胳膊。

但她思维跳跃,时常会有惊人之语,让他猝不及防。比如不说"他穿蓝色制服很帅",而是说"后来,他开车来接我"。

椅子是胡里奥·博特从男宾区电视厅旁的小房间里找来的。它从前被摆放在庭院里的吸烟桌旁,直到椅脚的钢管开始生锈。胡里奥·博特右手拄着拐杖,用肚子把椅子给推了过来。每次椅子跑偏,他就用扶着椅背的左手修正方向。右后方椅腿上的橡胶脚垫已经掉了,钢管直接摩擦地面,在电视厅里留下一长条锈迹。"轻点!""把电视开大点声!"他把椅子推向过道,经过理疗室和一位女义工身旁。女义工不敢多问,欲言又止。胡里奥·博特向她点头致意,便继续把椅子推进了自己的门房,一口气塞进了柜子和墙壁之间的缝隙。

胡里奥·博特其实不愿意和新来的人交朋友,总是想先看看他们在里头的表现。那个抓着门把手,嘴里嘟哝不停的奥古斯托就是最好的警示。每次胡里奥·博特按下蜂鸣器,外头的人都必须小心翼翼地推门,等他一小步一小步地后退,直到出现足够的缝隙供他们钻入。

阿马利娅有时会唱歌。"母狼生了五只小狼,五只小狼,独自在野外。它生了五只小狼,把它们全部养大,喂它们吃奶,吃奶。"有时候,她只是哼唱旋律。

"不是母狼,而是一只猫儿。"她说,"我妈就是那只猫儿。她细胳膊小手,动作灵巧,必要的话还可以不弄出什么声响。"

头几次,胡里奥·博特还试过纠正她的错误,给她念正确的歌词:"母狼生了五只小狼,有黑有白,藏在扫帚后方。"他特地把每个词都咬得特别清楚,可阿马利娅·冈萨雷斯·埃雷拉只是微微一笑。

有时候,她还是知道一些东西的。

"您是叫马里奥吗?"

"不,我叫胡里奥·博特。我以前在特立尼达大道开电器行。"

"马雷罗电器行。"阿马利娅·冈萨雷斯·埃雷拉说。能想起这个名字,她自己也感到惊讶。"那您就是马雷罗啰?"

"啊,那家伙。"胡里奥·博特说,"只是冠了个名而已。"

他从老马雷罗那儿接手电器行时,那里只有一个房间、一张工作台、坑坑洼洼的水泥地面和布满灰尘的窗户。只有从生锈的三开门中,才隐约透进一丝光亮。中间那扇门在白天一直开着。老马雷罗对此一无所知。就算发现了,他也无所谓。"我从来不管这些。"老马雷罗说。

她经常沉默不语。阿马利娅·冈萨雷斯·埃雷拉很擅长沉默。有时候,在体育节目解说员的低声细语中,她会在他身旁打起瞌睡来,双手放在胸前,脑袋歪向一边。胡里奥·博特把她叫醒时,她意识到自己睡着了,也只是淡淡一笑。

贝尔纳达讨厌胡里奥·博特的沉默,以及当她成功地将他逼入绝境时,他那简短、绕弯的回答。贝尔纳达走了。有时候话才说到一半,她就闭上了嘴,扭头走进卧室。夏天拿薄针织衫,冬天拿大衣,再从她那一大堆几乎透明的印花围巾中挑出一条。她从走廊里拎起手提包,边走边检查钱包里的钱是否足够,顺便在嘴唇上涂一把口红。她轻轻关上身后的房门,连"我走了"都不说一句,只留下门锁的咔嗒声和电梯的轰鸣声。头几年,他还会去追她,站在卧室门口安慰她,告诉她这样很傻,有时候也会骂她笨蛋、疯子、傻瓜。但从不会骂她荡妇或婊子。她看都不看他一眼,就径直走了。他只听见电梯门缓缓打开,听见贝尔纳达走进电梯的脚步声,然后是一阵低沉的关门声。下楼后,贝尔纳达走上街,沿着特立尼达大道和赫拉多雷斯大街一路上行,来到莱尔剧院。不知从何时起,胡里奥·博特开始盼着她离家出走,好结束他们之间的争吵。这争吵有时是因为自行车赛,偶尔也因为安娜,很少为了钱,从来和政治无关。大多数争吵都是因为自行车赛。他盼着她拿起针织衫,关上门,传来电梯的轰鸣声,然后一切恢复平静。在最糟糕的时候,贝尔纳达会一路坐车去圣克鲁斯,去维克多电影院或和平广场,因为莱尔剧院里的每部电影她都看过很多遍。

下午5点的时候,他陪阿马利娅·冈萨雷斯·埃雷拉去参加晚祷。在祷告室门口,她松开他的手臂,毫不费力地混进拄着拐杖、推着助行车的人群中间。有时候,她还会回头看他一眼,冲他招招手。而他就站在栏杆旁等待。直到她的身影完全消失在祷告室里,他才走向男宾电视厅旁的咖啡机,在一旁的酒红色单人沙发上坐下。

餐厅里放着两排桌子,中间是通往大厅尽头洗碗间的过道。一道木屏风将空间分为两半,大厅的左右两侧各有一个上菜口。德梅特里亚坐在其中一个上菜口旁。罗莎一边牵起她的手,一边推着坐在轮椅里的安东尼娅往前走。在桌角的那堆盘子旁,有一只白色的方形小碗。罗莎一边走,一边还要提防患有阿尔茨海默病的德梅特里亚从中顺走一个桃子。

罗莎把安东尼娅推到她的位置上,按下压杆,又检查了一遍,确保轮子已经彻底被刹车垫片锁死,才牵着德梅特里亚继续往前走。"你确定?"罗莎指了指椅子的位置。德梅特里亚点了点头。坐下后,罗莎给她拿来桃子。但德梅特里亚动作更快。就在罗莎推过小推车时,她已经拿起自己的杯子,把梨汁倒进了小碗里。"没事。"卡门修女说。

早餐供应牛奶咖啡,每个座位前的盘子里还摆着两块饼干,以及叠成三角状的火腿和黄奶酪——而不是当地的白奶酪。罗莎用一个蓝色塑料食品夹从一个巨大的特百惠罐头盒里夹出奶酪,再逐片分发给她们。之后,她还要替她们揭开酸奶盒的盖子,检查白色透明塑料盒里的药片是否已经全部被服用完毕,从地上捡起勺子、刀——早餐没有叉子——将它们扔进泛着泡沫的大洗碗池里。她从抽屉里取出干净的餐具——最底下那层是刀,中间那层放叉子,上面那层放勺子——这才重新穿过屏风走到外面。她管这叫"整装出发"。

"我还从没那么动作麻利过。"罗莎想。她一边走,一边把酸奶杯放在手推车上,再用同样的动作拿起热水壶,伸出另一只手接过递来的第一个塑料杯。一,二,三,四。"谢谢,我的小甜心。"转身,下一桌。一,二,三,四。"谢谢,亲爱的。"放下热水壶,用小腹把手推车往前顶一米半,用空出来的手接过酸奶杯堆在一起,还要小心地把埃洛伊萨递来的半杯酸奶放在最后。拿起热水壶,一,二。"看,这是我养的小鸟。你想喂它吃东西吗?"

"等会儿。"

"你得把杯子给她,特里尼,你的杯子。她给你加点水。"三,四。转身。一,二,三,四。

罗莎通常早上9点来这里。那时候,所有人都已做完弥撒涌向餐厅。行动敏捷的人早已在紧闭的餐厅大门前等候停当,助行车在走廊里发出声响,护工们则从教堂里推出一辆又一辆轮椅。

当费丽萨修女出现在餐厅中央,众人都停下来准备做餐前祷告时,罗莎便回到厨房,开始轻手轻脚地冲洗放在洗碗槽里的第一批盘子,再把它们放到洗碗机的塑料架上摆好。她小心地不发出任何陶瓷相互碰撞的声音,以免那些还能听得见声音的人听到动静。

早餐完毕后,周围恢复了安静。整个救济院都在打盹儿。人们跷着腿,耷拉着脑袋,下巴快要贴到胸口,手臂瘫在扶手上。厨房的帮工已经完成了洗碗的工作,护工们聚在院子里抽烟。这时候,修女们开始退场。西普里安娜修女敲响十字形回廊里的钟,修女们在这里集合,一起穿过院子,回到二楼她们的房间。等到4点钟派发告尔多咖啡时,再重新下楼。罗莎问她们都做些啥,卡门修女爱理不理地说:"研习经文。"

罗莎发现,自己钦佩的正是她们这份严肃和认真劲儿。修女们在意自己的一举一动,包括每一次低头和每一次下跪,却并不要求脸部表情整齐划一。她们可以开诚布公地讨论一切,她们不会绕圈子说"我不是这个意思",也不会嘴上说"挺好的",心里却觉得可笑至极。

女宾区电视厅的窗户和门都开着一道缝,轻风吹动窗帘,电视处于静音状态。还清醒着的人懒洋洋地摇着手里的黑扇子。

"我家住在梅赛德斯山。我丈夫是电影院老板唐·米格尔·阿尔瓦茨-迪亚斯的副手。他们有六家影院,而我丈夫没有驾照,所以我就给他开车。我认得在山峰之间上下起伏的每一条街道。"

"看,这是我的小鸟。你想喂它吃东西吗?拿着这颗花生。"

"我没鸡蛋了。我想做蛋饼,但我没有鸡蛋。"

罗莎冲着卡门修女点头道别,在大门口等了一会儿,直到又有想要出门的人过来朝门房喊一句:"劳驾您开一下门。"

走下斜坡时,她小心地避开摄像头。基督广场集市的摊位正在收摊。罗莎必须加快步子。卖杂志的摊位已经在把旋转支架往柜台后头推。她想买两本 A3 大小的本子,还有包装用的胶带。

家里仍然有些诡异。父亲重新睡回楼上,不再睡书房。安娜现在早上不再开车去圣克鲁斯上班,而是坐在小客厅里,膝盖上放着笔记本,面朝着处于静音状态的电视。自从欧拉利娅上周告假后,厨房里堆满了盘子、玻璃杯和餐具。洗碗机几天前就给塞满了,而冰箱则越来越空。

随着费利佩关上身后的房门,一切都安静了。电话线还没插上,她的手机也保持静音。费利佩做了咖啡,还把第一杯给她送上楼。今天是费利佩第一次重回俱乐部。透过窗户目送他出门时,安娜不确定自己是否感到宽慰。她又给自己倒了一杯咖啡。回来时,她发现小客厅的电视仍然开着,只是被调到了静音。肯定是她昨晚忘记关了。

安娜从国家电视一台切换到了岛上的电视频道。在国家电视台,她的近况只会偶尔出现在短消息里。而当地电视台还是老样子:长街,花园围墙,紧闭的大门,门铃旁的名牌。头天早上,她甚至还觉得自家的围墙在电视上看来也并没有那么丑,根本看不出油漆已经开始成块剥落,底下的火山岩已经开始泛黑。只是院墙上被喷上了"波利萨里奥阵线"这几个红字。直到镜头继续移动,画面上出现了木槿花和两个装在墙角的监控摄像头时,她才意识到这不是她家的围墙,而是安德烈斯的家。只是,上头喷的红字是一样的。

她家车库门前的摄像团队明显少了。费利佩和罗莎已经可以畅行无阻了。在当地的电视节目里，她今天首次退居次席，头条让给了几天以来在海滩上肆虐的海藻，媒体正对此进行密集报道。

她的办公室又开始接受问询。就在一个小时前，孔查发了一份草拟的新闻稿供她审阅。稿子里写道："海藻是一种自然现象，完全不会造成危害。潮汐自身就会将它解决。"上周，她还确信自己早该引咎辞职了，但眼下还没有人提起这一点，只是叫她继续低调行事，耐心等待。后天的新闻发布会由环境局发言人代为出席。有那么一阵子，安娜还担心埃利萨多·鲁维奥会派她去，让她和海藻扯上关系，将她的这张脸和这个话题捆绑在一起，从而在她辞职时，达到一石二鸟的目的。当埃利萨多·鲁维奥说"太早了，你现在露面还太早"的时候，她总算松了口气。

新闻草稿里写道，目前还不清楚海藻的类型及其爆发的原因，但它肯定不会危及健康。"肯定"这两个字被人划掉了，有人在上方手写了"应当"。

他们必须挺过去。海藻还将继续停留一段时间，唯一的办法就是等它自己消失，减弱到不至于影响游客数量和酒店入住率的程度。幸好旅游旺季马上就要结束了，而且相比旅馆密集的南部，北部的受灾情况更为严重。

岛上没有循环用水设施，废水被直接排进海里，正好为海藻提供了养分。几十年来——不，近百年来，饮水公司的老板一直拒绝建设净水设施，因为这会造成其利润下降。关于类似计划的谣言此起彼伏，足以带起铺天盖地的电话会议和饭局。海水淡化装置的建设也是如此。遇上降雨量较少的年份，蔬菜的价格会被抬上天。民政局里挤满了失业的农民。如果天热得太久，金黄的沙滩和深色的礁岩上都将积满棕色的浑浊液体。环保局发言人宣布些什么，那是他的事情。但乡镇政府肯定不会设置警示牌，因为它们承担不起由此带来的损失。这个夏天的炎热程度，远超过平均水平。"我们只能期待秋天赶紧到来，给海水降降温。"孔查这样说。

当安娜站起身走到阳台门旁时，外头的天空显出淡蓝色，甚至有些发白。群山都被笼罩在黄色的雾气之中。这是轻微的尘雾。但有尘雾就意味着撒哈拉地区正处在高压气流中，短期内不会有低压气流经过岛上。如果安娜运气足够好，接下来的几周里，电视里每天都将更新尘雾逐渐笼罩海滩的照片。运气好的话，海藻能帮她挺过难关。

他的脚在不由自主地来回晃动，埃纳发现，他想吸烟，他有些紧张。电车里坐得满满当当，坐在他旁边的男孩正用手机看着YouTube视频。经过大学附属医院时，电车缓缓驶入隧道。隧道里淡灰的水泥墙壁光秃秃的，有些奇怪。埃纳突然明白，那是因为上头没有被喷上涂鸦，也没人画画，甚至连个"你好"都没有，只有水泥孔、一摊摊水渍和白色的石灰沉积。这和汉堡或柏林那经常被人反复涂抹的地铁通道形成了鲜明的对比。

贾比几年前搬到了拉拉古纳，与他同住的有他的女友和女儿——埃纳老是想不起她的名字。他们总说："我们啥时候一起做点啥。"这始于埃纳移居德国之前，后来则是在每年的圣诞节，往往是在12月24日的午夜。那时，在赛拉诺将军大街的房子里，冰箱里是吃剩的鸭子——那是乌特每年坚持要吃的——上面是一层白色的油，威士忌的气味沿着楼梯口弥漫而上，只有二楼主卧和客厅的窗户里还闪动着电视的荧光。

"我们啥时候一起做点啥。"他们一开始在贾比临近普利多街的家里聚会,准确地说是在家门口的楼梯上,因为贾比的母亲禁止他们在屋里吸烟。后来贾比搬出去住了,见面地点变成他妹妹住的公寓楼屋顶露台——那里有两把棕橙相间的废弃沙发——还有越来越大的合租屋。从几年前开始,聚会地点又改到拉拉古纳老城一片能望见大教堂的草坪。

"来找我玩啊!"埃纳每年都这么说。他逐一列举可以带贾比去玩的地方,先是柏林,后来则是汉堡。每次飞来岛上,他都给他发信息。他从德国给贾比打过两次电话,一次在市区医院护士站的霓虹灯下,另一次则是某场中介聚会结束时,在汉堡舞蹈大厦的露台上。当时他已经彻底喝高了,一直不停地说:"你知道这对我意味着什么。"而贾比则反复回答:"知道了,老兄。去睡会儿吧。"

贾比打开门,把食指放在嘴边。"小孩睡了。英玛陪她躺着。我们上楼说。"埃纳跟他上了楼。二楼走廊的插座上,插着一盏月亮造型的夜灯。贾比已经准备好了冰镇啤酒。一个装满冰块的塑料盆,六瓶啤酒。"过得怎么样,长官大人?"自从贾比在岛上的政府部门工作后,埃纳就这样称呼他。

贾比耸了耸肩:"都挺好。你呢?这次待多久?"

埃纳觉得现在说这个有些言之过早。一切都取决于这次谈话。

"我也都好。"他回答道。

阳台上摆着两把竹藤沙发。贾比打开一瓶啤酒递给他,在其中一把沙发上坐了下来。一切都像从前在他妹妹家的屋顶上一样,两把并排摆放的沙发,中间是啤酒。大教堂前的棕榈叶微微晃动,但几乎感觉不到风。贾比聊起发言人和议员的情况,包括他们在智能手机、平板电脑和笔记本上做的那些蠢事。某人的电脑因为中了电脑病毒送来修理,他们却在硬盘上发现了色情片。贾比和从前一样,还是一身牛仔裤和 T 恤。

"你还出去吗？"埃纳问道。

"不。"贾比的声音听上去有些吃惊，"早就不去了，你懂的。"

"你的鞋。"埃纳指了指贾比运动鞋的后跟。上头有一道又小又密的深红色斑点，其中一侧还显得更淡一些。那是气溶胶。这不是在什么地方粘来的，肯定是喷上去的。

贾比也低下了头。"啊，这个啊，这是别的。"

"还支持波利萨里奥阵线？"埃纳微微一笑。这已经成了他们之间的一个梗。

"波利萨里奥阵线万岁。"贾比还像往常一样笑着说。

埃纳其实根本不知道波利萨里奥阵线究竟是什么，只知道它涉及西班牙的殖民政策和西撒哈拉，关系到没有真正归还的土地。这样做违反联合国决议，贾比每次都强调说。那关系到撒哈拉人，也事关摩洛哥和毛里塔尼亚。但他从来没有真的搞明白过这一切。

"你听过埃利萨多·鲁维奥这个名字吗？保守党的秘书长。"

"我对岛上的政治一无所知。"

"他当时是国内安全部发言人的副手。我正在各个击破他的亲信。"

"这就是你的宏伟计划？"

"我的宏伟计划。"贾比点点头。

"进展怎么样？"

"挺好的。一个人没过多久就出车祸了。该死，我一开始想。但那似乎是一场意外。另外那个嘛，形势还不明朗。"

埃纳举起酒瓶说："为自由的西撒哈拉干杯！"两人相视而笑。

绘画本的封面上印着动物图案——那是一匹斑马和一只长颈鹿——看上去很不专业，像是业余画家或孩子的手笔。随便啦，罗莎想，开个头再说，万事开头难。

她把四页纸拼在一起，打算把脑子里的念头和想到的事物都记在上头。她自己把这个项目叫"变形记"。这个名称之后肯定要换，因为变形记已经被用烂了。最好是从《圣经》中借用一词半句，或者引用一下赞美诗。

在她的设想中，最后安装在马德里某家画廊里的作品，应该以束腰长袍和官服为核心物件，但具体的细节还有待斟酌。她打算用橡皮泥将两者固定，而不是像熨斗一样把它们压平，好让它们看上去像是正被人穿在身上。为此，她需要一个橱窗模特架，好让布料在上头逐渐变硬成形。马德里画廊足有厂房大小，四周全是裸露的水泥墙。这两件衣服将被拴在隐蔽的细绳上，挂在场地中间，微微离开地面。得有戏剧效果，这是肯定的。创作过程还很漫长，她还得好好斟酌一下。现在只是开头。先找面墙，把这张拼贴好的白纸固定在上头。

书桌上方的弗朗西斯卡照片，是罗莎从马德里回来后唯一挂在墙上的物品。当费利佩还是一个孩子的时候，她的祖母就已经过世了。照片上，她戴着一副太阳镜，穿着浅色的套装和不带翻领的短外套。这组照片约莫摄于20世纪60年代中期。在马德里的厨房里，众人就此达成了一致。她身材高挑，姣好的面容混合着费·唐纳薇和格蕾丝·凯丽的风韵，只是头发的颜色要更深一些。她周围的男士穿着夏装，照片的背景是一片草坪，还有棕榈树和水晶玻璃装饰的桌子。她没有露出微笑，样子看上去精致而潇洒，有种流行文化的感觉。室友内娜的这番点评，得到了众人的赞成。这些照片是她在马德里时唯一在墙上挂起的物件,一开始挂在自己的房间。内娜觉得这些照片太棒了,她反复强调说,厨房既属于她,也属于罗莎。于是,这些照片后来就挂到了那里。

如果把四张纸挂在床头,看起来更像装饰品。两扇窗户之间的位置稍微有些局促。最好放在书桌上方,但那里现在挂着弗朗西斯卡的照片。她打算从长计议,便拿起手机,打了一行字:"我要认识基督,感受他复活的力量,分享他的苦难,效法他的死亡。"

昨天,她在救济院里分发小卡片。卡片正面印着一个圣像,罗莎在网上搜索了一番,才知道那是谁;卡片背面印着这句话,左右簇拥着两个天使。她打算把这张卡片贴在纸上,还有一张被德梅特里亚画上红色和蓝色圆圈的小便条,以及费丽萨修女送给她的一串钥匙链。

"宝贝,这是在做啥呀?"几秒钟后,内娜就在这条状态下留了言。这个头开得不错,罗莎想。

"您好。"阿马利娅·冈萨雷斯·埃雷拉站在门边打招呼,她犹疑地望着那把椅子。

"您好。没错,这就是给您准备的。"她来早了。

"您是叫马里奥吗?"

"不。"胡里奥·博特回答,然后长话短说,"他被卡车给撞死了。"

"没错。"她一边坐下,一边点头。她的语调听上去还是像从前那样充满遗憾。

"我去过这里。"说着,胡里奥·博特朝着电视的方向努了努嘴。正在进行的环西班牙自行车赛,大部队正沿着埃布罗河行进。

阿马利娅·冈萨雷斯·埃雷拉点了点头。

"我也骑过车。"他说。

"参加比赛。"阿马利娅·冈萨雷斯·埃雷拉不是在发问,只是重复和总结着这一切,语气中毫无赞美之情。

胡里奥·博特点了点头。那的确是一场比赛。"我骑的车完全不一样。没有变速器,没有车灯,甚至都没有车铃,只有一个车架和吊在悬挂装置上的车轮,还有车把手。对了,还有前后挡泥板。有些车甚至连这个都没有。要是碰上秋雨,到达目的地时车身肯定会溅满泥。"他小声说道。阿马利娅·冈萨雷斯·埃雷拉俯下身,略微下垂的鼻子正好冲着他这边。

"我从前是个邮差。"胡里奥·博特说。在他身后的走廊里,传来橡胶鞋底磨过光石板路面所发出的轻轻的嘎吱声。

随后,来人喊道:"我要去买鸟饲料,开门。"

阿马利娅·冈萨雷斯·埃雷拉转过身去。

"市场关门了,摊位在改造,它要饿死了,我已经没花生了。开门!"特里尼使劲摇晃着门把手。

"她怎么了?"

"没事,她会自己消停的。"

可特里尼已经出现在门口,指着自己的左肩说:"它快饿死了。我要去买饲料。没有这只鸟,孩子们什么都不会买的。"

看门人胡里奥·博特拿起麦克风,按下红色按钮说:"卡门修女请到大门口,卡门修女请到大门口。"

"巧克力,巧克力。"当卡门修女抓住她的手臂时,特里尼又大声喊道。

"别难为她。"阿马利娅·冈萨雷斯·埃雷拉在两人身后喊道。

然后他们都陷入沉默,望向正在爬坡的大部队里那来回晃动的彩色骑行服和头盔。

"之前说到我曾经骑过车。"胡里奥·博特重新说。

阿马利娅站起身，用不确定的眼神瞅着通话机。她在努力回想。

"真好。"她终于说。胡里奥·博特大大地松了一口气，重新靠回椅背上。大多数志愿者已经按完门铃进来了。今天周二，是洗衣日，厨房没有进货，他们有的是时间。

"您知道吗？其实那和我完全没有关系，我当时太小了。我哥参加了隶属于伊比利亚无政府主义联盟的全国劳工联盟，马上就被那些人带走了，下班后再没回家。前几年拉斯卡纳达斯的一座坟墓开挖时，我还以为其中有他。但那批人是1937年2月死的，他们全被爆了头。"

"真遗憾。"阿马利娅·冈萨雷斯·埃雷拉的声音听上去有些迟疑，她似乎并没太明白他在说什么。但她还是握住了他搁在椅背上的手。她的手很柔软，也很温暖。

2007 年
吃玉米面糊过日子

屋顶的平台上悄然无声。天气很冷,以至于在附近一片空地上,杂草堆和垃圾堆里的蜥蜴都停止了活动。信鸽俱乐部的鸽子白天还绕着房子转圈,在晾在绳子上的衣物上排泄,这时却也静悄悄地把脑袋埋进翅膀,在室内的笼子里睡着了。公鸡马上就要开始打鸣了,时间大概是两点到两点半之间。从几个星期前起,它们每天都会在两点到两点半打鸣。那大概是在马路整修过后。不是他们家门口的马路,而是一个街区之外紧挨着一排房子的马路。它现在变成了双车道,还带人行道和停车线。

"那是路灯。"当欧拉利娅因为从屋顶上望见的淡橙色灯柱前来抱怨时,费尔南多这样解释说,"路灯的光线射进了牲口棚。"他指了指身后挤满棕毛鸡的木板屋,"我没办法,公鸡也没办法。"

没错,欧拉利娅睡不着觉,半夜坐在屋顶上抽烟,这可怪不得公鸡。只见她一根根地抽个没完,抽完一根又续上一根,望着橙色的光点闪动、扩散,照亮她的手指,离她越来越近。她会偷偷把烟灰缸倒干净,以防梅尔凯——她的母亲注意到这一切。直到烟灰缸里挤满密密麻麻的过滤嘴，她才站起身。

大多数房子都漆黑一片。在不计其数的窗户中，只有两扇依然亮着灯。其中一扇窗玻璃上交替闪着电视机发出的黑白灰三色光，另一扇狭长的窗户映着黄光，大概是有人忘了关浴室灯。

白天，在费利佩出门之后——他是早上最晚出门的那个——欧拉利娅就可以在贝尔纳多特家随意躺倒。躺到某张床上、沙发上，甚至是小客厅的黑色硬皮沙发上；仰面朝上，左右侧躺，甚至是趴在那里。而且她爱躺多久就可以躺多久。或者说，她能躺多久就躺多久，因为她母亲、罗莎或费利佩往往很快就会打来电话，或者要是她不赶紧去买肉，那肉腌泡时间不够，晚饭吃时就会不够入味。这样的话，下次在厨房里碰到安娜，就会听到一句："再多放点大蒜。"

夜晚，痛苦总是在夜晚到来，无论她躺在床上还是客厅的沙发上。她各种姿势都试了个遍。母亲的身体在泡沫床垫上压出了一个浅坑，她试过把枕头放在那个位置，也试过把脚放在那里。尾骨上有两处地方硌得生疼，而且有继续向外蔓延的趋势。疼痛起初还扩散地很慢，只是一毫米一毫米地向着两侧的臀部发散。到达那儿之后，它愈演愈烈，顺着她的大腿一路往下，一直覆盖膝盖。现在，这一大片区域都疼得发烫，就像晚间在屋顶上猛吸一口时，香烟所发出的橙黄色火光。

最后，欧拉利娅不得不站起身，抖了抖腿，拎着拖鞋走进厨房——这是为了不吵醒她的母亲。她拿上香烟和打火机，小心翼翼地穿过走廊。梅尔凯睡眠很浅，只有在电视机前是个例外。那时就算有什么东西爆炸，她都不会抬一抬头。但晚上睡在床上时，如果欧拉利娅撒尿的动静太大，她就会抱怨说："你喝那么多水做啥。"

她走上通往屋顶的台阶。门是铝制的，门框已经有些生锈，欧拉利娅只好用肩膀将它顶开。动作虽然很轻，但也必须使出足够的力气。她光着脚，每一步都小心翼翼的，因为任何不经意的重心改变都会被楼下听见。她在屋顶上来回走动，直到橙色开始褪去，光点逐渐变暗，与黑色的烟尘颗粒融为一体。这时，她才得以在护栏边的椅子上坐下，托着下巴，小臂支在还残留着日间余温的围墙上。过不了多久，公鸡就要开始打鸣了。

　　最后一班公交车早已驶过，街上甚至都看不到闪动的车灯。没有饶舌音乐，没有电子摇滚，没有喊叫和争吵，没有犬吠，也没有肥猫的踪影。唯一有的只是一堆不规则地聚集在两座山峰之间的小房子。夜晚，一切看上去就是如此。仿佛这些房子顺着山谷滑落，以奇特的方式堆叠在山谷里。在其中的某一处，闪动着一个橙色的亮点。欧拉利娅一边想，一边抽着烟。等到一切开始发沉，她便把脸颊贴在手背上。有时候，她就这样睡着了。再次惊醒时，往往已经脖子发硬，手掌发麻。有时候，面包房的灯都已经亮了。自从罗莎上中学后，欧拉利娅就开始坐6点13分的巴士上班。整理床铺、淋浴、穿衣，需要20分钟。叫母亲起床，给她洗漱，替她把药、玉米面糊、咖啡和酸奶准备停当，冲洗碗碟，再从冰箱里拿出母亲的午饭放进微波炉——虽然她根本不会吃——这至少需要35分钟。上周，她还额外需要3—5分钟，用来清洗尾骨上的伤痕，将它消毒并贴上新的纱布。她必须把纱布贴得很紧，才能在整个下午反复抓痒时，不被梅尔凯听到。

　　如果伤口再不见好，欧拉利娅就得给医生打电话了。之后，梅尔凯会说："我女儿要饿死我。"然后伸出关节浮肿的手，颤颤巍巍地抹着眼泪大声祷告，"感谢我主，给我派来救星。"

欧拉利娅只能站在一旁左顾右盼，保持缄默，以防事态愈演愈烈。她得送医生出门，在还没走到门边时就马上说："不是这样的，根本不是这样。"她不肯善罢甘休，尽管自己也觉得说再多都像是自我辩护。但她是留下的那个人，是让一切得以维系的那个人。

公鸡打鸣了，还接连大叫了好几声。欧拉利娅用指尖堵住耳孔，但又马上将它挪开，因为她听见楼下有人喊："拉利娅，拉利娅。"其中，最后一个"娅"一点都不含混，这个声音很尖，拖得很长，语气中带着愤怒。母亲的声音，就像一把刚刚在火石上磨过的利刃，穿过空气，向她奔来。欧拉利娅最后吸了一口烟，把它掐灭在烟灰缸里。她打开铝门，冲着黑暗的楼梯吼道："怎么了？"

"拉利娅，这个男人要干什么？"

欧拉利娅此刻能够想到的只有扫帚。有那么一刻，她的眼前闪过各式各样的菜刀——这东西现在显然更加合适——但阳台上只有扫帚。

"这个男人在我的房间里做什么？"有东西跌落在地，摔得粉碎。欧拉利娅拿起扫帚，三步并作两步地冲下楼梯。"走开！别碰我！我就是个搞卫生的。"

房门紧闭，看上去一切都十分正常。

"出去。"梅尔凯大喊道，"出去。女孩们的房间在楼上，你这个傻瓜。"

欧拉利娅站在门口，目光在黑暗中搜索。椅子、柜子、小桌子，都没有被移动过的迹象。一切正常。她打开灯，还是什么都没有，窗户也是关着的。

"他在哪儿？"欧拉利娅问道。

"出去。"梅尔凯继续大喊，"打他。"她看向扫帚，"你这个傻瓜，打啊，打他。"

欧拉利娅站在原地，朝着沙发望去，目光最终落到镜子上。或许梅尔凯是在镜子里看见了什么。但那里除了她母亲的影子，其他什么都没有。

"你这个傻瓜，赶他出去啊，拉利娅。做点啥。你这个蠢货，别干站着啊！"梅尔凯指了指小圆沙发的方向。每天晚上，她都把自己的衣服逐件摆在上头，第二天早上再一件件穿回。

"看招儿。"欧拉利娅最后说。不然她还能做啥？她大踏步进门，尽力不看镜子，抓紧扫帚柄，在空中来回舞动，左戳右捅，嘴里大喊"这里""出去"，还有"看招儿"。

她突然气不打一处来。叫她去和那个只有梅尔凯看见的家伙厮打，又是这一出！镜子里的她披头散发，浴袍大敞着，睡衣已经滑到了大腿上。她感到自己的腋下、上唇和额头都在出汗。"看招儿！"她气喘吁吁地喊道。她把扫帚举在身前，向房门走去，"出去！"

她把扫帚仍在过道里，用力打开门，大喊："见鬼去吧！"漆黑的街道上已经响起了犬吠声。"见鬼去！"

等她回来的时候，梅尔凯已经平躺回床上，脑袋枕着枕头，双手叠放在胸前的被子上。床头柜前有一摊水渍，地上有一个摔碎的玻璃杯。欧拉利娅走过去拿簸箕。

"刚才你说'女孩们的房间在楼上'是什么意思？"欧拉利娅边清理碎片边问。她们的房间在隔壁，楼上只有屋顶平台。

梅尔凯耸了耸肩。

"睡吧，妈妈。"欧拉利娅关上灯，"睡吧。"

"明天见，上帝保佑。"梅尔凯说。

"我得马上起床了。"欧拉利娅已经走到了过道。她的声音太轻，根本没能传到她母亲的耳朵里。

长椅上一个学生都没有。篱笆后头,只有推土机在密集的猴面包树和被封闭的人行道后来回开动。载重汽车在倾倒货物,发出刺耳的声响。落下的碎石瓣里啪啦地砸向树后方的地面,那里是新开的有轨电车线铺设轨道的地方。通车后,从圣克鲁斯到拉拉古纳将只需要20分钟。动静不小的还有水泥搅拌车和气锤;只有当滚烫的沥青被铺上路面时,周围才会突然安静下来,只剩有人偶尔叫一声:"当心!"

一阵尖锐的警报声从篱笆后传来。大吊车在空中转动,吊起某个建筑部件。费利佩对这个声音再熟悉不过。上周他写信抱怨说,他认为在这种情况下无法开展任何形式的脑力活动。但管理部门还没有给他答复。他甚至觉得自己有权拒绝所有的活动安排,尤其是为下周一就要开始的新学期所举办的准备会。今年酷暑的淫威尚未退去。"不管是关上还是打开窗户,我的办公区都炎热难当。"他这样写道。接下来的几个小时里,学生们将成群结队地来敲他的门,有的怒不可遏,有的声泪俱下。"我上周没见到您。"以及"我能之后作为……还能换到您班上吗?"更糟糕的是,莱蒂西娅·费雷拉或许也可能因为项目申请的事情来找他。最最糟糕的情况,是莱蒂西娅·费雷拉为了木槿树丛的事情找上门来。

"你有啥就发给我,我来收尾。"她这样写道。那是前晚的信息,费利佩还没有回复。

上周,他发现家里父亲的书房……书桌对面的墙上满是钉子的痕迹(照片早就被费利佩取下,已经摆成一列放在沙发旁吃了好几年的灰);他的身后是窗户,从窗外枯黄的草坪上袭来滚滚热浪;厨房里，罗莎和欧拉利娅正在争执些什么。——上周，费利佩发现家里书房的窗户无论是关上还是打开，都一样让人难以忍受。只有坐在车里，打开空调，才能勉强过活。他打算开车去圣克鲁斯，去港口区找一家酒吧，继续修改自己的申请书——《加那利群岛的内战和镇压——私人照片、信件和口述历史》。

经过特立尼达大道尽头的公寓楼时，他扭头看了一眼安娜在此长大的房子，因此错过了高速入口，只能改走隆达路。如果之前有人让他形容这条通往圣克鲁斯的老路周围的景色，他肯定会说："四周全是山。"那里夏季植被枯黄，冬季反倒郁郁葱葱。一侧是越来越宽的桑托斯峡谷大道，另一侧则是干枯的茴香、仙人掌和鹅卵石。长方形的广告板在山坡上随处可见。

直到圣格拉西亚，才出现一两座房子和废弃的劳教所，然后又是一片荒芜。再往山下开一段，才能看见一些荒废的别墅。不知何时，棕榈树大道开始向右转弯，紧贴楼房而过，它的尽头是一座小广场和新建的教堂。除此之外，只剩下山坡。所以，费利佩上周忍不住在快到拉拉古纳时不顾后车的鸣笛，把车停到路旁，下车在路边待了一会儿。

七排带小阳台的二层楼房以同样的弧度沿着山坡而建，它们的外墙被刷成黄灰色。旁边是几条刷着粉漆的小路和被白色金属栏杆围起的露台。再往上又是三排桃红色的平房。山坡的最底端有一块正方形场地，旁边又是一片呈实心马蹄状的粉色。几个平屋顶后头露出碧绿的游泳池，旁边是一大群正在屋顶的斜坡和墙面上忙碌的吊车。一条条起重臂来回转动，由于没有风，费利佩的耳边听不到它们运转的声响。

小时候，这片山坡是禁忌之地。这里遍地都是报废的汽车，很多车连油漆都脱落了，车身锈迹斑驳，蒙皮已经出现了卷边，只有挡泥板依然保持着原有的弧度。车灯、反光镜和镶边装饰都已经不见了，车轮也一样，或者已经被戳破，橡胶外胎中露出成片的金属网。车玻璃碎落一地，坐垫只剩下脏兮兮的泡沫塑料。随意倾倒的建筑废料，包括弯曲的钢架、铁皮水桶和鼓式混料器，个个锈迹斑斑，凹凸不平。

动物的尸体散落其间。当费利佩或何塞·安东尼奥朝它们走近时，鸟儿四散飞起，在空中鸣叫盘旋。白净得让人惊讶的骨头，手指粗的椎骨，修长的田鼠头颅，有的还带着黄色的前门牙，小兔子比这个头更大，知更鸟的尸体呈木乃伊状。底部和颈部均已破裂的玻璃瓶，有着棕色、淡蓝、淡绿、橄榄绿、淡黄等各种颜色，有的则呈透明状，瓶身上全是白色的划痕。生锈的铁罐因为被踩扁的缘故，显得比平时更宽一些；后来，它们被标签在风中飘舞的塑料瓶取而代之。像布料一样厚实的蜘蛛网遍布其间。它们挂在黄边龙舌兰那带刺的绿色尖角之间，挂在足有一米多高、厚叶上挺着硬刺的仙人掌之间。到处都是胭脂仙人掌，到了8月，上面将长满白粉状的介壳虫卵和橙粉色的仙人球。

费利佩和何塞·安东尼奥偷偷溜上坡，便会找个瓶子保存捉来的介壳虫。费利佩的任务，是用小木棒或碎瓦片把介壳虫从仙人掌上刮下来。何塞·安东尼奥在下方举着瓶子，在介壳虫掉出瓶外时，说一句"当心"或"看着点瓶口的位置"。还没等回家，何塞·安东尼奥就用小木棍使劲地挤压、戳打和搅拌瓶子里那团白色的物体，直到这片乳白中开始出现深红色的液体。介壳虫看上去就像小土鳖，只是没有龟甲，所以更容易被碾碎，但不会发出嘎吱嘎吱的声音。

晚上回到浴室，他们就得小心蜱虫了。他们打开所有的电灯，互相检查全身,就连耳后、胳肢窝和腘窝也一个都不放过,甚至还要屏住呼吸,用指尖触摸阴茎和阴囊。

上周,在从拉拉古纳到圣格拉西亚的路旁,费利佩发现只有驾车横穿岛屿,才能看到这里究竟还剩下些什么。这一切和申请书无关,也和莱蒂西娅·费雷拉来办公室找他讨说法却扑了个空无关。

《加那利群岛的内战和镇压——私人照片、信件和口述历史》。申请书的定稿已经迫在眉睫了,可费利佩却仍在新闻网站上浏览着图片集锦。有些照片是昨晚拍的:黄色的警戒线,直升机,从下方可以望见它明晃晃的机腹和马德里的夜空,以及探照灯映照下那暗紫色的云彩。骑士雕像,一手紧握缰绳,一手高高扬起。下一张图片是系在青铜马身上的亮红绶带。一根系在扬起的前蹄之间,另一根则系在后腿之间。四根绷紧的铁链,一台被涂成黄色的吊车,最后是一辆卡车。午夜刚过,马德里最后一座佛朗哥塑像被装在卡车上运走。

费利佩以为自己会心满意足,产生获胜后陶陶欲醉的感觉。有些事终于得到了更正,一切都各归其位,终于拨乱反正。但其实他唯一能想到的就是"除名毁忆",即罗马时代继任者对上一任皇帝的否定和清算。在古代,他们真的会被彻底除名,这和21世纪将一名独裁头子革职绝不可同日而语。尽管如此,费利佩还是想到了那些被拆毁的尼禄、卡利古拉和康茂德的大理石像,那些被撕碎的文字,被焚毁的图片,它们掉进时间旋涡的窟窿,却没有被忘却,反倒被人铭记。雕像脖子上依然锋利的裂痕,饰带上从前刻有名字的大块刮痕,恰恰成了那些被移除的历史人物的纪念碑。被泯灭的东西,却能永远被铭记。

更加投身其中。这才是重点。费利佩希望自己能更加投身其中，而不是在三千千米之外坐在电脑前当观众。窗外，草地自动喷灌器来回旋转，发出啾啾的声响。红土的热气带着水珠的气息，从窗缝里涌进室内。泥土的裂缝逐渐合上，到了最后，喷头周围的区域几乎只剩下一摊烂泥。

他定期从圣胡安广场经过，圣胡安电影院就离那儿不远。那匹青铜马昂首挺胸，作小跑状，似乎正要去战场上左冲右突，来回奔波。那位身穿制服的将军仿佛正在召集他的军队，高高举起的手里象征性地拿着一张卷起的布告。那可能是宪法，也可能是教皇的赐福，费利佩还从没想过这个问题。杀人犯——他的脑子里或许只有这个念头，并幻想着自己有一天会怒不可遏地抡起大锤砸碎这座雕像。想到这里，费利佩不禁哑然失笑。二十岁时，他真的想过抡起大锤上阵。那样的话，他最多只能在青铜雕像上砸出一个凹陷，还会被回声把耳朵震聋。他可能像外面篱笆后的工人那样，需要戴上护耳才行。最近这儿天，他们进展缓慢，工程每天只能朝着帕德雷安切塔环道的方向缓慢移动。

费利佩忍不住打了个嗝。来学校的路上，他趁早上天气还凉快，在基督广场的酒吧前歇了一小会儿，喝了杯咖啡，吃了份炸糕当早饭。市场还没开，大厅前纺织品摊位的售货员正在把晾着T恤的衣架挂在钩子上。费利佩吃完炸糕，正用薄纸巾擦着手指上的黄油和糖粒，只见自己的岳父从广场另一头的救济院大门里走了出来。胡里奥·博特或许是没看见他——费利佩对此不太确定——总之，他没和他打招呼，便从炸糕摊走过，一直向昆廷贝尼托大街走去。那正是费利佩来时的路。从便帽和拐杖来看，那人是胡里奥·博特无疑。他一边走，一边用空着的手扶着墙壁。费利佩在他身后跟了一段路。

果不其然，胡里奥·博特在最高委员会广场拐弯，走进长街，也就是他口中那条住满杀人犯和叛国贼的街道。安娜比费利佩更早出门，动身去了圣克鲁斯，欧拉利娅送罗莎去上学，房子里现在空无一人。

费利佩考虑了一阵是否要回广场再点杯咖啡，等胡里奥·博特折返。十天前，他在发生木槿树丛那档子事后第一次半正式、半挑逗地和莱蒂西娅·费雷拉通电话，讨论访谈流程的标准化问题。当时，他们就应该联系谁交换过意见。用莱蒂西娅·费雷拉的话说，决不能让那些"漏网之鱼"有说话机会。"我可以问问我岳父。"费利佩建议道。没有人逼迫他这样说，一切都是他自己的主意，虽然他也知道，自己决不会开口问胡里奥·博特。"问问吧，算是开个好头。"莱蒂西娅·费雷拉回答说。她的声音又惊又喜。

两周前的一天晚上，他们陪过来讨论项目申请书的一群马德里的同事吃饭。结完账后，其中两位马德里来客还要去趟卫生间。莱蒂西娅·费雷拉先走一步，想出去抽根烟。费利佩陪她同去，和她一道坐在了长凳上。这并不是因为他觉得她有过人的魅力。她身材瘦削，保养有方，常把一头丝滑的长发扎成马尾辫，但她的鼻子略微有些长，太过显眼，有些不对他的口味。只是教研室里所有新来的女同事早晚都会被他迷倒。至少他是这样认为的。

"你住得远吗？"费利佩问。

"我和他们拼出租车回去。"莱蒂西娅指了指身后的餐馆。费利佩认为她是有些害羞。他并不会和所有新来的女同事都发生点什么。假如有的话，那都是女士们先主动的。他和安娜之间也不例外。

"我一点或一点半到家就行。"他说。莱蒂西娅·费雷拉的双眼盯着面前已经有些枯黄的木槿树丛。她没有答话，只是盯着前方看。

"要不要再去喝点啥？"费利佩一边提出建议，一边盘算着是不是应该加一句"上你那儿"。

莱蒂西娅·费雷拉没把香烟放到嘴边,而是一动不动地坐在原地,手放在跷起的大腿上,任由一股轻烟从下面扶摇直上。她看看远方,看看树丛,又看看远方;周围很安静,听到其他人的声音时,莱蒂西娅·费雷拉依然什么都没说。坐上出租车后,她也没有好好与他道别,只是抛下一句"再见",甚至都没朝他的方向看。

等费利佩终于打开申请书文本,时间已经过了12点。就在他打算修改研究方法部分的第一句话时,电子邮箱里收到一封邮件:"我们确认收到您如期递交的项目申请书《加那利群岛的内战和镇压——私人照片、信件和口述历史》。"

罗莎和玛丽萨还在讨论一本书。欧拉利娅站起身来。"把这面包也吃了。"说着,她指了指被罗莎放在盘子旁的桌板上的一截面包。安娜或费利佩不在家的时候,他们就在厨房里吃饭。

她当然可以给家里打电话说:"你只要开一下微波炉就可以了。"但梅尔凯肯定会说:"我等你回来。"周六下午,当梅尔凯在某个女伴的陪伴下坐在沙发上看肥皂剧时,她一定会一边用小勺搅拌撒下的糖,把陶瓷杯底划出一阵响声,一边振振有词地说:"欧拉利娅这是要饿死我。"

两个姑娘还需要等一会儿。欧拉利娅给电熨斗通了电,在等待加热的过程中,又顺便从洗碗机里取出餐具。无论是现在还是之后打电话,母亲肯定都会问:"你去看过梅赛德斯了吗?"去年夏天,她的姐姐从大陆转移到格兰迪拉的女子监狱。新监狱的监管要松一些。

"吃完了?"欧拉利娅问。见罗莎点头,她从桌上撤走盘子,踩下垃圾桶踏板，默默地把散开的碎肉末倒了进去。安娜曾叫她不必勉强，不喜欢吃的东西就切下来扔掉；欧拉利娅紧闭双唇，不敢多说半句。肥肉、肌腱、血管以及所有罗莎喜欢吃的东西，她都下不去嘴。她吃不了深色的纤维组织，更见不得红肉。

"你知道这个吗？"罗莎举起一本书问道。

"不知道。"欧拉利娅说，"讲什么的？"

"吸血鬼。"玛丽萨回答。

"咦！"欧拉利娅边说边摇头，似乎被恶心到了。从前，她总是抱着罗莎坐在沙发上，玛丽萨偎依在一旁，听她讲鬼故事。

"它们不是'咦'，它们在太阳底下闪着光呢！"玛丽萨翻着白眼说。

"你得对欧拉利娅态度好点。"罗莎边说边站起身，"欧拉利娅可没我们这么有福气。"

"什么意思？"玛丽萨问道。

"这是我爸说的。"罗莎回答道。玛丽萨点了点头。

从前，罗莎管她叫"美女"。这是从安娜那儿学来的。安娜只这样叫过一次，那是欧拉利娅一天早上走进厨房的时候。当时她穿着珊瑚色的衬衣，头发被同是珊瑚色的发夹别在脑后。

"美女。"坐在高脚凳上的罗莎一边重复，一边用肥嘟嘟的食指指向欧拉利娅。当时，她大概只有三岁。

"是的，欧拉利娅今天很漂亮。"安娜笑着说。

"美女。"罗莎又大喊了一声。从那时起，无论是上完厕所、摔了跤、不会做作业、找不到皮京①，还是渴了、饿了或睡不着觉，她

---

① 译者注：原文为Pitin，应是罗莎的宠物。

都会大喊一声"美女——"。哄她入睡时,欧拉利娅会给她唱《我的驴子》,"我的驴子,我的驴子,脖子有些疼,所以医生给它开了一条白领带"。

欧拉利娅从衣服堆里拿过罗莎的一件校服衬衣,伸出手指试了试电熨斗的温度。以前,罗莎饭后总是跟随玩具刺猬埃斯皮内特背上那来回摆动的棕黄色橡胶刺,打着拍子唱歌。

"玩画画。"以前罗莎经常这样说。

"我得熨衣服啊,小甜心。"

"求你了,跟我一起画画吧。"

欧拉利娅小心地从熨衣板上拿起一件衬衣,举高、翻面、抚平,又重新去拿电熨斗。

"美女要熨衣服,这样你明天才不用穿皱巴巴的衣服去上学。"

"皱就皱吧,我现在要画画。"

以前,罗莎肯定会从座椅上滑下,跑到屋里取来绘画本。装画笔的盒子上印着"维克多利亚面饼"几个绿色的字,奶油色的漆已经开始脱落。

"就一会儿嘛。"罗莎拿起一支笔递给欧拉利娅央求道,"画匹马!"她根本不肯放下举起的手。

首先,罗莎决定画什么动物,接下来,欧拉利娅要竭尽全力将它画出来。画完后,就轮到罗莎拿出更漂亮的画作,嘲笑欧拉利娅画的驴子、长颈鹿或大象,再用彩色粗笔给欧拉利娅画的动物涂上颜色,对它们做一番润色。

一开始,欧拉利娅也看得挺高兴:罗莎能把直线画得笔直,稍微动动笔尖,就能一下子画出一个个滚圆的球,而且能让笔画的终点和起点连接得天衣无缝。眼睛不再像被图钉钉牢那样,挂在动物的脑袋上。鬃毛也不再只是几根笨拙的线条。

"再过一个小时,我们就得出门上芭蕾课了。"欧拉利娅在过道里冲着罗莎的房间喊道。

旅游部发言人办公室里静悄悄的。从 20 分钟前开始,坐在前头秘书办公室里的迈特就不停地在指甲上涂着蓝色指甲油。电话听筒就放在她身前的桌子上。发言人昨天去拉科鲁尼亚开会了。现在是下午两点半。安娜已经可以走了。在此担任部门负责人的五个月里,她还从没在晚上 8 点前回过家。

她可以给费利佩打电话,看看他是不是找到办公地点了。但他肯定会埋怨她在查岗。不过,她转而拨通了安帕罗的电话。

"你怎么样?"

"挺好,你呢?"

"也好。"

接下来,安娜特意停顿了一下,因为她不知道该如何开口。最好由安帕罗先开口追问。安静,寂静无声,直到安娜惊讶地问:"你还在吗?"听到一句"在"后,安娜明白安帕罗也抱着同样的想法,毕竟电话是她打来的。

"你还记得前年夏天在洛斯克里斯蒂亚诺斯的露台上一起吃的饭吗?"安帕罗长出了一口气,慢慢把气呼出。

"为世上所有的黄金干杯。"安娜说。

她还记得,那天晚上自己和费利佩大吵了一架。那天晚上,费利佩第一次睡在了楼下的书房,而安娜对此一无所知,因为她喝得酩酊大醉,早就在楼上睡着了。入睡前,她还不忘从浴室里拿出平时用来洗衬衫的塑料盆放在床头。他过会儿就上来了,她想。第二天起来时,她头痛欲裂,感觉自己马上就要在过道的桌旁呕吐了。她拨通费利佩的学校办公电话。人不在那里。她穿过厨房门,在院子里打探了一番,他的汽车还停在那儿。"我丈夫离家出走了。"在罗莎房门口的过道上碰到欧拉利娅时,她这样说。罗莎已经准备停当,背好书包,穿好校服,刷完了牙,而安娜则只穿着内裤和吊带衫,嘴里散发着一股难闻的味道。"您丈夫在书房里。"欧拉利娅说完,朝罗莎挥了挥手,示意她出门。

"对,咱们是这么说的。为世上所有的黄金干杯。"安帕罗轻笑了一声,似乎有些惊讶。

"但愿我没把吃进去的鹌鹑全吐出来。"

"发生了什么?"

"如果不追加担保的话,他们就不会增发贷款。可我没有额外担保物。"她故意把"没有"的"没"字拖得很长,说到"额外担保物"时,她显然故意在模仿某个人的语气。

"那会怎么样呢?"

"我需要这笔钱来付别人利息。"接下来,又是一阵沉默。

"该死。"安娜终于回答道,"抱歉,但我不能给你……"

"你当然不能啦,我只是想找个人聊聊。"安帕罗听上去有些恼火。

"好吧,"安娜说,"那现在怎么办?"

"不知道,"安帕罗说,"吃玉米面糊过日子。"

说到这里,她俩都咯咯笑了起来。安娜的父亲也一直这样形容岛上那些困难的日子。

"你终于来了。"罗莎拿起放在最底下那层台阶上的书包,站起身说。训练结束后，她没有换衣服，仍然穿着粉色的芭蕾舞裙、运动鞋和羊毛衫。因为她坐在地上，薄纱裙下的那块布料上沾了不少灰尘。

"玛丽萨呢？"见罗莎使劲地关上车门，欧拉利娅问道。

"她自己走。"罗莎回答道。

"你们吵架了？"欧拉利娅朝着反光镜看去。罗莎一言不发地系好安全带。终于张嘴说话时，她向上转动眼珠，露出一大片眼白。

"你能开车了吗？"

欧拉利娅没有动，没有转动钥匙点火，只是盯着芭蕾舞工作室的大门看。

"那玛丽萨怎么回去？"

"她妈半个世纪前就把她接走了。"

欧拉利娅看了一眼仪表盘上的时间。她来得很准时。

"你们今天提前结束了？"

"快开车吧。"

"你们吵架啦？"

罗莎从书包里掏出 MP3 播放器，把耳机塞进了耳朵里。

欧拉利娅启动引擎。再往反光镜里看时，她又一次证实了自己的判断：罗莎该戴胸罩了。欧拉利娅早就提醒过安娜注意罗莎薄薄的 T 恤底下那座足有几厘米高的小山丘。"等她想要戴胸罩，自己问起来再说。"安娜回答说，"等罗莎需要时再说。"在欧拉利娅看来，罗莎至少已经发育到了不戴胸罩就显得不雅的程度。但她并没有把这话挑明。走开时，她听见安娜对罗莎小声说："还是塑料的。"这副胸罩是欧拉利娅在商店里买的，她自己的胸罩也都是在那儿买的。

开到特奥巴尔多电力大街时，她们不得不停下车。所有的车都不得不停下来。马路两边停满了汽车，前后喇叭长鸣。欧拉利娅讨厌在圣克鲁斯开车。三年前，她在安娜的建议下考下了驾照。贝尔纳多特一家为她支付了一半费用。对他们而言，这比让罗莎打车去学钢琴、跳芭蕾舞、打篮球和去海滩玩耍要便宜得多。

"怎么回事？"罗莎取下耳机问，"我们为啥停下了？"

欧拉利娅耸了耸肩。前方是与佩雷斯加尔多斯大街交叉的十字路口。那里人声鼎沸。看来今天真是多事之秋。欧拉利娅试着回忆广播里有没有发过通告。从佩雷斯加尔多斯大街传来的声音越来越大，欧拉利娅一开始根本没听清那是什么。最先让她注意到的是整齐的节奏。那不是嘈杂的喊声，而是整齐划一的口号。它有节奏地传来，很快便越来越响。"自由西撒哈拉，自由西撒哈拉，自由西撒哈拉。"

这时，汽车已经被人群包围。大多是穿着牛仔裤和T恤的男子。"自由西撒哈拉。"人们沿着佩雷斯加尔多斯大街缓慢行进，朝着议会的方向走去。

"这是啥？"

"不知道，"欧拉利娅说，"是那边来的人。"

奥古斯托每天下午5点30分做完理疗后，都会到他这儿来。走进门房时，他用两根手指弹了弹脑门，问道："你还好吗，队长？"

"老样子。"胡里奥·博特回答说。他们夏天一起看自行车赛，现在到了冬天，就一起看足球。当然还有篮球。胡里奥·博特还依稀记得奥古斯托随德特内里费队在20世纪60年代闯入西甲时《今日报》①做的一系列报道。奥古斯托半年前来到救济院，就他这个年纪而言，显然早了一些。他可以在这里随意进出，所以他们相互聊得不多。奥古斯托从前是钟表匠，胡里奥·博特知道他在赫拉多雷斯大街上有家店。这家店如今由他儿子继续打理。头几个星期，奥古斯托还只是靠在门边看电视；现在，他已经毫不客气地坐到了通话机旁的桌角上。奥古斯托知道什么时候应该保持安静。直到对第12个比赛日的报道间隙插播广告时，他才开始发问。

"今天早上看的情况怎样？"

胡里奥·博特点点头。

"你女儿一切都好？"

胡里奥·博特又点了点头。

"外孙女呢？"

"长个儿了。"

"那个傻瓜呢？"

"老样子。"

说到这里，两个人都笑了。

第一批女士已经动身去吃饭了，胡里奥·博特可以听见她们在走廊里发出的动静。"莱尔剧院又要重新开业了。"他说。

"那家电影院？"

"不是电影院了，现在做戏剧和音乐会。"胡里奥·博特惊讶地发现，自己的语气里带着一些遗憾。

奥古斯托仍在盯着他看。他的右眼看上去比左眼要小，眼皮有些下垂。他曾跟胡里奥·博特解释说，这是干活儿时把放大镜夹在

---

① 译者注：《今日报》是德特内里费岛上发行量最大的报纸。

这边的缘故。

"你喜欢看电影吗?"

胡里奥·博特摇了摇头。他没有说"但我老婆爱看",只说了句"吃饭前我们还有时间喝杯告尔多咖啡",便关了电视。

外头仍然十分安静。没有大门朝一侧开启的轰隆声,也没有车轮缓缓驶入院子的声音;没有关车门的声音,也没有踩踏石板地砖的脚步声。

罗莎已经把餐具放进洗碗机了,她现在正坐在客厅里看电视。欧拉利娅给她抱来毯子和皮京;后者被罗莎漫不经心地搁在沙发靠垫旁。梅尔凯在家里等她回去。欧拉利娅6点下班。她一般都是做完饭就走,留下罗莎同安娜和费利佩一起吃晚饭。

他们至少该来个电话,告诉她要晚些回来。厨房里的饭桌和工作台已经擦干净了。她只有一两次曾在安娜或费利佩回来之前离开,那是因为梅尔凯约了医生。"我一个人在家没事。"罗莎说。尽管如此,她还是不放心。

2000 年
金 鱼

电话铃又响了。屏幕上只能看出电话来自内线还是外线。如果是内部通话，屏幕上会显示分机号，但这对安娜来说没什么用。听见一个以为她在厨房或厕所的男同事喊"安娜，接电话"后，她干脆关上了办公室的门。她想把铃声调低一点，过了好久才在黑色机身的一侧找到调音量的滚轮。有那么一会儿，她甚至想把夹克衫罩在电话机上。

"好像办公室里有人在乎我有没有接电话似的。"安娜想。她既没有读面前这份欧洲议会第二专业委员会关于岛上废置耕地面积增加的报告——那是她之后要汇报的内容——也没有去看写字桌上已经拆封并盖章的邮件，只是愣愣地坐在那里。身后安装在外窗框上的细铁丝网上不停有鸽子蜂拥而至，让她感到异常烦躁。这群家伙咕咕叫唤，嘴啄爪挠；好不容易消失了，铁丝网上还沾着它们在风中来回晃动的羽毛。

窗户面向后院。农业局没有装空调，所以窗户大都一直开着。安娜把衬衫的下摆从裙腰中抽出，伸手摸了摸自己的肩胛骨。最先摸到的是凸起的圆形胎记,然后是抓伤处留下的硬痂。由于扭臂动作过猛,她的手腕发出"咔嚓"一声响。她朝门边看了一眼,走廊上没有脚步声。尽管如此,她还是伸出手,整理了一下衣服,静静等待。电话又响了,是内部通话,问新季度的数据是否已经出炉。

"有了,我发给你。"

她现在得写封信。当然,不能用农业局的信纸,那看上去会太奇怪。但从打印机里抽出张白纸也很奇怪。最好是一张边缘印着朴素图案的纸板卡片。

"亲爱的汉斯-金特,我们与您一家度过了一个愉快而难忘的周末。十分感谢!向您妻子问好"——或许再加上"您儿子"?

算了吧。寄到哪个地址呢?她没有他家地址。她当然可以开车去看一下,她知道他住在哪儿,只是不知道门牌号。十分钟就到了,安娜想,按照现在的交通状况,可能需要十五分钟。以步行的速度慢慢开,从副驾驶座探出头朝外张望——要是被人看见怎么办?要是一时半会儿没找到门牌号,她就得沿着赛拉诺将军大街一路上行。两侧的人行道上都停满了车,街道太窄,没法掉头,她必须开到下一个路口才能掉头回来,继续以步行的速度慢慢开。简直不可想象。何况这番折腾,其实只是为了不必拿起电话,说一句:"我们顺利到家了。""抱歉,我们忘说了。下次一定再聚。十分感谢!向乌特问好。"

就这些,再无其他。而且埃纳也快十八岁了,她想。为啥不觉得自己对不起费利佩呢?

回家的路上,他们在一个红绿灯前停下车,她把手放在变速杆上等着信号灯变绿。当手被费利佩握住时,她亲了他一口,冲他露出微笑。他的手很软很热,他的手心和她的手背之间满是汗水。换作平时,安娜肯定会甩开他的手,再把手放回方向盘,以免显得太过粗暴。但前天,她竟然冲费利佩笑了,而且是真诚的、发自内心的微笑。这并不是因为她后悔做了某些事情,所以乐于看到他坐在身边。恰恰相反,她没有什么可后悔的,不过有他坐在身边,她很开心。

午休时间到了,门外响起椅子挪动的声音、钥匙的响声和有东西砸在石板地砖上的声音。她得抓紧读报告,汇报将在……但安娜没有看表,而是再次把手伸向衬衫后方,在后背周围摸了起来——看看它们是不是真的在那里。

在指尖触到肩胛骨上那已经结痂的一道道小擦痕后,她在惊慌之余,不得不使劲压住难以掩饰的笑意。一股欢快的情绪突然涌上心头。"你做了,你真的这样做了。"安娜想起前天在她两腿之间来回吮吸的那条温暖的金鱼。当时埃纳蹲坐在她脚边,而安娜不得不把膝盖微微弯曲一些。从那以后,她后背上的衬衫就给蹭白了,那是在度假公寓那粉刷粗糙的浊白色墙壁上来回摩擦所致。晚上她跟费利佩解释说,这些擦痕是她摔的。她在一节楼梯的边缘踩了个空,弄伤了肩膀。她不确信费利佩是否相信这套说辞,也根本不在乎。只有想到汉斯-金特或乌特时,突然涌上心头的欢乐才会被一片离愁别绪所笼罩。

门外终于安静了,鸽子仍在身后咕咕叫唤,嘴啄爪挠。她刚到农林业局就职,还在楼下做办事员时,就结识了汉斯-金特。那时,她负责接收材料,检查材料是否齐全,再将它们转交给局内的其他部门,还要负责回答问题。在她的身后,永远是"扑铃扑铃"的叫号声。

每个办事员都有一位特别中意的常客。他特别招她喜欢,每次他出现在用装满颗粒土和多肉植物的花槽隔开的工位面前,在两把访客椅中挑一把落座时,她都会笑脸相迎。这个人会给她写圣诞卡片,在命名日给她送花,在三圣节给她带香水或科涅克酒,在周末请她全家吃饭。赶上他着急的时候,她也会替他打电话催促。他送来的材料不会被放进大厅的信筒,而是由她亲自送上二楼,放在相应部门负责人的桌上,被当作急件处理。有了消息后,她会给他打电话,好让他不必焦急地等通知。

汉斯-金特就是她所中意的那个常客。他是岛上一家大型苗圃的老板,还拥有一家花卉出口公司。汉斯-金特很少派他的助理,几乎每次都亲自来办事。"在这里,一切必须当面交流,这样才能办成事"——每次见面,他都会把这句话至少重复一遍。在她成功说服费利佩加入拉拉古纳高尔夫俱乐部后,他们和汉斯-金特及乌特见面更加频繁。安娜还记得埃纳当时的样子。这个十一岁的孩子跟所有处于叛逆期的男孩一样,既倔强又沉默寡言。他还不会大力挥杆击球,只能在草坪前的练习场地上学习击球入洞。在挥杆的间隙,他常常闷闷不乐地用球杆的顶端击打草坪,因而遭到汉斯-金特的训斥。安娜怎么都不能把这个长着雀斑的胖男孩和前天那个一头深棕卷发、搞得她肚脐眼下方直发痒的男孩联系在一起。而且他竟然快十八岁了。

自从安娜搬去二楼办公后,乌特和汉斯-金特就定期邀请她和费利佩参加活动,例如:下下周他的公司即将举办成立五十周年的纪念活动。但这一次,她必须找个理由推脱。

"够无聊的。"几个月前一次吃晚饭,乌特问她工作的情况,安娜随口答道。

"去从政吧。"汉斯-金特插话说。他们下一次通电话是在几星期之后。这通电话其实和从前一样,是为了谈论水的问题,但汉斯-金特一再强调,他觉得安娜参加地方选举很有胜算。2月,拉拉古纳就要进行地方选举了。

她原本想和他好好聊一下这件事情。"周末一起去南边吧,咱们到时好好谈谈。"汉斯-金特提议说。

但就在安娜终于伸手拿起电话的时候,她既没有打给汉斯-金特和埃纳,也没有打给费利佩,而是打给了安帕罗。

德语学校放学更早,因为这里8点开始上课,而不是9点,午休时间也更短一些。埃纳已经吃遍了普利多街上的所有三明治店,他大多数时候只点沙拉。自从德语学校从恩里克沃尔夫森大街搬到塔贝巴阿尔塔,校车每天下午两点半都会把他放在帕托斯广场。他完全可以回家吃饭,然后再去普利多街的贾比家。但他却低着头,行色匆匆地拐进格里加尔巴海湾,直到阿尔瓦雷兹·德·鲁戈广场才停下脚步。他发信息说:"我在贾比家吃饭,晚上见。"敞着大门的 Zara 店里正在放《爱的再告白》①。贾比的妹妹们也老是唱这里面的歌。"我做了比萨。"他妈回消息说。

自从贾比的父亲坐牢后,一家人都围着他转。每次说起这个,贾比都要专门强调那是政治迫害。贾比的母亲要上班,不会一直来问他们要喝什么。他的妹妹们正在客厅的电视机前写作业。

埃纳坐在大门斜对面的阴凉处,继续完成他在学校里就开始画的草图。贾比出现在楼门口,开始用目光在街中央的一排桌子中搜寻,他已经吃完了午饭。"你干吗不按门铃上来等呢?只有我妹妹们

---

① 译者注:美国歌手布兰妮 2000 年发行的畅销专辑名。

在家。"贾比每天下午一和他打照面,就会这样说。

"今天我的时间不多。"贾比在楼道里说。埃纳点了点头。贾比的父亲每周可以打一次电话,他通常都在周四来电。贾比一家从20世纪50年代起就在岛上生活。他的祖父在一家西班牙公司工作,一开始在阿尤恩,后来则在圣克鲁斯。他的父亲原先是一名律师,因为参与组织几年前的一场抗议活动而被判入狱。

贾比打开MTV电视台,然后跑去热比萨。埃纳坐在床上,拿出草图,准备完成点睛之笔。他瞄了一眼手机,看看有没有人给他打电话,比如安娜。他还在犹豫是不是该给安娜打电话。在他看过的连续剧里,人们在三天后才这样做。

"漂亮。"贾比一边说,一边指了指埃纳膝盖上的草图。到目前为止,他们只去工地里喷过涂鸦,贾比喷的是自由西撒哈拉的缩写"SOL",埃纳则喷"AR",那是他最喜爱的两个字母。上周,他们一起看了电影《涂满整辆车》,贾比已念叨了好几个月,终于搞到了它的DVD。从那以后,他们就开始讨论在一辆公共汽车上涂鸦是否有意义。岛上没有地铁和火车,只有一辆车厢红金相间的微型小火车,负责在美洲海滩把旅客从宾馆拉到海边。贾比想把它列为目标,埃纳则表示反对,他更希望找一辆公共汽车。他必须在晚上12点前回家。自从他告诉父亲自己交了个女朋友后,在12点30分前回去都没太大问题。但埃纳不知道他们该如何在夜里去南边,又如何回来。贾比建议搭车,埃纳由着他说下去,并时不时支吾几声,以防贾比起疑心有啥事瞒着他。

上周,贾比花了一下午的时间,滔滔不绝地介绍波利萨里奥阵线,描述它针对毛里塔尼亚的军事行动,大、获、全、胜的军事行动。"你得明白,我们打败了他们的军队,逼迫他们归还属于我们的土地，可摩洛哥却从斜刺里杀出，把这块地盘强占了去。"

"好家伙。"埃纳附和道。

贾比犹豫了一下，狐疑地看了他一眼，继续自言自语道："联合国是有决议的！"接着，他又把这句话逐字逐句地强调了一遍，"联、合、国、是、有、决、议、的！"

其实他们有约在先。这件事情每天最多谈论一刻钟，此后每说一次西撒哈拉，贾比就得给他一百比塞塔。尽管如此，埃纳还是由着他继续说下去，从与摩洛哥的冲突说到停战，再到本应监督停战的联合国西撒哈拉全民公投特派团如何不作为。"九！年！了！"九年前就该进行西撒哈拉独立全民公投。说到这里，贾比突然停下问："你怎么了？"

"没事，就是有点累。"埃纳边收拾东西边说。

周末过后，他想过是否该给安娜送花或是送点别的什么东西。他很想听听贾比的意见，但看了他无数次，就是不知如何开口。直到贾比注意到他的目光，问他："都听明白了吗？"

"你没听错，我跟人做爱了。做、爱、了。"

1993 年
毁灭和苦难

109 天

安娜坐在第 26 排。这架几乎空无一人的空客飞机，正在马德里巴拉哈斯机场朝 2 号跑道滑行。安全带一点都不紧，安娜可以毫不费劲地往金属扣和腹壁之间塞进几个手指头。但一抽出手，那光滑而坚硬的方形金属扣便顶在她身上。飞机开始加速，安娜的身体被牢牢按在橙色和棕色花纹装饰的坐垫上。飞机抬轮的时候，她用右手扶住前排靠背。这次会容易许多，这次会容易许多。费利佩会在洛斯罗德奥斯机场接上她，开车带她去圣克鲁斯找个地方吃饭、做爱，再在电视屏幕的映照下相拥而睡。在 5 月 3 日大道一个几乎空无一物的卧室里。隔壁也空空如也，只有光秃秃的客厅墙壁、空荡荡的过道、用难看的胶合板做成的一体化厨房和铺着米色瓷砖的卫生间。她只能听到水龙头的滴水声——费利佩提到过水龙头漏水——费利佩的呼噜声和空调的轰鸣声。她上次来时也是这样。无须轻言轻语，无须蹑手蹑脚起床再摸索着走进卫生间，放水、放个屁、冲厕所、洗手，再回到床上。上个月来岛上找房时，她在父母家住了三个星期，住在自己从前的房间。

"怀孕并不一定要结婚。现在早就不那样了。"电话里说起这事时，她父亲这样说，"许多女人都自己养……"

"你真是绝了。"安娜打断他说。结婚从一开始就不容易。

坐在旁边靠窗位置的男子拉下遮光板，在口袋里摸索着什么。他的怀里放着一包香烟。"我马上就去后面的吸烟区坐。"注意到安娜的目光，他这样说。费利佩上周就飞去了岛上。学期已经开始了。之前这些年，他不常去岛上。听说他打算接过一个教授席位，她吃了一惊，只有点头的份儿。费利佩之前从没和她商量过这些，只是在吃早饭时说："我在拉拉古纳大学找了个教职。"当时他手里端着咖啡杯，盘子旁放着一份摊开的《国家报》。

"我怀孕了。"安娜回答说。那时候，她其实还不肯定。

"搞得那像是他的一样。"三年前她把费利佩介绍给父亲时，后者说了这样一句，却不愿解释"那"究竟指什么。当时，费利佩要来岛上一个星期。安娜说服他在最后一天晚上去她家做客。那时候，他们已经在马德里同居了。

费利佩一整晚都在说话。晚饭前，他们围坐——贝尔纳达是这么说的——在客厅里，等土豆煮熟后开饭。而费利佩则在不停地介绍自己的工作。

"一切都好吗？"胡里奥·博特趁着他说话的间隙瞅着安娜，问了一句。

安娜点点头。

"确定？"

费利佩突然没了声响。安娜微微一笑。特别让胡里奥·博特恼火的是，这笑容显然是她的真情实意。

"真的都好，爸爸。"安娜亲了他一下说。

饭后，费利佩瘫躺在椅子上，双手交叉叠放在肚皮上，两脚在桌子底下伸得老长。胡里奥·博特想去客厅看电视，新闻已经只剩下最后几分钟，顺便偷偷放会儿屁。贝尔纳达在他的身后把咖啡壶拧上。接过摞起的盘子，她很不识相地问了一句："来杯告尔多咖啡？"

"当时什么情况？"费利佩问。

"什么什么情况？"

"1936 年 7 月 18 日，以及之后的一切。"费利佩特意用一种漫不经心的语调说。他的目光望向桌布边缘。贴近他大腿的地方，有一块熨斗状的棕色斑痕，中间颜色稍淡，边缘颜色更深。费利佩就这样盯着这块斑痕，直到说完最后一个字，才抬起头看向胡里奥·博特的脸，又马上低头望向面前盘子上的圆形花纹。

"不知道。"胡里奥·博特耸了耸肩，从挂在陶瓷驴置物架上的袋子里抽出一根牙签。这只陶瓷驴摆在桌子另一端，上头的小盘子盛放着盐、胡椒、橄榄油和醋。他没有请坐在置物架旁的费利佩帮忙，而是站起身、弯下腰，亲自伸手去够牙签。

"妈妈之前讲过这个。"安娜打破沉默，看向贝尔纳达。后者正在使劲地拧着咖啡壶，将其完全拧紧，她的手肘弯成了一个尖三角，过了好久，贝尔纳达才转过身来。

"我父亲曾说你是革命分子。当时我还问你来着。"贝尔纳达说。

"那我是怎么回答的呢？"

"你说,'我啥也不是'。"

"这样啊!"

一时间,所有人都陷入了沉默,直到贝尔纳达再次转过身,点着燃气灶。

"我不要咖啡,我要去睡了。"胡里奥·博特站起身,朝费利佩点了点头,算是与他道别。

"我爸在说胡话。"安娜说。她故意放大声音,好让胡里奥·博特隔着卧室门也能听见。

费利佩和安娜第一次见面,是在马德里康普斯顿大学的R207号教室。当时费利佩正给新生上入门课程。他们第一次约会,是在一年半后一起去看艾斯科布多乐队的现场音乐会。头天晚上,他们在看足球赛的时候碰巧坐一起,发现两个人都来自同一座岛。安娜讨厌朋克,也就是被费利佩坚称为"激进的巴斯克音乐"的东西。尽管如此,她还是跟着一边点头,一边抖膝盖——当然速度很慢,还总是跟不上节奏。她心里想着:"很快就过去了,很快就过去了。"

89天

埃利塞奥·贝尔纳多特站在花园小屋的门口,右手拿着半株生菜和一串钥匙,左手努力端稳装着煮鸡蛋的小碗。那家伙又迟到了。

埃利塞奥可以隔着木头听到它们的声音。它们用喙把黏土碗里的谷物啄食干净,用爪子挠着铺着沙子的铁皮笼底,在站杆上来回乱蹦。它们也有些不安分。它们在等待。

埃利塞奥没有开门,因为阴暗的房间里突然出现一丝光亮,所有鸟儿便会扑腾翅膀，跳个不停，直到佩佩打开闸门，从鸟笼的栏杆间往里塞沙拉菜叶。他还要取出小碗放到嘴边，小心地往里头吹气，直到被啄空的谷壳在空中扬起一片淡黄色的雾，然后将它重新填满放回去。那些处在发情期或已经开始孵蛋的鸟儿，还将额外得到一份磨碎的鸡蛋。

埃利塞奥手中的鸡蛋不停冒着热气。捧在手心的塑料碗不是温热，而是烫手。他当然想握住碗口，那样问题就解决了。但梅尔凯煮的三个鸡蛋大概重180克，塑料碗就算200克，这绝不是他的手指能够承受的重量。上周，还没走出几米，虎口的肌肉就开始抽搐，他不得不把碗放到石板上。梅尔凯——不，是欧拉利娅，他不能再叫她梅尔凯了——在他身后的厨房透过窗户看到了这一幕。从那以后，他便把碗捧在摊平的手掌上，小心地托着它穿过露台，来到花园小屋。

花园仍然处在阴影之下。阳光被邻家的山墙遮挡。再过一会儿，南洋杉的枝条也能替它挡上一阵。快到中午的时候，阳光就会不受阻碍地直射到草坪上。

中间的长方形草地比其他地方更黄一些，它的四周围着一圈边缘被磨平的石制底座。几年前，埃利塞奥叫人填平了游泳池。但泳池的边缘却逐渐升高，仿佛有草皮在底下慢慢地把它往上顶。泳池内的地面下降了一只手掌的高度，那里的泥土明显更加结实。

现在已经是8点36分，不，37分了。9点过后，俱乐部里的好报纸就要被人抢完了。他当然可以订阅或是买一份《国家报》，然后在家吃早饭，但毕竟他付了俱乐部的会费，总得有所回报。埃利塞奥不游泳，也从不会迈上跑步机，他已经有好几年没去听音乐会了；无论是圣诞节、元旦前日还是三圣节，他都窝在家里看电视。

8点40分。埃利塞奥当然可以把碗放在草丛里，自己先走。佩佩有把自己的钥匙。但他没有动。有三对鸟儿正在孵蛋,他们昨天还隔离出另外两对鸟儿,把它们从大笼子转移到了两个小笼子里。现在正是关键时期。他们究竟是否会接纳对方,还是一个问题。

他晚上约了费利佩。他提议在冈布里努斯饭店见面,费利佩表示同意,并说他会带别人一起来。埃利塞奥估算了一下,费利佩搬到圣克鲁斯已经大约一个半月了。要不是上个星期天在俱乐部里碰到系主任,而后者又不经心地越过摊在他面前的报纸,为他儿子受聘教授向他道贺,要不是他在第二天早上见梅尔凯——不,是欧拉利娅——正忙着擦洗小客厅的窗户,便在书房里给大学的总机打电话询问贝尔纳多特博士的号码,要不是电话马上被转接到费利佩那里——那他至今都被蒙在鼓里,也就不会约费利佩见面了。

一直听到一阵悠长的嘎吱声,埃利塞奥才意识到这声音已经响了一段时间了。那是花园门合页的声音。每次他出门去俱乐部,中午回家,晚上出去散步,在黑暗中关上门,都会听到这个声响。当穿着羊毛衫的梅尔凯——不,是欧拉利娅——叉着手去取面包,或是给邮差送信时,也会听到这阵悠长的嘎吱声。但埃利塞奥敢肯定,自己此前从没注意过这个声响。

佩佩转过拐角,拖着腿赶来。他努力迈开步子,在像珍珠项链绕着房子围成一圈并最终通向花园的石板地面上踩出夸张的声响。

"你又喝醉了?"埃利塞奥吼道。明天,他一定得把油壶递到这家伙手里,派他去给大门上点油。

佩佩原本是他在荣休之后雇来的司机。在他重新决定亲自开车后,这个人其实就派不上什么用场了。这家伙不会打理植物,但埃利塞奥又觉得他怪可怜,好在他懂养鸟,所以就把他留下做园丁了。他时常会给埃利塞奥带点什么,比如野生金丝雀。还有一只珍珠鸡,那是埃利塞奥见过的最凶的鸟儿。一旦有人接近笼子，它便使劲用喙啄栏杆。埃利塞奥私下里管它叫"费利佩"。

"我的椎间盘，将军。"佩佩伸出两根手指弹了弹自己的额头，"您知道我的背受过伤。"

埃利塞奥猛地推开门，门把手被撞得在风中吱嘎作响。鸟笼中43只鸟都被吓得扑腾乱飞，在高处略做停留，才重新挥舞翅膀拍打栏杆和站杆。

"嘘嘘嘘，"佩佩示意，"嘘嘘嘘。"

两个人并肩站在门口，一动不动，只留下影子微微晃动。这里一共有16只鸟笼。从前一度鸟笼更多——埃利塞奥养过一阵子鸽子，十大六小，鸽笼被挂在最上方。埃利塞奥参与编写的育鸟指南上说，特内里费金丝雀至少有18厘米长。它胸宽，羽毛稀疏，对称、弯曲的短毛紧贴胸口，朝两侧发散。但胸骨处没有羽毛，只是长着近似绒羽的细触须。它背部宽大，肩部高耸，卷曲的羽毛遍布脊柱两侧。它侧翼强健，上头的羽毛和全身的卷毛并不相连。长长的脖子有些下垂。从侧边看去，特内里费金丝雀的侧影有些像数字"1"。它又可分为黄色和雪白色两种。

"它就像短小精悍的秃鹰。"欧拉利娅边摇头边说。她根本不敢碰它。埃利塞奥还是个孩子的时候，就养了第一批鸟。他小时候在南部的一座庄园里长大，那儿的管理人拉莫斯送给他一对绿金丝雀作为礼物。在埃利塞奥安然无恙地把第一批幼鸟养大后，拉莫斯又送给他两只亲手驯养的比利时金丝雀。这种金丝雀比特内里费金丝雀个头稍大，侧影看上去像"7"。

"嘘嘘嘘，"佩佩继续，"嘘嘘嘘。"栏杆上噼里啪啦的声音小了一些，鸟儿们不再十分猛烈地窜来窜去。佩佩从碗里拿出一个鸡蛋，在水槽的边缘上磕了一下，然后开始剥蛋。熟鸡蛋的味道在空中开始飘散时，埃利塞奥听见佩佩的肚子在咕咕叫唤。鸡蛋被放进梅尔凯从前用来磨咖啡豆的电磨机里。佩佩把电线拉到最长，尽可能地站到门边，这才按下按钮。鸟儿们听不惯电磨机的噪声，栏杆上噼里啪啦的节奏又快了一些。

"马上就好。"佩佩轻声说，"嘘嘘嘘，马上就好。"

他得给这家伙留下点什么。梅尔凯将得到自己的小房子。至于佩佩，他还得再想想。

"对了，我要当爸爸了。"费利佩在电话里说。埃利塞奥知道费利佩在马德里和一个女人住在一起，但他甚至都不知道她叫什么名字。

挂掉电话后，埃利塞奥决定盘点一下家产，出售自己在饮水公司和管道公司的股份。通往水源地的管道越来越长，造价越来越昂贵，还必须钻进更深的山岩。去年泰德山雨雪充足，但公司却毫无盈利。有传言说，岛上可能要建海水淡化装置或饮水净化装置。还有传言说，买卖股份将受到限制，以便让那些从前靠供应饮用水发财的公司无法抽身而退，防止国家独自承担昂贵的钻井费用。埃利塞奥认为，这种措施原则上是正确的。他只需要在法律生效之前，赶紧出让自己的股份。

78天

胡里奥·博特每天早上出门买面包，下午出去散步。几个月来，他没有表现出半点要骑自行车的意思。每天早上，他都拎着袋子出门，穿过赫拉多雷斯大街去面包房。有时候，他会在回来的路上左拐，然后来到阿泰内奥咖啡店，背对着大教堂，双手撑在柜台上喝杯告尔多咖啡。

每天早上来到特立尼达大道街尾时，胡里奥·博特都会朝左望去，瞅着罗茜化妆品店橱窗上将文字框起的红玫瑰。他从不向右看。那里的展品积满灰尘，塑料制品和商品包装盒已经被太阳晒得褪了色，里头的商品早已过时。买家曾问他是否可以保留商店的名字。"当然。"胡里奥·博特耸了耸肩说。"反正那又不是我的姓氏"，他暗地里想。

但他突然想到那是贝尔纳达的姓氏。直到三年后的今天，他才突然想到这一点。马雷罗电器行。已经过去三年四个月零十二天了。他想起这些，还是因为前天他散步回家时，灶台上没有热饭，桌子上没摆好餐具，电灯没有打开，房间里黑乎乎一片。除了电冰箱的嗡嗡声，再也没有任何声响，也没有人回应他的"喂"。餐桌上没有纸条，只铺着绣有红樱桃的淡蓝桌布。胡里奥·博特算了算今天是不是又到了周五，那是贝尔纳达和安娜以及那个傻瓜见面的日子。自从安娜怀孕后，贝尔纳达坚持每周南下去圣克鲁斯看他们，和他们一起下馆子吃饭，大多是在圭梅拉剧院旁的中餐馆。不，今天是周二。胡里奥·博特考虑了一下是否要打电话问问安娜。但他最后还是确信贝尔纳达又跑去电影院了。他不记得和她吵过架。今天下午肯定没有。当时贝尔纳达俯下身，跟他说自己要去看医生。那时他正在沙发上午睡，所以任由她把手放在他胸口，轻吻他的额头，也没有睁开眼睛。此前，他们一起默默地吃了炖菜。早饭时，聊了聊那些要求从大陆独立的独立派人士以及他们对社民党首相的不信任案。他们意见一致，谈话气氛也十分和谐。

尽管如此，在晚场电影结束正好20分钟后，胡里奥·博特在客厅的沙发上听见了电梯的轻响。

"你看啥电影了?"贝尔纳达打开门时,他朝着过道吼了一声。

贝尔纳达脱下外套,把它放进卧室。

"电影好看吗?"胡里奥·博特站起身,朝她走去。贝尔纳达耸了耸肩,站在敞开的厨房门边不动,只是盯着他看。

"你看了啥?"

她又耸起肩膀。这一次,她的肩膀在耳垂高的位置停留了一小会儿,才猛地放下。

"我查出个阴影。"贝尔纳达说。

"什么?"

"我肺部有块阴影。"

昨天,胡里奥·博特没有去买面包,他不想让贝尔纳达一个人留在家里。昨天,他们随便热了点东西吃。

"你现在出趟门。"几分钟前,贝尔纳达对他说。那是胡里奥·博特把夜里晾干的餐具摆进柜子之后。

"你可以坐到桌子旁看着我,跟我吵架。"他回答说。笑,现在应该想方设法让贝尔纳达笑起来。但贝尔纳达却拿起装面包的袋子,又抓起胡里奥·博特的手,把他的手指分开,然后把袋子塞进他的掌心。

"你要想帮我,那就去取下面包。"她在厨房里检查了一番,"还有香菜、鸡蛋,去市场里买,别去店里,还有洗涤剂。"

赫斯帕里得斯咖啡馆门口有一辆黄绿色的电动摇摇车。投币口旁亮着红色的指示灯。

"我要 1 杜罗[①],爸爸。"安娜小时候,这儿还是一头底座可以前

[①] 译者注:西班牙旧货币单位,1 杜罗 =5 比塞塔。

后晃动的驴子，坐一次投币5比塞塔。他给安娜钱时，贝尔纳达翻了个白眼，并坚持要他陪在女儿旁边，不能去喝告尔多咖啡。

贝尔纳达从维亚纳大街朝他走来。当时她正从妇女联合会回来，穿着白色的羊毛衫，头发像少女一样，留到齐脖的位置。他俩并肩走在圣胡安大街上，安娜走在他俩中间，左手牵着他，右手牵着贝尔纳达。越过安娜的中分头和棕色辫子，他俩相视而笑。安娜刚吃过他之前在基督广场给买的棉花糖，手上黏糊糊的。贝尔纳达很瘦，头发全部梳到脑后，两个珍珠色的发卡刚好将前面的头发卡在耳朵上方。

贝尔纳达牵着他的手，和他一起站在中学旁边，看着圣奥古斯丁教堂的屋顶上燃起熊熊的火焰。热浪袭来，拂过他们的脸颊。贝尔纳达咳嗽了一声，胡里奥·博特连忙递上纸巾。

在老马雷罗那遍布灰尘的作坊里，贝尔纳达默默躲在一个角落，眼皮低垂，加着一串数字。发现他在身后看自己，她的脸一下子红了。

贝尔纳达在裙子上擦干湿漉漉的手指，才把手递给他。在与胡里奥·博特亲吻致意时，她拼命把头转向一边，以至于他的嘴唇一不小心就错过了她的脸颊，亲在了耳垂上。

直到前天，贝尔纳达还是那个染着棕发、发根往往有些发灰、戴着老花镜、从鼻根到嘴唇边缘都满是皱纹的贝尔纳达。她一般不化妆，最多也就化个淡妆。但自从前天晚上灶台上没有热饭、桌子上没摆好餐具、电灯没有打开、房间里黑乎乎一片之后，他所熟知的贝尔纳达就逐一出现在他眼前，而且一个比一个年轻，就像卡斯蒂略大街上纪念品商店里陈列的俄罗斯套娃一样套在一起。那些套娃是专门为德国游客准备的。

胡里奥·博特感到很难过。"你还记得吗……当年……"他很快就说不下去了。"你还记得吗？那次你钱包被偷了，吓得不成样子，手都在发抖，报案表还是我替你签的字。"

"我还活着呢。"不知过了多长时间，贝尔纳达说道。

"爸爸，振作起来。"在从贝尔纳达那里得到消息后，安娜在电话里安慰他说。

68天

安娜从塑料盆里取出最后一床床单，找到四个角，自己抓住两个，把另外两个角递给贝尔纳达。母亲正盯着电视里的肥皂剧：一个穿着黑白女佣制服的女人在抽屉柜里匆忙地翻找着东西。这时主人回来了，他走进过道，逐渐朝她靠近。镜头在匆忙翻找的手指和沉重的脚步之间迅速切换。安娜抓着床单的四个角，一直等到主人转动门把手，屏幕上出现片尾字幕。

安娜注意到，她们忘了涂耳朵。安娜开始涂染发剂前，贝尔纳达在自己的额头、太阳穴和脖子上都抹了凡士林。她的头发已经稀疏了不少，而且变得更细更软，像绒毛一样。但治疗甚至还没真正开始。安娜把染色剂像铁锈色的钢盔一样在她头上铺平，再在上面包上透明薄膜。就在她打算擦掉贝尔纳达额头上的"锈斑"时，贝尔纳达说："不用了，有凡士林在，它一会儿就没了。"只是，她们都忘了在耳朵上涂凡士林。

"拿着。"安娜递上两个床单角。贝尔纳达转过身来。

"抱歉。"她接过两个角说，"我走神了。"

"妈妈，你不用道歉。求你了。"安娜往后退，直到床单绷紧，一片蓝白相间的花纹图案出现在俩人中间。小时候，她会抓住床单，使出全身的力气，试图把贝尔纳达给拽过去。最后，肯定是贝尔纳达笑盈盈地率先让步，只见她跟在安娜后头，装出被安娜拽得满屋走的样子。"你力气真大！"

"你是不是该走了？"等她们重新走向对方，贝尔纳达这样问。

"费利佩来接我。"安娜把手中的两个角交到贝尔纳达手里。"你按下门铃，我就下来。"安娜对费利佩说，"我妈累了。"她弯下腰，在折起的床单拖地之前将它扯起，用手掌抚平床单的光面，又后退两步，小心地拉了拉床单。

"用力点。"贝尔纳达不耐烦地说。

"我们去市场，要给你们带点什么吗？"叠完床单后，安娜问道。

"我还是让你爸去买吧。"贝尔纳达说。一时间，两人都忍不住放声大笑。

安娜在贵族广场的市场大厅入口等费利佩。装在绿色和黑色塑料桶里的鲜花，被摆放在入口处的摊位前。费利佩从身后进来时，她正打量着浅紫色和白色的剑兰和玫瑰。

"给你妈买的？"

安娜摇摇头。"还不至于。"她不耐烦地说。据说，贝尔纳达的病，不至于会立马躺在医院的病床上，望着桌上的花束。医生说，需要观察一段时间。

在后头的鱼摊旁，安娜竖起T恤的领口，遮住嘴和鼻子。T恤下摆从牛仔裤腰里掉落出来，无所谓了，安娜这么想。站在她身旁的费利佩这时却突然挤进一列正排在某个摊位前的队伍，用手轻轻拍了拍一个矮个子老妇人的肩膀。后者正从摊贩手中接过一个装着鳕鱼的塑料袋。由于沙沙作响的袋子很薄,安娜能够看到里头三角状的腌鱼块。

认出对方是费利佩,老妇人脸上放出了光彩。"你看上去气色不错。"说着,她伸手捏了一把费利佩的脸。

"买鱼回去做晚饭?"费利佩指了指袋子说。

"鳕鱼。"老妇人说,"这是我们吃的,不是老爷吃的。"

"这是安娜。"费利佩把手搭在她的肩上。老妇人朝她看了一眼,点点头,又连忙看向别处。

"你啥时候回来的?"

"3月份,你不是知道嘛!"

"你多久去看一次你爸?"

费利佩抓住安娜的手臂,帮她侧身给一个匆匆走过的人让路,却没有回答。

"我们跟他一起吃过饭。"安娜最后说,"一次在俱乐部吃午饭,另一次在圣克鲁斯的冈布里努斯饭店。"但老妇人依然目不转睛地盯着费利佩。她伸手握住费利佩外套的袖口,而他却只是低头看着地面。这着实让安娜吃了一惊。

"他很难过,你爸很难过。"她轻轻按住费利佩的手臂说。

"为谁难过?"老妇人走后,安娜问。

"那是梅尔凯,我们家从前的女管家。"

"你爸因为谁难过?"

"何塞·安东尼奥。"费利佩停在面包摊前。"来两个。"他伸出手指对摊贩比画说。

安娜想说"我们有面包",但嘴上还是继续问道:"那是谁?"

"他儿子。"费利佩的眼睛看向背对着他们、正把两个面包装进纸袋的摊贩。

"你有兄弟?"

费利佩点点头。

"同父异母的?"

摇头。

"同父同母?"

点头。

"你有一个亲兄弟?"

点头。

安娜的嗓门一下子高了八度。这接二连三的"我竟然不知道",让她气不打一处来。"我们马上就要有孩子了,不知何时就要结婚了,而我竟然不知道。"

"你和他一起长大的?"

点头。

安娜用手背撞了他肚子一下。不是很用力,但这个动作着实有些突然。"别点头摇头了!"

费利佩掏出一枚100比塞塔的硬币放在柜台上。站在后头一动不动的摊贩接过钱,犹豫着是否要打断他们的谈话,递上手中的那袋面包。

"谢谢。"说完,费利佩掉头准备离开。

安娜却一动不动。

"他出车祸死了。几年前。"

"啥时候?"

"1983年,就在我刚认识你之前不久。"费利佩特别强调了"之前"两字。

59天

在韦勒广场上,酒吧前的人行道上摆满桌子,座无虚席,遮阳伞全部撑开,到处都是孩子的叫喊声和玻璃杯的碰撞声。天气晴朗,万里无云,雾霾不见踪影,太阳还被屋脊遮挡着。但这片绿松色十分耀眼,以至于安娜抬头看时,不得不眯起眼睛。

安娜背对门口等在小商店前。费利佩说自己口渴,要进去买点喝的。搞得像那里什么都没有一样,安娜一边想,一边望向司令部方向。

房顶上插着蓝、白、黄三色的加那利自治区区旗和红、黄、红三色的西班牙国旗。它们升到一半,没有风,旗帜耷拉在旗杆上。"这都是因为我们的缘故。"安娜想。这话当然不完全对,但无论如何,这些旗帜还从没有像今天这样和她切身相关。

费利佩从小商店里出来时,手里拿着一瓶水和两根红黄相间的扁棒棒糖。接过递来的棒棒糖,安娜摇了摇头。"都快走样了。"他一边说,一边撕开包装纸,把棒棒糖塞进嘴里。透明的玻璃纸掉到了地上,费利佩没有弯腰去捡,也没有去管它,任由它沿着人行道轻飘飘地朝外滚去。费利佩看了一眼营房说:"走吧。"

司令部的外墙刚刚刷得雪白,窗户镶嵌在灰色的石块中,玻璃外头装着铁栅栏,棕色的木质护窗板牢牢紧闭。从前,门前台阶的左右两侧各有两个圆形的帐篷,直径约1.5米,顶盖看上去像便帽一般。顶上插着红、黄、红三色小旗。帐篷的开口面向台阶,里面可以站人。安娜试着回忆站在楼梯口日夜执勤的两名士兵是何时消失的。

过街时,她发现费利佩汗流浃背,风已经把衬衫吹得贴在了他身上。阵风减弱后,已经沾染上深色汗渍的衬衣依然贴在他背上。

"你的羊膜会破吗?现在?拜托。"他在台阶上问。安娜笑着摇了摇头。

昨天电话响的时候,费利佩已经在去拉拉古纳的路上。他9点要上研讨课。安娜正在厕所里,使劲从膀胱里挤出几滴尿。小宝宝现在可能就像坐在一个充气浮球里,她这样想。第一遍铃声和冲水的声音混在了一起。安娜有些不太确定,便一边望着脚边的水箱,一边侧耳倾听。8点刚过。空调发出低鸣声。电话铃又响了。

来电的是梅尔凯。"我要找贝尔纳多特先生。"

"他不在,您打他办公室电话试试,他应该再有半小时就到那里了。"

"有急事。"

"什么事?"

"家事。"啪的一声,梅尔凯挂了电话。

安娜一共碰到过梅尔凯两次。一次是在市场大厅,另一次是在埃克托面包房。那时,贝尔纳达还在家里。

安娜从冰箱里拿出半个西瓜,在敞开的冰箱门口站了一会儿,她撩起自己的T恤,默数到三十。下个月的电费账单肯定是个天文数字。

关上冰箱门后,她继续露着肚皮,拿起一把刀,把西瓜切成四块。就在她打算把其中一块切成小块时,电话又响了。

"喂?"

"老爷不舒服。"梅尔凯说,"他跟平时一样,去俱乐部吃的早饭。刚才回来时,就觉得不舒服。但我找不到贝尔纳多特先生。"

"去给医生打电话。"安娜说。

"老爷不让。他躺在小客厅里。之前我叫他的时候,他还清醒。现在他已经没反应了。"

"老天爷,赶紧叫救护车。"

"他叫我弄块湿布敷在他额头上,或许有用。"

"我来叫救护车。"安娜不等梅尔凯说不,便挂了电话。直到被问到地址时,她才意识到自己根本不知道埃利塞奥家的住址。急救医生后来断定,埃利塞奥那时已经死了,心肌梗死。就在梅尔凯第二次来电的时候。

司令部里很凉快。坐在一块玻璃隔板后的士兵请他们稍候。

"节哀顺变。"他接着说,"我们都很怀念令尊。"安娜看向费利佩。他的表情很复杂,既像笑又像哭,还有几分要放声大喊的样子。但费利佩只是点了点头。随后,他们一声不吭地并肩站在一起,直到一个穿军装的人出来接他们。

他们被带到一个很大的房间,那里百叶窗紧闭,日光只能从缝隙里射入。房间里很热,光线昏暗,蜡烛在烛台上熊熊燃烧,发出一股烟味。已经有十来位宾客聚集在一起。当穿军装的人带着安娜和费利佩走到房间中央、在敞开的棺材前立定敬礼时,他们都陷入了沉默。那里头躺着埃利塞奥·贝尔纳多特。安娜几乎认不出他,但她本来也只见过他三次。他穿着橄榄绿军装,鼻子仍然高高耸立,但面颊已经塌陷到了耳旁。安娜看得出费利佩不知道自己该做什么,他沉默地低着头,双手偷偷合拢在怀前,但肯定不是在祷告。

四周的墙壁旁摆着一圈椅子,屋子正面摆着两张长桌。其中一张放着水、白兰地、梨汁、红酒和备好的杯子,另一张放着恩潘纳达饺子、纸巾、橄榄油、牙签、白奶酪块、茴香饼干和肚子里塞满番薯的鳟鱼。

他们退到桌子旁。安娜在一把椅子上坐下,费利佩站在她身边,背向着墙,巧妙地躲在几排身着军装、正捉对聊得兴起的人们身后。

尽管如此,仍然不断有人来找他们说话。他们先握着安娜的手说"节哀顺变",然后是费利佩。过了好一会儿,安娜才反应过来他俩才是应该感到悲伤的人,是死者遗属,也是今天这场活动的主人。

许多人都穿着军装,少有的几个来宾家属则关心安娜的肚子,问她何时临产。有几个人她在电视上见过,大多数人她都不知道是谁,而费利佩也不给她介绍。"节哀顺变。"

19 天

白天,安娜抱着罗莎出门散步,没听见沙发旁小桌子上的电话铃响。只有天气很热时,她才会推童车。她去了王子广场,坐在凉亭的台阶上,喝着七喜。她的注意力完全集中在胸前这个熟睡的宝宝身上,还用黏糊糊的嘴唇轻轻吻了吻罗莎的帽子。一眼望去,两个男孩正绕着凉亭玩捉迷藏,不停地跑来跑去。

安娜来到加西亚·萨纳布里亚公园,在一辆小推车旁买了一块巧克力。小贩问她要不要买点花生喂鹦鹉,安娜摇了摇头。

巧克力已经碎成了粉末状。一走出小贩的视线,安娜就把它扔进了垃圾桶。喷泉没有开启,圆形水池里全是棕榈叶和落叶。安娜没有停下脚步,也没有往水池边张望,因为那是一个危险的区域。她所做的,只是用嘴唇试一试罗莎的小脑袋是否发烫,看看她是不是给捂得过于严实。从前,周日散完步后,她经常和胡里奥·博特和贝尔纳达来水池边小坐,顺便吃个冰激凌。夏天的时候,她可以脱下钩针袜,把已经被勒得红肿的双脚浸进水里。

穿过小道时,她吓跑了好几对情侣,使他们亲到一半便戛然而止,连忙把手从T恤下面抽出来,或一动不动地躺在原地,指望她注意不到那隆起的小山丘——这让安娜想起了弓着身子的蜥蜴。"牧羊姑娘玛利亚①",那辆从前在夜间穿越大街小巷、把幽会的苦命鸳鸯统统收监的警车,已经不复存在了。"最糟糕的是,警察还会给他们父母打电话,叫他们去派出所领人。"安娜曾听贝尔纳达这样说起。想到这里,她连忙加快了脚步。危险区域。

在雕塑园,安娜其实只喜欢那些连着长短不一的电线、从猴面包树的枝条上垂下的水泥碎片。望着这些不规则的锋利棱角,安娜下意识地伸出手掌,护住罗莎柔软的小身躯。

安娜走到防波堤上,置身于游人之间,借着一根麦秆吸管喝着鲜榨橙汁。她没有唱歌。既没有唱"我的驴子,我的驴子,脖子有些疼",也没有唱《平板车梅伦居拉》和《五只小狼》。危险区域。她只是和罗莎说着话,给她讲什么是晒斑,什么是邮轮,什么是没有刮毛的小腿肚。她在王子广场给她讲凉亭里的音乐会,在加西亚·萨纳布里亚公园给她讲狂欢节,在韦勒广场给她讲从前安放在这里的旋转木马。

"探视时间到了,我们可以过去看一眼。"费利佩总是这样建议说。贝尔纳达又住院了,这次已经进去了好几个星期了。

"我不想带罗莎去。那里都是病菌。"安娜回答说。或者:"我昨晚几乎一夜没睡,明天再去。"或者直接说:"改天,改天。"

费利佩不知道自己该说什么。因为胡里奥·博特给他打过电话,

---

① 译者注:当时城里唯一的一辆警车,"牧羊姑娘玛利亚"是市民们对它的昵称。

而且是特地打给他。电话打到学校里,再由门房转接给他。

"宝宝一切都好吗?"胡里奥·博特没跟他寒暄,就开门见山地问。

"嗯,都好。"费利佩正想介绍罗莎又长了几厘米,重了多少克,却被胡里奥·博特给打断了。

"那我就不明白安娜为啥不去看她妈。"

"我以为她昨天去了。"

"没有,我联系不上她。给你们打电话不是占线就是没人接。贝尔纳达需要她。"胡里奥·博特说完就挂了电话。

"线路问题。"安娜晚上这样回答说,"我得给电信公司打电话了,肯定是线路问题。"有时候,她会在午后拔掉电话线,但费利佩不知道。在他回家前,安娜早就删掉了电话应答机上的留言。

"让它响着吧。"当他们吃完晚饭,坐在沙发上时,安娜说道。见费利佩没有看电视,还是朝着电话张望,她干脆跨坐在他怀里亲吻他,直到电话铃声重新消失。

4 天

费利佩开着车,脑海里不停盘旋着"家"这个词。"我的家人都睡着了。"安娜在副驾驶座上进入梦乡,罗莎睡在后座的提篮里。每隔一段时间,他便会透过后视镜,看看安全带有没有滑落。

他提议顺便接上梅尔凯和欧拉利娅一道回家。"那样您还得绕远,我们还是坐公交吧。"梅尔凯回答说,"反正车票月底才过期。"

高速公路路况一般;在通往圣克鲁斯的对面车道上,车辆更是走走停停。他本可以让安娜多睡会儿。上周,公证人那里就是他一个人去的。

梅尔凯站在大门口。她没在屋里等,也没有像平常那样打开门。她右手拿着房门的钥匙,透过臂弯的缝隙,费利佩看到钥匙链上别着一个圣女坎德拉里亚的金属像章。她像平时一样,双手抱胸,紧握着身上这件蓝灰色羊毛衫的翻领。这件衣服是她在三圣节时应埃利塞奥的要求买下的,是他送给她的礼物。这一切,费利佩当然并不知情。

欧拉利娅站在她身边,微露笑容。她依然每周来两次,检视一下情况,扫扫地,整理整理东西,稍微擦擦灰尘。葬礼过后的那几天,费利佩一直睡不着觉,因为他得解雇她。从那以后,他就将这通电话一拖再拖。公证人提议由他代为处理,为此,费利佩着实犹豫了一段时间。他打算今天问她能否在下周再和他见个面。在他午休的时候,最好是在一家咖啡馆里。

费利佩隔着挡风玻璃朝她们招了招手。两人同时抬起手,却没有挪动位置,只是看着他绕车走了半圈。费利佩打开副驾驶座的门,拍了拍安娜的肩膀。后者浑身一抖,睁开眼,有些迷惑地看了他一眼,又把目光转向他身旁。

"我们到了。"费利佩指了指身后说。

"可根本不是这里。"安娜说,"不是这座房子。"

这座小楼有两层,但看上去有些矮。它建于20世纪50年代,外墙被刷成亮橙色。花园有一道围墙,临街一侧刷着白漆。围墙上有一扇银色的车库门和一扇亚洲风格的木门,木门上爬满了三角梅。过了院门,有几道台阶通往房子入口。

木门上过清漆,每隔几厘米就有裂缝和凹槽。梅尔凯望向费利佩,等着他从口袋里掏出钥匙。"请。"在费利佩的要求下,她把自己的钥匙插进锁孔,打开了门。木门才推开几厘米,就推不动了。

"是信件。"梅尔凯边说边小心地把门推开足够大的缝,好让她把手伸进里面。她捡起信件,边走边整理。

门左侧的墙边有一个大衣柜、一把小圆凳和一面有些泛黄的镜子,旁边钉着一块挂着鞋拔和衣刷的木板。衣帽架上只挂了一把黑色的伞。右侧的一扇门处于开启状态,那里是卫生间。"这是给访客用的。"注意到安娜的眼神,梅尔凯连忙说。

梅尔凯把几封信放在书房门边的架子上。"我去厨房看看。"她说。走到半路,她又转过身,拿起架子上的信件,默默摇了摇头,把它们递给费利佩。

后者把信塞进了外套里。几个星期后,安娜在洗衣之前检查口袋,这些信件才得以重见天日。其中包括电费账单,一张邀请函和一张彩票站的特别抽奖广告。有那么一阵子,费利佩作势要往楼上走。"我们来这里是干什么的?"他最终还是抬头看向楼上问。

"做个见证。"安娜的回答只是在重复公证人的话。她不敢打开门、抽屉和橱柜。一切都依然井井有条,干净别致。

"你之前是什么意思?"费利佩转身问她。

"什么?"

"你说不是这座房子。"

"没事。"说完,安娜开始晃动身子,罗莎仿佛动了一下。她低头望向罗莎布满黑发的小脑袋,用嘴唇轻吻她的胎毛,直到费利佩转身离开,留下鞋跟踩在瓷砖上的声音。许多年前,就在她刚认识费利佩不久,她曾在暑假偷偷来这里看过,但找错了房子。

餐厅看上去已经许久未曾使用了。桌子中间的水果篮空空如也。小客厅的茶几上放着一份打开便没有再叠好的《今日报》和一副没有合上的眼镜，沙发上放着一床叠放整齐的毯子。他就死在这里。

安娜好奇费利佩是不是也跟她有着同样的想法。她紧跟在他身后，什么都不碰，缓慢地从餐桌旁走过，进到小客厅，沿着沙发和茶几之间狭窄的过道绕行一圈，没有停留，也没有触摸任何东西。这感觉就像参观博物馆，安娜想。

费利佩看看墙壁，又看看天花板，仿佛在评估这些东西的价值，思考下一步该怎么办。

有一间没有窗户的小过道房，门上蒙着皮革，墙上裱着浅蓝色丝绸。靠墙的位置放着一架闭合的三角钢琴，旁边是一个装唱片机和收音机的箱子。房间中央放着两把椅子。当费利佩从一把椅子上方搬过另一把椅子时，她发现椅垫的边缘镶着考究的细斜条纹。小沙发的坐垫上方有一盏黄铜灯，绿色的玻璃灯罩已经有些开裂。

费利佩把手放在浅蓝色的丝绸墙纸上，盯着安娜的脸，当着她的面按了按柔软的墙壁。安娜意识到，他小时候如果想给朋友留下点深刻印象，就会带他们来这儿炫耀一番。

"隔音软包。"费利佩说，"这里是音乐室。但我们家没人会弹钢琴，只有我妈偶尔来这儿做针线活儿。"

在花园里，安娜跟在费利佩身后走过草坪，却给绊了一下，连忙本能地伸手护住罗莎。小家伙根本没有要醒来的意思。她低头看去，草秆下方露出红色的石缝。有些地方的石砖已经裸露在外。石块围成的四边形足有半米宽，四个角被整齐地包圆，就像一幅巨大的相框，从草皮底下露了出来。四边形内的泥土有些下沉，比外边的草地要低几厘米。

"这是啥？"

"这里从前是个游泳池。"费利佩指了指两根平行穿出地面的锈迹斑斑的三角钢管,它们中间摆放着几盆红色的天竺葵。"这里原来是泳池的扶梯,后来我爸让人把它填平了。虽然我不太确定,但我觉得他不会游泳。这个游泳池是为何塞·安东尼奥准备的。"

费利佩走向围墙边的小房子。"这里从前放躺椅和充气床垫,后来被他用来养鸟了。"他按了按门把手,门锁着,"但愿有人给它们喂食。"

他在门上侧耳倾听。但这其实毫无必要。因为就连安娜都听得见"踏踏踏"的声音。

"园丁会照顾它们的。"回到厨房后,梅尔凯说。

可以把那间不用的缝纫间改成儿童房,把那间没人弹琴又没有窗户的音乐房改成卫生间,安娜想。打通楼上一间儿童房和主卧之间的墙壁,再把另一间儿童房改成次卧。

"您想要什么就拿走,我来付搬运费。"费利佩说。

梅尔凯拿手轻轻触碰了一下费利佩的手,摇了摇头。

"不,我不能这样。"

"别客气了。您不拿走,我也得扔掉。"

安娜欲言又止。"你之前说不是这座房子是什么意思?"她把两只手轻柔地放在罗莎的背上,以防她被吵醒。酒吧间的小推车她还是挺喜欢的,沙发肯定得扔,餐厅里带玻璃柜门的深色壁柜也是一样。小客厅里的单人沙发则让她很喜欢。

梅尔凯和欧拉利娅告辞离开。费利佩没有问"我们下周可以见个面吗",而是和欧拉利娅握了个手,匆匆亲吻了她的面颊。当安娜说"我饿了"的时候,他正琢磨着如果把这一切交给公证人去办,会是多么糟糕。好歹梅尔凯已经继承了她现在住的小房子。

他们找了点东西凑合吃了一顿。一包黄油牛奶玉米饼,还有橄榄配凤尾鱼。费利佩打开一个金枪鱼罐头。冰箱空空如也,里面只有半瓶红酒、芥末酱和一瓶辣椒酱。

"你打算怎么处理这座房子?"安娜一边把红酒倒进洗碗槽里,一边故作随意地问。

"不知道。把它给炸了?"

后来,安娜坐在书房的单人沙发上给罗莎喂奶。费利佩则翻找着各种文件。安娜在一旁看着他。疯狂。没有哪个词更适合形容他现在的状态。只有疯狂。只见他激动地拉开书桌抽屉,来回翻动里面的东西,打开一个个活页夹,还有装信件的纸箱和牛皮袋。他一会儿拿起一张纸读上几行,然后又把它们扔进废纸篓里,后来则干脆随意地扔在地毯上。罗莎已经开始打瞌睡了,她的小嘴时不时地停止吮吸。安娜想回家了。她的背已经被背带压得生疼。

"你看。"费利佩两手各拿着从中间撕开的半截纸说,"这是在一个信封里找到的。"这封信在对折之后,被从中间撕成了两半。

"他把它给撕了,但没扔。"安娜说,"而是保留了下来。"她换了个姿势,把罗莎放到左边的乳房边。

费利佩大声读道:"我想再次申明,我们认为没必要对1983年10月1日的事故过程做进一步调查,何况这样的调查也不符合任何一方的意愿。同车丧生的平民男子,其身份和前科都确凿无疑。上校先生,请您放心,梅萨莫塔炮兵团将永远以崇敬之情缅怀令郎。"

费利佩又小声地把这封信读了一遍。

"这封信跟何塞·安东尼奥的死有关。"他最终说,"看来还有别人和他一起在车里。"

他又开始在抽屉里翻找。"这里还有。"他从一个信封里抽出两片纸，举在空中。

他发现安娜已经睡着了。她的头倒向前方，深色的头发均匀散落在浅色中分线的两侧。她怀里的罗莎也一动不动。他把两片纸拼到一起。

尊敬的贝尔纳多特上校：

我更想与您当面详谈，但为了尊重您的意愿，我还是以这种方式回答您的问题。在1981年6月9日进行的调查问话中，令郎就其1981年2月23日的违规行为做如下解释：他在2月23日晚和该平民男子取得联系，并违反外出禁令与其同处。因此我们认为，两人在1983年10月1日的事故中同乘车辆，其实并非偶然。在1981年6月9日的听证会上，令郎已被告知该平民男子的前科。

费利佩读了三遍才看懂。"1981年2月23日？"他站起来说，"那是特赫罗军变①的那天晚上。"

安娜动了一下身子，抬起头，侧靠在沙发垫上，却没有醒来。

"安娜！"朝沙发走去时，他碰翻了书桌上的电话。听筒落到电话机旁，发出一阵低沉的忙音。他用手拍了拍安娜的肩膀，后者猛然惊醒。罗莎也被吵醒，开始低声哭闹，安娜连忙把乳头塞回她的嘴里。

---

① 译者注：即"二二三军变"。1975年军事独裁者佛朗哥去世后，西班牙国王胡安·卡洛斯重新坐上王位，但政权不稳。1981年2月23日晚，就在西班牙众议院对首相候选人进行表决时，国民卫队军官特赫罗率一批对改革不满的军官包围议会发动政变。关键时刻，胡安·卡洛斯国王获得各军区司令支持，平息了军变，使得西班牙从专制到民主的转型之路免于半途夭折。

"听着。"费利佩读完信后,满脸期待地看向安娜。安娜把罗莎放在肩上,轻轻摇晃身子,好让她打出饱嗝。

"军变之夜。何塞·安东尼奥的死肯定和这有关。"

"我不懂。咱们回家吧……"

"要不他怎么会在军变之夜违反命令离开军营呢?他甚至还接受了调查问话。"

"好了。"安娜疲惫地说,"现在我想回家了。"

0天

"你得去一趟。"一个小时前,费利佩在家里说,"安娜,你得去了。"

安娜当时身着一袭黑衣,正坐在沙发上。还是费利佩说服她换的衣服。

医院往学校打了电话。等费利佩到达圣克鲁斯时,安娜和罗莎都不在家。安娜出现在门口时,费利佩忍不住问:"你去哪儿了?""散步去了。"安娜说。罗莎在安娜胸前的绑带里睡得很沉,就连费利佩将她抱出来放在提篮里,她也毫无反应。当然,费利佩也十分小心,因为他接下来要说的内容,将十分可怕。"医院来电话了。"他最后说。

安娜一动不动,也没有看向别处。只是薄荷绿T恤上的汗渍越来越明显,看得出她的腋下已经湿了一大片。罗莎在睡梦中动了一下手臂,费利佩听见安娜长出了一口气,胸腔和肩膀微微一沉,似乎刚才一直在憋气。

安娜朝罗莎那儿走了一步。"她有些不安分。"她说,"我再带她出去逛逛。"

"不。"费利佩小心翼翼地抓住她的手。安娜停了下来。"不,安娜,不行,情况真的很严重了。"

费利佩陪她走进卧室,见安娜站在床边一动不动,便打开衣柜,从衣架上取下颜色最深的那件衬衣。"把你的T恤换下来。"他说。安娜从头上脱下T恤,扔在床上,又垂手站在原地。费利佩给她递上衬衣,又像倒带的电影场景那样,从下往上替她扣上扣子。平时,他总是从上往下解开安娜的扣子。他又把裙子递给安娜,让她扶着他的肩膀,把脚伸进了裙子里。

她从费利佩手中接过连裤袜,这个还得她自己穿。费利佩曾试过把连裤袜套进她的脚趾,但她的指甲很快便勾住了尼龙丝。安娜接过连裤袜,将它卷在一起套进脚里,再以教导的目光一路拉上大腿。安娜没有哭。费利佩坐在她面前的地上,盯着她看。西裤的料子很薄,他很快便感受到了瓷砖上传来的凉意。安娜把衬衫塞进裙子里。

"你需要一件外套。"费利佩说。幸好罗莎睡着了。他站起身,从衣柜里取出一条黑色的领带。

"我真的做不到。"安娜说,"我真的不能没有她。"

费利佩抓起提篮的提手。罗莎还在睡觉,当他把她拎起来送到邻居那儿时,她丝毫没有动弹。他们的邻居名叫安帕罗,是安娜几周前刚交的朋友。

胡里奥·博特什么都没说。他们走进房间时,他抬头看了他们一眼,便又默默地低头望向自己的双手。护士在门口说,保险公司会派车把她接走。贝尔纳达的身上,还穿着浅蓝色的病号服。

1981年
嘉年华

2月23日,周一。早上,《今日报社》已经完成了嘉年华的所有报道准备工作。钉着明天这一期报纸选题和字数的木板上,纸条已经排得满满当当:"1981年嘉年华之王"候选人合影;皇家马德里还是皇家社会夺冠?史上最势均力敌的西班牙足协杯最后几场比赛展望;合法化半年后的共产党议员——这是社评板块的内容;圣克鲁斯嘉年华委员会主席访谈;巴斯克地区再次大举搜捕埃塔组织[①]支持者;用250比塞塔让所有人填饱肚子的食谱;辞任首相不到四周后阿道弗·苏亚雷斯的未来规划;推选莱奥波尔多·卡尔沃·索特洛做他继任者的第二次尝试——这一条带着红框,表示尚有待考虑。

纸条在风中飘动。角落里的窗户向外打开,狂风一阵阵地吹进编辑部。电传打字机吐出的纸条在18点41分变得越来越长,直至卷在一起。这时,第一批员工已经拿起外套,准备在回家前再抽根烟。想去关窗户的体育新闻编辑在路过时将它扯了下来。他惊呆地

[①] 译者注:埃塔组织,奉行分裂主义的西班牙恐怖组织。

站在原地,不由自主地读出了纸条上的内容:"特赫罗上校率一队国民卫队士兵包围了国会大厦。那里也是国家政府所在地。有传言说,巴伦西亚也发生了军事政变。"

一开始,没人知道究竟发生了什么。

这时,安娜正坐在位于特立尼达大道的马雷罗电器行门口,在台阶上抽着烟。这是她高中毕业后唯一的生活变化:她到父亲的店里帮忙,于是学会了抽烟。每隔一个小时,她便坐在高处的台阶上,双脚并拢,把白色帆布鞋搁在倾斜的街道上,再使劲合拢膝盖,以免牛仔短裙春光外泄。她时不时地回头张望,数一数有多少顾客正挤在大玻璃柜台旁的过道里排队结账。

"我们这里不像超市,啥玩意儿都有。"她父亲说。靠墙的玻璃柜足有天花板高,各种各样的商品被摆放在玻璃门后,有收音机、煮蛋器、烤面包机、咖啡机、厨房秤、计时器、干燥罩、电动刀具。二楼还有电视和唱片机、音箱,但没有照相机,不过有各种型号的电风扇——有的可以装进手提袋,有的可以放在车里,有的平放在桌上,有的安在天花板上。

再过五天,等到星期六,狂欢节就要开始了。安娜今天得把橱窗搞定,特立尼达大道上的其他商店都已经装饰完毕了。这总比跟相框、烛台和烟灰缸打交道好,安娜想。埃内斯托和马里韦负责二楼,要是他俩都在忙,那还有皮拉尔顶班。万不得已的时候,她也可以给顾客介绍煮蛋计时器、壁挂温度计和闹钟。但如果想摆弄那些电器,她还得再努力一番。

"我从老马雷罗那儿接手这家店的时候,这里只有布满灰尘的水泥地面,一个工作台,可能还有把电烙铁,别的就没了。"她父亲说。安娜可以参与讨论，有时她也会这样做。

她把烟蒂扔到街上，看着烟雾从沥青路面垂直升起，直到被104路公交车碾过。

盛放着狂欢节装饰品的纸箱被放在右侧玻璃柜的后方，搁在顾客看不到的角落。从前，每当橱窗装饰完毕，贝尔纳达都会在晚上和安娜一起来再检查一遍。薄塑料纸做的小丑面具边缘有些破损，白净的脸蛋粘上了苍蝇屎，但这些从外头都看不出来。粉纸做的火烈鸟戴着大礼帽，翘着玫瑰色的尾巴。透明胶带粘成的彩带花环有些褪色，胶带上已经有了深红色和暗绿色的痕迹。金色和银色的彩带也已经失去了光泽。

安娜正在柜台上专心地捋平彩带，没有听见胡里奥·博特从办公室里传出的声音。她的毛衣和指甲里都沾满了银粉，她原本应该戴副手套。

"我们要关门了。"胡里奥·博特说。就这一句，也没有更多解释。见没人动身，他又重复道："我们要关门了。"

"就这样？"马里韦问道。

胡里奥·博特点了点头，不再回应她的目光，转身在咖啡机的玻璃壶外又多包了一层薄纱纸，把它和卷好的电线以及用来上下固定的泡沫塑料一道塞进包装箱里。在马里韦整好钞票放进收银台的抽屉并完成找零后，他微笑着把装咖啡机的袋子递给了那位女顾客。"放心用吧。"说完，胡里奥·博特转向排队的人说，"抱歉，请诸位改天再来。"

他从收银台旁的抽屉里掏出钥匙，等在敞开的店门前，直到最后一位顾客摇着头走上特立尼达大道。

"你坐车回家，我来对账。"他对安娜说。

"怎么了?"

"没事。回家找你妈去,我给你钱打车。"

"我可以坐公交。"

"别。"胡里奥·博特在西装上衣的口袋里摸索了一番,找出钱包,从中数出七枚一百比塞塔的硬币递给安娜。

"我还得去超市。"安娜没有伸手接钱,只是这样回答说。

"快回去。"胡里奥·博特生气地抓起她的胳膊,将她拉到门边,把硬币放在她的手心,再合起她的手。他很用力,两枚硬币正好夹到了安娜的皮肤,疼得她大叫一声。

"到底怎么了?"安娜有些害怕,这种害怕直接表现在她的语气里,"爸爸,出什么事了?"

最后还是出租车司机把答案告诉了她。他把食指放在嘴边,示意她不要说话,然后指了指收音机。刚打开电台时,安娜还以为里头正在直播一场足球赛。广播里传来主持人此起彼伏的喊声。

除了人行道上有几位行人开始跑动,交通状况一切如常。一个女子和她的孩子手牵着手,一个男子双手各拎一个购物袋,跟在他们身后。三名穿西装的男子沿着赫拉多雷斯大道一路小跑下山。其他人站在原地,惊讶地目送他们远去。

"您听广播了吗,上校?"埃利塞奥·贝尔纳多特的最后一任副官奥尔蒂斯正给他打来电话。他开门见山,没向他问好,也没跟他寒暄。

所以埃利塞奥默不作声,没有答话。另外他也有些喘不过气来。他刚从俱乐部步行回来,正要开门,就听见书房的电话铃响。

"议会投票被迫中断了。您知道——您有没有……"这句话的最后一部分就像一根在空中飘忽不定的羽毛,和奥尔蒂斯的希望一起落空——他还以为能从埃利塞奥那里打听到点什么。

"没有。"埃利塞奥坦言。

"打开收音机吧,上校。听西班牙广播协会电台①。"

"我得先把它拿出来。"埃利塞奥在"羽毛"彻底落地之前挂了电话。他打开电视,里头正在放一部黑白电影。什么消息都没有,只有两个女人在巨大的圆木桶里捣着葡萄。

梅尔凯总是边洗碗边听收音机。她不到一小时前刚回家。收音机就放在厨房的窗台上。

他不喜欢进厨房。他觉得自己没有资格走进那里。和屋里的其他房间相比,厨房似乎不是他待的地方。梅尔凯的围裙、伞和购物袋都挂在门后的钩子上。她常常坐在餐桌前休息。等他吃完饭后,她便坐在那里吃午饭。

灶台的平底锅里放着炖菜,但他今晚肯定不会自己热来吃。"其实很简单啊!"梅尔凯每天早上都会这样说。剩下的晚饭放在一个盘子里——一块西班牙蛋饼,一小碗橄榄配凤尾鱼,少量赛拉诺火腿和三片白面包。它们和往常一样,被安放在塑料桌罩下,旁边是半瓶红酒和一个杯子。每天晚上,那儿总是放着半瓶红酒,从不是一整瓶。埃利塞奥猜测,梅尔凯肯定是偷偷把酒倒到了别处,搞得他不能随时去储藏室里拿一满瓶。只要他愿意,完全可以一瓶接一瓶地喝。

收音机没插电,但在他推动控制开关后,很快便有了声响。现

---

① 译者注:西班牙广播协会电台是西班牙历史最悠久、规模最大的广播电台。

在听到的是七岛屿电台①。埃利塞奥左手端起盘子,用小臂和肚子夹住收音机,右手拿起酒瓶,两个手指勾住玻璃杯的把手,这样他可以一边往书房走,一边用食指尖拨动收音机的转轮,搜索西班牙广播协会电台。

"越来越多,越来越多……"播音员的语调并不平静,甚至每个音节都在颤抖"……的人进入会场大厅。我再重复一遍:几分钟前,首相选举被迫中断。身着国民卫队制服的军人进入会议大厅,要求议员卧倒在地……"埃利塞奥把收音机给拿反了,有扬声器的一面压在他身上,里头的低音震得他肚皮发颤。当"军事政变"这四个字就像波浪一样在他的肋弓中翻滚时,他在走廊停下来。埃利塞奥想过把收音机调个方向,但最后还是继续朝前走去。那也可能是针对埃塔组织的反恐行动。前几周的电视画面上,全是含混不清的暗杀、葬礼、逮捕和再次发起暗杀行动的画面。

一阵爆炸声——准确地说,是三声连续的枪响——使他的身体猛地一震。听起来,枪声似乎是从屋前花园发出的。那块蛋饼从盘子里滑落,没有掉到瓷砖地面,而是粘在了墙砖上。

司机注意到梅赛德斯时,车已到拉库埃斯塔前的转弯处。当时她正从一块广告牌旁经过,这块广告牌的面积至少有30平方米宽,黑色的背景上印着"柯达"两个白字。它被安放在一个木支架上。梅赛德斯曾有一次在广告牌后撒尿,还是母亲替她放的风。那已经是很久以前的事情了。当时,她们要去圣克鲁斯看医生。梅尔凯的钱,往往只够坐一趟车。去程是下坡,回程是上坡,所以他们常常

---

① 译者注:加那利群岛由七个主要岛屿组成。七岛屿电台是当地的主要电台。

走着去。在诊所门口,梅尔凯连拍带掸,徒劳地想要拍去她衣服上的尘土。梅赛德斯突然憋不住了,可当时正是夏天,根本找不到枝繁叶茂的树林,所以梅尔凯就把她拽到了广告牌后头。

"什么是'柯达'?"梅赛德斯问。梅尔凯耸了耸肩。"不知道。"她回答说。

汽车经过广告牌时,梅赛德斯像往常一样,为自己终于知道"柯达"是啥感到高兴。她在南边找到了第一份工作,而收银台旁的筐里就放着一盒盒胶卷。就在这时,司机突然喊道:"喂,说你呢!"

梅赛德斯继续望向窗外:"穿淡紫T恤的那位,要么买票,要么下车。"

逃票其实很容易。诀窍是和一群老人一起上车,利用他们扶着前门护栏、使劲往车上走的机会。老妇人比老汉更有用,她们往往拎着包、戴着草帽、穿着羊毛衫,挺着胸口和肚子,能遮挡住更多的视线。她们和司机打招呼,坚持管他叫"我的小伙子",跟他叨叨自己因为什么事要去哪里,这都会转移司机的注意力。这时候,她只需缩着身子从她们身后钻过,再迅速混入站立在中门附近的人群中。司机的头顶挂着一面圆镜。要是运气足够好,可能会有位老妇人慢吞吞地数出55比塞塔,举起递给司机。这样的话,司机忙于指着老妇人的钱包,告诉她还差多少钱,就没有时间抬头看反光镜。

梅赛德斯朝车后挤去时,司机正低头看他用一根带子固定在方向盘连杆上的收音机。可现在,他却发出了最后通牒:"买票?"见圆镜里的梅赛德斯仍然看着他不吭声,他踩下刹车,打开车门。

"下去!"在扶着把手站在中门附近的人恢复平衡、停止惊叫后,他对着乘客说:"她下车我再往前开。"

一阵推搡和嘘声。一个女人掐了一下她的胳膊。梅赛德斯笑盈盈地跳下车,落到汽车与尘土和鹅卵石之间那道狭窄的沥青路面上。她实在是待不下去了。

她几个月前才开始"玩马"①。从前在住宅区后头的垃圾场里认识的人,也就是那些和她一起玩击掌游戏和比赛"谁从蒙迪托的店里偷的口香糖最多"的那群人,大多早就开始"骑马"②了。在拉库埃斯塔后头的山坡上有一座清水墙建筑,里面住着华尼托,她们的东西就是从他那里搞来的。上周,"马儿"③每天都在她的血管里奔腾。梅赛德斯决心在狂欢节后将它戒掉。

一开始没人注意到这一切。去药店里买针筒时,她说"给我妈用,她有糖尿病",就不会有人投来怀疑的目光。

"你的胳膊怎么回事?"

说声"蚊子咬的"便能糊弄过去。后来,"蚊子疱发炎了"也只管用一小段时间。于是她就说自己是被刺伤了:"我掰仙人掌球的时候没注意。"

"都不戴手套?你疯了吧?"梅赛德斯耸了耸肩。"去找医生看看。"她母亲说,"这不正常。"

埃利塞奥·贝尔纳多特拨出号码,又是占线。他握住听筒,挂断,又重新拨号。很长一段空白,然后又是占线。没有提示线路故障的语音播报。埃利塞奥只得重新调大收音机的声音。

---

① 译者注:此处的"玩马"指吸毒。
② 译者注:此处的"骑马"指吸毒。
③ 译者注:此处的"马儿"指毒品。

"第三军区司令米兰斯·德尔·博施宣布巴伦西亚进入紧急状态。"播音员的声音依然惊魂未定。

"第二条:禁止平民和武装部队进行接触。部队将不计后果,毫不犹豫地全力反击任何针对其发起攻击的行为以及对建筑、机构、通信和运输线路、饮水和电力设施及基本保障物资仓库的攻击行为。"

电话通了。自从埃利塞奥往马德里的学生宿舍打电话以来,这还是头一次接通电话。

"喂?"

"我找我儿子费利佩,费利佩·贝尔纳多特。"

"费利佩。"埃利塞奥听见那个年轻人喊。背景里传来广播的声音,内容和他身边架子上的收音机里一模一样。然后,又是一声:"费利佩?"

"找哪个?"埃利塞奥听见有人问。

"贝尔纳多特。"年轻人回答说。

"他不在。"年轻人最后对着电话说。背后的广播声小了,他正在挂电话。

"等等,先别挂。请您转告他:不要乱动,千万别出门。告诉他,老天在上,千万别出门。"由于使劲用听筒抵住面颊和下巴,他的耳郭已经有些疼,"拜托,请把这些话转告他。告诉他,千万不要出门。"

保持镇定,埃利塞奥想。挂上电话,他从碗里挑出一颗发黑的橄榄,带核的那种,放进嘴里。他使劲嚼,用门牙将橄榄核从橄榄肉中剔了出来。在把干干净净的橄榄核吐到手心后,他终于再次伸手调大了收音机的音量。

"第五条：禁止一切政党举行公开和非公开的任何活动，禁止超过四人的集会，禁止其使用任何公共通信媒介。"

下一颗橄榄是绿色的。埃利塞奥小心地嚼着，他把注意力都集中到凤尾鱼的咸海水味上。

"第六条：晚9点至次日清晨7点实施宵禁，这段时间内公共街道上最多只允许两人同行。另外，所有家庭成员必须在自己的登记住址过夜。"

两年前，当费利佩跟他说——不对，是通知他——自己要去历史专业就读时，埃利塞奥只回了一句"很好"。那是一个周日下午，费利佩敲了敲书房的门，吵醒了埃利塞奥。他挺直身板，站在房间中央，和埃利塞奥坐的沙发保持数米距离。电视里放着足球比赛，看完新闻后，他便昏昏入睡了。

费利佩的话听上去像是经过反复斟酌，他显然心意已决。这番话老练尖锐，但似乎有些前言不搭后语。

"无论你说什么，我都不会回头。我要做第一个和这已经太久的按部就班决裂的人——"费利佩整个人都在发抖。埃利塞奥不知道自己该怎么做，才能让他停下来。他想说几句好话。"你愿意选择这条道路也挺好啊！"埃利塞奥站起来说。

他发现自己裤子的纽扣还开着。但他不想转身，只是一边低头看向地面，一边把纽扣塞进扣眼里，又试图继续说下去。他想说"你延续了我们家族和历史打交道的传统……"，或者说"你的曾曾姨母曾经写过一篇关于拉拉古纳修道院的文章，那是西班牙女性最早发表的学术文章之一"。或者是岛上最早？埃利塞奥不太肯定。还有一位贝尔纳多特家族的成员曾经写过一本编年史……他想起来了，这两卷书就放在客厅的书架上。他可以把它们送给费利佩。

但当费利佩开始怒吼时,他猝不及防,只能目瞪口呆地跌回沙发上。"但不是那样!不是扭曲和撒谎。"他还说了点别的,不过埃利塞奥已经记不起具体的措辞了。他只记得自己的目光不知何时被电视所吸引,足球赛的比分让他吃了一惊——穆尔西亚队 4 比 2 领先,对手是皇家马德里——等他再次匆忙抬起头时,费利佩已经陷入沉默。他们相互对视了一阵。

"继续看你的电视吧。"费利佩的语气恢复了平静,他显然已经控制住了自己的情绪。他转身出门,没有任何摔门的动作。假期他没有回家,夏天、三圣节都没回来。

埃利塞奥再次调高收音机音量时,广播里还在播放巴伦西亚的紧急状态法令。

"第八条:所有国家安全机构均由本人管辖。第九条:同时,本人将接手司法和行政机关,以及……"

"我不是说过吗?我一直在重复这个!"安娜还在淋浴,只有胡里奥·博特和贝尔纳达在房间里。

"你什么都没说。你从来都不说,就是这样。"贝尔纳达已经开始朝外走,可能是去衣帽架上拿大衣,可能是去厨房里准备晚饭。她突然停下了脚步。一切都是扯淡。无论是做土豆、煎排骨,还是去莱尔剧院三刷《儿童大战》,今天的一切都是扯淡。

他们今天吃橄榄和回炉重烤的面包。贝尔纳达想去面包房买点新鲜货,胡里奥·博特却摇了摇头。他当时没有坐在单人沙发上,而是站在沙发前面。他的小腿肚抵在沙发垫上,看不出究竟是准备坐下,还是刚刚起立。只见他叉着手,露在左侧手肘外的遥控器正被他的右手牢牢抓住。电视已经静音了,里面的爱情片还一直放着;

收音机也开着。

胡里奥·博特把重心从一只脚换到另一只脚。他的脚上还穿着商务鞋,仿佛鸡眼会在周末放他一马。他一言不发,只是不停地摇头。他的拖鞋还像早上脱下时那样,整齐地摆放在门边的过道里。

贝尔纳达跑去拿拖鞋。胡里奥·博特吓了一跳,猛地转向一边。他仍然叉着手,为了躲避落在身边地毯上的拖鞋,他的身体几乎弯成了一个弓形。

"你有病吧?"他气喘吁吁地大喊道。但他最后还是坐在沙发上,解开鞋带。他用食指和大拇指猛拽鞋带,其余三个手指仍然牢牢抓着遥控器。

他们吃起放在茶几上小碗里的橄榄,还有中午剩下的、切成小块的西班牙蛋饼,并用牙签插起白奶酪粒。这有点像周末在楼下酒吧里看球时吃的塔帕斯①。

安娜走出卫生间,她的头发又湿又黑,一绺绺地散落到肩膀上搭着的白毛巾上。她在贝尔纳达身旁的沙发坐下,跷起腿,抱起一个靠垫。她扶着沙发背,脑袋支在手上,手指在湿润的发间来回抖动。她打了好几个大哈欠,也不用手捂住嘴巴,舌头上露出嚼碎的奶酪。她在手指甲里刮着什么,注意到胡里奥·博特的目光,连忙说:"有银粉嵌进去了。"

胡里奥·博特气不打一处来。他攥起拳头,右手仍然攥着遥控器。不经意间,电视的声音被重新打开。他伸长脖子,咬紧牙关,把白齿磨得嘎吱直响。怒不可遏的他,眼前似乎突然出现了帕兹医生那把有着灰绿椅垫的治疗椅。他下颌和锁骨之间的每一块肌肉都

---

① 译者注:塔帕斯是西班牙特色下酒菜,由小碟的各类小吃组成。

处于绷紧的状态。要问最糟糕的是什么？最糟糕的是——在重新把电视拨回静音并坐回单人沙发后，他不禁为此感到羞愧——最糟糕的是，这股憋在他体内的怒火，这会毁灭一切的冲动，虽然由内向外压迫着他的胸口、肩膀和肚子，让他想要冲了又冲，砸了又砸，但它针对的却不是坐在演讲台前台阶上的国民卫队士兵，而是安娜的随意散漫，尤其是她对一切的无感。

望着皱起的手指，安娜心满意足地想。就像生活在一个气泡里。卫生间里湿热的水蒸气似乎仍在空中弥漫。爸妈一左一右坐在她身边，而马德里只存在于收音机里。这影响不到我们。这里一切依然如旧，仍然温暖、轻柔而安全。

当贝尔纳达扶着沙发侧边的扶手伸手去够针线篮时，胡里奥·博特说："今天先算了吧，拜托。"贝尔纳达点点头，不再管它。

灰色的烟灰堆在弗朗西斯卡从威尼斯带回的烟灰缸周围。埃利塞奥已经有近二十年不抽烟了，香烟是梅尔凯的。埃利塞奥从厨房的抽屉里翻出了它，那是梅尔凯存放救急物资的地方，里面有已经穿入针眼的黑色和白色线团、绒毛刷、一小瓶茴香、一支唇膏、一小包女性用品、两盒火柴和一包半香烟。他已经快抽完半包了，马上就要去拿第二包，或许还要嚼点茴香。

过去的这一个小时里，埃利塞奥翻着通讯录，给所有驻守在大陆并且还会买他面子的人打了一通电话。

"你们那儿怎么样？"

"挺好。"

"你们在做什么？"

"什么都没做。"

"咱们私下里说，到底咋样？"

"还在等。其他的我也不能再多说了。"

其他的对话也大同小异。

过去的一个小时里，埃利塞奥的食指不停转动电话拨号盘，跟塑料边缘接触得多的指尖部分已经出现了擦伤。最后，他取过一支铅笔。这模样可真像个秘书，他想。"你退休了？"许多人问，仿佛他们今晚才知晓这件事。

埃尔南德斯其实并不在目标之列，只是他在拨电话的时候看串了行。有些人一开始职位比他低，但后来慢慢超过了他，最后一路飞黄腾达，埃尔南德斯就是其中之一。埃尔南德斯很同情他的遭遇，他们上次在潘普洛纳的一个讲习会上相遇时，见埃利塞奥向他敬礼，埃尔南德斯不好意思地低下了头。

"我不懂为啥电视里什么消息都没有……"

沉默。听得出对方在飞快地盘算，内心做着挣扎。

"一个坦克师，布鲁内特，占领了国家电视台的总部。"

"属于第一军区的布鲁内特师？什么时候？"

"大概半小时之前。"

"那么第一军区站在德尔·博施这边了？"

"不知道。"对方拖长声音说，"下结论还太早。但电视里肯定不会有消息了。"

挂断电话后，埃利塞奥又调大了广播的音量。他担心电池撑不了太久，所以不敢把声音开得太大。他不知道梅尔凯上一次换电池是什么时候，也不知道她把备用电池放在哪里。但她肯定有备用电池。他当然可以打电话问她，但最后还是选择立即站起身来。他不想等到广播里传出的声音开始变哑，或是变得越来越轻，越来越轻，直到他必须把耳朵贴在收音机喇叭旁。

厨房第一个抽屉里放着餐具，第二个也一样。大汤勺、开瓶器，还有许多他叫不出名字的东西。接下来的三个抽屉里放着一摞摞擦碗布，无论他如何翻找，都看不到电池的影子。或许收音机里的电池还能再坚持一会儿。

他在弗朗西斯卡去世一年后退休，至今已经快五年了。当时，梅尔凯抱怨费利佩和何塞·安东尼奥放学后都不回家，而是在外头游荡。"我只能铺好桌子，给饭菜保温。"可他俩却坐在电视机前吃饭，而且只吃西班牙三明治。

在埃利塞奥眼里，何塞·安东尼奥比较文静，但并不胆小。可有一次与他的老师约谈时，对方却说他活泼开朗、沉稳老练，深受同学欢迎，虽经丧母之痛，但成绩依然稳定。她让埃利塞奥不必担心。费利佩的老师则说他在班上并不起眼，普普通通，就是最近开始学会抽烟了。

他说自己要照看两个儿子，司令部里的人都纷纷点头表示理解，他在心里也偷偷松了口气。自从供给部队移师邻岛后，指挥部的规模进一步缩小，他的管辖范围也和西班牙的国土一样日趋缩水。自从西属撒哈拉地区不再有起义需要镇压，军队和物资无须再经由岛上运往非洲；自从西撒哈拉地区不再是西属撒哈拉，成了摩洛哥和毛里塔尼亚的地盘，他便没有什么用武之地了。

后来他做的这些现在被称为后勤保障。在埃利塞奥·贝尔纳多特为加那利群岛总司令部下辖的陆军部队掌管补给和运输工作的二十年里，所有的东西都能及时出现在应该出现的地方。众人夸他，说他甚至都能在沙漠里搞来冰块，为北极送去木瓜。

但退休后，他发现自己甚至没法让两个儿子在同一时间出现在同一地点，尤其是让他们回家。何塞·安东尼奥成天泡在山下的圣克鲁斯浴场里。就算冬天那儿关门，也依然很难见到他的人影。费利佩除了去理发店，究竟还在做些什么，埃利塞奥也不得而知。后来，国民卫队开枪打死了一个生物专业的大学生，并试图掩饰此事；为此，聚集在大学门口的学生一天比一天多，那个学生的照片也在工地围墙上贴得到处都是。从那以后，埃利塞奥每天都要拿起放大镜，逐一打量《阿维索斯日报》封面图片上那些抗议者的脸，确保这群愤怒的人里没有费利佩——从照片上看，他们个个张着嘴，像是在大声怒吼。

回书房的路上，他从储藏室里拿出一瓶红酒。

他不确定在马德里那边接电话的是不是同一个人。

"我之前打过电话。我必须知道我儿子在哪儿……"

"嗯。"对方的声音很不耐烦。现在，他确信是同一个人。

"您知道他在哪儿吗？"

"谁？"

"费利佩·贝尔纳多特。"他努力把每个音节都说得很清楚。

"不知道。"

"您能否打听一下？拜托您帮我问问别人。"

一阵沉默。"拜托了。"埃利塞奥说。他的嗓音带着哭腔。老天爷，他竟然带着哭腔。但愿他的声音不是太轻。一阵噼里啪啦的声音。有东西快速擦过听筒。然后，那个学生终于问了一句："有人知道贝尔纳多特在哪儿吗？"声音很轻，一听就是在敷衍。

没人回答。至少埃利塞奥听不见有人回答。"大声点问"，他恨不得当场咆哮，为了听清楚，但他不敢提高自己的音量。

"没人知道。"那个学生在听筒那端说。

埃利塞奥发现自己哭了。听筒还贴在他的耳旁，而眼泪已经顺着握听筒的手流下。

"这真的很重要，拜托……"

忙音。

"别睡着。"何塞·安东尼奥耳后的呼吸使他的脑袋不停地来回起伏。当这阵呼吸变得均匀而平缓之后，他连忙对自己说："别睡着。"他抬起头看了一眼表。还有时间。脸上和他靠着的胸膛上的汗水已经开始冷却。当鲁文抬起手，用指尖拂过他那剃光汗毛的后颈时，他也能感受到对方的动作。窗户开了一条缝，鲁文固定好窗栓，以防窗户突然被风吹得关上。风撑被风吹得绷紧了，淡粉色的合成纤维窗帘朝内鼓起。

"你渴吗？"

何塞·安东尼奥在鲁文温热的身体上来回晃动脑袋。鲁文大笑着说"有点痒"，轻轻将他推开。

"求你了，"何塞·安东尼奥说，"再过一会儿。"鲁文默默往后靠倒，何塞·安东尼奥又把耳朵贴在鲁文胸口，还特地把头调整到一个听不到对方心跳的位置。他望向壁毯上的编织图案，那是一幅约翰·保罗二世的画像。此前，鲁文说了句"稍等"，便把画像转到面朝墙壁的位置。

这座房子是鲁文祖父母的。"我爷爷已经去世了，奶奶躺在医院里。只有我偶尔过来，看看那里是不是躺着只发臭的死老鼠。"

他们把车停在山上的教堂旁，步行下山，直到进入引道后——那儿两侧都是长着野生仙人掌的花坛——才相互牵起对方的手。

虽然身边的胸膛一动未动，但何塞·安东尼奥还是能感觉到鲁文迫不及待地想要起身，可能想去冲个澡，或是给他冲冲身体，将他身上乳白色的已经干掉的精斑和附着的汗水冲洗干净。

来海边时,鲁文一直不停观察反光镜和前照灯区域,留意谁在他身后开了多久。从教堂下山的路上,他听见涛声越来越响,便开始留意自己的脚步、被压断的树枝、沙沙作响的落叶和山坡上咯咯作响的石子。但什么都没有,响声来自卡在鲁文运动鞋底的小石子,还有他那嗒嗒作响的皮革鞋底。仅此而已。鲁文的舌尖在他的下身游走,何塞·安东尼奥则一边盯着门口,一边摸着鲁文的头发,翻弄着他那卷曲的深色短发,轻轻扯了一下。睁着眼,老天爷,睁着眼。

他害怕有人突然开门进来,又担心鲁文有一个拿着照相机的同伙,在门那边突然按下快门。这两种担心,可谓各占一半。

"你是在这里长大的吗?"何塞·安东尼奥打破沉默说。

"在圣克鲁斯,萨鲁德区,你呢?"

何塞·安东尼奥犹豫了一下。"拉拉古纳。"他最终说。他没有告诉鲁文自己的姓氏。那是他和岛上的十六条街、三个广场和六所学校共有的姓氏。

"你得回去了吧?"

何塞·安东尼奥摇摇头。

"说真的,你得赶紧回军营了。"

"我知道大门口坐着谁。"何塞·安东尼奥说,"也知道谁最不爱管事。"

从那以后,搁在鲁文胸口上的脑袋就有些异样,不再那么心安理得,相反,躺倒突然成了一件十分复杂的事情。一想到自己的脑袋可能太沉,可能会对鲁文的胸部造成压迫,他便使劲绷紧脖子上的肌肉,想要减轻压在鲁文身上的重量。但这样一来,他的脑袋反倒跟对方的胸骨贴得更紧，甚至压到他的肋骨。不知何时，他的脸庞和头发终于离开了鲁文温热的皮肤。一阵风从中吹过，吹干了汗水。这时，只剩下耳郭还偶尔触及胸口。何塞·安东尼奥抬起头，又将它重新放下。再来一次，就这样靠着脑袋，躺在那里，什么也不做。

鲁文是他在海滩上认识的。去年10月，他们在特雷西塔沙滩一起踢足球。对于这个季节来说，天气热得有些反常。一大早就停电了，电风扇也停了。这天，何塞·安东尼奥正好无须出勤，于是便和三个战友一起从梅萨莫塔出发去圣克鲁斯。早知道，他就留下打篮球了。

停车场上，几个无业游民来回闲逛。他们早上会去港口揽活儿，无功而返后就来游客停车场装作管理员。他们个个晒得皮肤黝黑，就连上臂、胸口和背部的皮肤都没有变浅。踢球时，何塞·安东尼奥和他在梅萨莫塔的三个战友脱下衬衣，里头仍然穿着军装。他们用两双靴子摆了座球门。

一开始，何塞·安东尼奥一点都不肯定。鲁文的目光扫过他身上，停留了很长一段时间，仿佛他是个有着很大阻力的粗糙物件，以至于他的目光无法轻易越过。但他并不肯定。后来，他们偶尔会并肩站立，一起抽烟闲聊。无论何塞·安东尼奥说什么，鲁文都会露出笑容。在何塞·安东尼奥听来，自己说的每句话其实既聒噪又愚蠢，但鲁文总是微露笑容，望着大海，仿佛那里有什么东西。

何塞·安东尼奥也偷偷用余光观察他。踢球的时候，只要鲁文带球突破，他便做出防守的样子，拦住他的去路。最后，失控的足球落在游客们在海浪线上留下的脚印上，两人相视而笑。

前头的那几任也是士兵，他们和他一样有所顾忌。第一次和鲁文约着去圣克鲁斯工会大厦打台球，他并没有赴约。准确地说，他其实去了。他小心翼翼地沿着梅内兹努内兹大街下山，躲在街对面的汽车后头，透过敞开的门，正好可以看见屋里的鲁文。鲁文站在吧台旁，正和柜台后的某个人相谈正欢。鲁文很少转身，似乎根本没在等他。

现在的情况已经不像从前那么糟糕了。从前，附近的特菲亚岛上还有一个劳教营，专门改造那些在道德上误入歧途的人。正如何塞·安东尼奥的外祖父洛伦索的《晨报》所介绍的那样，设立这个机构的目的，是为了抵御外国人和游客上岛带来的世风日下。

何塞·安东尼奥知道自己必须起来了。他要去冲个澡，也许是用冷水。

"我还要待一会儿。"鲁文说，"你最好一个人回去。"

就连水槽底下也没有。埃利塞奥逐个掏出水桶、畚箕、扫帚和一瓶瓶洗涤剂，把它们暂放在厨房的地面上，却依然没有找到电池。吊柜里没有，那堆梅尔凯每天摆在桌上、镶着金边的白盘子中间没有，彩盘子里没有，镶着白绿花纹的盘子里没有，印着蓝色花纹的奶白色盘子里没有，镶着粉色花边的淡黄色盘子里没有，剩下的那几堆餐具里没有，就连梅尔凯用来吃饭的餐具里也没有。这些盘子现在都被摆在操作台上，因为埃利塞奥想确认电池有没有被搁在靠近柜壁的深处。

或许他真应该给梅尔凯打个电话，安慰她，跟她说"一切都好"，虽然他也不知道"一切"究竟是什么。然后再问她电池放哪儿了。

她的境况还是不好，但和去年春天相比有所改善，回答问题不再惜字如金，遇到问题的时候会来找他，偶尔也会对他报以微笑。

换作从前,她只在万不得已的时候才会找他帮忙。

他以为一切只是时间问题,困难很快便将彻底解决。穆图阿·提内菲纳保险是一家声名显赫的公司,工作稳定,待遇优厚。他只是顺手帮了欧拉利娅一个忙。想到可以替她说情的熟人时,他还觉得挺高兴。

餐厅里的罐头中间也什么都没有——那里有黄桃、菠萝、橘子、芦笋以及各种贝壳、金枪鱼和小玉米棒罐头——装面粉、扁豆和鹰嘴豆的大玻璃罐后头也什么都没有。收音机中传出的声音依然洪亮,没有要变轻的迹象,也没有变调,但谁知道过一会儿会怎样呢!

埃利塞奥再次打开放餐具的抽屉,那是他一开始找过的地方。广播里依然是内政部长莱纳的讲话:"没有必要恐慌,西班牙将在今夜之后变得更为强大。"埃利塞奥拿着收音机来到门厅,把它放在壁架上,拉开那儿的抽屉:弗朗西斯卡的围巾整齐地叠放在那儿,还有一股她用的亚细亚香水的味道,就是没有电池。单人沙发旁的小柜子里,放着鞋油、沾满黑色和棕色污渍的擦鞋布和柔软的鞋刷,就是没有电池。

他或许会给梅尔凯打电话。西班牙广播协会电台的主持人们正在猜测莱纳这番讲话的含义。他得在她明早来之前把厨房的东西放回原处。尽管如此,他还是径直走回了书房,缓缓拨通了电话。

这通电话又打给埃尔南德斯。现在他已经顾不上那么多了。

"情况怎么样?"

"不好。"

"你得帮我个忙,去趟议会。我儿子在那里,我担心我儿子在那里。他是个傻瓜,一个愣头青,他们会杀了他的。跟他们说,他是我儿子。你得跟他们说,他是我儿子。"

"你觉得要是我在那儿露面,他们会怎么想?我不能去那里。那我就得表明支持或反对的态度。不行。抱歉我帮不了你儿子。上帝会保佑他的。"

电视里,一位恋爱中人正在窗前唱着歌,他的心上人则藏在窗帘后头偷看。梅尔凯和欧拉利娅边看边做着针线活儿。欧拉利娅的狂欢节服装早就做好了,她将打扮成小红帽的样子。但梅尔凯却说梅赛德斯也需要一件。"你都不知道她要不要去。"欧拉利娅抗议说。但她的母亲不肯听劝,又重新忧心忡忡起来。

"梅赛德斯说什么了吗?"

"没有,妈妈。"欧拉利娅把针穿进布料,再穿进闪光金属片的小孔里。

"她没说跟谁见面,几点回来?"

"没有。"每晚都是这样。欧拉利娅对正在马德里发生的一切充满了感激。要是换作平时,母亲早就该不安地走向房门上的小窗,向外张望,再走回来重拾手头的针线活儿了。梅尔凯决定让梅赛德斯扮成海星的样子。她们正在把绿色和蓝色的闪光金属片组成星状,绣到一件白色旧夏装上。换作平时,母亲听见狗叫,肯定会打开外面的灯,再在一切恢复安静后将它关上。换作平时,她早就开始怂恿欧拉利娅去哪里找找,至少是去街上的公交车站等着,即便梅赛德斯从来不坐公共汽车回来。搞得好像欧拉利娅在擦洗书桌、倒空纸篓、擦拭电视、扫地、抹地和打扫楼梯后,还有心情去找她姐姐一样。

两年前起,欧拉利娅开始在穆图阿·提内菲纳保险做清洁工。她唯一愿意清理的东西,就是楼梯间的窗玻璃。这些彩色的玻璃,有着一种教堂的感觉。只是上面没有基督像,没有跪着的受苦的圣母玛利亚,也没有穿着长袍的诸圣人。取而代之的是一艘烟囱冒烟的船,左右两侧分别画着四个白头发、灰眼睛的外国人,最底下写着埃尔德 & 邓普斯特公司。

梅尔凯认为,主持人激动的声音意味着宵禁的开始。"开一下电视,"她边说边关掉收音机,"那里头可能不会这样胡说八道。"

有人敲门,两人连忙放下手头的针线活儿。梅赛德斯从不敲门。

梅尔凯打开门,是一个女邻居。"我就是来看看你们是否一切都好。"

"我们怎么会不好呢?"梅尔凯叉着手说。

"马德里的事情实在是太吓人了。"对方小心地试探说。她的眼睛一直盯着梅尔凯的嘴唇。

"哦,"梅尔凯说,"马德里啊!"

"你听到什么消息了?"

"我能听到什么消息?"

"从贝尔纳多特将军那儿。他没说什么吗?"

"说什么?点评一下晚饭的鳕鱼?"他根本不是将军,但这话她没有说。提到他时,她也经常称呼他为将军。

"就知道说闲话。"在欧拉利娅身边落座后,梅尔凯这样说,"她就知道说闲话,一家家地串门,跟人家嚼舌头。"

电视里依然什么消息都没有。埃利塞奥打开电视,关掉声音,思索还可以上哪里找电池。可能在楼上的儿童房里。梅尔凯用完熨衣板,不用时就会把它放在那里。但他还是走到书桌旁,再次拨通了学生宿舍的电话。

"您找谁？"

"费、利、佩·贝、尔、纳、多、特。"

"他在楼上。"

"他回来了？"

"应该一晚上都在房间里吧。我上楼叫他。"

只听啪嗒一声，对方把听筒放在一边。

埃利塞奥点了支烟。听到费利佩不耐烦的"喂"时，烟已经快抽完了。

"谢天谢地，幸好你在。"

"为啥？"

"我担心你去议会那边了。"

"事情还不清楚呢！"费利佩像是在为自己辩护。

"你一直在房间里？"

"不行吗？"

"广播里说，人群正在聚集，国民卫队封锁了街道和广场。别出去，千万别做傻事。你可以……"

"等到必要的时候，如果得到指示，你可别指望我不跟你们作对。"费利佩挂了电话。

埃利塞奥掐掉电话的忙音，终于长出了一口气，心情却依然久久难以平静。但他还想再抽根烟，或是去储藏间里再拿点葡萄酒。

映在眉间的黑白光亮突然停止了闪动。其实它没有完全停止，只是电视屏幕停止了快速、不规律的切换，变得均匀而明亮。当埃利塞奥把椅子转向电视机时，屏幕上出现了一整片绿色。有那么一阵子，埃利塞奥以为颂歌三重奏即将响起。就在几年前，每晚的节目放送完毕后，佛朗哥的头像都会出现在屏幕，背景里依次响起

《奥里亚曼迪进行曲》《面向太阳》,最后是《皇家进行曲》。

但屏幕上却只有一行黄字:"国王陛下声明。"它一直没有消失。等他打开电视声音的时候,里面正在放古典乐。快说吧,埃利塞奥想。

国王发表简短声明后,一切很快结束了,因为叛乱者引以为据的唯一权威,恰恰对他们的行为表示了反对。在一切平息没几分钟后,电话突然响了。

埃利塞奥站在原地。当时他正准备去客厅取波特酒瓶,再去沙发上躺一会儿。他现在还不能上楼去卧室睡觉。回书桌的路上,他又回想了一遍今晚的通话,看看是谁这么记挂他,竟然在一切过去之后,又再次来电。

"贝尔纳多特上校?"

"嗯?"

"这里是梅萨莫塔军营。冒昧来电,是因为您儿子何塞·安东尼奥·贝尔纳多特中尉的事情。您知道他现在在哪儿吗?"

"怎么了?"

"他违反禁足令,外出后没有回营地。"

1975 年
把我的灵魂托付给你

据费利佩后来回想,这两天其实是一样的。1975 年的 7 月 16 日和 11 月 20 日,都由久坐和等待、黑色的尖顶和乳白色的蜡烛以及弥漫在热气中的那股浓烈的陈年酒精味儿组成。不过,这两天却有着天壤之别。

7 月 16 日,梅尔凯出现在学校门口。她没有穿围裙,全身上下一身黑,但她平时也是这副打扮:黑衬衫,系到圆肚子上的黑色裙子,两条细腿上套着深灰色的连裤袜,脚上穿着洗得干干净净的蓝色帆布鞋,脚踝处的压痕颜色更深。冬天她还会套一件羊毛衫,夏天则不套。看到费利佩后,梅尔凯抬起手,但没有把它举得很高,也没有挥手,只是在齐腰的位置朝他晃了晃掌心。她一直站在马路的另一侧,等着他和其他人逐一告别。

"走。"梅尔凯一边说,一边跟他一起沿着人行道走去。

"去哪里?"

"回家。"梅尔凯惊讶地说。那语气就好像她每天都来接他放学一样。平时和他一起回家的海梅和罗德里戈现在就走在前方不远处。

他知道他们肯定还在聊足球,昨晚大元帅杯决赛刚刚结束,对阵双方是皇家马德里和马德里竞技。比赛一直打到点球决胜,最终伊格纳西奥·萨尔塞多痛失点球。"赢了就是赢了。"海梅说。

点球就是碰运气,碰运气而已,费利佩想这样大喊一句,但看了看梅尔凯,又把话咽到了肚子里。从篱笆墙边经过时,他在伸出墙外的灌木枝条上摘下两三片树叶。经过基督广场时,海梅和罗德里戈拐进一家小商店买七喜和打火机。其实他们三个本来是约好一起抽烟的。他们上周刚刚开始沉迷此道,现在仍处在摸索阶段。罗德里戈更喜欢把烟夹在大拇指和食指的指尖之间,而海梅则偏爱食指和中指。费利佩还在犹豫,昨晚还夹着一段铅笔在镜子前来回比画。夹住烟其实还算容易,但在把铅笔塞进嘴里时,他手指用力过猛,不小心偏了两次。

何塞·安东尼奥抽烟,父亲也抽烟。

无论是费利佩在经过最高委员会广场上时伸手拍打圆形花坛里的百合花,还是当他们拐入长街时看到路边停着三辆轿车——一辆深蓝色豪华轿车,一辆黑色豪华轿车和一辆警车——梅尔凯始终一言不发。

"那不是我的任务。"后来她这样解释道。梅尔凯打开大门,和他一道沿着平板路走到房门前,花园里空无一人。梅尔凯按了按门铃。她没有直接用手中的钥匙开锁,而是按了门铃。给他们开门的是一个费利佩不认识的男子。他穿着深色的西装,伸手拍了拍费利佩的肩膀,便转过身去。等费利佩走进过道,男子带他朝楼上走去。梅尔凯则径直走进了厨房。

二楼的楼梯平台上站着一个穿制服的人。费利佩上楼时,他正劈着腿站在平台正中央,双手叉放在怀前,似乎是在守护着什么东西。

费利佩走了半截,就在楼梯上停下了脚步。透过蓝色制服两腿间的三角地带,他可以望见主卧的门敞开着。里头有许多双穿着棕皮鞋和黑皮鞋的脚,还有灰色的裤边。低沉的说话声,还有突然闪动的刺眼亮光。那个警察分开叉放在怀前的手,指了指费利佩身后楼梯下方的地面。费利佩往后退去,穿制服者两腿之间的三角地带越来越小,斜边逐渐向上移动,直到最高的一层台阶将那些棕皮鞋和黑皮鞋彻底挡住。

费利佩感到有点饿。除此之外,他一直十分平静。大概是家里遭贼了,他这样想着,走进了餐厅。餐桌还没铺好,桌上只放着一块抹布和一瓶洗涤剂。整座房子里既没有炖菜的味道,也没有炖肉或烧鱼的香味。费利佩放下背包。父亲通常坐在桌首的位置,母亲坐在他右侧,左侧则坐着何塞·安东尼奥和他。

或许他可以背点法语单词。他打开书包,又重新关上,坐到自己的椅子上。他想换掉身上的校服——蓝色的法兰绒裤、领带、衬衫和羊毛背心。餐厅里十分闷热,似乎早上没通过风。

他当然可以去跟站在楼梯平台上的蓝制服说,我要去自己房间换件T恤和牛仔裤。但这样一来,他就得走过主卧门口,从棕皮鞋和黑皮鞋面前经过。他不想这么做。从那里经过时,他肯定会朝里面张望。费利佩确信自己做不到从门口走过却对一切视而不见。

他站起身,把身后的窗户打开了一条缝。仍然没有晚饭的香气,过道尽头的厨房里毫无动静。一阵风吹得费利佩额头发凉,他这才意识到自己出汗了。他的上唇和贴近衬衫领口的脖子都在冒汗。他闭上眼,听着外头的声响。邻居家的两个女孩一边来回拍着球,一边唱着:"球儿球儿快快走,从一只手到另一只手。"

直到听见有人用钥匙打开房门,一言不发地走进大厅,他才重新睁开眼睛。脚步声匆忙上了楼，有人关上门，但依然没人说话。很快，那头传来一个清楚的声音。

"她在哪儿？"何塞·安东尼奥问。

"楼上。"埃利塞奥说。

接下来，他们便不再说话。费利佩只听见他们上楼的声音。他这才反应过来，父亲去接何塞·安东尼奥，梅尔凯负责接他。外头的女孩已经停下了动作，再也听不到皮球拍打水泥路面的声音。

过了一会儿，一个出现在餐厅门口的警察把他吓了一跳。"抱歉，"他指了指桌子说，"我能坐那儿吗？"费利佩点头表示同意，于是那个警察就坐在他对面，拿出一份表格填了起来。看到表格上方用匀称的蓝色小字写着自己的一个姓氏，费利佩终于忍不住问："发生什么了？"

那个警察望着费利佩，久久没有动，最后说了句"抱歉"，便朝过道走去。费利佩望向桌板，棕色的抛光漆面下方有个几乎看不出来的节孔。每个月的第一个周五，梅尔凯都会把抛光油涂抹在桌子上，而他就站在一边看着。费利佩抬起手，把食指指尖放在纹理最深的地方。木头摸上去很暖和，既光滑又让人感到舒服。要是有人问费利佩那是什么感觉，他肯定会说"柔软"。但没有人问他。

随之而来的，是同样还穿着校服的何塞·安东尼奥走进房间，贴向坐在椅子上的费利佩说："妈妈死了。"

弗朗西斯卡不是倒在卧室，而是躺在卫生间的浅蓝色毛绒地毯上，头朝马桶，脚靠近门边。她侧躺在那里，马桶里还有呕吐物。"她没来得及冲。"何塞·安东尼奥说。空气中弥漫着一股酸臭味。它不仅弥漫在卧室中，就连费利佩和何塞·安东尼奥合拢双手、并排靠在过道的墙壁上时,也能闻到这股味道。当时,他们正眼睁睁地看着弗朗西斯卡身披床单,躺在担架上被人抬过去。

被单一直蒙到枕头的位置,绣在上头的橙红色玫瑰花环正好遮住她的双脚。每走一步,上头的镶边都在那儿晃动。弄反了,费利佩想,花朵应该朝上,放在床头。他想,要是妈妈看到这一切的话……后来,他大概哭了,因为何塞·安东尼奥轻轻推了他一把,递给他自己的手帕。费利佩摇了摇头。于是,他们跟着抬担架的人往下走。那些人的背上印着"地方警察"的字样。来到房门旁,费利佩一手扶住门框,停下了脚步。何塞·安东尼奥转身向他招手,示意他赶紧跟上,却没有说什么。见费利佩依然没有动,他便径直朝前走了。费利佩听见父亲在打电话。他在电话里和某个人道了别,便从他身边挤过。"去教堂。"他有些得意地冲着灵柩车大声喊道,"直接去教堂。"

抬担架的人停下脚步,转身看向他。

"牧师同意了。"埃利塞奥补充说。

圣母受孕教堂的守灵活动,很快按部就班地进行。

而在11月20号的早上,摆在各大报刊亭橱窗里的报纸头版上最后一次齐刷刷地出现了同一张脸。头条新闻无例外地由"佛朗哥"和"去世"这两个词组成。教堂的正殿里满是"把我的灵魂托付给你"的祷告声,此后几天,过去几年来的平静和棕板凳空空如也的场景,似乎已被忘却。

雨下了一整夜。长街上的排水沟周围,已经出现了规律的水洼。下雨时爬出的黑色小虫看上去像胖蠕虫,其实却是蜈蚣。它们在石板路面上缓慢又锲而不舍地爬行,甚至出现在人行道旁潮湿的花园围墙上。梅尔凯走近时，它们缩成黑乎乎的一团，看上去像蜗牛壳。他们从前管这些家伙叫长枪党。它们数量众多，人们不得不一簸箕一簸箕地把它们从屋顶清理出去。只要太阳一出来，它们便立即消失得无影无踪。

书房里围满了穿军装的人。他们举起威士忌酒杯，嘴里念叨着"一个时代的终结"。

两个男孩起床了，他们想知道是否一定得去学校。

"问你们老爸去。"梅尔凯说。她刚去问过是否要上早餐——答案是否——顺便拿走了装冰块的铁桶，现在不想再去敲书房的门。她盘算着如果两个男孩真打算去问的话，是否可以直接把重新装满冰块的铁桶交由他们捎带上去。

书房的电视处于静音状态，画面上满是飘着挽联的花圈和哭湿了纸巾的脸。先生们在沙发上坐了一整夜，似乎一直在谈论世界的末日。他们的人数时多时少。不时有人叫司机来接，梅尔凯也不时要给新来的访客开门。他们大多身着军装。贝尔纳多特老爷恳请她留到客人散去之后再走。其间，梅尔凯已经在餐桌旁打了一个小时的盹儿，又给自己做了一杯告尔多咖啡，顺便去叫两个孩子起床。

书房里的人们沉默了一整夜，只是偶尔才说几句话。"谁都不希望看到武装冲突。"众人纷纷点头，然后又是一阵沉默。有人举杯喝酒时，能听见冰块的碰撞声。"假如他们在这个敏感时期死在沙漠里，照片肯定会传得满天飞。"又是一阵沉默。大家都看向电视机，上面是一个全景镜头：前来吊唁的人们在签名册前排起了长龙。

这群先生们都在抽烟。就在梅尔凯去倒烟灰缸时，有人说："为西班牙西撒哈拉省干杯！"他们相互碰杯。"至少现在要对付撒哈拉人的是摩洛哥，而不是我们。"

等众人散去之后，梅尔凯肯定得重新擦一遍灰尘。但愿那时候，老爷会去楼上睡一觉醒醒酒。她知道这一切事关绿色进军行动①。在佛朗哥去世前，广播里就讨论过这件事情。成千上万的摩洛哥人不带任何饮水和吃食，就这样径直冲入沙漠地区属于西班牙的那部分。

无论是摩洛哥、西班牙还是当地居民，都声称那里是自己的地盘。岛上居民称当地人为"伊夫尼人"。他们从前是在农场里养骆驼的。

现在骆驼也几乎绝迹了，运输全靠大卡车进行。但她的祖父曾经还有过一头骆驼。

8点55分，胡里奥·博特打开了马雷罗电器行的大门。店员还没有来，但他可没兴趣去打电话催他们。至少今天外头会消停一些。对于做生意来说，没有什么比学生的抗议活动更要命，或许还有公交车司机和教师，或是那群过去几周乃至几个月来一直举着牌子聚集在特立尼达大道街尾的人。

等到了10点，除了一个想借用厕所的女孩，店里一直无人光顾，于是胡里奥·博特打算盘点存货。今天是个伟大的日子。他一直以为，这一天来临时自己肯定会庆贺一番，而不是翻阅账目、查验款项和清点数量。但他还是耐心地在便携计算器上一个接一个地加着数字，并不时想起约尔格。

---

① 译者注：指1975年11月摩洛哥政府为迫使西班牙放弃对西撒哈拉地区控制权而发起的大规模群众游行活动。

1970 年
贝纳维斯塔

弗朗西斯卡的面前是泰德山。这里没有奥罗塔瓦山谷那平坦的坡道，只有耸立在北贝纳维斯塔上方的悬崖峭壁。而她今天必须翻过这座山。

她听见敲门声，并听见门轴转动时发出的时高时低的响声，得找人给它上点润滑油了。她侧躺在床上，但依然能够听见何塞·安东尼奥的轻咳。他肯定正站在床尾，盯着她的后背。何塞·安东尼奥需要钱坐公共汽车，可能还需要钱付浴场门票。别眨眼睛——她的脸上蒙着床单，尽管如此，她还是决定不眨眼睛。她让何塞·安东尼奥去找用人，梅尔凯会给他钱的。

弗朗西斯卡努力屏住呼吸，直到听见门板撞击门框的响声，确认何塞·安东尼奥已经走出门外，才长出了一口气。在仍然紧闭的窗帘之下，朦胧的天色像棉絮一样笼罩在她周围，她被安放在这些"棉絮"里，再小心地盖上棉被。她想起了父亲洛伦索在命名日时送她的挂坠。它们被装在一个个白色的正方形纸盒里，底下和上方各有一块浅蓝色的棉絮。形状有十字架、箭矢以及无数镶着蓝宝石、猫眼石和珍珠的 F 形字母。这不禁让她联想起一朵镶着四颗红宝石的三叶草，以及镶着两颗钻石眼睛的猫脸。

这些挂坠被妥善放置在十分安全和适当的位置，以至于弗朗西斯卡根本不想动它们，只有在洛伦索问起时才拿出来佩戴一下。她更愿意把它们堆在首饰盒里，时不时地取出来放在手心，打开盖子，看看它们是否还安静、完好无损地躺在棉絮之间。

埃利塞奥早就起身下楼了，可能是去俱乐部里吃早饭了。孩子们已经吃过早饭，她能听见费利佩在窗外玩红色玩具脚踏汽车的声音。

当一切第一次开始出问题时，他们正应邀在一家餐厅里吃饭。那家餐厅位于奥罗塔瓦山谷底部的海边，一切看来都十分美妙——那儿可以望见码头，转过身来还可以看见泰德山。天空一览无余，而雾气则弥漫得恰到好处。她叫得出所有参加活动的家眷的名字。开饭前在露台上站立寒暄时，她十分得体地询问孩子和生病的老人情况，并热情地向那些升职或新婚的人道贺。后来，她可以静悄悄地坐在埃利塞奥身旁。男士们轮流分享各种奇闻轶事，餐桌上的对虾和比目鱼味道鲜美。偶尔会有位家眷插一句嘴，这时弗朗西斯卡便会恰到好处地发出既不太响亮又不过于夸张的笑声。

他们已经进入餐后甜点阶段了。就在弗朗西斯卡以为快要撑过去的时候，一位男宾侧过身讨好她说："您怎么这么安静？"见弗朗西斯卡低头看向桌布，他又补充说："别担心，您那么美丽，当然可以不说话。这样很好。话说太多，反倒会优雅尽失。"

当一切失去控制时，他们正在走向汽车的路上。正如在玩比灵活度的游戏时，人们要用两根木条夹起几块小石板，他们必须在夹紧木条的同时将手慢慢抬起，这就要靠技巧。为了从桌面上夹起小石板，他的手不能斜着拿木条，否则石板就会滑动。两侧应当均匀用力。如果在上面用力过猛，底下的木条和石板之间就会出现几毫米的缝隙，从而导致外侧的石板开始滑落，即使中间剩下的石板还能勉强支撑一会儿，但很快也会跟着滑落。

现在，她似乎要集中全身的力量，保持全神贯注，才能将剩余的石板勉强撑住。跟着埃利塞奥走向停车场时，她必须小心翼翼地迈开步子，在看起来似乎越来越大的正方形石板上找到适当的落脚点。她的手指松弛地搭在他那件海军蓝色西装的袖子上，放在肘部略微往下的位置，但又不能把重量压在他的手上。她的手像是突然有了重量，她必须绷紧肌肉，才能让它不再下坠，从而避免给埃利塞奥的手臂造成负担。那感觉，就像她的密度突然增大了一样。

弗朗西斯卡的手臂抬久了之后，已经开始发酸。她必须使出浑身力气，才能故作轻松地摊开手，而不是捏紧拳头，或是用她那锉得十分平整、涂着红色指甲油的指甲扣紧埃利塞奥的袖子，甚至在上头抓出划痕。不行，西装的料子实在太过光滑平整。她还是用指甲扣自己的手心比较好。

当一切失去控制时，下巴首先开始猛烈颤抖，而她只能努力保持镇定。她的上下牙齿开始打架，她只能张开嘴，扭头看向路旁的橙色玫瑰。不再受控制的肌肉开始把她的嘴角拉得下垂，使她的双唇无法合上。她的嘴里满是唾沫，这股源源不断的白色洪流似乎即将把牙齿淹没。一切很快就湿了。眼泪齐刷刷地滑落下来，等弗朗西斯卡注意到时，已经流到了嘴角。

"怎么了？"埃利塞奥放慢脚步看着她问。

"手有点沉。"这话听起来很傻。弗朗西斯卡低头看他的小臂，她的手指仍然优雅地搭在上头。但愿他没有发现自己哭了。一滴眼泪落到他的袖子上，在海军蓝色的布料上扩散出一个深色的斑点。

但愿他至少不要追问她为何而哭。

费利佩踩着玩具脚踏汽车在车库前兜圈。车身两侧的红漆已经有些剥落。直到上个三圣节前，这辆车还属于何塞·安东尼奥。当时它还是黑色的。两个脚踏板不会一直发出声音，只有在到达最高点和最低点时才会有些异响。这辆车是何塞·安东尼奥四岁过命名纪念日时得到的礼物。而如今费利佩也已经八岁了，蹬脚踏板时，他伸不直腿，蜷起的膝盖已经到了和耳朵一样高的位置。

费利佩等着妈妈下楼载他去西班牙广场。弗朗西斯卡没和他们一起吃早饭。昨天早上，弗朗西斯卡说她要亲自去圣克鲁斯买花。费利佩当时就在一旁嚷道："我也要去。"晚上，她又重复道："今天没时间了，我明天去。"

在拉拉古纳的基督广场上，有一辆卖炒板栗的手推车。一个卷发女人坐在车的烟囱旁。每个星期天，那儿还有卖果仁糖的金红色敞篷车。在卖葵花子小贩头顶的平底篮里装满了绘有条纹的纸袋。她们递来的永远不是买家所指的那一袋。

但费利佩最喜欢的还是卖棒棒糖的小贩米拉帕基和那个带鹦鹉的女人。但他们只在圣克鲁斯出没。米拉帕基在西班牙广场上做生意，带鹦鹉的女人则经常推着车在加西亚·萨纳布里亚公园附近的道路上活动。一年中只会有一天所有人出现在同一地点，那是九月的基督节。到了那天，岛上所有的小车、甜食和卖气球的小贩都会齐聚在拉拉古纳的后山上。

米拉帕基穿着白色的夹克和黑色的裤子，左手拿着一个极具吸引力的物件：一根穿着四块银盘的杆子，大银盘在下，小银盘在上，上头插满了各种棒棒糖。棒棒糖黏附在塑料棒上，外头包着薄膜，有些地方融化成了小山，但费利佩直到多年之后才注意到这些。这些包装上交替印着红黄两色条纹的棒棒糖，看上去就像漫画上的冰激凌蛋卷。除了混入气泡的地方，整根棒棒糖都是透明的。费利佩反复尝试过很多次，光用舌头完全感觉不出气泡所造成的棱角。他把棒棒糖放在太阳底下，找到亮点最为密集的地方，用嘴唇、舌头和手指在上头滑过。这时，米拉帕基的叫卖声已经远去了："瞧一瞧，看一看，叫你妈妈给你买。"

那个带绿鹦鹉的女人还未露面，就能闻见她的气味。她的推车有一股臭味。妈妈说这是"硫黄味儿"，何塞·安东尼奥则说那是"屁味儿"。弗朗西斯卡伸出戴着手套的手，指了指白色车顶下方亮着蓝光的金属灯，说那是因为灯里面有电石。何塞·安东尼奥则说："那个小贩就知道吃鹰嘴豆，所以一个劲儿地放屁。""不信你去问她。"他撞了费利佩一把说，"她是西班牙的闷屁大王。"

白色的长方形手推车靠把手推动，看上去就像一辆巨大的童车。透过侧玻璃，可以看见堆起的成块巧克力。包装上印着黄色条纹的是全脂巧克力，印绿色条纹的是榛果巧克力。旁边还有一包包白色的口香糖和装着红色糖果的玻璃罐。鹦鹉有时候站在她肩膀上，但大多数时候都蹲坐在拴着车顶竖杆的秋千上，嚷着："特里尼，特里尼。"

那是"闷屁大王"的名字。只有买她的东西，才能得到她送的花生。费利佩刚递上硬币，鹦鹉就开始躁动不停。当她把手伸进放在围裙口袋里的纸袋时，它便在那儿呱呱直叫。它不会伸嘴去啄花生，只会小心地用爪子把花生从费利佩手中叼走。

"这是什么？"小贩问它。鹦鹉叫道："谢谢。"每次它用嘴磕开花生壳，都会说"谢谢"。小贩卖的巧克力实在太甜，往往还碎成粉末。大多数时候，费利佩一回家就把整块巧克力都送给欧拉利娅。

听见门铃响,费利佩停止蹬腿。透过门缝,他可以看见站在外头的士兵。费利佩没有动,等着对方按下蜂鸣器。

埃利塞奥·贝尔纳多特靠在工作椅上。这把椅子的铬金连杆和六根钢管凳脚,梅尔凯都已逐一擦过。

埃利塞奥·贝尔纳多特正在打电话。"小鸽子。"他反复念叨着这个词。还有:"哎哎哎,你都对我做了些啥啊!"以及突然用严肃的语气说:"别给我装蒜了!"他把胳膊撑在扶手上,望着墙壁和天花板之间朴素的石膏装饰。梅尔凯在他的视线范围外,正在尽可能远离书桌的位置逐一取下墙上的画框擦拭。她用一块抹布擦画框,另一块擦玻璃;不用的那一块,就暂时别在围裙上。她在脑子里把要做的事情过了一遍,这足以列出一个长长的清单。这是她第一次带欧拉利娅来帮忙。平时贝尔纳多特家请客,总有一群女工来帮忙。但这一次,有个女工临时告假。留给她的时间还挺宽裕,她昨晚就把鹰嘴豆放水里泡上了。今晚的鱼冻选用贝纳维斯塔鳕鱼。鱼已经整条煮好,鱼皮、鱼头和修剪整齐的鱼尾巴都保留在原位。首先放进圆形模子的是萝卜花、煮烂的洋葱和事先烧熟的菜花。然后再放上鱼身,鱼背朝下,摆出首尾相连的造型。接着,再把剩余的蔬菜填进中间。最后的成品,应该看上去像一条被埋在冻胶之下的鳕鱼。这道菜是夫人从一本杂志上看来的,她很喜欢上面的照片。

梅尔凯转过身,背对着埃利塞奥·贝尔纳多特。他闯进厨房时,她正在给欧拉利娅演示如何把胡萝卜片雕成花瓣的形状。埃利塞奥叫梅尔凯跟他走一趟,语气很友好,但话却十分简短。他伸手指了指墙上,那里挂着一排排证书,黑白的部队照片,北非时期大元帅站在一座帐篷前的照片,弗朗西斯卡·贝尔纳多特的白色婚纱照和在医院里怀抱何塞·安东尼奥的照片。"我绝不容许这间房子里有半点邋遢。"说着，埃利塞奥·贝尔纳多特伸手在他委任状的金色横框上抹了一把，用大拇指和食指搓出一团灰，扔在梅尔凯面前的地毯上。

梅尔凯点点头，便跑去拿清洁剂。

门铃发出沉闷的响声时，梅尔凯正在擦一个已经生铜锈的相框。镶在里面的这张黑白照片上，一个女人坐在一架三角钢琴旁，手托下巴，撑在上有黑漆的琴板上。梅尔凯努力回想自己是否有订的东西。肉和葡萄酒昨天已经送来了，鲜花夫人说她会亲自去买。

梅尔凯侧过耳朵，想要隔着埃利塞奥·贝尔纳多特已经恢复平静的交谈声，听听欧拉利娅是否已经去过道给来的人开门，看看她是否已经清楚自己的职责。

过了好一会儿，欧拉利娅的脚步声才出现在房门口的瓷砖上。她的动作迟缓犹豫，丝毫看不出应有的迅速和坚定。门铃又响了，但欧拉利娅已经打开了门，书房里也恢复了平静。

餐巾必须熨烫平整。夫人要是不赶紧起床去买摆花，就得想个别的方案。梅尔凯把那幅坐在钢琴旁的女人的肖像重新挂回钉子上。还剩下一张镶着金色相框、色彩斑驳的圣母受孕教堂照和一张普通的水街照片。她先去擦第二张照片，右侧的角落里写着"胡安·托拉尔"字样。浅蓝色的天空下，街道上阳光明媚。刷得雪白的墙壁前，种着一排郁郁葱葱的棕榈树。这样的墙上，绝对不会有泥浆掉落。

梅尔凯想，从前一切还新着的时候，那儿肯定是这番景象。欧拉利娅的敲门声很轻，甚至根本没有引起埃利塞奥·贝尔纳多特的注意。梅尔凯边走去开门，边仔细观察埃利塞奥的动静，但埃利塞奥根本没看她。

"外头有个士兵。"欧拉利娅小声说。

"他要干啥?"

"他是给贝尔纳多特老爷带口信的。他说,过去的几个小时里,他们一直尝试联系他,但电话一直占线。"

"他在哪儿?"

"就等在门外。"

"你为什么不叫他进来?"

"抱歉,我之前不知道。"欧拉利娅说。

"啧啧。"埃利塞奥·贝尔纳多特在书桌后头说。

"给他弄点喝的。"梅尔凯小声说,"等我搞完这里的卫生,你就带他来书房。"

肉还要再煮一会儿,但她已经和夫人商量好做杏仁奶油巧克力当甜点。已把杏仁和榛子剁碎炒熟,此时已拿到窗前晾凉。但愿欧拉利娅能盯着一点,别让蜥蜴钻进锅里,或是让锅里爬进一堆黑压压的蚂蚁——那就更糟糕了。她必须赶紧打奶油,否则奶油在冰箱里冷冻的时间太短,就会在盘子里融化。窗前,费利佩正吱呀吱呀地骑着玩具脚踏汽车。

梅尔凯把那张色彩斑驳的圣母受孕教堂照挂回原处。打开书房门时,她朝埃利塞奥·贝尔纳多特的方向看了一眼,但后者仍然一眼也没瞅她。

早已候在过道上的欧拉利娅连忙走进客厅,带士兵进来。梅尔凯在厨房里发现,至少胡萝卜花已经雕完了,样子勉强过得去。

"老爷得去趟司令部。"欧拉利娅回来说。

当两个大老爷们从他身边走过时,在外头玩耍的费利佩暂时停止蹬车,不再发出吱呀声。接着,就是引擎发动、车库门开启和重新关上的声音。

"继续干活儿。"梅尔凯说,"我们已经有些来不及了。"

欧拉利娅用梅尔凯教她的方法握住裱花枪,把碾碎的土豆、蛋黄和黄油一起挤在烤盘上,摆出玫瑰花的造型。

"花柄得向上耸起。"梅尔凯一边说,一边取过装蛋液的碗,搅拌起做甜点用的蛋白来。她不相信搅拌器,一般都是亲自动手搅拌。

"我开车去圣克鲁斯买花。"夫人站在厨房门口,在她身后说,"今晚还缺什么吗?"

"您丈夫把车开走了。"梅尔凯继续打着蛋白。谁知道如果她停下动作的话,蛋白会不会结块呢!

"他去哪儿了?"夫人的喉咙里有口痰。梅尔凯抽出搅蛋器,看看蛋白顶端是否能立住。决定继续搅拌后,她才得空继续回答问题。

"去司令部了。那边派人来找他。"见夫人没有再说话,梅尔凯转过身。

"要给您叫辆出租车吗?"

夫人仍然一动不动地站在门口,摇了摇头。

但弗朗西斯卡很快就开始招呼帮工把鹤望兰拿到外头,把花盆冲洗干净再抬回室内。她走回卧室,取出薄外套,又兴冲冲地走下楼梯,从帮工身边走过。帮工们吓了一跳,连忙加紧动手,又继续清洗花盆的另一面。弗朗西斯卡伸手从柜子里取出黄色的园艺手套和草帽,取下挂在钉子上的剪刀,那上面还挂着她的裙襬儿。在走回客厅的路上,她戴上手套,用力紧了紧手指周围的橡胶。她伸手打开露台门。出门前,她戴上草帽,把松紧带扯到下巴下。

有时候,弗朗西斯卡可以容忍自己的样子。有时候,她可以打起精神,耐着性子打量自己的手指,或是看着自己的双脚,看着它们套上漂亮的鞋子——左，右，左，右——目标明确地在城里迅速穿行。看着它们孜孜不倦地踩过英国宫或贵尊商场闪闪发光的地面——左，右，左，右——进入她的视线，又重新消失。弗朗西斯卡望着鞋带上的尼龙褶皱，看着擦拭一新的黑色、海军蓝、棕色鞋尖上映出的商场灯光。有时候，她甚至可以马不停蹄、健步如飞。到了晚上，她可以亲自动手检查摆放整齐的餐桌，用安达教她的方式，用手指测量刀具之间的距离。她可以伸手搭在两个儿子瘦削的肩膀上，感受他们校服的深蓝色的布料，一左一右地牵着他们去埃克托面包房，为下午茶选购蛋糕。

虽然戴了帽子，但太阳依然猛烈，弗朗西斯卡不得不伸手护住双眼。她试图把硬帽檐向下掰扯一些。每走一步，她都能感受到从露台上升的热气透过尼龙丝袜的网眼侵入她的小腿肚，再一路往上，涌入腘窝和两腿之间。

弗朗西斯卡逃到草坪上坐下。草坪要凉爽一些，耷拉着。叶子的小草，正等着园丁晚上来浇灌。一滴汗珠顺着盘在脑后、喷了发胶的头发流下，刚好被她感觉到。它在她脖子上停留片刻，便流进领子，消失在内衣里。

弗朗西斯卡看着自己伸出两只戴着黄手套的手，小心地握住一朵朵玫瑰，用明晃晃的花园剪将它们一一拨开，再将它们剪下。那感觉，就像她与自己的手脚和身体处在不同的频率。她的身体动得更快，而她总是姗姗来迟。仿佛她的身体已经开始移动，而她人却依然犹豫不决地站在原地，不明白身体为何要动。

要有人问她那是一种什么感觉，弗朗西斯卡或许会说，那就像一个缺口，一个没有波澜的缺口。有时候，她根本感受不到它的存在。这时一切如常，她和四肢处在同一个频率。一旦缺口变得过大，便会让她惊恐不已。当呼吸困难的感觉一直持续，整个人就像被四肢拖拽，跟在敏捷的身体后头跟跄前行。

她忘了带篮子，只好把玫瑰先堆在草坪上，放在日晷的阴影之下。她把一捆玫瑰堆在一起，又跑去割下一捆。十一，十二，十三，十四。弗朗西斯卡大致计算了一下，桌上的插花一共需要二十四朵。另外花瓶里还需要一些剑兰。

自从埃利塞奥去年调任司令部后，他们就定期请人到家做客。换作从前，她只需每隔几星期请闺蜜们打一次卡纳斯塔牌。她们和她一样都是军属，她们的丈夫也被派驻在大陆。三杯马蒂尼鸡尾酒下肚后，总有至少一个人妆容全花，有时是因为酒喝多了冒汗，更多的时候是因为流泪。喝完加冰的雪莉酒后，众人都昏昏欲睡，各自叫司机送自己回家。

今晚的宾客都不是她请的。埃利塞奥给了她一张名单，并给她交代了座次。来宾是七位来自拉拉古纳神圣基督皇家朝圣所的教会成员。其中五人有妻室，两人寡居。

埃利塞奥总说她缺乏大局观，还说她其实只需在认识新朋友时记个笔记。"当然，只需记下那些我们想交往的人。"这是他的原话。接下来，她只需根据共同的利益，把新朋友和旧朋友混到一起。好记性不如烂笔头。姓名、职业、军官的军衔、会籍，还有谈论的话题。如果对方没有结婚，还要注明寡居或单身。离异这个选项，在这个圈子里根本不存在。

"真是一败涂地。"上上周，在前一次晚宴结束后的第二天早上，埃利塞奥这样总结道。

弗朗西斯卡点了点头，顺便对何塞·安东尼奥说："吃你的吐司。"自从埃利塞奥站在餐桌旁后——他不是坐在自己的位置上，他的位置也根本没有摆餐具——何塞·安东尼奥就一直目不转睛地盯着他们。弗朗西斯卡看了眼手表,再过不到一刻钟,两个孩子就得出门了。费利佩每次只切一小块煎蛋,再出神地一块接一块地把它塞进嘴里。她真希望这两个孩子赶紧吃完饭,好留她和埃利塞奥独处一会儿。

她真希望自己不用做这些事情。埃利塞奥一起床就说:"我去俱乐部吃早饭。"在去卫生间的路上,他管过来拉窗帘的用人要消食片。昨晚埃利塞奥走进卧室时,她在那里装睡。她以为他会把自己弄醒,可他却径直走进卫生间,路上还撞到了挂衣架,借着从半掩的卫生间门中透出的光亮,弗朗西斯卡看见他的裤子从架子上滑落下来。当埃利塞奥伴着冲厕所的声音,带着一身科涅克酒和薄荷牙膏的味道在她身旁躺下时,她继续侧身装睡,还故意用被子蒙住眼睛。可他既没有推她,也没有搂住她的肩膀,在黑暗中拖长声音,清晰地叫出她的名字。

"查查你的日历本,看看我们都去谁家做过客。你妈可是出了名的会请客。"

何塞·安东尼奥盯着咬过一口的吐司,一动也不动。费利佩继续把玉米饼切成细面条状。

"我妈可是想起谁就请谁。"如果所有宾客吵得不可开交,安达就更心花怒放。安达的晚宴,恰恰以宾客的烂醉和失态闻名。一位英国领事想要出门,却误入大厅的电话间,为了不在众目睽睽之下出来,硬是在里头待了五分钟。一次,弗朗西斯卡和南妮·布朗[①]清晨去凉亭里散步,还惊起了躺在长凳上的桑切斯将军。头天晚上,他叫嚷着要和别人决斗。那可是要玩真的。他脱下手套朝对方脸上

---

① 译者注:也称布朗保姆,布朗为姓氏,"南妮"为"保姆"的昵称。

砸去，第一次还没有砸中。他还认真考虑过武器和见证人的选择。"他一整晚都想说服你爸。"后来，安达在喝茶时跟她说。

方形的小日历本包裹在白色的光面皮革里，绸带上还系着一根银色的铅笔。那是弗朗西斯卡一天傍晚在艾尔阿古拉书店买的。

药片可以填补缺口。有时候，她根本感觉不到它的存在。这时，弗朗西斯卡和她的四肢又恢复了同一个频率。

剑兰花正在盛开，一片白色和橙色的花朵。下午，弗朗西斯卡还会继续把它们放到太阳底下，好让它们一直到晚上都继续绽放。等埃利塞奥之后回家，把手放在她的脸颊上，与她亲吻致意。他的手会有一股火药和肥皂的味道。这时，弗朗西斯卡将感到如释重负。尽管她知道如释重负不过是自欺欺人。彻夜苍白而无声地啜泣，才是她的真实生活。她只能迅速撇开目光，压低嗓音，故意跑去和孩子说话，以此表达抗议。

"小声点。"何塞·安东尼奥说。安德烈斯和恩里克吃惊地望向他，却都默不作声。周六，12点刚过。帕托斯广场上除了一对在另一侧的喷泉旁互相拍照的男女游客，再也没有旁人。他们也没有往何塞·安东尼奥坐的长椅上看。装有体育用品的袋子，放在他两腿之间的座位上。而安德烈斯和恩里克则站在他对面，直到刚才仍在讨论巴西队和意大利队的比赛。明天的世界杯决赛，根本没有西班牙的份儿。

西班牙甚至都没有取得参赛资格，由此可见一斑，他的外公洛伦索几周前在电话里说。腐败，这个国家已经烂到根子里了。

何塞·安东尼奥能感觉到身后维拉克莱维霍街角旁的房子，却不敢回头看。安德烈斯支持意大利队，恩里克则模仿着贝利的动作，喊着："没戏，意大利人根本没戏。"

他们还在等埃斯特万和拉法。他们约好 12 点去诺蒂科俱乐部训练。何塞·安东尼奥几周前开始打篮球。他在家里苦练运球，但足球却没法像篮球那样从地面上弹起。他叫费利佩来断球，可费利佩却叉着手站在原地。当他把球砸向费利佩的额头时，后者直接喊起了梅尔凯的名字。

"为什么要我们小声点？"恩里克用手肘撞了一下何塞·安东尼奥的膝盖。

"我不想让我外公看见。"但何塞·安东尼奥没有说这话，只是伸脚朝恩里克的胸口踹去。他并不是真要踹他，只是想让恩里克退后一步。但这一脚落了个空，反倒被恩里克抓住小腿肚。眼看他又要大声嚷嚷，何塞·安东尼奥连忙说："行了行了，你要来一片口香糖吗？"

恩里克摇摇头。

何塞·安东尼奥已经多次提议他们可以先走，可其他人却不为所动。他上次来这里，还是在冬天的三圣节。外公越来越消瘦了。

"你跟拉法说我们在哪儿见面？"

"帕托斯广场。"

何塞·安东尼奥翻了个白眼。"那他们根本找不到。拉法是大陆来的。这广场其实叫 7 月 25 日广场。"

"那为啥大家都管它叫帕托斯广场呢？"

他们打量了一阵水池周围的青蛙、中央的乌龟和骑在龟背上的白鹅。何塞·安东尼奥耸了耸肩。

直到去年夏天，何塞·安东尼奥和费利佩还每周六都陪外祖父、外祖母去诺蒂科俱乐部。外婆总是戴着一顶大高帽。由于头发的缘故，她从来不游泳，也不躺在躺椅上，只是坐在高处的梯台上看书。

安达从来不会问他们学校里的情况。"亲爱的,这可够无聊的。"当费利佩讲起生物课上的一段小插曲时,她打断他说。老师没能把塑料人体模型上的器官给拼回去,费利佩笑出了声,着实惹恼了他。费利佩经常讲这类故事,有的比这还要愚蠢许多。

"去游泳吧。"有人说自己很无聊时,外婆便这样说。她的目光甚至都没有离开书本。偶尔她会起身去和别人问个好——她管这叫"打个招呼"——然后就坐到另一张桌子前。

外公洛伦索则一游就是二十个单程,并给计数员一个杜罗。但这钱可不是让他去买口香糖的。计数员需要在他每游一个单程都更苍白一些的手指触及池壁,完成触壁、转身、蹬腿这一系列动作时,大声喊出已经完成的圈数。每游一个单程,外公耳朵里的积水就会增加一些。计数员需要在外公游泳时跟着他在泳池边奔跑。外公的泳姿十分可笑,他的手臂画着半圆,双腿像青蛙一样蹬动,而不是像其他人一样以狗刨式前进。每次换气,他的脑袋和肩膀都会露出水面。紧贴在皮肤上的泳帽就像浮标一样,猛地往前扯动一阵,又消失在水面。计数员从泳池的一端跑到另一端,要留心防止在瓷砖上的水渍上滑倒,还要提防扶在泳池边缘上的一只只手,避免和正在入水区助跑的人撞个满怀,别撞到在池边犹豫的女士和小孩,以免被母亲拽着耳朵拉到外婆和费利佩坐的桌子旁。

计数员需要手里拿着秒表。最重要的是,不能在奔跑或快要和湿漉漉的身子相撞时误触表冠。只有当洛伦索那已经惨白的指尖触及池壁并喊出最后一个数字时,计数员才可以按下表冠。气喘吁吁地走回扶梯时,他只需拿着表,而不必看上面的数字,更不能再次按动表冠,否则秒表就归零了,那么一切都白干了。这是外公的原话。

还没等洛伦索的双手离开扶梯把手,计数员就得在他挺直身体前，立即把秒表递到他面前。水滴从已经几乎看不见的泳帽和外公的鼻子上滴到玻璃表盘上，也滴在计数员的 T 恤上。直到这时，洛伦索才拿起毛巾。他一般对自己的成绩都不太满意。等擦干头发回到高处的桌前坐下后，他还会掏出一个小本，把用时记在最后几页的表格上。外公会给每个人点一杯加了木瓜果粒的橙汁。费利佩和何塞·安东尼奥还会争抢洛伦索的饮品糖包。

何塞·安东尼奥一直担任计数员一职，直到洛伦索在某个周日问："谁拿秒表？"

"我。"还没等何塞·安东尼奥反应过来，费利佩就大声抢答道。洛伦索把秒表递给费利佩，而何塞·安东尼奥则在洛伦索的坚持下，不情愿地坐在安达身边陪她。

从那以后，何塞·安东尼奥总要抢先一步，在他们走进浴场之前，在他们从后备厢里取出手提袋之前，在他们拐入停车场之前，在车还行驶在萨莱大道时，在他们还没从维拉克莱维霍街出发时，在他们和父母等在门口、刚同弗朗西斯卡和埃利塞奥告别时，就大喊一声："我来拿表！"

要不是安达在帕托斯广场上和一位邻居道别时不慎往旁边迈了一步，那么何塞·安东尼奥下次可能会在他们从拉拉古纳出发去圣克鲁斯时，就大声喊出这句话。

"但我们也可以只和外公一起去啊！"当弗朗西斯卡告诉他们周六不再去诺蒂科俱乐部时，费利佩抗议说道。

安达在帕托斯广场上和一位邻居道别时往旁边迈了一步，脚后跟正好踩到路上的小石头，给扭了一下。脚踝上的韧带承受不住她全身的重量。这原本也没那么糟糕，但偏偏就在此时，一辆西班牙银行雇来的出租车正好从旁边驶过。之后的事情，何塞·安东尼奥根本不敢想象。

外婆的灵柩被安放在家对面帕托斯广场上那座奇特的教堂里。教堂很矮，由灰色的石块砌成，那里的牧师也不是真正的牧师，而是结了婚的人。"这是英国圣公会的教堂。"弗朗西斯卡小声回答何塞·安东尼奥的提问。

当时，何塞·安东尼奥和费利佩刚刚放学回家，正吃着油炸丸子，就接到了外公的电话。父亲亲自开车去圣克鲁斯，母亲坐在副驾驶座上低头望着自己戴着黑手套的手，却一直没有哭泣。

"我得哭才是。"弗朗西斯卡在家里说。当时她坐在电话机旁，掉在怀里的听筒已经响起了忙音。后来，当她换好衣服、与何塞·安东尼奥和费利佩下楼在门厅等埃利塞奥时，她又这样重复了一遍。埃利塞奥刚从司令部回来，坚持要先简单冲个澡。

"下午冲澡？"弗朗西斯卡一边小心地把面纱和黑色方巾叠放进纸袋，一边问道。埃利塞奥上楼时，她戴上一顶深灰色的贴身毡帽，在衣帽柜旁的镜子里照了照，将它朝下按了按，又说："我得哭才是。"

拐进维拉克莱维霍街后，弗朗西斯卡从纸袋里取出黑色方巾，小心地把它盖在毡帽上，四角正好遮住鼻子、后脑和双耳。额头上的黑纱甩向身后。直到临下车时，弗朗西斯卡才将面纱的角拉下，让它一直遮住自己的肩膀。

"不想让别人看见我的眼泪。"她对费利佩和何塞·安东尼奥解释说。

外婆死在了帕托斯广场另一端的长凳上。事故发生后，人们把她抬到了那里。

何塞·安东尼奥去看过事故现场。在他的苦苦哀求下，弗朗西斯卡带他去了那里，给他解释说，韧带就是在体内把人连在一起、使骨头得以各就其位的身体组织。弗朗西斯卡在空中比画着出租车的行驶轨迹，又把双手放在左肩的蓝色外套和左侧的裙腰上，告诉他出租车的挡泥板撞到了外婆的哪个部位。不知何时，她哭了起来。

"跟你妈一个德行。"一次，当他们不得不在周六来接何塞·安东尼奥和费利佩时，外公曾边走边轻声对安达说。当时，弗朗西斯卡拉着窗帘，躺在楼上的卧室里。这个"你"字，被他说得又响亮又清晰。

玫瑰已有了压痕，就在花瓣的外侧。弗朗西斯卡原本应该把它们摘除。但没人注意桌上的花束。"都不是官方消息，所有的话都仅限于这个房间之内。"没等众人在位置上坐定，埃利塞奥就发话说。紧接而来的是一连串的暗示和提问。可有那么一阵子，弗朗西斯卡都没搞明白究竟什么东西仅限于这个房间之内。他们语焉不详，话往往只说一半，似乎还若有所指，因为说到一些奇怪的地方时，男士们会发出哄堂大笑。起初，她以为他们在说些不正经的事情，不想再仔细听下去。

其他的夫人们都陷入了沉默。他们刚吃完蟹肉沙拉——里头蛋黄酱放多了，弗朗西斯卡回头得叮嘱帮工一句——这时，终于有位先生说了句明白话，让她知道他们是在聊西撒哈拉。

"我以为问题已经解决了。"

"是的。去殖民化进程已经开始，其他事情就不是联合国能要求的了。西撒哈拉和其他省份一样，是西班牙的一个普通边远省份。"

"就和加利西亚一样？"

男士们点了点头，稍带犹豫。

"究竟怎么了？"弗朗西斯卡问。一阵沉默。男士们都望向桌首。

"几天前，在阿尤恩举办的西撒哈拉升格为省的庆典上，出现了几个捣乱分子。"埃利塞奥终于回答说。

"他们要求宣读一份请愿书。那是他们的权力。那就请吧。"炼油厂董事会成员里韦拉先生说。有人笑出了声。

他的妻子俯身在弗朗西斯卡耳边小声说："后来场面变得有些难看。"

"有人受伤了？"弗朗西斯卡试着回忆昨晚电视里的新闻。

"我们这边没人受伤。"里韦拉说，"军团可不是吃素的。"

"另一边死了十一个人。"他的妻子又小声说。

"哪边？"

"就是对岸那边。"

"我还以为他们现在已成为西班牙人了。"另一位女士插话说。幸好帮工及时出现，询问众人是否要再来点葡萄酒。

"接下来的几周会派更多军队过去吗？"一位先生忍不住问。他的语气十分激动，似乎那是十分重要的事情。众人的目光又再次聚集到桌首。

可埃利塞奥却示意帮工撤掉盘子，把下一道菜——鳕鱼给端上来。这原本应该是弗朗西斯卡的任务。宾客散后，他肯定还要说她几句，这绝对又是一个败笔。弗朗西斯卡是唯一一个没有看向他的人，她的眼睛盯着桌上的花束——她原本应该摘除压伤的叶片。埃利塞奥由着宾客们询问和猜测了一会儿，这才靠在椅子上摇着头说："我们已经逮捕了剩下的人。我觉得他们不会再出现了。现在安稳了。"

临别的时候，众人都对弗朗西斯卡的鳕鱼赞不绝口。

1963 年
海浪之中

熟透香蕉的气味,梅尔凯还没睁眼看看上面的黑斑便先闻到了这股味道——香蕉在托盘里,摆在餐厅的地上,因为那儿最凉快。她侧躺在床上,背冲着厨房。墙上的石灰因为潮湿而成块地脱落。昨晚已经迟了。等梅尔凯打开收音机时,三段式颂歌已经播到了《面向太阳》。当天的播音已经结束了。

她决定喝昨天的冷咖啡,以节约一点天然气。她往咖啡里加了两勺糖。过了好一会儿,糖才开始溶化。最后,杯底总会留下一层颗粒状沉淀物,她还得用勺子把它们刮下来。

外面的一切仍然浸润在露水中。院子里高低不平的水泥地面上,留着许多小水洼。绿叶在枝头闪耀,偶尔有水珠从树梢落下。热气已经开始在暗中窥探,很快就会把露水蒸发掉。

梅尔凯打开浴盆旁的水龙头,先洗了一把手、脸和腋窝,然后坐进小盆里清洗剩下的部位。她想到了鲜花。从前,她们也是这样抽空洗刷一下。"如果你想留下,最重要的就是干净,至少身上不能有味道。"第一天上班时,另一位女用人孔苏埃洛这样跟她说。孔苏埃洛已经在贝尔纳多特家干了很长时间。

穿好衣服后，梅尔凯敲开了梅赛德斯和欧拉利娅房间的门。她去储藏室拿来一瓶参孙葡萄酒。墙壁旁有一团又小又黑的粪便，可能是香蕉的味道招来了蜥蜴。梅尔凯没时间捉蜥蜴，她得赶紧出门了。她在厨房里打了两个蛋，把两个蛋黄分别放在两个水杯里。身后的梅赛德斯已经忙活起来。

近些天来，梅尔凯不敢相信这两个女孩，总会在出门前把她们叫醒。她在洗碗槽里发现了一些痕迹。紧挨洗菜池的地方，陶瓷壁已被染成了棕色。她敢肯定，就算她们喝下参孙葡萄酒，而不是把它倒掉，那她们也肯定没吃鸡蛋。她们究竟拿鸡蛋做什么了，她不得而知。下班后，她还去翻看过垃圾桶，因为储藏室的篮子里每次总会少两个鸡蛋。医生说，每天早上配着甜酒吃鸡蛋，可以"强身健体"。从前，她还试过鳕鱼油，但两个女孩每次都会把它吐出来。

梅赛德斯和欧拉利娅需要自己洗漱穿衣，再自己吃早饭。这时，梅尔凯正坐着公交车经过圣格拉西亚，听着教堂的钟声敲响七下，看着修女们排成两列从祷告室里走出。她们穿过院子，又消失在紧挨着的女少年犯劳教所里。

两年来，梅尔凯每天早上6点30分都会路过唐费尔南多的庄园，沿着齐腰高的火山岩围墙上山。回家的路上，她又会从他那儿买鸡蛋。她打量着伸出齐腰高的围墙的树枝，望着上头拇指大小的绿色无花果。到了五月，当无花果变黄时，她便会在经过时趁费尔南多不注意，迅速摘下夜里成熟的那些无花果，塞进羊毛衫的口袋里。庄园的后头是巴兰科路，那是桑托斯峡谷大道的一条岔道。昨天广播里说的暴风雨，最终还是留在了海面上。风很大，但大风在峡谷地带本来就很常见。

梅尔凯顺着陡峭的小路前行。在路的另一侧，从已经干涸数周的谷底上方横跨而过的小桥后方，每隔一段距离就打着一个木桩。向上爬坡时，她便会伸手抓住这些木桩。

她现在住的房子归老爷所有，租金从她的工资里扣。这里原本是后面一座小庄园的仓库，但那座庄园也已经荒废了一段时间。房子有两个大房间，后墙紧贴悬崖而建，还有一个厨房和一个小房间。女孩们现在就睡在那儿。房子里通电，还有自己的供水系统。

"我是个寡妇。"她去贝尔纳多特家面试时这样自我介绍说。出乎意料的是，接待她的不是女主人，而是男主人。他问她从前在哪儿干活儿。随处做点搞卫生的活儿。再往前，当她还是孩子的时候，就在田里帮忙干活儿。"自从亡夫被我主召走之后。"她喜欢这番表述。掘墓人在画了个十字，把用布缠着、身上撒满石灰的老家伙推进墓穴里时，嘴里就是这样说的。她不想付钱请牧师，那样做毫无意义。在墓碑上，他的姓名上方写着"我们敬爱的丈夫和父亲"，这便足够了。

"您看，我有两个孩子。"梅尔凯说，"两个女儿，她们帮不上忙，只会给我增添负担。如果找不到工作，我就养不活她们了。"

米拉弗洛雷斯大街的唐埃米利奥给她介绍了这份工作。她逐个询问自己的客户，直到最后听说有个朋友的朋友，家里正好需要一位用人。

在老家伙死后又找个醉鬼改嫁，对她来说实在太折磨人了。

这并不容易，胡里奥·博特知道这些。同时他也知道，一切都取决于他自己。"别走。"每个周日，贝尔纳达都这样说。有时是哀求，有时是讨好，有时语气坚定，甚至带着愤怒。与此同时，她那红肿、沾满洗碗水泡沫的手也搁在了他的手上。有时候,她透过浓密的睫毛仰望着他,冲他露出笑容。有时候,她紧皱着眉头,叉着手放在围裙前。最糟糕的是,从几个星期前起,她开始把右手放在自己的肚子上。她没再多说什么,只是把手搁在围裙上,捂住肚脐眼和阴部之间的位置。

"我又不骑到哪儿去。"每个周日,胡里奥·博特都一边这样回答,一边笑着挣脱她的手,任由她垂下眼睑和睫毛,看向地面。或是笑着分开她叉起的双手,把她的手重新浸回洗碗水里。唯有放在腹部和肚脐眼之间的手,只能任它留在原地。

"这不过是一座岛,我也就是绕圈骑。"说着,胡里奥·博特沿着过道走进衣帽间,从衣帽架上取下手套。自行车已经停在楼下的过道里了。往常他关上房门时,总能听见盘子相互撞击、玻璃杯搁在新水槽旁的碗架上,以及煮锅的铝制锅底碰撞水槽底部的声音。可从几个星期前开始,屋里便只剩下一片沉寂。

下楼时,木门后头没有传来任何动静。他哼着小曲走下楼梯,嘴里开始唱起《送你两朵栀子花》:"我是说,我爱你。我爱你,亲爱的。"这首歌多不应景啊,胡里奥·博特想。他把手套的皮子向外撑了撑,把手伸了进去。他一如既往地推着车沿着人行道来到街角,这才骑上了车。那里是赫拉多雷斯大街的起始点,从前也是水站和泰奥菲洛酒庄的所在地。泰奥菲洛酒庄已经关门好几年了。贝尔塔现在住在基督广场附近的救济院里。

他有多条路线可供选择。当他心情极差时,那就只剩下翻越梅赛德斯山前往塔加纳纳、再经圣安德烈斯折返这一种选择。单单去的路程就有27千米,最高海拔达到1020米。虽然戴着手套,双手仍然会感到压力,大腿更是感到生疼。等他重新拐进特立尼达大道时，全身的肌肉已经颤抖许久，让他几乎完全失去知觉。膝盖仿佛拖着两根散架的木棍，让他几乎无法爬上四楼。后来，置身于淋浴喷头之下的他，才感觉慢慢缓过来。他累得不想吃饭，也不再彻夜无眠，等着自己的名字被人叫到。

胡里奥·博特知道，这并不容易。同时他也知道，一切都取决于他自己。

如果外头下雨没法出去骑行，他便坐在客厅里听广播。如果因为担心身旁的地面接二连三出现裂痕而睡不着觉，他便坐在客厅里听广播。他们一起出去参加基督节，贝尔纳达摇摆着身子，跟着"我不知道，如何现场跳舞；等我知道，早就为时已晚"的节奏打着节拍。贝尔纳达像个机灵鬼，哼唱着歌；胡里奥·博特则像醉生梦死一般，站在一边听着她唱。贝尔纳达挨个与熟人和女伴打招呼，亲吻他们的脸庞，笑着让他们伸手抚摸自己的肚子。"预产期还有十一周。"她说。而胡里奥·博特就站在一边。当人们抬着基督像从他们面前经过时，贝尔纳达在胸前画着十字。后来，她点燃一支祭奠亡人的蜡烛，跪下为故去的父亲祈福。完事后，她又往盒子里塞了一枚硬币，点了另一支蜡烛，说了句"这支是给你妈点的"，便又重新跪下去。而胡里奥·博特就站在一边。

最后，烟花表演开始了，焰火从基督广场的周围飞上夜空，贝尔纳达把全身靠在他身上。到处都是烟花，声音震得他耳膜发疼，他完全难以忍受，不由自主地低下了头。他要缩小身体所占面积，尽可能地减小受击目标。他费力地挺直身子站在贝尔纳达身旁，掀开大衣任凭她钻进怀里，让她把头靠在他的肩膀上，而他就这样站在那里。此刻，他一直百思不得其解。尽管如此，他依然感到幸福不已。每天早上，或是过一阵子再见她时，他都会感到幸福满满。

胡里奥·博特知道，这并不容易。同时他也知道，一切都取决于他自己。

胡里奥·博特这周日回到家，便感觉空气中弥漫着一股甜腻浓郁的香气。这股味道填满他的鼻腔，涌入他的口腔，甚至让他的舌头都有了甜味，仿佛空气突然变得黏稠。而在这股甜味的背后，却没有土壤的沉淀。

"把它拿走。"他指了指花束说。他觉得想吐，连忙用另一只手遮住脸，仿佛那可能会有些帮助。一股气息从胃部往上涌，一股强烈的气息冲进他的食管，沿着喉咙一路往上，直到打出嗝才让他觉得好受一些。当贝尔纳达拿着花瓶从他身边经过时，他后退了一步。这些花瓣的尖端雪白无瑕，底部呈深黄色。贝尔纳达摇了摇头。这股气息中还混杂着另一种味道，当他在苍蝇的嗡嗡声中骑车碾过路旁的鹅卵石时，有时也会闻到这股味道。

"通通拿开。"见贝尔纳达要把花瓶放到餐桌上，胡里奥·博特连忙说，"通通扔掉。"他就这样站在门边，直到她拿出一个塑料袋，倒掉花瓶里的水，把花倒进袋子里，再把两个提手打上结。

"袋子先放这儿，之后我倒垃圾时一起带下去扔可以吗？"贝尔纳达用手指了指水槽下方的柜子，另一只手则护住肚脐眼和阴部之间的位置。胡里奥·博特点了点头，转身朝客厅走去。这下，他终于可以在客厅的沙发上坐下脱鞋了。

"它们闻上去有股死尸味儿。"胡里奥·博特回过头说，"我觉得它们有股死尸味儿。"

他在客厅里又觉得想吐，连忙把两扇窗户彻底打开。白色的窗帘在房间里鼓了起来，卫生间的门砰的一声关上。是风吹的，胡里奥·博特判断，不是贝尔纳达干的。他坐回沙发上。终于可以在他的沙发上待一会儿了。

"这些球兰？"贝尔纳达在他身后问。

胡里奥·博特没注意到她也跟进了房间。他朝前弯下腰，先解开右脚的鞋带，接着再解开左脚。

"这些球兰？"贝尔纳达又问。见胡里奥·博特不答话，只是自顾自地脱鞋，她又说："迷迭香才有股死尸味儿，它是种在墓地里的。"说到这里，她自己都笑了："可能是为了盖住死尸的味道，所以人们才在坟墓间种迷迭香。"

胡里奥·博特没有回答，只是伸手把鞋递给贝尔纳达。贝尔纳达接过鞋，先去厨房往里头塞了团报纸，才把它放进卫生间。

临睡前，为了对付苍蝇，整个房间都喷洒了药剂。梅赛德斯负责喷药，欧拉利娅负责端着喷雾器，当梅尔凯往里面倒药剂时，她必须将其端正放稳，以防液体漏出。

洗衣服时，在用开水煮过衣物后，梅尔凯和欧拉利娅用木勺把它们从水槽里捞出，放在有凹槽的斜面上。这时，梅赛德斯可以做"靛蓝娃娃"：她在手掌上摊开一块方巾，梅尔凯把靛蓝片放在中间，再用一根细线把四个角缝在一起。欧拉利娅把水壶里的沸水倒进碗里，再掺入水龙头里流出的冷水。梅赛德斯让"娃娃"在碗口走动，嘴里唱着"小蜗牛，小蜗牛，把你的蜗牛角冲向太阳"，然后让"娃娃"一头栽进碗里。她抓着方巾的一端，拽着"娃娃"在水里划动。姐妹俩静静地望着娃娃在水面上留下道道蓝色纹影。起初，水面呈淡蓝色，每一朵四处散开的蓝色波纹，都在白色的搪瓷碗里显得格外引人注目。梅赛德斯拽着娃娃每多转一圈，水的颜色就变得更深一些。衣物在水槽里冒着热气。梅尔凯和欧拉利娅小心地用烹饪木勺将它们挑进碗里,聚在碗底的深蓝色水随布料向四周散开。

"我的。"梅赛德斯说。她有权先挑,再看欧拉利娅对剩下的是否满意,重新改一两次主意。欧拉利娅早就学会了尴尬地在一旁观望,最好是看向地面,发出无声的感谢,或是无精打采地伸手接过递来的礼物。大的那份礼物,永远是属于梅赛德斯的。就算这一切没有明文规定,并非理所当然,梅赛德斯也总是会说:"我的。"她已经习惯了这一切,要是欧拉利娅为此发火,她反倒会感到惊讶。可欧拉利娅经常会感到难过,甚至要为此哭泣。一开始一声不吭地嘟着嘴,后来则号啕大哭起来,因为没人在乎她的感受;出于某些莫名其妙的原因,她就是得不到关注。

弗朗西斯卡需要纱线。她需要两种颜色,一种是她这几天一直用来绣青蛙肚皮的黄绿色丝线,一种是用来绣香蒲叶的棕线。她打算缝个袋子,用来装从 A 到 Z 的字母块。纸盒的侧边裂了道缝。从那以后,何塞·安东尼奥在玩过这套玩具后,就在儿童房的书桌上把它们整齐地搭成两座高塔。他小心地把木块叠在一起,伸出小手掌把侧面抚平。要是不小心碰到桌子,撞倒了木块,还会为此落泪。哭完后,他又搬过凳子坐下,一边吸着鼻涕,一边从头开始。如果弗朗西斯卡或女用人叫他别管这堆东西,说:"我来替你搭。"他就会伸出右手把她们推开,顺便用左手护住这堆积木:"你们不会。"

就缝个小袋子,弗朗西斯卡想,别的不行,缝个小袋子还是可以的。只要每天下午吃完午后点心干一点就行。埃利塞奥让她别管午后点心叫下午茶。这样,何塞·安东尼奥就可以把字母块放进袋子里了。放进袋子后,也就无所谓它们是否叠放整齐了。绣一只青蛙的工作量不算太大,再来一点香蒲叶、麦秆和蓝绿色调的水洼。太阳和云朵就舍去了，雨点也是一样。绣一只青蛙的工作量不算太大，其他女伴们也都能完成。

弗朗西斯卡需要纱线、浅色长筒袜和药妆店里的科隆香水。没有别的，就这三样。纱线、浅色长筒袜、科隆香水，弗朗西斯卡在心里默念道。她沿着长街一路下行。纱线、浅色长筒袜、科隆香水。天气很闷热，天空整天都灰蒙蒙一片。空气仿佛不是气体，而是湿润的液体；它带着一股令人不快的湿热，贴住她的皮肤，钻进她的口腔。

纱线、浅色长筒袜、科隆香水。她要先去特雷西塔三姐妹商店和化妆品店，两家店都在圣母受孕教堂附近，然后再沿着赫拉多雷斯大街往下走一段去玫瑰商店，最后打道回府。这点路就不必叫司机送了。可刚走到最高委员会广场，弗朗西斯卡就知道自己绝不会沿着赫拉多雷斯大街继续下行。纱线、浅色长筒袜、科隆香水。她决定去圣母受孕教堂，明天再差一个帮工去玫瑰商店买长筒袜。去之前先打个电话，那样绝对没有问题。青蛙得赶紧绣完。两周来，她每天下午都坐在那儿忙活。一旦针眼不再连贯，她就得犹豫下一针该扎向哪里。她试探着把针插进布料，却不敢将线从中穿过，而是观察它与上个针眼的距离，再和示意图做比较。不一会儿，她又拔出针，又开始下一次尝试。布料上到处都是小针孔，纤维已经开始有些松动。绣一只青蛙的工作量不算太大，其他女伴们也都能完成。

雨水猝不及防地落下，弗朗西斯卡只得站在原地，在人行道旁驻足不动。雨滴很大，但并不冰冷，弗朗西斯卡没有感觉到凉意。豆大和密集的雨滴很快就浸湿了她的外套和里头的衬衫，她的裙子和尼龙丝袜立即被雨淋透了。一道水柱从她的帽檐浇下，噼啪打在她的左肩上。雨水积在扣帽饰针在帽檐上扎出的浅坑里，像沿檐口一样顺着左侧鬓角旁的三根绿羽淌下。她的双脚已经开始在鞋子里打滑。马路一侧的路缘石旁流淌起一条小溪。她的脚后跟正好挡住它的去路，水流围在她脚边打转。她就这样站在那里，直到有人拍了拍她的肩膀。

"您进去吗？"来人穿着白罩衫，朝她微微一笑。他指了指敞开的门，原来她正站在一家发廊门口。

"不了，谢谢。"弗朗西斯卡想要继续前行，却不知如何迈开腿。她的鞋跟倒是不高，但现在鞋子的内底已经十分湿滑，让她觉得有些站不稳。每走一步，那感觉就像沿着一座小山下滑。可她的脚却哪儿都去不了。脚背上扎紧的鞋带使她动弹不得。

"要不要来块毛巾擦一下？"那个男人说。弗朗西斯卡摇摇头。帽檐上的水柱在空中画出一道弧线。

音乐房里一片寂静。既听不到何塞·安东尼奥的硬皮革鞋底发出的嗒嗒声——他已经在走廊里来来回回走了一上午——也听不见费利佩的哭闹声，甚至听不到厨房里忙得热火朝天的声响。

设计它的建筑师管它叫密室。它位于小客厅和弗朗西斯卡从来不用的缝纫间之间，没有窗户，四周是装有浅蓝色软包的内墙。屋里放着两把色调一模一样的靠背椅和一张黑色小桌。一个柜子里放着唱机，上方是两个放唱片的抽屉，下方是两扇小门。三角钢琴套着一个布罩。弗朗西斯卡不会弹钢琴。她父亲认为弹钢琴过于法国化和英国化，至少不是西班牙人该干的事情。有那么一阵子，他想让她学吉他。"农家女才弹这个。"她母亲说。

当她在完婚后搬进这座房子时，这个房间已经被布置停当。这架用珍珠贝嵌花的胡桃木做成的三角钢琴已被打好蜡,调好音,当时还没有被套进布罩里。

"你喜欢钢琴吗?"弗朗西斯卡问道。

埃利塞奥耸了耸肩:"不,其实也没有。"

那架钢琴其实是他母亲留下的。

新电话机必须重新调整一下。那是埃利塞奥从大陆托运过来的。当它在圣克鲁斯的港口被搬运上卡车的那天,埃利塞奥打来好几通电话,就为打听电话机是不是已经送到了。

"电话机放在音乐房里十分好看。"接下来那一周,弗朗西斯卡在给他的信里这样写道。她这么做,只是为了凑满字数。整封信占信纸四分之三篇幅,都在描述何塞·安东尼奥的进步。费利佩的年龄还太小,除了又长个了,其他没什么好写的。

当女用人把他放在弗朗西斯卡怀里时,她感到他越来越柔软,也越来越沉。那感觉就像一袋五公斤新磨的玉米面,很新鲜,还带着余温。女用人一般是在早饭后,偶尔也在下午茶前把费利佩带来。费利佩不乱动,不哭不闹,不同她玩,只是稍稍流一点口水。他就像小火炉一样靠在她的肚子上,一动也不动。只有当她早上披头散发地弯下腰,发梢掠过费利佩那长满黑色胎毛的脑袋时,她才能感觉到他因感动而微微颤抖。

这些她都不能写,所以弗朗西斯卡就对埃利塞奥讲起了他至少在六封信中都提到过的电话机,说把它放在音乐房里十分好看。别的她也没法多说,因为这个电话机根本无法使用。她注意到,黑色的电话线缆被整齐地卷成一卷,挂在背面的钩子上。这里没有信号。因为海浪的缘故,在给她解释这些时,埃利塞奥用手在空中画出一道道弧线。那是上次复活节时,当时他们在吃午后点心,而不是下午茶。

"这样的设备应该放在小客厅里!"最后的感叹号就像他那责备的目光。有时候,他已经转过身去,但还是会向她投来这样的目光。

她得把电话机放到小客厅里,再叫人把那儿的小写字柜搬到音乐房。小客厅里唯一的插座被落地灯给占用了。她得叫电工来看看。

埃利塞奥下周回来。他特意请假回来参加落成仪式。他们会一起开车过去。这样更省事,因为她的父亲洛伦索也参与了这个项目。那是建在南部的一个酒店综合体,包括多套公寓和碧蓝的游泳池,周围布满鹅卵石、仙人掌和棕榈树。酒店位于寂静湾,南邻海滩,那里从前是埃利塞奥长大的庄园,投资建酒店的比利时贵客也是她父母的朋友。

1957～1958 年
鬼 针 草

父亲第一次跟她提起埃利塞奥时，弗朗西斯卡根本记不起这个人。当时是下午4点刚过，她刚整理完秋季募款的捐赠者名单，正坐在花园房里一边写卡片，一边等两个志愿者。一切都已准备停当。桌子已经被清理干净，上头还没有盖桌布。折叠整齐的桌布，搭在一把椅子的后背上。已经叫人把蛋糕盘和叉子摆在托盘上，此外还有糖罐、仍然空空如也的牛奶壶以及她早上去埃克托面包房买的一盘拿破仑蛋糕。一切就绪后，她们先喝起咖啡来。弗朗西斯卡决定不再等干活儿时才喝咖啡。上次，她们在晚饭前才正式完工。她担心自己可能要违背母亲的意思，请那两个志愿者共进晚餐。

十个大纸箱已经在送餐手推车上摆放整齐。每个箱子里都是一沓"穿上你的鞋"运动的海报。它们的内容各不相同，旁边还放着信封、地址清单和一沓随邮件附上的信。这些信已经签好了名，是随纸箱从马德里寄来的。

花园房里有些闷热，弗朗西斯卡取过捐赠名单扇了扇风。两年前，她接手了安达在妇女联合会的工作。一天早晨，安达出现在她的床边说:"我突然想到,你现在这年纪已经可以做那档子破事了。"当天,她就让人把杂志、传单和邮票通通搬进了房间。自从南妮·布朗离开后,那里一直是她的学习间。从那以后,弗朗西斯卡就在晚上代替母亲参加一周两次的节日和大型活动委员会例会。提升西班牙妇女教育水平的运动不在她的职责范围,那是她自愿报名的。她们要将海报整理归类,给每个村庄和市区委员会都发一整套。每箱海报的标语内容,就被印在纸箱外。

直到父亲穿着短袜和睡衣站在花园房里,弗朗西斯卡才注意到他的出现。她连忙放下手中的捐赠者名单。由于扇风的缘故,她用手指捏过的地方已经出现了折痕。她望向快要写完的卡片。上头写着:"我谨代表祖国和圣克鲁斯全国妇女运动部,感谢您……"还没写完的话是:"捐赠的十二箱红酒。假如没有您的鼎力支持,领袖日的庆典活动将不会如此精彩。"

"埃利塞奥·贝尔纳多特是个品行出众的男人。"她父亲说。他没穿鞋,只穿着袜子,身上披了件淡蓝色的睡衣。"你觉得呢?"弗朗西斯卡给吓得说不出话来。首先,父亲从去年开始很少离开卧室;其次,他还从来没有征求过她的意见。

见她点头称是,洛伦索转身离去。两个志愿者出现的时候,弗朗西斯卡还在努力回想埃利塞奥·贝尔纳多特是谁。

一切始于一年前,也就是1957年2月。一天晚上,洛伦索手上拿着一张长长的纸条下了车。他没有向替他开门的司机点头致谢,也没有理会等在一旁、准备从他手里接过帽子和大衣的仆人,就径直朝着客厅走去。他在吸烟室的酒吧推车前停留了一会儿,给自己倒了一杯足有三指高的卡洛斯普里梅罗酒,手里依然拿着那张纸条。

他继续往前走,穿过餐厅,穿过已经摆放整齐的餐桌——那里点好了蜡烛,也斟满了水杯——瞧也不瞧在通往小客厅的侧门旁恭候他到来的安达、弗朗西斯卡、两位比利时贵客、维瑟夫人和阿尔瓦雷斯博士,便径直走出敞开的露台门,消失在黑暗里。

"我想,咱们大概可以开席了。"安达一边笑着说,一边望向花园。洛伦索几乎整晚都待在那里,餐厅里只能听见几下瓶塞被塞回醒酒器的声音。

接下来的几天也同样诡异。洛伦索既没有勃然大怒,也没有大喊大叫,甚至连嗓音都没有突然提高。他没有匆忙地与人通话,也没有跟人密会,没有低声密语,也没有做任何试探。他不再一早开车去编辑部,而是没日没夜地端着三指高的卡洛斯普里梅罗酒,呆坐在露台的藤椅上,时而流泪。下雨的时候,他便坐在撑开的太阳伞下,把一块蓝色的毯子盖在腿上。

"好歹小声点。"坐在一起吃午饭时,安达对弗朗西斯卡说。屋里听得见他时不时擤鼻涕的声音。每隔几个小时,他就起身添一些白兰地酒,或是径自上楼,也不叫用人帮忙,便自行从抽屉柜里取出一块新手帕,在光滑的柜面上,已经沾满鼻涕的手帕越积越多。

"爸爸怎么了?"开始上甜点时,弗朗西斯卡忍不住问道。

"佛朗哥让他伤透了心。"安达回答道。

佛朗哥将奉行技术治国论的天主事工会成员引进内阁,它的成员多是虔诚的天主教徒和君主专制制度的拥趸。即便《晨报》足足晚了一天,才在岛上宣布这个消息——相应的电报和主编一起失踪了一整夜——但所有长枪党阁员被一并解职的消息,还是不翼而飞。

接下来的这些天里,餐厅里只有安达和弗朗西斯卡吃饭。洛伦索根本没碰女用人送往露台的托盘。安达也不敢请人到家做客。

白天,他在太阳底下用手遮住双眼;暮色降临时,他便跷着二郎腿,盯着趴在温暖露台石板上苟延残喘的蜥蜴那修长的身躯。

园丁不敢在花园里干活儿。用他自己的话说,是不敢去打扰老爷。众人纷纷点头。又有谁愿意在一个痛哭流涕的男人面前,弯下腰清理杂草呢?

于是,花园里就长出了鬼针草。在花园房中的《柯蒂斯植物学杂志》里,它的学名叫"Bidens pilosa"。五片白色的花瓣,略显笨拙地围绕在点缀着黄黑色的花冠周围。开花的时候,这种植物是无害的。可它那深色的花籽儿却会牢牢地粘到袜子、裤腿和裙边,划伤脚踝,粘上兽毛,使得把可卡犬打理干净变得无望。

喝空醒酒器里的卡洛斯普里梅罗酒后,洛伦索便把它换成朗姆酒,随后又换成雪莉酒。他的脸颊上出现了红色斑痕,并结痂脱落。那是他不停地拿手帕擦拭眼泪,把脸颊磨得太干的缘故。

一次吃午饭时,弗朗西斯卡打破沉默,问母亲是否要找他聊聊。安达摇了摇头。只要洛伦索一个人穿着褐色的丝绸晨服坐在露台上难过,只要他还把手帕塞进胸前口袋,他就不会去埃尔托斯卡尔找他的姘头。安达对此求之不得。

一天晚上,安达和弗朗西斯卡不得不躲到音乐房里吃饭,因为洛伦索来到了餐厅。他把桌首的椅子转到朝向墙壁的位置,没有抬头,而是低头看着自己的双手,因为何塞·安东尼奥·普利莫·德·里韦拉正从墙上俯视着他。瞳孔处较差的光影反射,让这位在油画上斜着眼的长枪党创始人显得有些心不在焉。

"哎哟,大老爷,你可来了。这副样子可真有失体面。"安达出现在门边,翻了翻白眼说。是一位女用人请她过去的。"老爷不让我们铺桌子。"她不愿说为什么,只是问夫人能否过去看看。

弗朗西斯卡第二天下楼吃早饭时,那幅画像已经被挂到了门厅里。原来挂在那儿的大镜子则靠在墙边的梯子旁。有那么一阵子,圣克鲁斯谣言四起,说洛伦索每次进门厅,都会伸出右手向这幅画像问好。有些人已经开始小声讨论《晨报》主编的继任人选。但最后什么都没有发生。

洛伦索告别他的"真爱"——这是安达的原话,是一个相当漫长的过程。每次想激怒他时,安达就会给他念自家报纸的头版头条。当然,是在吃早饭的时候,而不是在大庭广众之下,但肯定会当着弗朗西斯卡的面,而且往往是洛伦索在埃尔托斯卡尔过夜之后。安达已经对他那扇被小心翼翼关上的卧室门了如指掌。她在半睡半醒间记录下这一切,第二天早上醒来后,仍然清晰地记得自己有没有听到关门声,以及那是几点。就算洛伦索叫人给合页上了油,或是一毫米一毫米地推门,安达依然可以听到这一切。

3月初,情况似乎短暂地好过一阵。洛伦索早上出门,不等司机按门铃就已收拾停当。白天,他有一半时间在大西洋酒吧度过,另一半时间则去编辑部。他们成功举办了两场鸡尾酒招待会,还颇为顺利地在圭梅拉剧院为在内战中为正义一方战死的军人家属举办了一场盛装晚会。

但在接下来的几个月里,洛伦索就连吃饭都不愿走出他的卧室。女佣在早上8点、下午两点和晚上9点给他端上托盘,不仅菜量越来越少,种类也越来越单调。起初是早中晚一个样,后来整个星期都一成不变,菜品的搭配也越来越单调。整个7月和8月都是蜂蜜蛋饼配木瓜粒,9月是无花果和煮鸡蛋,10月是橄榄配葡萄。当安达上楼问他是不是疯了的时候,洛伦索说,自己在琢磨新西班牙人。

当然，他多半已经疯了，离婚可能近在咫尺。

洛伦索思考的是未来。为此，他买了成箱的书，一张张书单在他的卧室和艾尔阿古拉书店之间来回传递。这些书都是关于中世纪的，因为在他看来，只有在那里才能找到新的、革命性的、从未存在过的思想。他研究黄金时代，研究上帝如何创造西班牙世界帝国、将他的福音传播到世界每一个角落，研究群岛的殖民化和占领它们的诺曼底贵族，研究卢戈斯、贝唐库尔斯和贝尔纳多特家族。

新西班牙人不吃肉，而是早中晚各吃一个鸡蛋。中午和晚上吃煮熟的鸡蛋，早上则将蛋液同温水和两勺糖搅拌在一起服下。他吃橙子、柠檬、杧果、香蕉、木瓜、牛油果、扁豆和玉米，但不吃直接从地里刨出来的东西，如洋葱、土豆、胡萝卜和红甜菜。他们也不吃南瓜，因为它长在地上，上头爬满蜗牛。西葫芦也一样。他还说，在拿不准的时候也不吃西红柿和青椒，因为谁也没法知道它们是否被很好地拴在高处。安达说，洛伦索的营养主要来自树木和鸡。鲜榨果汁、水和卡洛斯普里梅罗酒则是他眼里可以喝的东西。

这种情况持续了近一年。后来，洛伦索又开始坐车去大西洋酒吧。

在父亲穿着淡蓝睡衣和袜子出现在花园房大约两周后，弗朗西斯卡终于在某个周六第一次注意到了埃利塞奥。那天安达请人到家吃饭，洛伦索穿了一身小礼服。几天前起，他又开始定期出门。这是那年第一个温暖的夜晚。狂风不再沿着山坡呼啸而下，不再把灌木和树冠吹往大海的方向。安达在露台周围挂满彩色纸灯笼，众人聚在那儿喝着开胃酒。埃利塞奥·贝尔纳多特伴着晃动的灯光来到露台，像一阵清风一样走进花园。

他们没有交谈。要不是洛伦索提到自己的名字，弗朗西斯卡根本不会注意到他。埃利塞奥·贝尔纳多特站得笔直。弗朗西斯卡打量了一会儿,甚至怀疑他的脊柱是否有些问题,以至于没法弯曲。在女士面前弯腰致意时,他的背始终挺在那儿;回头看向别人时,整个僵直的躯体一起转动。

"是个毛头小伙儿。"第二天早上,安达在早餐时说。虽然母亲的评价带着贬义,但弗朗西斯卡却一时觉得挺开心。她熟悉这种僵硬和发愣的感觉,只是从来没有在另一个人身上如此明显地看到过。

她已经习惯了母亲无时不在的注视和父亲无言的哀叹声。弗朗西斯卡今年22岁。人人都说——因为安达逢人便问——弗朗西斯卡是他们见过最漂亮的女子之一。尽管如此,她却从来没有收到过鲜花和卡片,没人邀请她出门,没人找她说话,也没人同她一起消失在昏暗的花园角落。这其实不用操心,弗朗西斯卡清楚地知道这一点。人们把她介绍给其他男子时,大多数人都有一种受宠若惊的感觉,个个面带笑容,提出有趣的问题,满心期待她的回答。他们的眼睛时刻追随着她,有些人还试图以不显山露水的方式,悄悄碰一下她的手臂、肩膀和后背。但他们扬起的嘴角最后却渐渐垂下,露出的牙齿又被嘴唇所遮盖。有些人弯腰看向她,因为弗朗西斯卡老是盯着地面,最多只回答"是""不是"或"我不知道"。她当然想要做出正确的回答,让它们配得上那些激动的表情、微笑和追随着她的目光;但与此同时,她也希望这一切赶紧结束。在打趣时,她笑了太久,笑得过于平淡,甚至显得有些笨拙,声音常常她自己听来也过于响亮,搞得她自己也羞愧难当,不由低下了头。众人的脸上都露出了倦意。大多数人都在点头告别之后,转向下一位宾客,或是悄悄离开。

"你不必勉强。"在埃利塞奥先后要求亲吻洛伦索和弗朗西斯卡的手时,安达在一边说。

"没事。"弗朗西斯卡说,"我觉得跟他还谈得来。"

胡里奥·博特周六骑车去上班。起初,他要翻越一整座山才能到达拉拉古纳。两年前搬到塔科后,他现在只需翻越半座山头。每周六早上,马雷罗的女儿都会等在作坊门口,因为老马雷罗周六从不露面。胡里奥·博特一走近,她便转过脸去。他和她打招呼时,她只是朝他点点头,也不敢正眼看他,仿佛她刚才没有朝他这边张望。她把钥匙插进锁孔,往往需要捣鼓一会儿,才能把挂锁打开。过程中,她不敢转身看他,打开门后便自顾自地去开灯。

贝尔纳达·马雷罗一上午都在整理账本。一开始,她还努力填着数字;过了一会儿,他便听见她的椅子咯吱作响,那是她在变换坐姿。不知从什么时候开始,胡里奥·博特再朝她看去,便只能看见她把笔拿在手里发呆。十年前,他刚来老马雷罗这儿工作,当时贝尔纳达只有十四岁。她最多只需一个半小时就能做完账。尽管门外不久前挂了一块写着"艾德萨"三个字的牌子,进门右手侧也新添了用作展示的电炉灶和热水瓶,但他们仍然卖不了那么多器具,绝不至于让小马雷罗花上五个半小时,从早上 8 点一直做到下午 1 点,才把所有的小票金额誊写到账本上。

早晚会来的,胡里奥·博特想。有一阵子,他寡言少语,甚至还想让一切来得再快一些,但他可不想在老马雷罗那儿遇到麻烦。

每个周六,他在两点过后锁好作坊门,和贝尔纳达点头道别。随后,胡里奥·博特便骑上车,碾过长在特立尼达大道两条车道之间的蓝色和白色绣球花扬长而去。他一直骑啊骑,直到天黑才回到位于塔科的家中。

近来，胡里奥·博特每天早上来到作坊门前，都会担心在两扇门的缝隙中发现一张纸条。他敢肯定，最晚等到涉及丧葬费的支付问题时，他们肯定会来通知他。但泰奥菲洛的女儿肯定不会派人去塔科报信。不过要是昨夜发生了什么，在作坊大门塞张纸条还是有可能的。

千万别是今天。周六抬着自行车从绣球花丛中走过时，他这样想。贝尔纳达·马雷罗已经扭过脸，胸前抱着双手在门口等他了。今天千万别塞纸条。

他最后一次去看奥尔加是在十天前。打开卧室门时，泰奥菲洛的女儿贝尔塔把手搭在他肩膀上说："有啥办法呢！"

奥尔加苍白的脸上勉强透出一丝血色。她的身上青一块紫一块，小腿肚、手臂和脖子都已经水肿。走近看时，皮肤下面还映出深紫色的血斑。一块毯子盖住了她的胸部和主要身体部位，她的腹部已经隆起，像　座小山。奥尔加紧闭双眼，直到贝尔塔伸手抚摸她那裸露的双脚，对她说"有人来看你了"，才睁开眼。

她的眼睛在昏暗朦胧之中寻觅半响，这才认出胡里奥·博特。

"你走吧。"奥尔加说。她的假牙被放在床头柜的一个茶碟上。"你走吧。"她说，"别看了。够了。"

贝尔塔又把手搭在他的肩膀上。

"掉过身，回去吧。"奥尔加微微抬起手，指向他身后那扇位于亮处的门。

"求你了。"奥尔加说，"赶紧走，那样我还好过些。"

"走吧，"她说，"快走吧。"

胡里奥·博特回到家时已经很晚了，午夜早已过去。一路上，他担心自己必须一路骑上泰德山，在那儿冻僵身子，才能应付这一切。

贝尔纳达·马雷罗像从前一样边冲他点头边转过身。她没有从门缝中抽出纸条，也没有口信给他。头几个小时一切正常，卖出去一盏夜灯和一个吹风机，还有人来取走了一台收音机。身后只传来贝尔纳达和顾客亲切交谈的声音。10点30分的时候，胡里奥·博特打算去街角的小酒吧喝杯告尔多咖啡。他问贝尔纳达能否留她一个人看店，后者一声不吭地点点头。她的目光从他身边滑过，望向他身后那扇永远脏兮兮的窗户。他不由自主地转过身，察看那儿究竟有什么东西。

经过柜台时，他想过可能门缝里的确塞了纸条，而贝尔纳达却不知该如何向他开口。他没跟老马雷罗说过奥尔加的事情，只跟他说自己无亲无故。他当然可以去泰奥菲洛那儿，向贝尔塔打听一下情况。那样的话，他马上又会闻到奥尔加房间那股阴暗潮湿的味道。想到这儿，他把咖啡一饮而尽，在吧台上放了几枚硬币，便转身回到作坊。

贝尔纳达肯定来回走动了一阵。因为当他从门口走进昏暗的店内时，正好看到墙边有个阴影在动。她匆忙坐回原位，甚至把椅子弄倒了。两条椅腿在空中晃动了一阵，才啪的一声落回地面。贝尔纳达的脸唰的一下红到了耳根。虽然她的眼睛一直盯着书桌上方的墙壁，仿佛之前让她一直盯着窗户的东西又出现在了那里，但胡里奥·博特还是注意到她的脸红了。贝尔纳达僵直身子坐在那儿。他同她打招呼；她只是让白皙修长的脖子上一绺深色的秀发微微动了一下，算是回应。

胡里奥·博特回到工作台前，俯下身修理一盏灯。听见贝尔纳达在身后的问话，他一时有些不知所措，只能用大大过量的焊条把脱焊的触点焊得死死的。

她前几个字说得有些生硬,后面的话则迅疾如滚落的山石。"要不要一起看电影?莱尔剧院正在放《天空中的宝藏》。"

"跟谁呢?"他问。空气突然变得凝重。店里一片寂静。胡里奥·博特惊讶地发现,自己双手僵持,也不敢朝贝尔纳达看,只能一动不动地等在原地。

"跟我。"贝尔纳达的声音很轻,以至于胡里奥·博特不由自主地点了点头。

"电影 7 点 30 分开始。"她仍然是试探的语气。

正因为此,胡里奥·博特在两点过后没有骑车上山,而是一路下坡回到了塔科。他在心里盘算着如何回绝这番邀请。他不敢给她打电话,接电话的肯定是老马雷罗。给某个小孩塞几个硬币,让他给她捎个口信?那样的话,他极可能昧了钱跑掉,只留下贝尔纳达在贵族广场苦等。那样的话,下周一再在作坊里见面,可就不好办了。等待他的将是另一种沉默,另一种扭过脸去。何况他又能写些什么呢?抱歉我临时有点急事?我生病了?就在距离 7 点的这四个半小时里?出车祸了?然后周一就好了?

或许他可以拿奥尔加当借口——但一想到这里,胡里奥·博特就不由心生愧意。他必须小心骑行,才不至于在松垮的山岩上失控。有那么一瞬间,他以为自己要摔跤了。那样的话,他的问题倒是解决了。他在心里想这样下去能让自己感到无比欣慰的原因。

回到拉拉古纳后,胡里奥·博特乘上电车,想着自己其实不应该换衣服,穿之前在作坊里穿过的裤子和衬衫,以老样子和她在电影院里见面,可能更加合适。而且他的工装裤不会往下滑。他喜欢深色的,自从他重新开始骑车后,那条裤子就显得太瘦了。

贝尔纳达也换了一身衣服。他沿着卡雷拉大街一路往上。在离终点不到几米的地方过马路时，他能看出贝尔纳达也是鼓足了勇气才敢正视他，而不是低下头或是看向别处。她在裙子上擦了擦右手，这才把手递给他。尽管如此，她的手指依然湿冷。

当他想亲吻她的两颊、向她问好时，她拼命把脸扭向一旁，以至于他的嘴没有亲到她的脸颊，而是碰到了她的耳朵。嘴唇之下的黑色耳环冰冷光滑。接下来，他们就这样一言不发地站了一阵，相互逃避对方的眼神，直到最后相视而笑。

"走吧。"贝尔纳达说。于是，他们并肩沿着卡雷拉大街朝莱尔剧院走去。一开始，他们只听见打鼓声；见到迎面走来的人群，胡里奥·博特还在想这究竟是在干什么。迈步，后腿跟上。换一条腿迈步，后腿跟上。鼓声响起时迈步，恢复安静时拖腿。稳健的节奏。灰色的西装，深紫色的绶带，队伍跟着鼓点的节拍，一步一步地朝他们缓缓走来。走在最前面的人肩上扛着基督塑像。只见它上身赤裸，印堂发黑，苍白的脸上勉强才透出一丝血色，身上青一块紫一块，一块布遮盖住身体中部。

很久很久以前，胡里奥·博特每年都会跟着游行队伍一起前进。走在前面的父亲佩着绶带，翻领上别着硬币大小的徽章。约尔格在一旁同他并肩而行。后来，他们为此起过争执，但奥尔加仍然坚持要约尔格同去。"我数到三。"他一边数，脚尖一边在地上轻拍。

贝尔纳达碰了一下他的肩膀。"我们要一起去吗？"

胡里奥·博特摇摇头。最后，他干脆直接说："我妈快死了。"

敌人位于埃利塞奥的左眼后方。它一开始呈长条状，就像一块很大的木片，后来则发展成楔子状。尖端的位置，正是最痛的地方。它不断向外扩散，很快便包围了整个颅脑，像一顶沉重的铁帽扣在他脑袋上。他需要使出全身的力气，才能挺直脑袋。巡视队伍时，脖子上的肌肉一直处于紧绷状态。眼后是一块木片，眼前是第三中队。一群面色苍白的二十来岁小伙子，戴着橄榄绿色的帽子，咬紧牙关，平视前方。

埃利塞奥没什么可说的。压在头顶的铁帽太过沉重，似乎要把他的脖子压入身躯，让他的下巴一直抵到胸骨。在这种情况下，他早已无心挑错。铁帽过后，呕吐紧随而来。埃利塞奥已经尝过这番滋味，似乎那股压力要将他的胃彻底翻空。在呕吐开始前，他得赶紧回到墙壁被刷成淡蓝色的办公室里舒舒服服地坐着，以免被外人看到。或是躺在角落里的沙发上，额头上盖一块清凉、拧得干干的毛巾。在离开第三中队的视线后，他得赶紧让自己的副官埃尔南德斯把湿毛巾放进冰箱。

电视里出现了公牛。圣赛瓦斯蒂安斗牛赛。埃利塞奥闭上眼。毛巾没有彻底拧干，一滴水顺着他的耳朵流下。埃利塞奥实在没力气大声喊叫，再把前厅的人叫来训斥一番。鼓声隆隆响起，主持人开始介绍入场的斗牛士。

埃利塞奥对此没有多少兴趣。在他还没出生的时候，斗牛就在群岛上被禁止了。这玩意儿必须从小看起，他有时会承认说。但无论是今晚、明晚还是之后的任何一个晚上，军官俱乐部里讨论的都是哪个斗牛士战绩出色，砍下了多少只耳朵。

其实除了没拧干的毛巾，一切都还过得去。他马上就要结婚了，正在造一座自己的房子。他仍然是上尉。只不过，这军衔大概短期之内不会再变了。他只在伊夫尼坚持了五天，不到一个星期便遭遇了左后方敌人的伏击。埃利塞奥已经不记得自己是怎么回来的了。

在马德里的军医院，医生在他床边说，他是被飞机给运回来的。仿佛他就是一只箱子、一个物件。那位医生十分和蔼，他把一只手轻轻地搭在埃利塞奥的肩膀上，可他却只想把它推开。他觉得自己必须得问什么时候能回伊夫尼。医生耸耸肩说："等等吧，说不定一切马上就过去了。"埃利塞奥不知道他指的究竟是头痛还是西撒哈拉的纠纷。

或许两者是一回事，因为这句话在两方面都同时应验了。虽然近来还有小规模冲突的报道，但在法军的帮助下，暴乱已经在年初基本得到了控制。自从他调任塞维利亚的后勤部队后，箍在他脑袋上的铁罩也就消失了。

但近几周来，头疼病又有去而复返的趋势。埃利塞奥知道其中的缘由：在庄园的问题上，他必须做出决断。自从母亲过世后，除了休探亲假时有人过来小住，这座庄园一直处于空闲状态。埃利塞奥着实纠结了一番，才把岛屿当作自己的故乡。

他的父亲埃纳尔罗·贝尔纳多特将军出生在卡斯蒂利亚，在托莱多的一个庄园里长大。作为家中的幼子，他继承了岛上的这片地产。在那个寒冷的1月早晨，所有聚在马德里商议遗嘱执行问题的人，都只从传言中听说过这片土地。上一位去那儿的人，还是埃利塞奥的祖父。他在那儿过了一个冬天。当时他只有十六岁，面色苍白，咳嗽不止，根本不是这个年纪的人应有的样子。于是，医生强烈建议他去岛上待一段时间，强身健体。

从那以后，家中就传说，那里捉兔子不仅靠猎犬，还得用貂；田里种的不是小麦，而是仙人掌，那里的人们以此为原料制作红色颜料。具体如何操作，埃利塞奥的祖父也不是很清楚。对于群岛，众人就只知道这么多。另外，这块土地亏损一年比一年严重，所以当遗嘱把这块地分配给埃利塞奥的父亲时,没有人提出反对。

多年之后,贝尔纳多特一家才回到岛上。当时,普利莫·德里韦拉发动政变,还在背后逮到了埃利塞奥父亲的把柄。于是他决定急流勇退。几个月后,他发现马德里的局势并没有所担心的那么复杂。但与此同时,他也发现如果没有家人的羁绊,自己在首都的私下行动也将变得更加自由。于是,他决定把家人留在庄园,让他们继续享受那儿无比清新的空气。但埃利塞奥当然不记得这些。他只记得11月的板栗和茴香,记得在屋后的猪圈里用气枪击打肥嘟嘟的仙人掌,记得自己的那些鸟儿。

埃利塞奥近来去大西洋酒吧,在那儿的露台上认识了他未来的岳父洛伦索·冈萨雷斯。在听埃利塞奥说起庄园的亏损后,一位他们都认识的朋友介绍他俩认识。用他的话说,洛伦索是岛上消息最为灵通的人。这与他担任《晨报》主编无关,而是因为岛上的大事在发生之前,都会先在大西洋酒吧的露台上充分讨论。

洛伦索不仅请埃利塞奥上自己家吃饭,还在之后的一次会面中提出了庄园问题的解决方案。这个方案颇为激进,那就是将庄园出售,卖给想在那儿开酒店的比利时老板。

"可那儿啥都没有啊!"埃利塞奥不解地问道。那里只有一片伸入海中的岩石和沙滩。还没有变成骨色的东西,很快就会被寂静湾的太阳晒成那种颜色。他想起了内战前在岛屿北部过冬的英国小姐。她们往往患有肺病或神经问题,常常身着白衣,在植物园的绿荫和海滩上散步,在路旁支起画架,临摹泰德山的样子。她们在海滩上的彩色帐篷里换衣服,把湿淋淋的脑袋伸出帐篷外。

比利时人感兴趣的是这块土地和对水资源的控制权。他们给出的报价极为诱人。而南部的水管网归埃利塞奥未来的岳父所有,那是他未来的岳母从她父亲那儿继承的。洛伦索说，旅馆要比动植物消耗更多的水，甚至比香蕉种植园还要费水。

不经意间，额头上的毛巾已经热了。脖子下方的沙发扶手又冷又湿。每次想到弗朗西斯卡未来的庄园生活，他就觉得她早晚得无聊地坐在三角钢琴前，让整个房间都响起舒曼的奏鸣曲。在拉拉古纳建房是他岳父提议的折中方案。这个地方，正好位于圣克鲁斯和不毛之地——那是他未来的岳母对南部的称谓——中间。

1950 年
鲜　花

　　《晨报》每天出版一期，但它的发行人却很少在位于坎德拉里亚广场上奥林巴斯大楼三楼的编辑部露面。大西洋酒吧露台左数第二张桌是他的固定座位。如果他没有在座位上，那烟灰缸上就会靠放着一个"已预订"的牌子。这个牌子其实有些多余。因为大家都知道，这张桌子属于绰号"西班牙万岁"的洛伦索·冈萨雷斯。

　　10月23日，洛伦索喝了一杯只加温牛奶和一包半糖的告尔多咖啡。他的右臂一如既往地靠在露台的栏杆上。坐在这里，可以清楚地看见港口和等在那儿的人群。旗帜仍然降在那儿，人们仍然闭口不言。

　　明天这期报纸的文章已经写好了，也预留了相应的版面，以备领袖在发言稿之外即兴发挥。当然，其中省略了一些细节，比如卡门·波洛·德·佛朗哥的穿衣款式和颜色。洛伦索昨晚已经在清样上签过字，文章也得到了马德里总部的首肯，现在缺的就只是照片了。尽管如此，所有《晨报》记者仍然一大早就聚集在港口，与图片编辑部和岛上所有的自由摄影师一道，等着舢板的到来。天还没亮,一辆辆卡车和专用大客车就走村串巷,接来了箭束团员、老长枪党员、天主教青年团、妇女联合会成员、宗教人士、官员、全国工会成员以及所有愿意来又不会惹麻烦的人。

虽然他是岛上幸存的几位长枪党创始成员之一,是国民运动的第一批支持者("现在个个拍手叫好,当时却只会冷嘲热讽!"——他的这番言辞,其他大西洋酒吧的常客早就不再陌生),可洛伦索却没有入选在港口恭候佛朗哥的官方欢迎委员会。他甚至没有受邀参加随后在圣母受孕教堂举行的庆典活动——出席这场活动的是天主教会中的达官显要。而在洛斯亚诺斯举行的户外活动,则是炼油厂及其董事会的事情。直到在韦勒广场的总司令部,洛伦索才会被介绍给佛朗哥。他的女儿可以给佛朗哥献上鲜花,除此之外,再无其他。而在随后参观大学时,还会有两个女孩给佛朗哥献上花束。

洛伦索一直信誓旦旦地说自己之前就见过佛朗哥。那是1936年4月在圣克鲁斯庆祝共和国成立五周年的时候。但这件事情,还是不要跟佛朗哥提起为好。之前担任特内里费岛总司令的经历,对他而言并不愉快。搜捕行动并不顺利,敌人像狐狸一样狡猾。为此,他还多次与岛上的无政府主义者起过冲突。有据可查的暗杀行动就有五次;而在其他一些意外事件中,至今也没有弄清是谁出于何种目的开的什么枪。

大西洋酒吧的常客都知道,如果洛伦索想叫谁过去一起坐,就会冲他招手。所以,当那个要找空座的外国人在露台上看了一圈,最后朝第一排的第二张桌子走去时,他们相互撞了撞对方的手肘,等着看热闹。

"不好意思,我可以坐这儿吗?"他这样问道。西班牙语中每个圆润的音节,都被他念得有棱有角。

也不知是因为不知对方是什么来头,还是因为他今天只打算喝告尔多咖啡——牛奶、咖啡、糖——而不打算来点别的,洛伦索颇为友善地点了点头。"请。"他说。见对方在落座后看着桌上的酒水单,犹豫是否要伸手将它取过,他又问:"您从哪儿来?"

"汉堡。我姓维塞。"他小心地取过菜单。

"德国人。"洛伦索把英语里每个有棱角的音节都说得很圆润,"棒极了。你是记者?"洛伦索朝港口扭了扭头说。

"不是。"海因里希·维塞笑着说,"我是做鲜花的。"

"鲜花?"

"我打算在岛上开家苗圃。岛上的光照就是它的财富。"德国人这样说。

洛伦索迟疑地点了点头。

"这儿离赤道的距离刚刚好。无论是春夏秋冬中的哪个季节,光照时间都长到可以让种子发芽。地球上任何一种植物都可以在这里发芽。至于能不能继续活下去就是另一回事了。"

"鲜花就是未来。"见洛伦索面露疑色,沉默不语,他又补充说。

"那为何之前没人做呢?"

"没人想到这一点。"海因里希·维塞满意地笑着说,"我们有位名叫菲策·诺依曼的园艺师在1939年随一艘轮船来过岛上。后来他战死了。他总说,一定得在这儿种植物,而不是在冬天的汉堡围着巨大的火炉,度过漫漫长夜。"

"1939年?是随罗伯特·莱尔号吗?"他们曾多次报道这次访问及其背后的"力量来自欢乐"计划[①]。有两位编辑曾在两周时间里全

[①] 译者注:纳粹德国为缓和阶级矛盾、宣传国家社会主义优越性而发起的一项休闲计划。计划的主要内容是由国家出资建造大量游轮和度假村,供普通人免费享用。

程陪同来宾。他自己也参加了公牛广场上的晚会。洛伦索记得当时乐声鼎沸,还有几个人发表讲话。安达翻着白眼,掐他的胳膊,在他耳边低声细语。"回家走着瞧。"

德国人点了点头。"过去这些年的日子很难过。先是战争,然后是燃料短缺。一开始缺劳动力,后来又劳动力过剩。"

港口突然热闹了起来,礼炮声和欢呼声接踵而来。

胡里奥·博特去上早班时,那扇大铁皮门左边的小门已经开了。老马雷罗端着小凳子,坐在射进门口的太阳底下抽烟。他和正从作坊门口的两块巨石间匆匆挤过的女园丁一样,也穿着淡蓝色的衬衫。他举起手中的烟向他问好。跨过门槛后,胡里奥·博特的脚先往下沉了一步。作坊里的水泥路面比街面要低四十厘米。还没等胡里奥·博特从他身边走过,老马雷罗就闭上眼,继续耷拉着脑袋,吸着手中的烟,直到火快烧到他的手指。屋里的窗户又高又窄。胡里奥·博特的眼睛刚适应室内的昏暗,就看到了自己工作台上一夜之间多出来的那些设备。而老马雷罗却装作什么都不知道。

老马雷罗是那些抹布的主人。它们只有三种颜色,或者说是沾着三种类型的污渍,浅棕色、灰色和黑色。没有什么是上点油还修不好的,他说。假如所有的抹布都没法做到妙手回春,那么这些涂满油污、沾着黑手印的电视就会被摆到工作台上。

这间作坊只有一个房间。墙边的架子上,摆放着积满灰尘的设备。它们或等着被取走,或因为它们的主人付不起维修费而被搁置。或者是他们不愿意看到,一推活塞阀门便会喷出橙色粉环的硫黄泵,竟然也能被修好。

老马雷罗从来不过问这些。他只是吸着烟,打着瞌睡,鼓捣着自己的彩票。他每周都会买四注彩票,用图钉把它们钉在墙上的挂历旁,逢人就解释为何要这样选。

米拉弗洛雷斯大街始于山下圣克鲁斯港的旧市场后方。从几年前起,除了屋檐下的鸽子,就只有地上的老鼠还在那里活动。米拉弗洛雷斯大街一路向上通往加尔塞兰桥,从桥上往下走时,圣母受孕教堂的钟楼便像一个惊叹号,在一排排房屋间映入眼帘。"瞧那些鲜花!"人们笑着伸手指向那窄到只能放下两张板凳的阳台。姑娘们在那里面对面坐着。在这里,不管年龄多大,所有的人都被称作姑娘。她们膝盖碰着膝盖,拄着栏杆,手里叼着香烟。人们打趣地管这儿叫"女烟鬼大街"。

"可进可出,可前可后,只需五个比塞塔。"梅尔凯刚来米拉弗洛雷斯大街上班时,皮条客在入口处喊道。后来,价格降到了四比塞塔、三比塞塔。其他物价都在涨,只有这儿的价格在跌。进屋之后,还要讨价还价一番。最后的价格取决于露出的牙齿数。笑得越灿烂,价格就越高。有些姑娘梅尔凯在圣格拉西亚就认识。人们说,去米拉弗洛雷斯大街最近的路,就是从修女身边经过。

梅尔凯在尼亚加拉酒吧当清洁工。只有人手实在短缺时,她才会多待一会儿。她也不在这一带住,而是住在两公里外东边的埃尔托斯卡尔,住在拉维纳巷的贫民窟里。她有个三米乘以两米见方的单间,这是她生平第一次自己住一个房间。现在的情况,其实都还算好。中午要争公用厨房,早上争院子里的水龙头,晚上争洗衣槽,从早到晚都要争厕所。尽管如此,一切其实都还算好。

今天早上,贫民窟比平时更加拥挤,也更加吵闹。孩子们没去上学,男人们没去上班。梅尔凯出门时,他们正靠在院墙上,一边抽着烟,一边呆呆地朝外看。太阳刚升起不久,还没有越过玫瑰大街的屋顶板。空中刮着风,大多数商店都没开门。尽管如此,人行道还是车水马龙,人们摩肩接踵,朝着港口的方向走去。一切都带着红黄红三色,旗帜在橱窗上飘扬,皇家维克托利亚电影院前的柱子上包裹着彩带,堵在行车道上的汽车不停地按着喇叭。王子广场上的咖啡店还没开门,但长椅上已经人满为患。女人们按住围巾和裙子,男人们按住自己的帽子。一群箭束团员坐在凉亭的台阶上吃着早饭。

现在的情况,其实都还算一切正常。只不过从一两个星期前开始,胸口的皮肤就处于紧绷状态。梅尔凯不确定这种情况已经持续了多久。她反复计算,试图回忆每一天的情形。但日子一天天过去,例假却迟迟不来。她每天早上盯着自己的胸部,看着苍白的皮肤下凸起的青筋,就是看不出有什么异样。盆腔始终没有来例假前那种绷紧的感觉。腹部始终没有动静,这不禁令人生疑。到底是冒着生命危险打掉它,还是不打掉它,大不了再回到修女那儿?

一般情况下,她中午才出门,在两点半左右沿着米拉弗洛雷斯大街一路往下,穿过刚被唐埃米利奥打开的大门,走进尼亚加拉酒吧。但就算她提前六个小时来,一切也没有什么不同。椅子七倒八歪,烟灰缸塞满烟头,桌子上留着新烫的焦痕。中间的小桌上摆着留有红酒渍的酒杯,其中至少有一个处于被打翻的状态。如果有船只到港,还会多出一大批啤酒瓶。通往二楼包厢的木楼梯上零星散落着衣物,其中有围巾和袜子,偶尔还会有女式衬衣。

梅尔凯先从楼上的房间开始收拾。大多数姑娘还在睡觉,叫人起床是一件恼人的工作。"拜托,再等五分钟。"还有:"你都想不到昨天……"梅尔凯要搞卫生,她们就只能去包厢里发牢骚、放屁、诉苦。梅尔凯要倒空夜壶、擦拭盥洗台、倒掉剩下的水、用醋清洗杯具，偶尔还要清洗壶罐。她把扔得满地都是的衣服堆成一堆，再根据情况看要不要换床单，最晚三天肯定要换一次。等到5点的时候，所有的房间和姑娘都要准备就绪。姑娘们要坐在阳台上，或者坐在楼下的酒吧里。现在的情况，其实都还算好。

找个酒鬼过日子吧。昨天，梅尔凯跟一个老姑娘提起自己紧绷的胸部，对方这样建议她说。从那以后，梅尔凯就在脑海里把可能的人选过滤了一遍。她不由自主地想起几年前在她的肚子里游动的那条小鱼。找一个合适的酒鬼，可不是一件容易的事。他不能过于狡猾，也不能太过贪婪。他必须守口如瓶，而不是一旦房间因为酒精而变得燥热时，就开始胡言乱语。他不能试图利用这一点，从她这儿索取物质报酬。结婚就是结婚，是白白地张开双腿。要是真找到了那样一个人，那么这场戏也必须用一纸婚约坐实。必须把他拖到民政局，让他清醒地念出自己的誓词。必须能在孩子出生时把他拖到公民户籍登记处，让他在上头签字。怕就怕每个月才过了一半，就有人找上门来，因为他们的钱又花完了。那时得养三张嘴，而不是两张。

四年前，梅尔凯站在圣格拉西亚弯道处高大的门前，手里拎着一个用来往劳教所里送土豆的袋子。袋子里装着牙刷、抹布、一块拇指大小的肥皂——那是她未经询问就擅自打包带走的，还有她的备用胸罩、备用内裤、备用罩衫、一本《圣经》以及一句："你不会有出息的。"除此之外，修女们没有再多说什么。"天黑前赶紧回家，否则他们又得把你收进来了。"临别时，她们这样说。梅尔凯站在大门前，却根本不知道家在哪里。太阳照得电车轨道上方的空气微微颤动。她沿着轨道，朝着拉拉古纳的方向上行。一直来到拉米拉格罗萨,道路两旁的仙人掌、鹅卵石和蜥蜴的沙沙声才开始消失。她在水站旁停了一会儿,但不敢久坐,又继续沿着赫拉多雷斯大街一路走到圣母受孕教堂。在那里,一股烤土豆的味道让她几乎热泪盈眶,馋得直流口水。然后,她又沿着通往塔科隆特的铁轨继续前进。

她在祖父母家住了一阵。直到前年秋天,祖父躺倒在厨房的一张大桌子上,身下垫着一块黑色的毯子,脚踝、手腕和双眼两侧各点着一根蜡烛。镜子遮起,门窗半开,他的身上穿着深色的西装,脚上穿着新鞋。亮棕色的鞋底没有划痕,也没有污渍,它们冲着门口的方向,在照片上显得十分亮堂。梅尔凯进屋时,钟声已经响过两遍,摄影师已经开始工作。她替他举着灯,在听见砰的一声响后,吓得赶紧将灯放下。"这是镁光灯。"摄影师说。

"你不能再在这里待下去了。"在蜡烛熄灭、祖父被四个小伙子抬往教堂后,祖母这样说。

梅尔凯拐入加尔塞兰桥时,米拉弗洛雷斯大街上还生意冷淡。阳台门仍然处于紧闭状态。等港口那场轰轰烈烈的活动一结束,当人群开始向圣母受孕教堂移动,他们就将成群结队地涌入这里。

第一波客人通常在5点左右,也就是午休结束后才来。只有周六会稍早一些;但那时他们出手也更加阔绰,因为周六是发薪日。到了8点30分,当人流在商店关门和晚饭的间隙涌入米拉弗洛雷斯大街时,梅尔凯便开始准备回家。这时候,外头比里面更凉快。所有人都把椅子搬到人行道上,侃侃而谈,就着膝盖上的小碗吃羽扇豆。孩子们跳来跳去,闹腾个不停。梅尔凯从一旁走过时,他们个个默不作声。

要是她再多待一会儿,街上就看不见女人了。"小心点。"姑娘们在临别时说，"小心点，否则你就给人白嫖了。"梅尔凯小心地躲开三两成群的男人。在古老的小巷就更加容易。她的叫声肯定会在院墙间回荡。

鲜花11点送到。那是早上现摘、现洗、现包装的。七朵鹤望兰，分别代表七个岛屿，中间是一朵白玫瑰。修剪整齐的叶柄，被包裹在湿巾里。他们来自奥罗塔瓦山谷，而不是自家花园。上午的太阳还没有照到窗外。弗朗西斯卡原本期待着亲自去采摘鲜花，她想要那些已经盛开、叶片内部带着黄色和深红色斑点的百合。

几周前，她大晚上被叫下楼去。用人来敲门时，她已经穿上了睡衣。南妮·布朗给她换上家常服，一路把她送到楼梯口。小客厅里，女士们吃完饭后，正三三两两地聚坐在一起，喝着利口酒。她们又把弗朗西斯卡打发到露台上。洛伦索和其他先生们正晃动酒杯，在那儿抽着烟。"交给你一个任务。"父亲一见面就说。

安达代替南妮·布朗，亲自替她挑好了连衣裙、鞋子和帽子。为此，她在多娜·皮拉尔时尚工作室那装着软垫的凳子上足足坐了两个下午。几乎透明的长筒袜，绝不能被钩坏半处。所以，弗朗西斯卡今天搬了一把餐椅，坐在那个被他父亲称为缝纫间、被她母亲称作起居室的房间里。那里没有藤椅，只有打磨得十分光滑的木椅。在她身旁座椅扶手的皮垫上搭着一副手套。她终于可以像贵妇一样戴手套了。这副白手套经人精心钩织，上头没有精美图案，只有一些菱形纹路。但她终于有手套了。

鲜花11点送到，轿车10分钟后到。根据行程表的安排，她将在11点15分坐上轿车，驶向位于韦勒广场的总司令部。其实走路过去最多需要5分钟，但她还是被安排坐车过去。这和天气炎热、连衣裙和灰尘都有些关系。安达叫人把椅子搬进缝纫间,便又上楼去了。弗朗西斯卡保持双手不动,以防袖子起褶皱。她不能吃东西,不能喝水,只能坐在那儿等待。

弗朗西斯卡问起安达的去向。用人说,她母亲已经躺下了。这套粉黄色的连衣裙有着白色的矮立领,白色的鞋子没有鞋跟,帽子上绣着淡黄色的花朵。弗朗西斯卡在花园房里翻遍了所有23卷的《柯蒂斯植物学杂志》,也没找出那是什么。近些天来,她在下午茶和换衣服吃晚饭的间歇一直在书里寻找,直到南妮·布朗说,如果弗朗西斯卡真的那么喜欢它,她可以把它做成刺绣图案。

她父亲一大早就出发了。母亲一会儿陪她去。司机按响门铃时,她也从楼梯上走了下来。她穿着一件矢车菊蓝的衣服,没穿分体裙和衬衫,而是穿着连衣裙和短外套。外套的颜色与妇女联合会的半圆标志相同。她的翻领上别着带箭头的饰针。上头的箭头数目其实是错的,但每个箭头上都镶着五颗红宝石,又有谁会逐一去数呢!她的母亲说那是狩猎胸针。必须横着佩戴,而不是竖着。

鲜花已经被放在副驾驶的位置上。安达将弗朗西斯卡那件连衣裙的裙摆梳理平整,这才重新落座。她从上到下打量了弗朗西斯卡一番,满意地点了点头。

弗朗西斯卡屈膝行礼时,那个戴着太阳镜的男人用下半张脸露出了微笑。她把花递给他时,他又露出了微笑。他伸出亮闪闪的手套,接过这捆鲜花。她说"欢迎光临"时,他又露出那番微笑。她的声音轻到连她自己都听不见,所以她不确定他是否已听明白。就在她准备重说一遍时,那个戴太阳镜的男人已经微笑着把花交给了一个副官。那个在到达司令部后接待她们的马德里女士轻轻地把手搭在弗朗西斯卡的肩膀上,弗朗西斯卡像跳双人舞一样,跟在她身后走,变换着方向,放慢脚步,再在她每次轻按肩膀时加快速度。

宾客们在司令部的大厅里围了半圈。那个女人带她来到靠边的位置。检阅部队时,她父亲就和其他那些先生站在大楼的楼梯口。入口左右两侧的岗哨已经装点上红黄两色的彩带。那个马德里来的女士问弗朗西斯卡是否想留下来继续看,随后把她带到一间办公室的窗户前,这才消失在露台上。

从二楼望去,只能看到一排黑压压的帽子。士兵们八人一列,整齐地排成一个个方阵从窗户前走过。她看见走在每个方阵第一排的士兵踩着音乐的节拍,每走一步就摆动一下手臂。随后映入眼帘的,则是一群身着民族服装载歌载舞的演员头顶那转动的花环。

弗朗西斯卡俯下身,双手撑着窗台,好让自己的脚放松片刻。她的脚趾已经被新鞋挤得生疼。

海因里希·维塞仍然坐在原地不动。服务员走过来,悄悄把写着"已预订"的牌子靠在烟灰缸上,指望他能识趣地起身离开,或是起身点些别的,然后换个位置。可他却对此视而不见。这儿的一切还过得去,一眼望去,有人声鼎沸的港口,有成排停放的汽车,周围的街道上还有一些还算过得去的房子。

昨天从拉拉古纳回来的路上,他着实后悔来岛上,更后悔还在这儿买了一小块地。马路只有两车道,两侧没有护栏,只有狭长的沙带和山坡。山上的植被一片枯黄,大家都说今年的降雨来得有些晚。满眼都是苍白、坚硬的草秆,中间点缀着些许蓝绿色;到处都是灰蒙蒙的,那是龙舌兰,它们肉乎乎的叶片已经耷拉在鹅卵石上,就像一堆巨大的死鱼;到处都湿淋淋的,潮得要命。

拉拉古纳的风大到让他无法呼吸。沿着维亚纳大街上行时,他必须侧过头,才能从张开的嘴巴和鼻孔里吸进新鲜空气。空中的云朵压得很低,仿佛浓雾就直接笼罩在屋顶上。天上落下的毛毛雨,和他额头、嘴唇、下巴、脖子和喉咙上的汗珠混在一起。在海因里希·维塞看来,这和空中那灰蒙蒙的一片极不相称。但天气就是这么热。宾馆大堂的温度计显示的是华式温度。他在吃早饭时换算了一下,昨天早上7点的温度是23摄氏度。

基督广场仿佛就是世界的尽头。兵营后头再也没有山,就连棕榈树那高大的树冠也消失在了云雾中。律师事务所提议签约的饭店,位于广场的另一端。雨越下越大。虽然雨点很小,但雨很密,他不得不伸出手臂遮在眼前,在那表面像是起了鸡皮疙瘩的大水洼中间找到前进的路。进入饭店后,众人都会笑的。店里坐着施瓦茨博士、店老板和一个留着白色大髭须的男人。他衬衫的领子很高,虽然有些磨损,但立得笔直,边缘甚至都快扎进他的脖子里了。他朝海因里希·维塞伸出手,在同他问好时微微低着头。"这儿就是这样。"那些人会这样说,"再过十分钟就该出太阳了,而且还有彩虹。"他们指了指挂在门边一个铸铁立架上的伞说:"这个季节出门一定要带伞。习惯就好了。"

"我又不能把土地当饭吃。"那个留着白色大髭须、穿着立领衬衫的男人用西班牙语说。施瓦茨博士替他翻译了一下。海因里希·维塞不知该说什么,只得点了点头。

当海因里希·维塞踩着水洼间的泥沼经过小凉亭,从蒙蒙细雨中朝饭店走来时,三个人都沉默不语。他打开门时,店老板推了一把"白色大髭须"的肩膀,催促他从桌前站起,朝来宾伸出手。

签完合同后,彩虹真的出现在基督教堂的上空。它的背后是三座郁郁葱葱的山峰,沙沙作响的棕榈树冠在日光下清晰可见,阳光投射在水洼中,波光粼粼。风仍然不时掠过,把他湿透的裤边吹得贴在他的脚踝上,让他湿漉漉的上衣领子在风中飘动。马上就会干的,他想。不要再犯从前的错误,沿着右边的街道下行,别再横穿基督广场了。

　　他需要一台电话机。在找出租车回圣克鲁斯之前,他或者应该先发个电报。他原本应该打听去邮局的路,但不知为何,却始终不敢开口。过了好久,他才在起伏的寺墙间找到位于本科莫大街的电话局。这些没有窗户的围墙,在他的眼里都是一个样子。

1944 年
劳 教 所

　　七年后重新踏足岛上,背上的木箱在胡里奥·博特的肩膀上勒出了一道难看的红色压痕。箱子阻断了他的血液循环,他的耳朵里响起一阵持续不断而尖细的鸣叫声。直到他在防波堤上放下箱子,这个声音才逐渐减弱。码头上空空如也,悬臂上的两台吊车纹丝不动。卸货问题必须靠小船一个箱子接一个箱子、一个麻袋接一个麻袋,一个人接一个人地解决。

　　共和国广场上正在大兴土木。小时候,那里立着个碉堡。它被拆毁后,那里就成了一片沙地。每次从那儿经过,奥尔加都能从裤子上掸下一大片尘土。后来,那里成了出租车站。在十字架节那天晚上,他们玩累了,就从那里打车回家。不知什么时候,那儿出现了棕榈树和长凳。现在,胡里奥·博特沿着海滨大道往下走,发现这里又造起了房子。在围墙围起的方块上空,空气中尘土弥漫。

　　莫拉雷斯喷泉还在原地。四条均匀的水柱不断从斯芬克斯像张开的嘴中喷出。胡里奥·博特敢肯定,自打他上次从这里经过后,这些水柱一直不停地流了七年。

雨点已经开始变凉了。中午的雨晒过太阳，大多数时候是温热的。胡里奥·博特洗了把脸。其实他的脸并不脏，因为他早上刚和一个哥伦比亚人挤在一起，在轮船入港的晃动中洗过脸。

胡里奥·博特洗完脸，便在水池旁坐下。他的裤子和衬衫的后背，都被喷泉的水花给溅湿了。他往后撩了一把头发，把指甲里的黑垢扣了出来。他事先没有打电话。在加的斯没有打，而是直接登上了船；后来，在穆尔西亚、塔拉戈纳、休达和丹吉尔也都没有打。他既害怕拿起听筒的是陌生人，又害怕电话根本没人接。

他发现，共和国广场已经不叫共和国广场了。它也不像从前那样叫宪法广场，而是以岛上的保护女神命名，改叫坎德拉里亚广场。这位女神正站在广场中央唯一的那根细柱子上，和广场周围拔地而起的高楼相比，显得十分瘦小。费明·加兰大街也已经改名为卡斯蒂略大街，但电车的起点站仍然还在原地。

在那里，一群篮子里装满空铝罐的送奶女工正靠在墙边，坐在马路牙子上，等着电车的到来。还有一位母亲带着两个女儿，两个孩子一边击掌，一边唱着《平板车梅伦居拉》。胡里奥·博特忍不住一张张脸看过去，却一个人都不认识。从前他也不认得起点站的人，但现在还是忍不住要盯着人看。

这一举动换来的是眉间两道深深的皱纹，紧眯着的双眼，还有一句："喂，看什么看？"

胡里奥·博特来到最后一节车厢，从后门上车。这节被漆成灰色的车厢，显然比前两节车厢更为廉价。它被戏称为"花园"，因为大包小包的货物和动物都可以带进这节车厢。花园是送奶女工的天下，车门旁的座位是她们的地盘。她们把空铝罐挂在侧窗外的钩子上，把篮子搁在座位底下。她们推得很用力，足以撞破原本已经坐在座位上的乘客的脚踝。

就连还没等电车驶出卡斯蒂略大街起点站便东摇西晃地过来倚着扶手逐排收钱的检票员，都得躲开她们那死命挥动的双手。

一切都可被划入"老样子"和"新模样"两个世界。后面车厢那些在窗外相互碰撞的铝罐，依旧发出丁零当啷的响声。混合其间的，是首节车厢提醒行人注意的隐约可辨的响铃声。

经过韦勒广场时，胡里奥·博特转头看向右侧，直到脖子上的肌肉被从敞开的车门和从朝外开启的上层车窗之间进来的凉风给吹得紧绷绷的。司令部从他身边闪过。那座房子，从前是特内里费无线电俱乐部所在地。和平广场上的电影院已经开门了，它旁边的酒吧仍然还叫赫斯帕里得斯。

但桑托斯峡谷大道一直在他身边几百米的地方。随着电车朝拉拉古纳方向上行，桑托斯峡谷大道显得越来越低。山下的圣克鲁斯地势平坦宽广，春天时到处都是白色的球兰花。到了8月，那儿十分干燥，脚一旦着地，鞋跟两侧就会溅起红色的尘浪。

在圣格拉西亚附近的弯道处，山坡上长满仙人掌，一条蜿蜒的台阶直通谷底。修女们的房子又新修了一排厢房，修道院的大门几乎挡住了小教堂。

下蓄水池仍然缺一个角，白色的蝴蝶在地上的那滩水上来回飞舞。车站还是从前的车站，电车猛刹车停下时，那些坐在光滑木座椅上的人依然像从前那样，被往前甩去，膝盖必然会磕到前排的座椅靠背。车门前很快便站满了拥挤的人群。挤在最前面的仍然是那些趾高气扬的送奶女工。

那座低矮的小房子仍然是泰奥菲洛酒庄。酒红色的门前，一个耷拉着裤子的汉子正醉醺醺地靠在墙边。他很可能是刚从里面被赶出来的。小教堂旁的台阶上长着黄色的茴香。胡里奥·博特顺着卡雷拉大街往下看了一眼,就知道下午邮局前的长队仍然一直排到门外。

他不知道自己是该撒开腿跑,还是应该停下脚步,因为他马上就快到家了。突然,所有人都停下了动作,就连那些送奶女工也从头上取下了篮子。经过的这群人里全是男人,他们压着嗓门交谈,拼命压住笑声,身上穿着各种深色的西装,脖子上露出白色的衬衫领口,中间系着黑色的领带——那是参加葬礼的队伍。

在等队伍过去的时候,胡里奥·博特仔细打量每一个人,却一个都不认得。起初,他以为站在他身边的男子手里捧着一束花。直到这束"花"逐渐膨胀,甚至开始扑腾开翅膀,他才发现那是两只鸡。一根绳子分别绑住了它们的一只爪子,绳子的拎环就挂在男子的手腕上。扑腾的时候,总有一只鸡的翅膀会碰到胡里奥·博特的大腿。

下午天热的时候,老人们依旧会到水泥砌成的阴冷的大教堂里避暑。沿着赫拉多雷斯大街上行时,胡里奥·博特只看到药房那刷成黄色的墙壁和门口的栅栏。难道5点刚过,药房就关门了?

每个工作日下午,当客厅墙上的挂钟敲响四声时,奥古斯托·博特都会在布罗托斯上尉大街的房子里从深蓝色的单人沙发上坐起。他从马甲的口袋里取出眼镜戴上——胡里奥·博特找他要钱或有事相求时,曾无数次静静地站在门边,看着他父亲这样醒来。谁若有求于他,这时就该抢在他之前,从茶几上抓起水壶柄给他倒水,还要小心地不让水滴落。一刻钟后,奥古斯托·博特便会离开家,最晚在4点25五分打开药房门口的栅栏。

横木上积满了灰尘。橱窗玻璃上也覆盖着薄薄的一层灰。孩子们在上头画满了条纹、星星、爱心。胡里奥·博特转身走开。从赫拉多雷斯大街走到布罗托斯上尉大街14号,最多只需要三百步。他七岁那年刚学会数数时,则花了将近四百步。

房门的颜色不对。拐过街角后,胡里奥·博特放慢了脚步。那道母亲每个月都要用橄榄油和柠檬擦拭一遍的深色木门——他有时也会被叫去帮忙——已经被漆成了淡棕色。门铃还是从前的样子,可他不敢伸手去按。门环的背面已经不是锃亮的黄铜色,而是涂着暗淡的黑漆。

胡里奥·博特敲了两下门,里头没有动静。他觉得可能是敲得不够重,便又赶忙使劲敲了一下。

"你去开个门?"一个女人的声音说,"孩子醒了。"

没有动静。

胡里奥·博特一边再次敲门,一边试图在脑海里理清头绪。你,孩子,还有一个女人的声音。这个声音激动又响亮,听上去比奥尔加年轻许多。当她打开一道门缝,出现在他面前时,他仍然在脑海里思索。棕色的发髻,胸前的衣服扣错了纽扣,怀里抱着哭闹的婴儿,长鼻子,眉毛浓密。不,他从没见过这个人。这人或许是个用人,他想。奇怪的是,他们竟然能允许她把孩子一同带来。

"我是胡里奥·博特。"说完,他就等着她侧身让他进去。可她却一动不动。"我是奥古斯托·博特的儿子。"

"谁的儿子?"

"这座房子的主人。"

"不认得。我们的房东是费尔南德斯。"

曾经发生过战争。但弗朗西斯卡想不起来,而且它也已经过去了。但它却经常在大人们的谈话中出现。他们每次聊起战争,都用"因为那事"代替。

有的战争离得很远,战事发生在报纸和广播上,调子变来变去是它的主要特点。一方是 BBC 国际电台,一方是她的父亲——在晚饭时朗读报刊评论栏的洛伦索。从几个星期前起,就连这也消失了,取而代之的是越来越少的评论。没有人再举起手,而那其实是唯一好玩的事情。在"站好""不许乱动"中听完讲话后,所有人突然高举手臂,还可以高声呼喊。现在,这一切只剩下了合唱《面向太阳》,然后就到了吃冰激凌或蛋糕的时间。

有的战争近在咫尺,人们却对它缄默无语。房子已经被分成了两半。底楼的吸烟室和书房属于她父亲,客厅和花园房属于她母亲。餐厅和小客厅是中立地带,只有会客时才会有人进入。至于二楼的情况:弗朗西斯卡和南妮·布朗的房间位于父母各自的卧室、卫生间和更衣室之间,就像一片缓冲地带。

洛伦索因为安达要拖他去里贝拉码头与悉尼叔叔道别而勃然大怒。而当他要带她去安切塔大街看箭束团操练时,安达也大发雷霆。

此刻,战争正在楼下门厅爆发。

"我才不做大蒜汤。"她母亲说。

"我们总不能只是劝人喝水和饮酒吧。"她父亲说。

"我啥都不劝人家喝,更不会请客吃饭。你也不能一边劝人喝水,一边请九个人来家里吃饭啊!"

"你看。"一把摊平报纸的声音如此之响,以至一直沿着楼梯传进了学习间,"这几周,我们一直在报道'你可以如何为祖国做贡献'和'独特佳肴'行动。每天的头版都会发布一个不一样的食谱。我自己总不能请人来家里吃烧烤吧。"

洛伦索情绪激动地翻报纸的声音,很快也传进了厨房,让那里的人紧张地停下手头的工作。

"不含土豆和鸡蛋的蛋饼。从橙子皮上取200克白肉,以此代替土豆。"她也不知道为何要放土豆,"取四勺面粉、十勺水和一勺小苏打拌匀,加少量橄榄油、盐和胡椒,再用刀尖挑入些许色素。然后,像平时一样煎制。"

一阵沉默。学习间里的南妮·布朗趁此间隙,将练习册翻了一页,默默指了指页面上方的那道题目。厨房里的厨子把沾有玉米面糊的一摞盘子浸入洗碗水,将盘上的嘎巴泡软。

"那上哪儿搞肉呢,安达?"

"想办法压榨一下农民。他们难道连一头牛也没留?也没养头猪应急?鸡蛋呢?做菜需要啥,就去问厨子。"

"什么农民?"洛伦索惊讶地问。他的声音也放低了一些。

"你以前老是这么说我的啊!"

"现在这可不行了。"

"那就去黑市,大家不都上黑市买肉嘛!"

弗朗西斯卡听见母亲走上楼梯。吵架时,她有时会走进学习间,坐在窗边的椅子上,等着洛伦索退回到自己的地盘——那往往是吸烟室。她时不时默默地摇头,直到碰上弗朗西斯卡的目光,才勉强露出笑容。

"放心吧,你爸现在特别信天主教,不会和我离婚的。"

整个岛屿都在吃玉米面糊。种葡萄的人,就着葡萄吃玉米面糊;养山羊的人,就着羊奶吃玉米面糊。此外,还有鸡蛋配玉米面糊,洋葱配玉米面糊,香蕉配玉米面糊,等等。只有过节的时候才能吃上面包。胡里奥·博特在工地上化名佩佩·阿尔瓦罗。能找到这份工作,他的运气委实不错。

那天晚上,他坐在大教堂旁,背靠仍然散发着热气的石墙,一边吃着最后一个梨果仙人球,一边盘算着不顾布满污渍的关节和满是黑垢的指甲,把留在手指上的汁水吮吸干净。他想到了细菌,也想到了父亲在药房里的注射器、量杯,以及一切用来消毒的器皿。等那一老一少——其中那个年轻人拄着根拐杖——快要走到他跟前时,他才注意到他俩。周围的人纷纷扭过头缩成一团,低声细语,按下帽檐,望向地面。

"你!"那个老人指了指胡里奥·博特说,"跟我走。"

"去哪儿?"胡里奥·博特一边问,一边四下张望,看看有没有什么在不得已时可以抓牢的东西,以防被他们强行拉走。他的目光锁定大教堂入口处的铸铁栅栏。那儿离他也就三步的距离。同时,他也盘算起那些刚才还在他身边睡觉的家伙中谁可能会帮他的忙。

"你想干活儿吗?"

过了一会儿,胡里奥·博特才缓缓点了点头。

"你有证件吗?"

别动,伸直下巴,不要点头,脸不要转向别处,正视前方,然后什么都别做。

"到底有没有?"

"这跟你有关系吗?"

"没关系。站我儿子旁边去。"老人指了指身边的年轻人。胡里奥·博特上一次找到活儿干,还是在前天。当时,他在拉拉古纳和圣格拉西亚之间的一家庄园里帮人收割梨果仙人球。他要从多肉的仙人掌旁,用两块系在皮带上的长木片夹住橙黄色的果实,再用一把用稻秆做成的扫帚来回捣弄那些刺,直到将仙人球摘下。他的小腿肚和拳头上,还扎着不少刺。

于是，胡里奥·博特站到了少年身旁。

"很好。"老人说，"很好。"

在那之前，胡里奥·博特每天早上都去拉拉古纳后头的平地上。那儿的道路两侧密密麻麻地长满黄边龙舌兰。黄绿相间的三角叶边缘锋利，顶端还有几厘米长的黑刺。无论是四条腿还是两条腿的动物，若想在这片土地上寻找食物，都会被它们吓退。

刚来的某一天，他在路过基督广场的路上遇见了一群皮乌斯学校的学生。他们身着灰色校服，外头套着白色的罩衫，腋下夹着画板，正在老师的带领下排成两队，迎面朝他走来。这群人大概是去大学道上临摹树木的。刚开始时，胡里奥·博特下意识地低下头，加快脚步，想要迅速从他们身边通过。因为他担心被他们认出，担心安塞尔莫指着他那一直卷到膝盖上的裤腿——因为裤边已经破得不成样子了——指着他那脏兮兮、满是红色擦痕的脚踝，指着他那饥肠辘辘的肚子和向内凹进的脸颊，笑着管他叫朝圣和尚。这显然是多虑了。安塞尔莫、科科、小佩德罗还有黑人佩德罗、雷克尔梅、阿方索这些人，现在都已经二十好几了，也跟他一样流落在天涯各地。但不知为何，那感觉就像他们还会排成两队，夹着画板穿过街道，一路上互相偷踢脚后跟。仿佛在跟不上奥古斯丁老师的地理课时，他们还会望着暮光中的浮尘发呆，为胡里奥·博特究竟去了哪里感到疑惑。第一天进肥料堆时——那是大礼堂的别称，因为那里从前被一家英国公司用来存放化肥——他被按在地上，背上顶着两条膝盖，两肋都被手肘控制。在肥料堆的头几天，他一分一秒地数着时间，试图以此防止自己失控。现在到了上化学课、西班牙文学课和宗教课的时间。他甚至考虑过是否让奥尔加或他父亲把他已经做完的作业交到学校。

现在，胡里奥·博特在工地上的名字叫佩佩·阿尔瓦罗，他在山下的圣克鲁斯搬砖。那里要建一座新市场。头几天,当别人喊到"阿尔瓦罗"的名字,跟他说"有肉包子"时,他得过一会儿才能反应过来。

一个房间,里面有床、桌子和一把椅子。胡里奥·博特只需要一张椅子,因为不会有人来看他。一个烧丁烷的煤炉,一个铸铁支架。他会把自己的汤锅或平底锅放在上头,用来早上做咖啡和重新烘烤前一天晚上的面包。咖啡需要五分钟。在这五分钟里,他要去楼上的小房间上厕所,还要去楼下的院子里就着橡皮软管洗澡。"我们看见你屁股了。"孩子们喊道。胡里奥·博特哈哈大笑,一边把软管朝着他们的方向喷去。

这是胡里奥·博特第一次重新过上独处的日子。这种独处,不是独自在灌木丛中小声地匍匐前进,也不是和一群晕船的人在甲板上独处,更不是独自背靠在满是男人的猪圈里,而是拥有一个自己的房间,一个可以锁门、相对安全的房间,一个绝对不受他人干扰的 11 平方米空间。这不是卡车的车斗或拥挤的运牲畜车。早上出门时把一个杯子放在桌上,晚上回来时它依然原封不动地还在那里。

有些人喜欢问东问西,有些人则什么都不问。到了晚上,屋里比外头更加闷热,大家都搬着椅子坐到门口,等着凉风从海上升起,缓缓爬上山坡——等它到达埃尔托斯卡尔,往往已经快要到午夜了——有时候,胡里奥·博特也会默不作声地坐到人群中间。

梅尔凯安静地躺在床上,等着床再次发生震动,等着外头传来刺耳的刹车声。那声音来自镶着铸铁十字架的窗栅之外,是车厢驶过弯道的声音。她在等最后两班电车开过。从圣克鲁斯方向开来的电车 21 时 23 分经过此地,从拉拉古纳下山的电车还要再晚几分钟。

圣母感恩教堂已经响起了9点15分的钟声。寝室里十分明亮。梅尔凯的床上虽然看不见月亮，但就连厢房的墙壁都在窗户玻璃后头闪着白光。

就在几周前，21点23分的电车还是倒数第二班车，最后一班车在22点多才会驶过。在那班车没有出现的第一个夜里，她们低声交谈，猜测可能是出了事故。几天后，一个女犯从外头带来消息说，太多节车厢破败不堪，又找不到备件，那班车被取消了。从那以后，在21点23分后，能听到的只有每15分钟响一次的钟声，有人翻身时钢管床腿的吱呀声以及床垫下锈弹簧的声响，还有两个新来者发出的低声哭泣。

羊毛毯被从墙壁上反射的月光照亮，闪着亮灰色的光。除此之外，罩衫、围裙和睡衣都黯然失色。根据新的着衣颜色分类，士兵穿卡其色制服，长枪党穿淡蓝色制服，警察穿灰色制服，国民卫队穿灰绿色制服，穷人穿土黄色衣服，牧师穿黑色长袍，神学院学生穿白色长袍，主教穿紫色长袍。红色衣服已经没人穿了。

神圣救世主派来的修女穿黑色和白色长袍。圣母感恩教堂外观是黄色的，石灰脱落、石块露出的地方，则有着棕色的斑痕。过去几个世纪以来，圣母感恩教堂变成了圆形，它的围墙朝外拱出，屋顶也不再严实。雨水从缝隙里漏下，滴在正唱诗的女犯头顶，滴在她们的肩膀上，但她们不能抬头张望，也不能晃动身子。

圣格拉西亚的一切都必须摆放端正，整齐有序。无论是床铺、一旁的椅子——第二天又得重新穿上的罩衫和围裙，就搭在上头——餐厅里的桌子，还是女犯，都必须如此。无论是报数、接受检查、做针线活儿、行进、两人同行、祷告，还是沿着弯道右转去农田里干活儿，一切都必须如此。捆番茄苗、摘番茄、分拣番茄时如此，松土、挖土、除草和挖土豆时也是如此。反复念诵"……共和党人的政权还俗主义、享乐主义以及马克思主义所带来的毁灭，将我引入了道德和物质的废墟，求我主保佑，救我于水火……"时也是如此。

修女们统一着黑袍，戴着白色的面纱，但每个人都有自己的行事方式。玛利亚·特蕾莎修女手执戒尺，卡门修女则手握皮带。她攥住黄铜做的带扣，把皮带一圈圈地缠绕在手指上。但两个人都会说："伸手，手心朝上。"

玛丽·卢斯修女会一把揪住女犯的头发，好让对方没法转过脸去。她就这样目不转睛地盯着女犯；实在生气时，就和大多数人一样，只顾着自己出神。玛丽·卢斯修女盯紧目标，她那高高挥起的手心，即将在那一小块皮肤上落下。她的手在空中震颤了一次、两次，做了个假动作，手指头把那一小撮头发揪得更紧。她从侧面挥开手臂，一巴掌打在对方脸上。这样女犯的嘴唇和鼻翼虽在命中范围之内，却不会正面击中，从而避免那暗红色的鼻血流出，弄脏围裙和地面。要是那一幕真的出现，玛丽·卢斯修女可不知会如何大发雷霆。

圣克鲁斯方向驶来的电车晚点了。梅尔凯这样猜测，但身边没有表来验证自己的想法。不过，几分钟后，先是一阵沉闷的轰隆声，然后是转弯前尖锐的刹车声，拉拉古纳方向开来的电车一路下坡而来。床板开始振动，弹簧咯吱作响，一切都以同样的节奏开始晃动。梅尔凯开始一秒一秒地数着时间。数到462秒的时候，轰隆声又会再次响起。但这一次的声音会稍轻一些，刹车声也不会那么尖锐，因为圣格拉西亚处的轨道分为两段，上行方向的电车将沿着劳教所另一侧的长直线轨道上坡。

当时，祖母第一个发现，大喊了一句："可别又是一个。"她一把拎起梅尔凯的两只手腕，就像给羊羔结扎时拎起它们在空中扑腾的腿。她用右手把梅尔凯的两只手腕按在一起——她的手腕就是这么细——拖着她朝门边走去。她的手指就像牢固的钳子。梅尔凯使出浑身力气往后退，嘴里大叫着："不要，求你不要。"祖母伸出坚硬的膝盖在空中猛扫了一把，正中她的侧前方。侧扫这一招，她经常用来对付那些不安分的奶牛。

梅尔凯弓着身子往后躲闪，很快便失去平衡，倒下时正好砸中成捆晾在亚麻布上的月桂。祖母抓起梅尔凯的手臂，把月桂从她的屁股底下抽出。

门闩和挂锁把厨房门封得严严实实，她只能待在室外，望着还露在外面的门槛。好在门框旁的墙壁很厚，有半米的位置可供避风，梅尔凯蜷缩着膝盖坐在那儿，靠在木门边，一边感受着门缝中透出的一丝暖气，一边拾掇着裙子上的月桂叶。不知何时，她就梦见了猫儿。

醒来后，她已经分辨不清仙人掌、鹅卵石和在坡道口睡成一团的土狗，也分不清无花果树和昨天被人落在外头的打谷棒。不久后，祖母直接从她身上跨了过去。等她端着热牛奶回来时，差点被梅尔凯绊了一跤，不得不扶住墙，眼睁睁地看着牛奶洒出。于是，放下牛奶罐后，她便拿起扫帚，对梅尔凯说："滚开！"

梅尔凯站起身。她的头发上沾着露珠，衣服湿冷一片。她根本迈不开腿，还感受到了尿意。就在这时，扫帚砸中了她的大腿。但她依然没有走开。

第二天晚上，祖母猛地一把撞开门，害得梅尔凯仰面跌进屋里。她二话不说，就把刚从碗柜里拿出的盘子接二连三地朝她砸来。

两个月后，当她们沿着小路上山时，梅尔凯早就习惯了眼前的三个人，并对他们熟视无睹。站在中间穿黑色长袍的是牧师，站在两旁穿灰绿色制服的是国民卫队士兵。她跪在厨房里，跪在摆放在亚麻布上的两堆无花果前。这些都是她早上采摘来的。她拣去树枝，刮掉黏在上头的介壳虫，一捆一捆地将它们放在水桶里清洗干净，再在上午把它们拿到太阳底下晾干。每隔几分钟，她就得拿擦碗布、扫帚或是手头能拿到的什么东西去驱赶一回苍蝇。在两座小山的周围，还摆着一排排无花果叶。它们也被清洗干净，两小时后还要翻一面。她得先把叶子垫在箱底，再在上头密密麻麻地摆上一层无花果；等箱底被盖住后，再取过木板。木板正好可以塞进箱子。她伸出双手，小心地把身体的重量均匀地按压在木板上，直到箱子旁渗出红色的无花果汁。然后是下一层叶子，下一层无花果，再用木板均匀按压。汗水顺着她的手臂流下，沿着手肘滴在木板上。再下一层。

这样的摆放是否合适，过一会儿才能看出来。当木板倾斜，一侧明显比另一侧高时，再怎么按压也都没用了。

厢房里那个从拉埃斯佩雷扎来的姑娘又开始大喊大叫时，梅尔凯已经快要睡着了。这里有的人如释重负，有人沉默不语，也有人大呼小叫："我看见她还活着。我听见她哭了。"

梅尔凯当时没有喊叫。她也没有弯下膝盖，没有张嘴，没有自欺欺人。一切都像被打上了救赎的封印。她知道她还活着，也知道自己不会再和她见面。传言说，孩子们被带到大陆，送入儿子在内战中为正义一方战死的家庭。但那究竟是不是真的，梅尔凯并不敢肯定。

她拿来枕头,把脸埋入床垫。耳朵里传来弹簧晃动的声音。她把一个枕头叠到另一个枕头上,闻着上头的霉味儿。大多数时候,那个从拉埃斯佩雷扎来的姑娘过一会儿就消停了。一周前,她被转移到了厢房。大多数女孩在被允许外出后,情况就会有所改观。至少不会再大喊大叫。

挺着大肚子是不能出去的,只有肚子下去后才能外出。两扇大门每天早上 6 点 30 分朝里打开。从两年前起,梅尔凯就在这时候出门,再在晚上 8 点进门。她不能和别人说话,也不能朝任何人招手。两个修女一前一后,排成两列,走在中间的是二十个穿着灰色长袍、戴着米色草帽的女犯。

在头几个月里,圣格拉西亚留给她的印象,只有洗碗的热水和被地面磨得乌青的膝盖,以及不能想肚子的事情。这当然有些困难,因为有一条鱼正在里面缓缓游动,而且个头越来越大,她也越来越明显地感到肚子里的动静。

肚子小下去后,圣格拉西亚只剩下磨出伤口又重新结痂的皮肤,起身时像生锈的旧铁链被拉直时一样发出响声的脊柱,因为捆扎枝条而被戳得鲜血直流的指尖,还有铁锹柄在皮肤上磨出的水泡。

自从梅尔凯被允许外出后,情况既有改观,也在变得更糟。从田里可以望见邻岛。她的姐姐阿马利娅在被夺走儿子后,就在那里陪舅婆生活。舅婆没有子女,还得了一场中风,此后右手就不大方便,需要有人帮忙搞卫生和做针线活儿。祖父把阿马利娅送到了港口,临别时,祖母叫她不要再哭了:"你这个年纪的女孩,许多都一个人去古巴打工了。"

那时候,梅尔凯已经和另一个人搞上了。因为她发现自己突然被人给盯上了。虽然时间不是很长,但在那短短的一瞬间,她就是目标。托斯卡客栈的老板唐阿方索是第一个跟她打招呼的人。当他赶着驴车在她身边停下时,她正在去给田里干活儿的祖父送饭的路上。她握住罐柄,把它抱在身前,而不是顶在额头和后脑上缠成一圈的布巾上。她之所以这样做,是因为担心熟土豆的香味会引出地缝里的大蜥蜴。今天的饭只有土豆、辣椒酱和玉米面糊。这些大蜥蜴弓着腿,分叉的舌尖来回窜动,似乎已经嗅到了什么。如果有一只蜥蜴朝她扑来,那她就得躲闪到一边,那样罐子就会掉下来,再次掉下来。上一次祖母就对她一阵拳打脚踢。梅尔凯的上臂已经开始发酸。所以当唐阿方索问是否要捎她一程时,她便欣然上了车。当他问是否要来点葡萄酒时,她也点了点头。当他问她是否要对他表示感谢时,她也点了点头。每次都是同一套流程。看几眼,打个招呼,说几句客套话,然后就去一个空仓库。

有时天气晴朗,梅尔凯就能辨认出邻岛那黄色的海滩。清晨,当一切都沐浴在金黄的朝阳之下的时候,依稀可以看见山坡上有光点在移动,那是卡车的挡风玻璃在反射太阳光。夏天,两岛之间的海面上时常飘着朵朵白云;而到了冬天,它们都消失在了三抹蓝色之间。最下面的是深色的海面,中间略有些泛白的是云雾,最上头的是浅灰和淡蓝色的云彩。下雨的时候,雨水冲走了树根间的泥土,邻岛也消失不见了。一眼望去,甚至都看不到本岛的海岸线。

刚被允许外出时,梅尔凯有一次站在田里朝着对岸招手,只是稍稍挥了一下手而已。她知道这有多么可笑。

"最边缘,"悉尼·费卢想,"我坐在最边缘的位置。"那就像一块山岩,它原本是脉岩不可分割的一部分,但在寒冷、炎热、水流或是某种其他力量的作用下,它不断往外迸发,最终被带到了最边缘的位置，眼看就要在重力的拉扯作用下脱落了。

其实，悉尼现在正坐在奥罗塔瓦酒店的露台上。他的身后是圣克鲁斯，目光所及之处尽是大海。酒店跑堂突然出现在他身旁，询问他是否对一切都还满意，这着实把他吓了一跳。悉尼点点头，从篮子里取过一片白面包，掰下一小块。烤面包上的香芹籽，总让他联想到黑色的面粉虫。"您要看报吗？"

"不用。"悉尼说。

时光流逝。每每想到面前那片修剪整齐、正处于暖阳照耀下的方形绿草地，想到铺上柏油的街道和准时来往穿梭的电车，想到喷着"露台洋房"这几个黑白大字的墙面，他便多少有些释然了。在过去的52年3周零5天里，他一直不费气力地、精确地不断生产着同样的东西，却没有学会对文化成就表示敬重。他一点都不在乎文化成就。

当然，那儿还在打仗。

只要天气足够暖和，那只古铜色的蜥蜴——那是一只西加那利蜥蜴，他已经在本子上画下了它的样子——明天、后天以及往后的每一天都会沿着露台的栏杆反复爬行，直到消失在某个用来种棕榈树的花盆里。被下降风给压在本岛和邻岛之间不动的乌云，下周仍然会光临海岸。云底下的海面，随着降落的雨滴而闪烁着银光。这样的景象，每个夏天都会周而复始，绵延不尽。丝兰还将开出白花，茴香还将开出黄花，美丽的女园丁仍然穿着淡蓝色的服装。堤坝上不知何时又将响起吊车的轰鸣声，巨人一号和巨人二号不停地转动，卸下货物，装上煤炭和成箱的香蕉、番茄以及奇异果。

明天、后天以及往后的每一天，女人们仍然会头顶牛奶罐、水壶和篮子，随着电车的节奏，成群结队地从奥罗塔瓦酒店的露台旁经过。这些女人个个戴着帽子和手套，汗珠从她们的上唇往下流淌，额头上的一小撮头发早已被汗水粘牢。男人们把长发梳在脑后，穿着一尘不染的裤子，朝着公民户籍登记处走去。修女们穿着仁爱修女会的会服，其中两个正横穿过海滨大道。街头小贩兜里揣着各色商品，有布料、针线包、手表和能让皮肤变好、牙齿变白的酊剂，正赶往卡斯蒂略大街。身着黑色西装的职员匆匆穿过宪法广场——其实那里已经更名为坎德拉里亚广场——消失在周围的写字间里。这样的人日渐减少，银行、保险公司、海运公司、商贸公司、船舶经纪公司、律师事务所和资产管理公司都在裁人。不然的话，它们有什么办法呢？

也就在离奥罗塔瓦酒店露台上的桌子三分之一英里[①]的地方，悉尼的鲜榨果汁才喝了一半，杯中的果肉已经开始慢慢沉入杯底；吃着烤过头的熏肉配炒蛋，他跟米古埃尔打了个招呼。米古埃尔是门卫，也是埃尔德＆邓普斯特公司剩下的员工之一。

而在一英里外，在沿着山坡上行一段路的位置，日光开始在花园凉亭周围的瓷砖地面上移动，花架立柱已经在地上投下一片阴影。过不了多久，影子将从书房的窗户里进入，落在有着珍珠嵌花、摆着山茶花的小茶几上。又或许，那茶几已经不在原地，而是被装进箱子，运到了下方的港口。没有司机在开启屋门恭候他，向他招手示意。悉尼穿过大厅时，身后也不再有女佣端着叮当作响的早餐餐具走向厨房。剩余的家具里堆放着床单。已经有一批枯叶被风吹到水被抽干的泳池角落，堆聚在那里。残破不全的韦奇伍德瓷器被包裹在报纸和稻草中，等着装车。

[①] 1 英里 ≈ 1.6 千米。

再也见不到雾气蒸腾的景象了。再也不用夜复一夜地醒在那里，热得辗转难眠。再也不用挑灯夜读，望着窗外想要钻进纱窗的爬虫发呆。早饭再也吃不到不含香芹籽的吐司面包和不带霉味、吃起来有股薰松木味的火腿。还有浸泡得恰到好处的茶和凝脂奶油。再也没有从绿草坪上掠过而不是躲在红色岩壁上的洞穴里不停鸣叫的燕子。那种将天空染成橙黄色，渐渐变成深玫瑰色的漫长的落日余晖再也见不到了。当天边还有一抹红色，当太阳还没有完全落下时，整个天空再也不会突然在五分钟内变得一片漆黑，仿佛要塌下来一般。

和平合唱团那不知疲倦的进行曲带给人的喜悦，马上就会被奶油酥饼、戏剧和交响音乐会取代。再也参加不了天主教的弥撒，见不到花朵编织成的爱心和花地毯，见不到十字架，见不到基督节，见不到朝圣节上游行的人群，见不到被人们扛在肩上游街的圣像。取而代之的是教区组织的游园会，是被用英文称为"先生"或"女士"。终于又可以看板球了，还有赛马。

当然，那儿还在打仗。

该握的手都握过了，美好的祝福也已经收了一大堆。上周，悉尼搬出房子，来到海边的奥罗塔瓦酒店居住。他说，自己不想妨碍打包的工作。他还老是说，自己不知道什么叫多愁善感。太阳开始变得刺眼。港口就像一个没有生命的水泥堡垒。那是属于他的港口，至少其中一部分是根据他的想法，用埃尔德&邓普斯特公司的钱建起来的。只有一艘船在码头上卸货，是雅各布·阿勒斯公司的。德国人仍然在做生意。

在最初写给姐姐的一封信中，他把这里形容成一个多条海路交汇的巨大的国际航运枢纽。她可以想象一下，这个岛就像一个驿站，只不过在这里进出的都是轮船。随后的许多年里，每次和来岛上访问的同胞共进午餐时，他都会重复这一套说辞："除了煤炭替代了马匹，其他都一样。我们公司为过往船只提供食品和淡水，好让它们踏上前往北美、南美和西非的道路。全世界的货物，都得靠达勒姆的煤炭来运输。西非蒸汽轮船公司是我们的核心业务，但那也只是埃尔德 & 邓普斯特公司的一个经营领域。"然后，他便开始如数家珍地介绍起来。他得用上两只手的全部指头，才能介绍完公司的所有业务。几年后，每个手指甚至都要被用上两遍。但放在今天来看，有一点他可以肯定，这些业务目前都不赚钱。

　　阵阵狂风卷起了沙尘，也带来了卡车发动机的轰鸣声。建筑工人已经在从前是防御工事的那块地皮里忙活了起来。当纪念碑落成时，他肯定已经不在这儿了。阵亡将士纪念碑，祭奠的是为祖国和教会战死的人，他本来对此也不是特别感兴趣。加西亚·埃斯卡梅斯将军给他展示建筑方案草图时，悉尼还是表态会鼎力支持。"你们需要什么就说。"他在1月12日友好协会的一场音乐晚会上这样说。答案是一个储存仓库和铁丝网。他给曼彻斯特拍去电报，询问对此事是否存有担心。收到的回复是，那里的人相信他的判断力。

　　大西洋上的海战为商贸往来和客轮游览画上了句号。再也没有人需要补给食品或来自达勒姆的煤炭。自从经济指挥部成立后，整个岛上的经济事务都被军队强行接管，什么事都做不成了。现在，负责控制生产和物资供应的各种委员会、理事会、指挥部多如牛毛，悉尼已经彻底被搞糊涂了。但他也没必要再去把这些事情搞清楚，因为所有岛上出产的农作物都必须通过获得国家授权的贮存仓库进入流通领域。不是西班牙人的他，根本无望获得授权，就连请代理人出面也无济于事。能想到的一切他都试过了。黑市是唯一规模有所增长的市场。唯一的经济活动是国家的那些建设项目，如阵亡将士纪念碑、圣克鲁斯的新市场大厅、拉拉古纳的大学,还有民族运动委员会用来供养内战元老的门赛酒店。

洛伦索在他的专栏里写道:"被上帝选中的国家不需要人,也不需要任何东西,但轮胎除外。"下一页的《为祖国做贡献》栏目则写道:"每个家里有轮胎的公民,都有义务将它交到当地的收集点,否则就将受到处罚。"一周前,祖国急需尼龙袜;上上周则是铁皮桶和电灯泡。

悉尼去英国度过两次假,第一次待在姐姐在萨里的小房子里,第二次则是住在伦敦阿尔德盖特门附近一家还算过得去的酒店里。他当然还记得在班顿的日子,记得他们在那儿长大的那间拥挤村舍。厚厚的围墙,被石块压得变形的窄窗。那儿跟这儿的老房子其实十分相似,但这可能是因为他把木梯、拐角和台阶混在了一起。他还记得壁炉,记得周六晚上在盛满温水的大木桶里洗澡的情景。他对曼彻斯特印象不深,他只在那儿待了不到十一个月。他只记得在房间里度过的头几个夜晚,记得他的女房东,记得冬天的木柴配额。他每晚把黄铜桶放在门口,早上起来时,又能得到一整桶木柴。他也还记得那种无法呼吸的感觉。炽热的空气在他的肺部膨胀,压迫着他的肋骨,让他根本无法再呼吸。想要吸入新鲜的空气,是一种几近绝望的尝试。医生将他的症状诊断为哮喘,推荐他去气候温暖的地方待一段时间。

安达带来了她的女儿。弗朗西斯卡和南妮·布朗站在几米远处,悉尼和她挥手打招呼时,她也举起了手。安达戴着深绿色手套,手里拿着一瓶酩悦香槟。她吩咐南妮·布朗从手提包里掏出两个卷在手帕里的香槟杯。安达戴着一顶白色帽檐的小帽子,她没有摘下太阳镜，而是一边朝空中抛出五彩纸屑，一边朝它们吹气。她差点就成功了。

有那么一两次，他的目光透过有色眼镜片和眼镜腿，落在安达右半边的眼睑、泪囊和颧骨上。他的目光其实另有目标。他想越过她的肩膀，确认还没有人登上将乘客运往停泊在稍远处的维克多利亚号的摆渡船。但每次他的目光都停留在那个瘦削的侧影上，落在已经开始泛紫的皮肤上。

安达也注意到了这一点。她紧闭着涂有口红的双唇，侧过脸，抿了一口香槟杯。悉尼一直沉默不语，也没能更加娴熟地忽视她青紫的眼睛，他不知道她有没有为此生他的气。

他第一次注意到安达时，她还只有四岁。她挣脱南妮·布朗的手，嘴里喊着"悉尼，悉尼"从二楼跑下楼梯，穿过门厅、餐厅和小客厅跑到露台上。当时，他正在那里跟西奥博尔多·穆尔谈论西红柿、香蕉和饮水问题。安达站在他坐的藤椅前，紧贴着他的小腿肚，把手肘拄在他那跷着腿的膝盖上，掌心托着下巴，两眼放光地盯着他看。

很快，他才明白一切都是一场误会。是安达认错了人。那天下午，南妮·布朗散着头发，牵着安达的手臂将她从露台上拉走。这位莫尔从曼彻斯特请来的年轻保姆，曾经给安达念过狄更斯的《双城记》。"那是晚上，我以为她已经睡了。"后来被问及为何要念这些不符合安达年龄的东西时，南妮·布朗这样解释说，"我就这样不停念着，以防她突然醒来。"

安达坚持认为他就是小说中的悉尼·卡尔顿。当南妮·布朗拖着她走过小客厅时，她仍然大声嚷个不停，想知道他为什么没有死，又是怎样从断头台下死里逃生的。在很长一段时间里，她都不愿相信悉尼不是卡尔顿先生。

悉尼坐上小船后,她们三个人仍然站在堤坝上。安达穿着淡绿色衣服,弗朗西斯卡穿着淡蓝色衣服,南妮·布朗则穿着一件精致棋格花纹的灰粗呢套装,那还是她刚来岛上时流行的款式。

生活以奇特的方式,让人明白了时间的意义。

随着船桨的划动,她们的身影越来越小。悉尼一刻不停地盯着她们,生怕自己的目光会被带偏到青山和山脚下被太阳照得雪白的房子之上。那样的话,他就什么都不敢确定了。他的嗓子越来越紧,他深吸了一口气,感受着空气在他的胸腔进进出出。等在他身后的维克多利亚号,其实是一艘运水果的汽船。但那已经是很久之前的事了。

胡里奥·博特找到奥尔加后,终于忍不住笑了出来。他无数次从她身边经过,每次都只隔着两堵涂料已经开始脱落的厚墙,跟她相距几米。位于特立尼达大道尽头的泰奥菲洛酒庄只有一个低矮局促的房间,里面摆放着酒吧柜,玻璃窗脏兮兮的,桌上趴着苍蝇,摆着乱七八糟的小碟子。有那么一阵子,奥古斯托·博特时常消失在这里面。"约尔格,醒醒。"一个声音穿过胡里奥·博特房间的墙壁,"你得去把你爸接回来了。"

一次踢完球回家,哥哥带他去参观了这座房子。它就像一只狐狳一样矮小,圆滚滚的,显得低矮局促。那应当是一个星期天。

L形的院子,从前肯定更宽敞也更方正,直到有人在这里增建了一个房间。墙上刷着黄涂料,地板上铺着浅色瓷砖。胡里奥·博特鞋跟上的沙子,在上头发出嘎吱嘎吱的响声。在门的左手边,一块四方形的空地上种着一棵棕榈树。它的树干以一个优雅的弧度伸出院墙,然后垂直往上延伸,以至于胡里奥·博特必须抬起头,才能看到它的全貌。他认得这棵树的树梢——站在特立尼达大道上,越过棕色木瓦盖成的屋顶和白色的屋脊,就能看到它。在空地周围,树根把瓷砖顶了起来。在那里以及角落里的洗衣槽旁,缝隙里都长出了绿色的鬼针草。只有洗衣妇经常在有槽纹的斜面上搓洗衣服的那一侧,才没有被鬼针草覆盖。拴在院子里的晾衣绳上,现在也空空如也。

右侧有一道楼梯通往二层。那里是一个小围廊,滤水器连同基座挂在那里,石块上已经长满了墨绿色的苔藓。

"不是楼上。"泰奥菲洛在他身后说,"是那儿。"他指了指那个新建的小房间的门。胡里奥·博特点了点头。他明白泰奥菲洛的意思,但他只是想多争取一些时间。在那刚刷过灰漆的门后,没有任何声响。但胡里奥·博特确信奥尔加能听见他们在说话。但她没有推开门,没有径直朝他走来。要不是泰奥菲洛站在通往酒吧的门槛边,胡里奥·博特还会在门边再张望一阵子,或是干脆直接走开。现在,他只得一步一步地往前走,用指关节轻扣房门。门上十分光滑的油漆,被正午的太阳照得有些发烫。胡里奥·博特没有用力,只是轻轻敲了敲房门,以免把自己的指关节敲疼。里面依然没有动静。

"奥尔加。"泰奥菲洛在他身后喊道,"奥尔加,出来看看,有人来看你了。"

胡里奥·博特望着中间已经磨黑了的门把手,看着它缓慢地向下转动了四分之一圈。对方的动作,就跟他敲门的动作一样不情不愿。门朝内打开。这个房间没有窗,里头很黑。墙壁上罩在金属铁丝网内的电灯没有被打开。但胡里奥·博特完全没有注意到这些。

随着房门的开启,他只看见出现在面前的瓷砖地面变得越来越宽阔,一股阴冷的气流从他身边吹过,涌向室外。门框处的光亮越来越明显,直到日光从他身边经过,在床前半米的地上投下他的影子。白色的旧被子,平铺在床单和枕头上。墙上挂着十字架。房间里还有一个床头柜和约尔格的照片,他仍然身着毕业生长袍,手里拿着毕业证书。只是擦得一尘不染的银色相框和屋犄角里的花束都已经不见了踪影,取而代之的是涂着白漆的木框。

他没有看奥尔加,她站在打开的门背后。放在床和墙壁之间的椅子,已经顶在了她的腘窝。等胡里奥·博特一步步慢慢走进房间——他边走边回头看,泰奥菲洛仍然站在门槛旁边——来到床沿前,她才关上了房门。胡里奥·博特看着约尔格照片的相框玻璃上反射的光影,却没有转过身去。

"你来这里做什么?"奥尔加在他身后问。她的声音很平淡,隐约透着些许不耐烦。

胡里奥·博特没有转身,而是看着约尔格。约尔格的眼睛看向镜头的左侧,好像刻意挺直身板,鼓起两腮,似乎是在对着镜头逗乐。"太晚了,实在太晚了。"奥尔加的声音稍微缓和了一些,"我没法……我没法帮你。上帝啊,请原谅我。"一阵沉默后,她又说,"这点连我自己吃都不够。"

胡里奥·博特转过身,看见奥尔加的手里拿着薄薄的一沓纸。过了好一会儿,他才反应过来那是粮票。

"你们从来不回家,也不来信。"

"我们以为那样会更糟。"

"别人还捎吃的回来。那些女人把篮子放在门口。在守卫开始翻找前,她们连忙说'那是我的',然后便开始清点里头的东西。她们说,那感觉就像真的吃饱了一样。"

"我们给你付了钱。为你的收音机花了五百比塞塔。你逃走后,又花了一千。你爸把药店给抵押了。第二次的时候,把房子也给抵了。但那还不够,于是他们就让我去搞卫生。清洗岗哨时,他们就围在我们身边。对那些年轻一些的女人,他们还要做别的事情。"

然后又是一阵沉寂。因为胡里奥·博特花了很长时间,才说出接下来的话。

"那爸爸呢?"他终于问。他的语气很平淡,"爸爸"两字都念得一样重。奥尔加避开她的眼神。现在轮到她沉默了。

"一天早上,他平躺在我身边,身子已经凉了。平时他都是侧着身睡觉,膝盖上盖被子角,一只手平摊在枕头底下。"

"所以现在你住这儿?"胡里奥·博特朝门外看了一眼。他敢肯定,泰奥菲洛肯定站在外面的棕榈树旁。

"那是他们欠我的。"

"泰奥菲洛?"

"他女儿。"又是一阵沉寂。

"我做洗衣工,也能赚到票证。"奥尔加补充说,"我自己吃饱没问题,但我帮不了你。"

1936 年
蓝色时期

1936 年的 7 月 18 日，5 点 19 分，太阳迅速而利落地从圣克鲁斯前面的海面升起，一阵柔和的风刮走了弥漫在共和国广场、街道、公园和花园上方的薄雾。天空万里无云，眼前亦是一览无余，毫无遮挡。

"也许有人能把他打死，"安达这样想，"也许我走运，有人会把洛伦索打死。"她把一只手放在胸口下面该死的"包"上，这只"包"一天比一天鼓，连续数个小时压着她的膀胱。有两次她不得不要求女用人把便壶拿过来，这期间女用人帮她翻了翻身。第一次的时候，女用人问她："在这里，在小客厅里吗？"安达从睡榻上起身蹲下去小便的时候，女用人本来没打算伸出手去扶她，她几乎要失去平衡而跌倒。然后安达尿出几滴颜色很黄的尿液，落到便壶的白色搪瓷底儿上，女用人摇了摇头，把便壶拿去倒了。

安达等着推门声，等待着洛伦索用两只手和他的整个体重，拉开大门上铸铁的门环和推门出去的声音。洛伦索走路的时候是不会没有声响的，这一点安达很清楚。当他还在卧室的时候，她就已经听到他在楼上踩到地板上的声音，听到他那方向清晰、重重落下的脚步声：先去取床头柜中的手枪，然后去镜子跟前，检查他的发型。在何塞·安东尼奥·普里莫·德里韦拉的肖像挂在餐桌上方之后，他的发型就改成从前额往后梳了。没有做这些事之前，他是不会走的，这一点安达也清楚。

昨天他去了拉拉古纳，他们多数时候都在那里聚会。如同以往一样，聚会之后变得大腹便便的他回到家，无论安达刺向他身上哪里，他都不会瘪下来。

"我是那里唯一读过拉米罗·莱德斯马的人。"洛伦索喜欢这样强调。最后他还会补上一句："读过并且搞懂了。"

今天他让人无法忍受。早上安达躺在床上，等着人送麦片粥来。"配上干木瓜片"，她是如此向用人们要求的。然后，早餐并没有送来，这通常就意味着，家里没有干木瓜片了，也没有人愿意跟她说。

这时她的房门被打开了，开门的力气很大，门把手撞到了墙上，安达马上就知道，这不是送药的人。被子不用再拉到脸上，她侧脸躺着，面颊压着枕头，闭上眼睛。

"新的一天来了。"安达睁开眼，洛伦索已经站到了她床尾的长凳之前，身上穿着衬衫。

"每一天都会来，"安达回答道，"你把我喊醒了"。

"今天早上5点钟，市政府被占领了"。

"然后呢？"

"你听到了吗？"

安达摇了摇头。

"我也没有。他们一定是像夜里的猫儿一样悄悄来的。"

"或者是像耗子一样。"安达回应道。

"和我一起高兴吧。"洛伦索绕过床脚走过来,伸出手要来摸她的"包"。"不,不,不,走开。"安达说。"我的儿子将出生在一个新的西班牙。"洛伦索说。

安达没法避开,只能用脚跟抵住垫子,身子往上,几乎是坐起身来,把两只手放在肚子上。

"一定是个女孩。"她回答说。便再也想不到别的话。

洛伦索沿着楼梯下楼,安达听到他的脚步声,听到他在门厅站住了。往门口走呀,安达想,但是他转身往回走了。安达直起身,想抓住墙上的铃铛绳,摇铃喊女用人过来。她摇绳的力气太大,厨房里人的耳膜都快要被震裂了。她尽量迅速地转动她的"包",把自己那直起身来就看不到的双脚挪出睡榻的边缘,再放在地毯上,接着她把那双再也穿不了的拖鞋踢向一边。在安达努力起身的时候,她的大腿在发抖。

"坐着别动,亲爱的。"洛伦索已经走到门边了。看不到他的手枪。他伸出胳膊搂住她的肩膀,把她搂过来,身体正好压在她的"包"上,安达断定他像西部片里愚蠢的歹徒那样,把手枪别进了前面的裤腰里。在最初那一瞬间,她相信他是有些激动,但是也不是那么糟糕。她使劲抽出双手推开他,这也费了一会儿工夫。

"今天晚上不要等我。"

看来洛伦索确实是想和她一起上演"英雄上前线"的一幕,如同电影放映机一样闪着光放出黑白电影,伴随着戏剧性的弦乐四重奏音乐,跪地和许愿,流泪和宣誓。

"我从不等你。"安达躺回睡榻上,睡榻的腿儿在石头地板上摩擦了一下,她的脊柱和那只"包"处能感觉到这一碰撞。不好,她想。

"如果我不回来,跟我的儿子说,我是为了西班牙、为了他而死的。"

"这个顺序?"她无法说太多,因为"包"一下子变硬了,耻骨以上有拉扯感。已经够了,洛伦索转身走了,用两只手和整个身体的重量把房门关上。"包"又变软了。很快它就会打开。这是让她更为担心的事。

音乐,尽量放英国式的音乐,她可以打开音乐,打开所有的窗户和露台的门,在洛伦索身后把声响发送出去,把音乐开得山响,让下面的整条维拉克莱维霍街都能听到,响彻花园,回响在棕榈树之间,一直传到市政府大楼。最初她想到的只是亨德尔的曲子,但他是德国人,这可能会引起误会。珀塞尔①是洛伦索绝不会辨认出来的。她也可以穿着晨衣,挺着8个月的"包"站在露台上,在洛伦索走过篱笆的时候,唱"上帝拯救国王"。这会让她的爸爸感到不快,至少让他活下来的那一半身体感到不快。

她必须站起来。为了音乐她必须站起来,安达想。她可不想让那个摇着头的女用人用手指拿起没有一丝划痕、闪闪发亮的黑胶木唱片放入唱机,再拨动唱针。

洛伦索在说蠢话,每天都说着越来越多的蠢话,安达在三年前就这样想,对了,是两年前。去年夏天,当洛伦索不再分开她交叠放在胸前的双臂、拉起她的手腕让他走在自己身后,而是喊着"西班牙万岁"并离开美术中心时,她就这样想了。

一周之后,她去了律师那里,他是悉尼的一个熟人。他和悉尼

---

① 译者注:亨利·珀塞尔(1659—1695),英国作曲家。

一样长着络腮胡子,在嘴唇上方分为两撮儿,有着两撇优雅地向上翘起的胡子尖儿,在他摇头或者说"难"的时候,也会不时用指尖摸一摸胡子尖。

洛伦索不打人,不骗人,不喝酒,如果安达离开他,他也会对婚姻负责。很遗憾问题不是出在阳痿。即使按照新的婚姻法,理由也不充足。

"没有后代?"律师问道,安达点点头。①"这是唯一可以获得批准的理由,如果有了孩子是完全没有希望的。"

最后在告别的时候,律师问,她的丈夫是否拥有自己的财产,也许这可以解决问题。安达摇了摇头。

"每天在早餐之后,他会从我爸爸那里得到一张支票。如果他准时来餐桌吃饭的话。"

然后她就没有再做任何努力了,除了从卧室搬出来,搬到一间客房里。在吃晚饭的时候,她多次看向她的爸爸,想张口。她想问"你之后有时间吗?我必须和你谈一谈",又每次都闭上了嘴。她一次又一次地推迟这个谈话,直到秋天,一个血栓把她爸爸的身体分成两半:一边能动弹,一边不能动弹,要依赖另一边。

四年前当她告诉爸爸,她想要和他结婚的时候,她爸爸问道:"那位?"每一个字母都比前一个字母的声调要高。"为什么是他?"

安达当时既没有说"因为我爱他",也没有说"因为他爱我",这两点她想都没想,而是说"因为我想要他"。"可笑。"她爸爸回答道。

---

① 译者注:点头意味着有后代。在德语中,对于表示否定的疑问句,回答者根据事实情况点头或是摇头。

上一个冬天，圣诞前夜，她和洛伦索从1月12日友好协会回到家。在此之前，在跳舞的时候，她很喜欢让他的肚子和胸脯贴着她的肚子和胸脯。午夜之后，他脱下晚礼服，透过她的雪纺裙子，她可以感觉到他肚脐和胸骨之间的每一粒衬衫扣子、他光滑的皮肤，以及皮肤下面活动着的一条条肌肉。他还像以往一样做运动，每天早上她在客房里就听到他床前楼板咯吱咯吱的响声。回到家，她想，为什么不呢？

2月，当她打扮好准备去参加狂欢节前一天悉尼家一年一度的宴会时，有了这个问题的答案。她低下下巴，几乎要碰到祖母绿的领子，再往下看，看到自己裙子的丝绸面料在两堆突起的东西上闪着光。第一堆、较大一些的凸起来的东西是她的双乳，被紧紧地束在胸罩里。第二堆突起物在双乳下面顶着裙子，她觉得裙子小了。裙子下面的肚脐是浑圆的，颜色又暗，它在明确地告诉安达，事情不可逆转了。她必须尽快搬家，尽快结婚。

而问题则是从一件衬衫开始的。更准确地说，是洛伦索要求安达给他缝制一件衬衫，亲手缝一件衬衫。在安达和她的女朋友们正坐在桌旁喝茶的时候，他把衣料放到桌上。学期放假，大多数人都会从大陆回来休息几个星期。他没有说任何话，直接就把装在塑料袋子里的衣料放在糖罐子、装奶油的玻璃小碗（奶油还未动过）和插着玫瑰花的花瓶之间。

没有人动弹。大家手上还端着杯子，里面是热巧克力，不是茶，手腕还优雅地弯着。多洛雷丝把手中的杯子端在胸前，米拉韦尔手中杯子的杯底对着放在膝上的小平碟，克莱门西亚双手端着杯子正送到下巴处，陶瓷的杯沿儿离嘴唇只有几厘米。奥蒂利娅刚刚咬下一块饼干，在洛伦索进来的时候停下手，没敢咀嚼。没有人动弹，她们的背部都靠向椅背，嘴角僵硬了，牙齿合上了，原本的欢笑收起来了。

是一个礼物，安达起先这么想，伸出手去。"听话。"她说。用下巴努了努长沙发的方向。洛伦索稍稍转过身，朝四个人点点头，她们同时也垂下眼睑，点了点头。"你好！"她们微笑，牙床后挤出些许笑声。

衣料包在薄纱纸里，没有用纸盒包装。当安达从塑料口袋中取出衣料的时候，有点吃惊，她原本以为是一双手套。她用双手翻看着叠在一起的衣料，看着裁边处垂下来的线头，矢车菊蓝色的。无法理解。

杯子被放下来了，陶瓷的杯底落入米拉韦尔腿上的底碟中，伴随着轻微的声响，她们的脖子伸得更长了，身子前倾。

"我需要一件衬衫。"洛伦索说。

"你从哪里弄来的？"安达展开衣料。坐在长沙发上的人交换眼神。

"买的。"洛伦索不耐烦地回答道，"赫拉多雷斯大街的特雷西塔三姐妹商店。你必须给我缝一件。"

"你疯了吗？"安达看向长沙发，笑了起来。而她们则垂下眼睑，看向桌上杯子里已经变干的热巧克力，把杯子放在皇家乌斯特①牌陶瓷花瓶之间。

"去找个裁缝。"

洛伦索摇摇头。

---

① 译者注：皇家乌斯特是一个传统的英国皇室陶瓷品牌。

"不需要。我想要一件简单的衬衫,一件真正由妻子晚上在厨案上缝制的衬衫。"

"我们有厨案吗?我从没去过那儿。"安达把衣料放回袋子里,递给洛伦索,薄纱纸还在她的膝上。

沙发上一阵骚动,有挪动身体重心的声响。洛伦索把双手分别插进裤子左右两边的口袋里,没有接。

"这件衬衫是我们伟大而光荣的未来的制服。"

"我不会缝,"递袋子的胳膊还是没放下来,安达说,"你去开会儿车吧。"

"我看见过你缝东西。柳树。"他说。

是的,柳树。在她当初向家里人介绍洛伦索的时候,她爸爸发出了指令:"带着你的手工活儿,坐到我们这里来。"他把这当作是饭后取悦悉尼的活动。南妮·布朗跑去她的学习室找出一个刺绣用的框了,从前她还能逼安达在喝茶时间之后做一件妇女们被希望做的、有艺术感的手工活儿,这件绣品就是那个时期的作品,绣的是一个有鸭子栖息的池塘。她还拎出一个带盖子的、装满了各色丝线的小篮子,放在安达坐的单人沙发前面的地板上。

一开始,这个小池塘是南妮·布朗绣的,安达想起来了。他爸爸对绣品上那细密的针脚一番赞叹,悉尼也赞同他的评价,洛伦索则问上面绣的是什么树。

"那是南妮·布朗缝的,不是我。也许她能给你在衬衫上绣一棵柳树。你问问她。"

安达还一直举着袋子。洛伦索已经转身往房门的方向走了。他在长沙发前稍稍停了停,点点头。她们也垂下眼睑,向他点点头。

最终南妮·布朗同意给洛伦索缝衬衫,她晚上坐在西奥博尔多·穆尔卧室窗户底下的单人沙发上，一针一线地缝了一件衬衫，同时听着他的呼吸声，如同在他中风之后的每个夜晚一样。

几周之后，在1933年年初的选举失败之后，不，是灭顶之灾之后，洛伦索终于安静下来了，安达想。尽管他们给洛伦索的竞选活动投了钱，但长枪党还是没有得到一百票。不过，他至少还是有事可干的，她想。

"你想要什么？"有一次，当他从最初的几次聚会回来之后，她问他。

"把世界砸碎，然后建立一个新世界。"洛伦索回答说。

安达想起来，悉尼今天不过来。他会为外面鼓捣的那些荒唐事表示歉意，要召开战略会议，要通知曼彻斯特。几周以来，他拿每一个小小的骚动当借口，一再推掉来访，推掉他们每天喝下午茶的安排。送花，一定的，每次他递信来的时候都送花。送来的花放在门厅，搁在阴凉处，花朵的浓烈味道让在客厅的安达受不了。鹤望兰，当然还有各种颜色不令人生厌的玫瑰——白的、黄的和粉红色的，白色的马蹄莲，黄色的百合。越到后来，花束越大，写着爽约理由的小卡片却越来越简短。

"因为卡斯蒂略被枪杀，很遗憾不能来喝茶，对不起！"这是前天的。"该死的！可恨的！卡尔沃·索莱托被谋杀，不能离开办公室。"这是昨天的。

这当然是胡说八道。悉尼之所以不想来，是因为他发现她的眼神不正经。她躺在睡榻上，抱着双臂，双腿交叠。他们不是同辈人，他时不时会这样说，同时偷偷瞄着她突起的腹部，以及薄薄的、白色的睡衣衣料下隐约可见向外翻的肚脐眼儿。他第一次看到她穿成这样接待他时，就问过她，他是否应该在外面等一等，等她换好衣服再进来。安达摇了摇头,指了指已经摆在小桌子上的黄油甜酥饼干。

天气很热,花房门边上的温度计显示是31摄氏度,上个星期还要更糟糕。她准备围上一条围巾,等悉尼送的花到了,就给他写信。也许这会让他开心一笑。

胡里奥·博特感到疲倦,在7月18日那天。他对邮票不感兴趣了。他应该回家,让其他人坐有轨电车去游泳。安塞尔莫有最好的邮票,他的父亲在一家海运公司工作。"加、拿、大。"他说,指着一张画面上是熊的邮票。胡里奥·博特只有不同颜色的阿方索十三世的邮票。他小心翼翼地用水蒸气把约尔格上大学期间从大陆寄来的一封信上的邮票从信封上揭下来。科科有委内瑞拉和古巴的邮票,他妈妈的兄弟们住在那里。

他们坐在第一排,背对着司机。胡里奥·博特侧过身子,和其他人分开一点,肘部撑在椅子背上,面颊靠在前臂上。前一天夜里,他修了那台水晶矿石收音机,想让它恢复工作,但白费力气。他用螺丝刀把收音机里面前一天装的电线小心翼翼地拆出来,又重新焊上。还无数次地对比他从学校图书馆临摹来的电路图。还是没有用,没有任何声音。

电车把老城远远地抛到后面,在上坡的时候加快了速度。开车门的时候有沙尘飞过。车子旁的踏板是空的,上面嵌着两块木条,被无数鞋子踩过后磨掉了原本的黑色油漆。奥古斯托·贝尔纳尔曾经站在上面,倒霉的学生奥古斯托·贝尔纳尔。没有人称呼他时不加上"倒霉的学生"。胡里奥·博特对他很熟悉,就好像他是他的一个同班同学,或者是高他一级的那些高个子同学中的一个。踏板是可以站的,也是可以直接送死的,胡里奥·博特想。一跳就完了。在电车猛地一晃转入圣格拉西亚弯道的时候,刹车闸开始鸣唱,那是一首尖锐刺耳的歌。

在夏天过后,几乎每天在晚饭的时候,他爸爸都要画一条弧线。起初是用刀柄的底端画在白色餐布上,只要有人放上碗,或者是把胳膊撑在桌子上,线条很快就消失了。"给我拿一张纸,胡里奥·博特。"之后他用铅笔画在纸上。

两条平行的、半圆形弧线。顶点处是一个大大的正方形,里面画着一个十字架,代表格拉西亚的圣玛利亚教堂。三四个分散开来的小一点的正方形,有窗户,代表着房屋。然后是箭头和X。箭头代表着活动路线,X代表着死亡的人。一共有四个袭击者,他们封锁了轨道,拔出手枪来威胁司机。在《阿维索斯日报》上有一幅图被刊登了出来,图上有和谋杀时用的武器同样款式的武器,真正的谋杀武器再也没有找到。司机交出了装着车票钱的袋子。当另外一辆电车拐到圣格拉西亚的弯道处并刹车的时候,他们开了枪,约尔格每天晚上都会这样强调。第二辆有轨电车的司机被打死了,还有旁边那个站在车子踏板上的倒霉学生奥古斯托·贝尔纳尔。"当场毙命。"报纸上的图片标题是这么写的,画面上是他那被大衣遮盖的身体。

"他们在利用这幅图。"约尔格每天晚上谈到被通缉者的时候都这么说。《阿维索斯日报》上有他们的照片,下面写着"嫌疑犯"几个字。

"他们害怕我们。他们不过是随便找一个借口而已。"约尔格说。"一切顺利,伙计们。"他指着那些他在工会集会上认识的人说。父亲摇了摇头,只是一再说:"你要小心点。"

胡里奥·博特被允许参加葬礼。在下面圣克鲁斯的祖里塔桥上走着密密的人群，胡里奥·博特走在其中。旁边街道上的汽车全停下来，司机们垂着头，站在开着的车门旁，手里拿着袋子。先开过来的是载着死亡司机遗体的灵车，然后是另一辆灵车，载着那位倒霉的学生奥古斯托·贝尔纳尔的遗体。

胡里奥·博特观察着那块踏板，以及那两块被磨淡了颜色、鞋底状的木条。踏板上可以站人，也可以一命呜呼。

电车缓缓地拐过弯道区，颠簸了一下，然后就又加速了，在快到鸟形弯曲轨道的时候，尖锐刺耳的刹车声又响起来了。这时候有个男人跳上车子的踏板，带起一阵尘土均匀地飞过，吓了胡里奥·博特一跳，他不由得抬起头。

在司机找零钱的时候，这个男人还喘着粗气，身子不由自主地前倾，张着嘴，嘴里流出的口水滴到电车尘土飞扬的地面上。

之后他站直身子，大声地说了一句话，声音大得盖过了刹车的声音："今天是个大日子。"

当胡里奥·博特晚上沿着赫拉多雷斯大街往上走的时候，他家屋门边的小窗户上，在窄窄的玻璃下方的三分之一处，显现出一个半圆形的阴影，那是奥尔加站在那里。天还不晚，胡里奥·博特边想边看了看表。奥尔加没有给他开门，也没有像往常那样问候他，说起土豆焖肉，或者油酥饼，或者今天只有蔬菜杂烩，"因为我有太多事情要做"。奥尔加一声不响地把头转过去，没有去拿他的包，也没有把他包在毛巾中的湿游泳衣挂到绳子上去晾，而是很快转过头，望着一路向下的赫拉多雷斯大街，额头压在玻璃上，嘴唇紧闭着。

"看什么呢？"胡里奥·博特问。他的妈妈往外张望着，只是往外张望，没有点头，没有摇头，甚至没有抬起手，胡里奥·博特听到自己的脚步声重重地落到石板上和楼梯上,再到木头地板上。

半个小时之后,女用人在下面的走廊里喊:"饭好了。"平常她是不会这样做的。她在桌上摆好了四个人的餐具、面包和剩下的鹰嘴豆汤,它是昨天晚饭的头一道菜。

"妈妈,你过来吗?"胡里奥·博特在走廊里面问。奥尔加继续往外张望。胡里奥·博特过来坐下,拿了一本书,《宝藏之岛》。碉堡刚刚被进攻,他读着书,直到装在大碗里的鹰嘴豆汤不再冒热气,表面结起一层浑浊的皮。药房早就关了,客厅里的钟敲了九下。女用人往门里看了一眼。"吃吧。"她说。然后又走了。

当钟敲到9点15分的时候,胡里奥·博特终于起身了。他妈妈还在门边站着,听到他踩在石板上的重重的脚步声,也没有转身。

"爸爸在哪里?"

奥尔加的身子一直没有动。她穿了一件奶油色的衬衣,一条瘦瘦的棕色裙子,黑色的鞋子,头发像往常一样在脑后挽了一个髻。

"在圣克鲁斯。"她小声地回答,用衬衣袖子擦着因为说话而变得模糊的窗户玻璃。

"那约尔格呢?"

她奶油色衣料下面的肩膀耸了耸,然后很快又沉下来。

当奥古斯托·博特回到家的时候,钟刚好走到半点的位置,胡里奥·博特用面包把他盘子里剩的汤汁都蘸干净了。奥古斯托直接往客厅走。走过开着的餐厅门,奥尔加紧紧地跟着他,用几根手指头拉着他右边的袖子,整个身体的重量都集中在这几根手指头上:"他们说了什么?讲一讲吧,他们说了什么,他们说了什么?"声音穿过整个走廊,传到客厅。

"去吧,"奥尔加说,"你必须再去一趟。"

"那他们要是把我也抓了呢?"

爸爸交叠着双臂,弯下身子,坐进单人扶手椅里,肩膀往前,下巴垂在胸前,两条胳膊紧紧地压在躯干上,好像他在担心奥尔加会把他举起来,拖出椅子。好像他必须把自己变得沉重,超过她能够拖得动的重量。

在下面小客厅的旁边,妈妈弹奏着舒曼的曲子,二楼埃利塞奥的房间被琴声填满,琴声时而如波涛汹涌、时而零散、时而高亢、时而缓慢。空气将其转换为大声而细碎的、甜腻无比的小块儿,钻进他的耳朵,不管他愿不愿意。

他不由得联想起埃克托面包房橱窗里那一排排颜色柔和的小茶点。仿佛茶点被倒入了他张得大大的嘴巴里面,而他又无法合上嘴。即便他蹑手蹑脚地走下去,关上小客厅两边的侧门——一扇是走廊和门厅之间的窄窄的门,另外一扇是通往楼梯和上面他房间的厚重的门,他也能听到琴声。即便他在耳朵里塞入棉花(第一次的时候忘记取出棉花,一片圆形的棉絮钻入他耳朵深处,后来是他妈妈用镊子给取了出来),或者是用床单蒙住头,但舒曼的钢琴曲还是无处不在。

可以到牲口棚里消停一下。那里有动物用爪子挠痒痒的声音,昆虫飞起时撞到铁丝网上扇翅膀的声音。大海的涛声听不到,任何人的声音都听不到。妈妈不是歇斯底里的,姐妹们也不是歇斯底里的。

埃利塞奥挨个清理鸟笼,从笼子的木头边缘处抽出笼底的铁板,把沙土、啄空了的谷壳和松散的鸟粪倒入桶中,他用脚把桶从一个笼子踢到另外一个笼子的边上。接下来,把铁板泡在洗手池里,泡软、溶解干燥的污垢，再把脏东西刮下来，在水龙头的流水下冲洗干净，然后把铁板直立起来，有木头的一边朝上，立在墙边晾干。

爸爸会打来电话，昨天他的副官来电话说，他明天一早会打电话来，又特意问了埃利塞奥是否也在。"当然了。"埃利塞奥保证说。于是他整个上午都坐在那个有书桌的小房间里面——他妈妈有时会坐在这张桌子前干活儿，她说在"整理账单"。电话放在桌旁的一个小五斗橱上，很容易够着。妈妈来到客厅，打开收音机，播音员说的话逐渐让人明白在说些什么，同时家里忙着准备午饭的声音穿过走廊传过来，他便知道不用再等了。从那时开始，所有的人都激动不已，他的姐妹们愤愤不平，但也只能是像他一样吃饭、喝汤、吃油酥饼。

埃利塞奥把铁板重新插回笼子中，时时防着鸟儿站到地上。前年的时候有一回他没有注意，插铁板的动作太快了。当时他在音乐室里，躺在收音机前面的地毯上，等着收听他的广播节目，这时候他妈妈突然走过来，站到他身旁，她鞋尖的黑色皮革挨着他的肘部。

原来是因为几个鸟笼子发出臭味，一直飘到走廊里，那时那些鸟笼子还是挂在他房间里的。他妈妈把他的收音机关了，坚持让他先把鸟笼子清洗干净。

一只绿色野云雀的左爪被埃利塞奥斩断了，伤口竟然是干净的。最后是管理员埃尔南德斯把鸟儿的脖子扭断了，他把它的小身子还给埃利塞奥，没有拿走鸟儿，而是伸出手掌，说了声："这里。"

埃利塞奥接过死了的鸟儿，它的身子还是热的，脑袋耷拉着。他用另外一只手的手指迅速撑住它的脑袋，然后停止动作，屏住呼吸。埃利塞奥哭了，身子可怕地来回摆动着。

厨房里煮着肉汤。1936年的8月天气炎热,鸡汤已经煮了好几个小时,胡里奥·博特打开楼梯拐弯处上方的窗户。奥尔加每一次打开灶门加东西的时候,都有一阵黑烟冒上来,气味闻起来像烧焦了的纸发出的。她把灶里塞满了,塞得简直太满了。胡里奥·博特站在窗口,把头伸出去,伸到热风里。庭院里的棕榈树在沙沙作响。

平装书燃烧起来毫不费力,它们的封皮薄薄的,上面的字母印刷质量很差。这些书最后一次展开来,变成橘黄色,膨胀起来,最终变成黑色的、旋转的碎片。带有厚纸板的书需要的时间长一点,有几本书的书页先烧起来,过了一会儿空空的封皮才烧起来。最后,奥尔加把带有皮革封面的册子也扔了进去。

"柏拉图和奥尔特加·加塞特,相信我,是没有问题。"奥古斯托抗议道。而奥尔加则摇了摇头。

胡里奥·博特看向约尔格的房间。门开着,约尔格的衣柜关得好好的,从楼梯拐弯处能够看到桌子的一角,上面空无一物。从衣柜的穿衣镜里,他看到自己穿着短裤,衬衫下摆从裤腰里面翻出来。他的妈妈太忙了,没有时间给他剪短下摆。约尔格的床铺仍然是整理过的样子,被门挡住了,还有书架也是。胡里奥·博特必须得进房看看它们现在是什么样子。

在约尔格没有回家的最初几个晚上,胡里奥·博特躺在床上,双手交叉放在肚子上。他想到了那个书架上面木头盒子里不会响的收音机,它是完全按照电路图组装起来的,这一点他一直确信无疑。然后他考虑要不要起床,检查一遍收音机的整个线路连接情况,把最有可能出问题的电缆拆开,不。胡里奥·博特起不了床。

约尔格被捕的时候,正在圣阿古斯丁大街上,坐在迪泽塞图书馆里靠窗的椅子上,离胡里奥·博特的床不到五百米。

这不可能是真的,当奥古斯托把消息带回家的时候,奥尔加说,那个主教的图书馆,他在那里做什么?

阅读,但是胡里奥·博特没有说出来。约尔格曾说,岛上最寂寞、最安静的角落就在主教座位旁边。几年来,每当奥尔加想要约尔格清理排水沟、照顾他的姨妈,或者是登门拜访那些在奥古斯托·博特的名单上的、在药房赊了账的顾客,需要去人家家里敲门、要钱的时候,那个位于图书馆二楼的单人扶手椅就是约尔格的藏身之处。奥古斯托会给那些赊账的顾客写信,如果在街上遇到其中的一位,他也会脱帽,友好地问候人家。

那些书是约尔格藏在夹克衫里,经过图书馆入口处办公桌后面坐着的神学院学员,再带出大门的。最后也是从夹克衫下掉出来的。当奥古斯托提到图书馆的时候,胡里奥·博特才肯定约尔格确实是被带走了。自那以后他就没法再睡在他的床上,他想跑,跑得越快越好,脚下带着咕噜作响的石头,跑下山坡,消失在大海中。海水涌入并充满他的身体,漫上他的头顶。呼叫、奔跑,或者爬起来重新开始。从书架上拿下那个收音机,把晶体从电线上拆下来。

当他把一把起子放在焊接点的下面,试图用力撬掉它的时候,雪茄盒子的盖子碎了。他还有一个雪茄盒子,里面放的都是彩色铅笔。

母亲祈祷着,每天晚上都在走廊里的一块搁板下面祈祷,位置是在主卧和约尔格的房门之间。她双手合十,头低着,眼睛闭着。搁板上放着一幅圣女坎德拉里亚的图画、一个十字架和一个怀抱耶稣的圣母玛利亚雕像,每件东西下都铺着一块带花边的小桌布。

"我们的在天之父呀,你的名字变得神圣。你的王国到来了。你的意志显现了,在天上,也在地上。"

之前胡里奥·博特等着,一直到她说完,才敢继续装收音机。

"让我的儿子胡里奥·博特成为一个更好的、更诚实的男孩子。让我的兄弟恢复健康,不再咳嗽,能离开疗养院。爸爸需要他。

"让我的丈夫重新明白,他应该把手指伸向哪里。或者至少是事后清洗干净,而不要整天散发着阴道的味道。

"让他们不再吵架,我的丈夫和我的大儿子。让罢工停止,让那两个人停止在每个晚上争吵。拜托了,拜托……"

今天晚上没有这些。胡里奥·博特静静地坐在雪茄盒子前面,没去动收音机。他很清楚,他旁边的屋子是空的,没有人在那里等妈妈最终停下声来。

"让他活下来。让他活下来。让他活下来。让他活下来。让他活下来。让他活下来。让他活下来。让他活下来。让他活下来。让他活下来。让他活下来。"妈妈哭了。早上起床的时候,下午他放学回家的时候,吃晚饭的时候,入睡的时候,他都听见她在哭。他躺在床上,用手捂住耳朵。高高的、拖长了的声调,充斥在夜里黑暗的房子里,从父母的卧室传出来,经过走廊,从门下边的缝隙传进来。有时声音很小,胡里奥·博特认为她哭完了,把手指头从耳朵里拔出一点来。马上又有下一波声浪钻进房间里的所有孔隙和裂缝中,他又把手指头插进耳朵里。

六个星期之前,安达醒了,因为她的肚子变得硬邦邦的。她将脚后跟从床上抬起,直到后脑勺抵着床的靠背部分,不管用,还是疼,疼得她叫了出来,直到南妮·布朗来到她的房间。

去英国医院,她是这样计划的,也是早就预约好的。南妮·布朗已经给那里打了电话。除浅蓝色的起居服之外,南妮很快放弃了给她穿上别的衣服的打算。

洛伦索已经在下面的门厅里等着了。

"我可以自己开车去吗?"安达的眼神掠过他,看向街道。

"不,我也一起去。"洛伦索在她们身后把门撞上。

"怎么是坐出租车去?"

南妮·布朗把自己的一只胳膊递给安达。"呼吸,"她念叨着,"呼吸。"

"我把车子卖了。"洛伦索已经走到门洞处了。安达在台阶上站住了。"走吧。"他说。

"为什么?"

"我想买别的东西。"洛伦索打开副驾驶座一边的后车门,"你爸爸不愿意再给我钱。上车吧!"

"你得到允许了吗?"

"那辆车本来是个礼物。上车。"

"你应该先问问我。你要买什么?"

"一台印刷机和其他一些机器。现在上车吧。"

"别再唠叨'上车'了。"

副驾驶座一边的车门开着,司机默默地站在车门边。洛伦索转向司机说:"去加尔塞兰桥的部队医院。"

"荒唐,去英国医院。"

"部队医院。"洛伦索重复道。

"滚开!"安达开始嚷了,并用肘部去顶南妮·布朗,好让她别再不停说"呼吸"。

"我也一起去,部队医院。"

"我要去找我爸爸。如果孩子在台阶这儿生出来,如果我肚皮破了——我必须去英国医院。我给他说,你……"然后安达就没法再说话了。

"我们给他取名叫何塞·安东尼奥·普里莫·德里韦拉。"洛伦索要求道,并一直这样坚持。

孩子出生后,情况也并未好转。

"我不让我的女儿叫何塞芬。如果必须的话,那我就叫她安托尼亚。听起来好像她要长胖一样。绝不能叫何塞芬·安东尼娅,听起来让人担忧。"

南妮·布朗每天早上都把孩子抱过来,不管她吃不吃奶,事实上她也不吃奶。尽管安达指的是床垫上她旁边的位置,南妮·布朗仍然会把孩子递到安达的怀里,每天早上都如此。然后,孩子就睡在床上,有时把拳头塞进嘴里嘬着。

乳母坐在厨房里等着,看是否需要喂孩子奶,事实上每次都需要。因为南妮·布朗不敢解开安达睡衣胸前的飘带,即遮住安达重新平坦下来的胸部的那些白色的、淡蓝色的或是粉红色的飘带。在安达刚生产完之后,有一回她试着去解,安达轻轻地但是很坚决地把她的手拂开了。

"可是也得试呀!"南妮·布朗说。她每天早上8点钟都抱孩子过来。孩子的乳母是洛伦索给找的,来自他长大的那个村庄。她每天早上从塔科隆特坐有轨电车来,然后就坐在厨房里,用勺子吃加了糖的热牛奶拌玉米炒面,挡着厨娘的路。只要听到南妮·布朗在木头楼梯上的脚步声,伴随着低沉的牢骚声,她的胸脯就开始滴奶,开始是每两个小时一次,后来一天五次,她洗得褪了色的衬衣上出现暗色的圆圈。

愿意认识一下乳母吗?南妮·布朗问过。

不，安达摇了摇头。

南妮·布朗叫孩子"伊丽莎白"，安达叫她"伊莎贝尔"。如果洛伦索在的话，则叫她"安东尼娅"。他让人把这个名字绣在护士给新生儿胳膊上戴着的小布条上。

洛伦索所说的营救行动，9月底从大陆、从萨拉曼卡开始。在那里，起义的将军们达成一致，推选出一个总司令，同时也是国家领袖。

"我们的佛朗哥？"安达得问清楚，她过了好一阵子才想起他的脸来，"那个小男人？"

他在4月才被任命为这个岛上的将军。安达只见过他一次，在4月30日共和国成立纪念日的庆祝会上，也是她所知道的他在岛上参加过的唯一一次宴会。从他的行为举止来看，他显然是受罚被贬到岛上来的。从他的每一个表情，每一次微笑，每一次俯身的鞠躬，甚至在他对谈话感兴趣的时候，从他的耳朵朝谈话对象的方向那微微的一动，都能看出这一点。在共和国广场上的赌场的用餐室里，坐在长餐桌的最前面，离开马德里1750千米远，这本身就是一种惩罚。

和他同桌的人后来说，他曾经抱怨岛上只有兔子可打。绝对是个索然无味的人，安达下了结论。他的太太也从不邀请人，除了去教堂，什么地方也不去。

"明天早上就会登在报纸上。"洛伦索说。他所称的报纸就是四到六页变红了的纸，起初是每周出一次，后来改为每天出一次。

安达同意了洛伦索的建议，让孩子叫"弗朗西斯卡"。于是在洛伦索一个月之后从市政府拿回来的出生证上写下了"弗朗西斯卡·玛利亚·安东尼娅·何塞芬·冈萨雷斯·穆尔"。

当有人敲门的时候，胡里奥·博特吓了一跳。他没有起身，仍然背朝着门坐在他的书桌旁。他知道下面会发生什么。"你在装什么？"奥尔加在吃晚饭的时候问过他。

"机子。"他身后的奥古斯托·博特说，"劳驾你把机子给我。"他重复说，当胡里奥·博特转过身的时候，看到他爸爸皮肤很白的手上拿着一把锤子，锤子手柄的木头很粗糙，上面还有污垢。

在胡里奥·博特面前的桌子上，准确地说，在他存放可替换的零件和剩余配件的桌子旧抽屉里，在线轴和金属线之间一个拉卢卡牌子的雪茄盒里，放着他最初的试验品。收音机还没有发出声，但是胡里奥·博特没有把它扔掉。他把真正的收音机推到图纸底下，拿起拉卢卡雪茄盒子，递给奥古斯托。

当奥古斯托接过雪茄盒子的时候，胡里奥·博特看到他的手指头在颤抖，盒子掉到了地上。一个角摔到了瓷砖地上，打碎了。外壳裂了，散了，只有金属线连着，这些线弯弯曲曲的，粗粗的末端上有焊锡料。

奥古斯托弯下腰，捡起那几片薄薄的木板，一下子拉断了剩余的电线。"对不起，胡里奥·博特。"他说。他走出去的时候，没有看胡里奥·博特，露出歉疚的样子。胡里奥·博特转过身去，对着写字台，罩在雪茄盒子上的图纸微微拱着。他差一点想回一句："一切都好。"

当他们第一次来检查的时候，没有人感到吃惊。一个小时前，他们从头开始，沿着街道挨家挨户地检查，直到教堂。有人开门的时候，只听到风中有提高嗓门的、断断续续的声音。在这一个小时里，载重汽车头灯的狭窄的光束，射进窗户边框的缝隙和临街的店铺。载重汽车停在村子街道两端行车道的正中央。

　　大房子里餐桌磨得锃亮的桌面，在半明半暗中闪着光，小卧室里的白色床单也闪着光泽。所有的人都醒着躺在床上，没有动——祖父、祖母在大一些的房间里，梅尔凯和阿马利娅在另外一个房间里。连她们床尾板条箱里的小兄弟都没有出声。这时有一个人走过来，他走路时靴子底的小石头在小路上发出嘎吱嘎吱的声音，他先是用拳头去敲厨房门，然后想了想，再用拳头敲通往大房间的屋门，祖父这才起床。他一个人先起了床。梅尔凯听到他正摸索着拿夹克，碰到了什么金属物品，发出叮叮当当的声音。

　　是便壶，梅尔凯想，但愿便壶不要太满了，否则她还得去刷洗。

　　当祖父穿过大房间，外面来人的拳头又一次敲在木门上，祖母才起身。"我来了，"祖父大声说，"我来了。"祖母发出的声音比较小一些，当她起身的时候，垫子发出轻微的声音。先是一阵子簌簌作响的声音，然后是她轻轻的脚步声，紧紧跟在祖父后面从大房间走过去。小兄弟还是悄无声息。梅尔凯从床上爬起来，不敢打开小屋的门，连一条缝都不敢开，只是跪下来，把耳朵贴在门和门框之间的缝隙上。

　　"您是这家做主的人吗？"

　　"是的。"

　　"家里一共有几口人？"

　　一时间沉默下来，好像祖父在用手指数数。

　　"五个人。不过本来是六个人。"

　　"胡说，"祖母打断了他，"五个人。"

　　然后是一片安静，梅尔凯担心，马上会变得非常吵，于是蜷起身，膝盖抵着胸部，下巴也低了下去。

　　"本来这里住着六个人，"祖父重复道，"但是我的女儿有一阵子没有回来了。"

"有多久了?"

"大概两个月了。"

"您的女儿和那些政治活跃分子有联系吗?"

"她?没有。"祖母笑了。

"孩子们的父亲呢?"

"我们不认识,都不认识。我不相信,两者是同一个人。"

梅尔凯看向阿马利娅,透进门缝的车头灯的灯光让黑暗中所有白色的东西显现出来,但是看不清阿马利娅的面庞,也许她背过身去了。

祖父所说的话是真的。猫儿走了。她一言不发地消失两三天,这不是第一次。几个星期之前的一天,不见她来吃晚饭,第二天早餐时也不见她来,中午没有见,晚上也没有见,当所有人——祖父、祖母、阿马利娅和梅尔凯都坐到了桌边,小兄弟在他的箱子里面叫嚷着时,来了一位捎信人,是西红柿装运站看守人唐费尔南多·巴斯克斯派来的。他说,猫儿应该是去见了魔鬼,要是两天都不来上班,就不用再来了。

不是节日,不是1月的三圣国王节,也不是9月的拉拉古纳基督游行节,在奥罗塔瓦没有鲜花地毯,也没有朝圣者走向圣女坎德拉里亚的膝前。只是10月,不是一个四处都庆祝的节日。猫儿不在任何一座大房子里,也不在厨房里,厨房里满是蒸汽,还有溅起来的油星,会让她的头发变得没有光泽,厨房里还有苍蝇,那些苍蝇不会围着塞有丁香的切成两半的柠檬乱飞。不,猫儿确实是走了。

祖母喊着,把手放在小兄弟的肚子上,她轻柔地拍着,好让他安静下来,好像她的手和她的脸没有任何关系。她的脸上泛出紫丁香一般的紫红色，如同新鲜出炉的鱿鱼，牙齿中间横着一条舌头，上下狂舞，剩下的器官则被挤成一堆——面颊，额头，没有眼睛，祖母没有眼睛。"结束吧，"祖母喊道，"这一回她应该看到，她待在什么地方。"

祖父一言不发，这反而更糟糕，他像以往一样坐在桌子的顶头，两肘支在桌面上，双手的手掌捧着额头，支着脑袋，好像他的脖子已疲于支撑一样。

梅尔凯和阿马利娅拉着手，紧挨着站在餐厅的门边。她们都收拾完了，把面包放进了袋子里，挂在墙上的钉子上，剩下的香肠挂在钩子上，奶酪包到一块湿布里面，盘子擦干了，酒壶用软木塞塞住了，面包的碎屑清理干净了。所有的活儿都干完了。只剩下洗漱、换睡衣、祷告和上床睡觉。这是连续第二个晚上单独睡。明天见，像上帝所希望的那样。

下午安达和悉尼一起去加西亚·萨纳布里亚公园散步，现在她都会在下午去散步。不再喝香槟、观察别的客人和笑话他们，不再在露台上喝鸡尾酒、白葡萄酒和吃晚餐，甚至不再喝茶、吃三明治和悄悄喝一杯雪利酒，而是散步。风呼啸而来，几乎感觉不到温暖的阳光，天空没有云朵，只是一切都明晃晃的。南妮·布朗出门刚走了几米，又推着婴儿车回来了，她担心狂风把车子吹翻。瘦瘦的合欢树被风吹弯，树冠呈水平状，树叶互相拍击，发出哗哗的声音。当安达和悉尼走上公园的小路时，悉尼扶住他的帽子，往后看向南妮对着婴儿车弯下腰的粗呢子后背。

当两个穿着浅蓝色衬衫的人迎面走过的时候，悉尼说，"如果谁能预料到蓝色亚麻的需求，早就发财了。"圣克鲁斯卡斯蒂略大街、拉拉古纳的赫拉多雷斯大街、奥罗塔瓦、加拉齐科和吉马尔的售货员，都会在问候顾客后不问自答地说："卖完了。"那些已经有新衬衫的人，会天天都穿着。

道路两侧都是澳洲火树，树枝上棕色豆荚里的豆子在风中啪啪作响。安达不确定他们是否要肩并肩沉默地走下去。当她从侧面瞟过去的时候，看到悉尼的神情是全神贯注的。这也印证了她的担心，他只会找最为巧妙的策略，斟酌怎样开口才不会招她心烦、谈哪些话题和内容能让交谈顺利继续。在此过程中，他只想知道洛伦索说了什么，最好是知道他说的每一个单词。

安达在圆形的花坛边停下来，默默地看着喜马拉雅无花果树的扁平的叶子。几周以来，用人给悉尼开门的时候，他都会问洛伦索是否在家。先是细声细气地让用人问候洛伦索，几乎是窃窃私语，以便不让在客厅的安达听到。如果洛伦索正巧在客厅而不是在他的卧室，他就会过去直接问候洛伦索。他踏入客厅的样子，好像是从外面来聊几句毛毛雨、风和雾霾，好像是几秒钟之前才刚刚躲过这些坏天气。之后，他则试图用带来的花、点心、手套和包在薄纱纸里的科隆香水，来打开安达交叠的手臂、皱起的眉头和缩在一起的鼻翼。

当安达取笑洛伦索的时候，悉尼迅速地望着走廊的方向，偷偷地看是否有人站在那里偷听。安达不会太注意，但是她自然也会这样做。雄鸡，他以前这样称呼洛伦索，还叫他年轻的绅士、抹了发油的加那利群岛农业工人和岛上的墨索里尼。如果安达现在批评悉尼，只会说："对于我们来说，局势很艰难。"

他们走到公园的尽头，走到一棵粗壮的南美杉附近。"小心！"悉尼说。他指着从树上掉落在道路上的松果。接下来他没有再沉默，而是直截了当地问了安达一个问题，让她感到吃惊："洛伦索说了什么关于政治局势的话没有？"

"你感兴趣的是哪部分？"安达笑了，"那些天主教的国王和黄金时代？上帝委派的任务，也许不是建立一个'他的'王国，但至少是一个王国？熙德[①]和他的城墙？即使现在的敌人是西班牙人，他们也在用城墙共同战斗？"

"你小心点。如果你爸爸去世，洛伦索对你的财产就有支配权。对此你是毫无办法的，忘了新的婚姻法吧。共和国已经死亡，也许大陆上还没有，但在这里已经是肯定的。"

"我怎么小心呢？又不能离婚。难道杀了他？我曾经希望他们任用他，这样他就能为新的西班牙而捐躯了。但是他必须得有个朋友。"

"对于宣传来说，他很重要。"悉尼说。"对他好一点。"他又轻轻补充道。

安达笑了，想换个话题："最近一段时间，你去艺术学院俱乐部了吗？"

悉尼摇了摇头，沉默着，有一点尴尬，安达这才发现，她根本就没有转换话题。

"还有人去那里吗？"

悉尼耸耸肩，然后他们就继续在一排排的在风中索索作响的澳洲火树下沉默着。

"克莱门西亚有问题。"最后当他们快走到出口的时候，悉尼说。安达点点头，克莱门西亚和她的关系并不是很近。准确地说，在安

[①] 译者注：熙德（1043—1099年），西班牙斗士，西班牙英雄史诗《熙德之歌》所描写的传奇人物。曾为卡斯蒂利亚的阿方索六世的陪臣，长期为西班牙和摩尔人与敌方作战，后成为护国公和巴伦西亚的统治者。

达心里最可怕的女人名单上,她是排在第三位的。"他们认为她的男朋友,你认识的,意大利人。"悉尼说,"那个做码头管理项目的工程师,是一个社会主义者。"

"去躺着吧!"当他们在上面的楼梯碰面的时候,奥尔加说,"继续躺着吧。"

爸爸坐在床上,卧室的门是开着的。他轻轻地把眼镜腿掰开。缓慢地,小心翼翼地。下面有人敲门环。敲击声在空旷的走廊里引起回响,混合着奥尔加的拖鞋踩在楼梯上的声音,她迅速地、目标明确地冲下楼梯。

愤怒。奥尔加愤怒了,愤怒得肩膀往下沉,下巴往上仰。她左手拿着一块三角形的羊毛围巾护着前胸,右手拿着钥匙,手没有颤抖,钥匙很快就插入了钥匙孔。奥尔加没有害怕,也不再绝望而呼吸困难。她没有说:"你们告诉我,他到底发生了什么事?我必须知道。"她每天夜里都会锁上门,每天晚上在祈祷之前锁上门。现在她怒不可遏。

"什么事?"她咆哮着拉开门,"你们想干什么?"

"您是家里主事的人吗?家里有几口人?"

"三口人。"奥尔加打断说话的人。

"您家里有违禁文件吗?或者违禁品?包括各种类型的轻型武器,没有申报的……"

"没有。"奥尔加的"没有"说得又快又干脆,像子弹一样在话语间一穿而过,"没有类似的东西。"她平静了一些,补充道。

"那我们得证明一下。"一名国民警卫队员边说边向前上了一步。奥尔加站在走廊里,他们一个一个地从她仰着的下巴前经过。

"不用担心。"她一边说一边微笑着。"一切都好,先生们很快会离开的。"她提高声音在穿制服的人的身后说,"在我们这里找不到任何东西的。"

当胡里奥·博特站在楼梯拐弯处的时候,他没有想起书架上面木盒子里面的收音机,"第二个"收音机,他的矿石收音机。

11月,洛伦索有了一辆新车,一辆菲亚特1500,二手车。他没有拿到更多的钱。

"下车。"他说。

安达往前看,看着挂在入口处两侧的灯笼,它们在风中摇晃着,在仪表盘上已经磨秃了的木头上反着光。她的双手交叠,静静地放在膝盖上的手袋上面,双臂没有交叠。

"下车。"洛伦索重复道。他们停在圣弗兰西斯科大街的人行道边上,安达没有动,洛伦索把车子的马达关了。马达突突突响着,慢慢地安静下来。马达响最后几声时,安达的身子跟着摇晃了几下,她知道事情渐渐地变得悬了。

"你不相信吧……我会把你拖出来。"

安达知道他在看她,于是她无法再盯着仪表盘看了。

"你不相信吧。"洛伦索又继续说道。他也知道自己说多了。说了"相信"之后,每一个单词都比前面的要小声一点。

安达从眼角的余光中看到一只手,皮肤很白,中指的指骨敲在车窗上。然后又缩回去了。奥蒂利娅一只手拿着帽子,另外一只手放在汽车顶部。像其他人一样,她几个星期之前刚从大陆回来。大学关门了,学习结束了。尽管晚上从收音机里传来相关的消息,但所有人都强调说是暂时的。

安达没有打开副驾驶座的门，而是打开了汽车侧边的小小的车窗，为她不必顺从洛伦索而感到如释重负。不用和他作对，随便他了。

奥蒂利娅弯下身子，往车里看了看，她的头贴近开着的车窗，先瞄了瞄洛伦索。

"你过来。"奥蒂利娅的嘴紧贴着安达，近得让安达看见了她脸上浓密的汗毛之间堆着的一簇香粉。白和红的边界不是在嘴唇和皮肤的交切线上，而是朝外延展了几毫米。

"安达，过来。"洛伦索转动钥匙发动汽车，安达马上又怒不可遏。她不管不顾地走下车，把车门关上。在她的身后，洛伦索按着喇叭开走了，安达没有转身去看他，而是和奥蒂利娅行吻面礼，先是左边，然后是右边，脸颊上沾了一点她的口红。

安达认识这里大多数的女人。她对她们微笑、点头，妩媚地把自己的手放在过来打招呼、向她伸出手的唐娜玛丽的手掌里。大厅完全被灯光照亮，点的是汽灯，每张小桌子上和长餐桌的中间都点着蜡烛，烛光折射在一排排尚未动过的、整齐地放置在银托盘里的水晶杯子上。

桌上有几个瓶子，安达闻了闻其中的一个，断定有木塞的大腹玻璃瓶里装的是汽水。靠墙的椅子还没有人坐，客人们都一堆一堆地站着，在谈话中散发着热气，打量着新进来的人。下午茶、晚餐和读书俱乐部融汇于一体——一个庆祝新女性的晚会。

9个月之前，安达和在座的几位女人一起在艺术学院俱乐部吃过饭，一起围在柜台长桌上的收音机周围，屏住气，肘部挨着肘部。接下来一同庆祝人民阵线的胜利，她们互相拥抱、亲吻脸颊，再擦掉脸上的口红印记。背景是洛伦索失望的、紧绷着的脸，这最让人开心。这几位女人中有两位是画画的,一位是写书的,第四位是干什么的,安达从来没弄明白过。今天她们并没有站在一起,而是在室内各自分散开,在周围人们充满热情、难以打断的聊天浪潮中寻找可以加入的空档。当她们看到安达的目光时,彼此之间既没有看对方,也没有问候对方,甚至连个点头都没有。她们称这为"把自己洗成蓝色",即遗忘过去。

"看呀,一朵红色的百合。"奥蒂利娅说。安达起先不理解。"旗帜鲜明的女权主义者。"奥蒂利娅最后说。安达点了点头。在两三年之前,对她们的议论沸沸扬扬,其实不过是几个姑娘定期聚在一起读书而已。

在安达觉得最可怕的女人名单上,这位被称作红色百合的伊莎贝尔·冈萨雷斯占据着头号的位置。她刚好站在穿西装短裤的杰奎琳·兰巴的身后。伊莎贝尔·冈萨雷斯的父亲是个医生,在特古尔斯特有一个小诊所,安达可绝不会去找他看病。伊莎贝尔也是从马德里回来的,是几年前无论如何都要在那里读大学的首批人之一。

大厅的几个门都关上了,唐娜玛丽坐在装汽水的大腹玻璃瓶跟前。"亲爱的来宾们。"她说大家很快都找座位坐下来了。接下来,她旁边那位瘦女人谈了在拯救西班牙的过程中这些人所发挥的突出作用,但是安达从来没有见过她。

从那时起,洛伦索就每周一次带安达去参加这样的聚会,也不管安达愿不愿意。

约尔格·博特,约尔格·博特,约尔格·博特静静地、缓缓地在队列间踱步,约尔格·博特,约尔格·博特,离胡里奥·博特越来越远了,如同一波穿过古阿诺的向四周散开的浪潮。这个营地的名字叫费夫斯①，因为这一庞大的建筑群从前所属的爱尔兰公司就叫这个名字。

晚上，有一个人来找他。这个人请求坐在他前面的囚犯让点位置给他。他跪下。

"博特吗？"他问道，胡里奥·博特点点头。"我认识你的哥哥，"他说，"很抱歉。"

"他在哪里？"

"加拿大，桑托斯峡谷②，在海上，我不知道。很抱歉。"

"他在这里吗？"

"不。也不在其他地方。"当他站起来的时候，他把手放在胡里奥·博特的膝盖上。

古阿诺的几个人收到了判决书，另外几个人得到的是接受改造培训，对于其他人来说，来的只是声音。每天夜里都有不同的声音，一个声音从加泰罗尼亚来，一个声音从安达卢西亚来，③多数情况下是从本地来的。读的声音很慢、很均匀，如同每一个名字都被平等对待，虽然是轻声的，但是连最远的角落都能听清楚。那些祈祷的人在默默祈祷，他们那飞快上下活动的嘴唇发出柔和的声音。

胡里奥·博特在书写。

"你的手。"那个男人说。他是从附近的一个岛上来的，除此之外，胡里奥·博特对他的其他情况一无所知。"给我看看你的手。"

胡里奥·博特看向他尘土颜色的袖口，土黄色，从肘部以上的位置，才看得出衬衫原来是白色的。他的手被太阳晒成棕色，手指

---

① 译者注：圣克鲁斯的法西斯集中营。
② 译者注：位于特内里费岛北部的峡谷，字面意思为"神圣峡谷"。
③ 译者注：此句中的两个地名一为西班牙东北部自治区，二为西班牙南部自治区。

关节上下满是深色的皱纹，围绕着他那还可以算是淡粉红色的指甲。胡里奥·博特不是很肯定他要做什么，伸出双手，手掌朝上。"不，这样。"那人边说边伸出他的双手，水平地举在胡里奥·博特的胸前，胡里奥·博特看到他的手在发抖。

"好。"当胡里奥·博特把手举在他面前、一动不动时，那个男人点点头说，"写吧。"

收到判决书的人会在头一天得到一张纸。

"同志们，"胡里奥·博特写道，"我会像那些活着是为了捍卫理想、公正、自由和平等，为了一个新的社会而抗争的男人那样去死。我会站着死去，不会蒙着眼睛，好看着那些与各国人民的公正和和平为敌的刽子手的脸。我将带着信仰离去，深信一个新时代的光明必将到来，照亮所有在暗夜中受苦受难的人们。同志们，我们必将胜利！未来属于我们！共和国万岁！"

然后是一封语气沉重的信。

"卡门，"胡里奥·博特写道，"取走我的东西，烧了它们。别留下任何东西，最好是这样。别跟孩子们说任何事情，你会照顾好他们。对我来说，你永远是一个男人所希望拥有的全部。给你自己找一个新的、疼你的伴侣。你可知道有一句老话说：'人将死矣，哭又何益？'"

"内出血，"第二天，医生非常整洁地写下这几个字，在写之前甩掉了羽毛笔上多余的墨水，以防在表格上留下任何墨点，保证字迹整齐、干净，"致死的原因：内出血。"

1935 年
超现实主义者的集会

    天已经热了,但是街道还不那么干燥,还没有起灰尘或是变硬。冬天时下的雨落到地面上形成一个个洼坑,悉尼感觉它们像落到他脊背上的一次次撞击。香蕉树的叶尖伸出墙边,墙的右边、左边都是,颜色是淡绿的,山坡上棕色的长方形储水池里储满了水。

    他向大海的方向眺望,看不到别的东西,只有纤细的、一行行均匀排列的植物,以优雅的弧度刻画出山坡的凹陷和凸起。从这里已经能看到圣母受孕教堂的塔楼,向下走不远就是圣克鲁斯港口,路程仅几千米。

    悉尼慢慢地开着车,但街道是陡峭的,摩根牌汽车的刹车闸发出哗哗的声音,如同挨到鼓的边缘一样。

    好用的刹车闸是岛上最重要的事,悉尼每三个月都会定期去检查,他有他的经验。想到这个,他的胸腔里不由得升起一阵寒意。车子,失控的车子,开始飞驰。它一边颠簸着,一边刹不住轮子般地冲下山坡。

    和车子打交道是一个学习的过程。他的第一辆车是潘哈德·莱瓦索尔二号，悉尼觉得再也没有比它更漂亮的汽车了。它在拉斯卡纳达斯附近的山上起火了，悉尼只好跳出来，他们停的地方有一个干燥的由加那利松落叶形成的草垫子。正当悉尼试图找一个安全的地方时，拉莫斯，他原来的马车夫，新任的汽车司机，在车子发动机还在工作的时候往车里加了一些汽油。人们从远处可以看到后长出来的一片新绿中，一条被烧焦的痕迹，像一条楔子一样从街道拖下山坡。

  海滩上房屋淡淡的边缘是容易辨认的。街道的右边和左边种着西红柿，远看如一条深绿色的线，比香蕉树的颜色要深，也更茂密。自从渥太华的会议之后，出口贸易的局势变得艰难了，不，是不可能了。尽管有很多抗议，还是"王国优先"。来自英国殖民地的货物受到优先关照，只有这些货物可以免税进入英国。西班牙国王曾经一度把这个岛称为"一个没挂旗子的英国殖民地"，但是这还不够。"王国优先"意味着，埃尔德&邓普斯特公司和费夫斯公司合作运往联合王国的香蕉和西红柿，在几天之内就会价格飞涨。不管曼彻斯特的办公室做了多少广告来宣传岛上产的香蕉的质量，但岛上果蔬的质量还是没有任何竞争力。在此期间，在专门为了岛上来的轮船而建的伦敦金丝雀码头，卸下了来自全世界的货物。香蕉和西红柿的出口从来不是这个码头的核心业务，其核心业务始终是为商业航线提供保障。也许销售方面的问题会通过中间商来解决。目前他们正试着把这些香蕉和西红柿销往德国市场。

  在下面的海滩，在距洛斯亚诺斯地平线不远的地方，有许多更为危险的黑色圆圈[①]。这是一座五年前由一个美国财团建造的炼油厂，

[①] 译者注：此处的黑色圆圈是指炼油厂的储油罐。

即伯利恒钢铁公司。本来它占地很小，里面有六座暗色的圆柱体建在山坡倾斜的梯地上，还有一座白色的、塔身离地面较高的水塔和几座存放工具的仓库和行政楼房。炼油厂旁边有一棵非常高大的棕榈树，悉尼从这里就能毫不费力地看到它。炼油厂也有扩建计划，但是不管它扩建还是不扩建，其本身就意味着西班牙人曾在这个岛上生活，并继续在这里待下去，不管他们在西撒哈拉实行殖民的结局如何。美好的年代已经一去不复返。

银壶里的咖啡变温了，保温盘下面的小蜡烛也烧完了。悉尼迟到了，安达发现牛奶的表面已经结了一层膜，她把壶身倾斜了一下，看看咖啡的温度还能不能喝。她不想叫人来帮忙，只想等女用人引悉尼进来时，再让她帮忙。

安达揭开桌子中央两个盘子上的银罩子，看到一盘是炒蛋，另外一盘是熏肉和小香肠，随即又盖上罩子，嘴里不由得流出了口水。当她身子往后仰、靠在椅背上的时候，藤椅发出咯吱咯吱的声音，她不禁咬了咬牙。安达感到精神上很疲乏，连花园都成为一个折磨她的地方，每天早上这里有多种花朵盛开，闪着光泽，尽管被太阳晒、被虫子咬、被安达的手指头拨弄——她会不耐烦地拨弄淡橘色的木槿花，花儿们依然完好无损地盛开着，好像要为法国人从来没有得到过的利益提供更多的东西。

橙子汁里的冰块在融化，口感变得更好，勾起了她一些食欲，而且这食欲在增长。当《艺术公报》的总编辑问她是否可以参与考察并称赞她的语言知识会对活动有帮助的时候，她感觉自己受到了恭维。安达理论上是说法语的。至少这样就没有人能批评南妮·布朗，说她没有努力教安达说法语。

其中一个超现实主义者由他的夫人陪着，主编补充道，还有安达，她是如此有魅力、活力四射。

三年前，当洛伦索还在谈论布卢姆斯伯里出版社、尚未谈论新的西班牙的时候，她在艺术学院的俱乐部报名参加了一个绘画班。那时他们还没有订婚，安达很容易就能感受到洛伦索的兴奋。这个绘画班她一共去了三回，每个周二下午有两个小时，坐在一群中学生中间学画画，他们在教授转过身去的时候，互相揪头发或是把石墨涂在对方脸上。每个人都站在画板前面，衣服上围着一块白色的、样子难看的围裙。除了泰奥菲拉是安达不得不带的人，她还带了两位在岛上过冬的英国小姐去上课。安达曾经画过一个女人石膏像、一个陶瓷的糖果盒、一个插有枯萎的红色木槿花的玻璃水杯。当她不再去上课，而是坐在教授面前被人画的时候，所有人都松了一口气。

当题为"洗衣妇"的肖像画完成之后，安达本来没有理由继续去艺术学院俱乐部。这幅画画的是安达跪在拉奥罗塔瓦一个古老的洗衣服的地方，身旁是一个放在石头上的篮子。但是安达后来发现，艺术学院俱乐部的酒吧一直开到午夜过后，出售碧血黄沙鸡尾酒、橙汁、樱桃甜烧酒、苏格兰威士忌和苦艾酒。

此外，洛伦索会定期坐在挨着柜台长桌的一把椅子上，陷入《艺术公报》编辑部成员关于艺术和工艺品的谈话之中，以及给他们朗读他所写文章中的选段。这些文章支持他的一个论点，即在岛上出现一个反对世界继续现代化的运动是不可避免的，即使岛上还没有工业化。

当悉尼被带上露台的时候，安达正用空橙汁杯子按在自己太阳穴的位置。悉尼指着她的晨衣，笑了。"艺术总是伴随着头疼，"他拿起安达扔给他的餐布，"超现实主义者是怎样的人？"

悉尼取下盘子上的两个罩子,慢慢地、仔细地挑出两块小香肠和熏肉,安达相信他只是想用味道烦烦她而已。

"可怕。"

"如我所料。"悉尼点头。

很遗憾,那些法国人住在大西洋酒店,离此处不到一百米远,门德斯·努涅斯大街16号在维拉克莱维霍街的拐角处。安达认为,只要温和的风轻轻一吹,就会听到他们的笑声。早在超现实主义者乘坐圣卡洛斯号来到圣克鲁斯码头之前,安达就已经觉得他们让人厌烦了。差不多有一年时间他们一直在做着各种筹备工作,大声朗读信件和电报,甚至还要读下面的日期、地点和称谓,甚至连问候语都不放过。只要一个熟人去艺术学院俱乐部二楼的咖啡馆,并和他们坐在一起,就得这么从头再来一次,直到最后的问候语。

安达想,真是一出戏呀。玻璃灯被拧开,落地窗大开着,屋子里的笑声和喊声传到午夜空旷的大街上,所有事情都像应该发生的那样发生,只有信件不是。每一次走在回家的路上,她都感到如释重负,好歹又熬过了几个星期——只要在接下来的几天里不再有新的电报过来。差不多有一年时间,每一次当一位《艺术公报》编辑部的成员在她身旁坐下,都有烦人的清嗓子的声音和闪烁其词的客套话,先是关于先锋派意义的总报告,然后是关于安德烈·布列东的分报告。还有一厘米一厘米地看向一旁的退却眼神,他们避免看她的眼睛,一直往下看,看向桌面,只要越接近想要谈的题目,场面就越尴尬——她是否能够考虑,给他们一些支持?

大多数情况下,安达会提前在她的手提袋里发现自己所需要的东西:一张填写了一半的支票。

"多少?"她不耐烦地问道,希望对方不要兜圈子。

然后，超现实主义者终于来了，而且表现得极其可笑。所有人都在期盼的安德烈·布列东看起来没有什么特别。安达原来想象的他比现在瘦一些，有络腮胡子。而实际上他那向后梳的头发太长、太卷。另外一位是邦雅曼·佩雷，他矮小敦实，有双下巴。最糟糕的是杰奎琳·兰巴，本来她叫杰奎琳·布列东，在上船之前结了婚。"怀孕了。"大家在防波堤上等待来客下船的时候，有人低声说道。一个来自塔科隆特的家伙——奥斯卡·多明格斯陪着她，他同样是巴黎的画家。

第二天早上，安达于10点多踏入大西洋酒店，此时，一个可怕的互相交手和自认正确的过程已经开始了。《新闻报》在第二天称之为"一次最高水平的精神交流"。

安达觉得最可怕的是他们的问题。第一天，从码头回到酒店的路上，她还认为他们仅是礼节性地感兴趣。码头前面和沿路的澳洲火树以它们的名字为荣，红色的花朵地毯也是如此细密，以至于纤细漂亮的绿色叶子几乎被遮住了，丝兰花开出白色的花朵。在接下来的几天中，他们不干别的，只是问问题。询问的内容包括每一种花儿、树木的名字，长在岩石上的仙人掌、草和苔藓的名字，视线所及的每一种鸟儿的名字，还有那些笨得没有很快躲起来的甲壳虫的名字。

黑色的虫子或者是棕色的虫子，或者是有透明翅膀的绿色虫子，安达回答道——即使她知道这种虫子叫草蛉。这样的情况一直延续到他们不再找安达，而是找其他人问问题，这让安达更为恼火。他们大吼大叫，把刚刚爬出柱子缝的蜥蜴赶回去，不允许它出来。翻开每一块大点的石头，翻开岩石的碎块，看看下面都有什么。而人们都知道，石头底下是不会有什么好东西的。

这些法国人还收集所有的东西，包括蜗牛壳、死了的蚱蜢，把它们放在自己的西装上衣口袋中，还有干了的壁虎。在梅赛德斯山上的云雾中，其中有一个人相信他们应该散伙，并引用了波德莱尔的话。他们屏住呼吸，爬上陡峭的街道，整个下午都这样，直到晚上，一直这样。

他们中的另外一个人在黑色的石头上找到了螳螂，于是有两天半时间，螳螂成为他们谈话的素材。当安达相信这个话题已经过去的时候，他们还是在反复讨论。

之后的一天，他们在港口谈论完十多种藤类植物之后，在沙滩上又说起了下一件让人生气的事。"黑色的，不是白色的。沙子是黑色的。"杰奎琳·兰巴在看到马泰内斯海滩的时候喊道。她伸出双臂，手里抓满沙子，再张开手指，看着手指里的沙子从指缝滑落，直到风把沙子吹进她的眼睛里。尽管如此，她仍躺下来。"黑色的，"她又嚷起来，"这里的所有东西都没法拍照。"然后用两只手把沙子往她的胸口扒拉。

超现实主义者的岛屿，那个法国的蠢货重复道，其他的当地蠢货更愿意沉默，不愿意说每个村庄的狂热的欢迎活动都和那些通过未加伪装的灵魂而直观地表达出来的超现实主义思想并没有什么关系，而和棕色的、光滑的大腿和白色的短裤有关系。之所以说欢迎活动是狂热的，是因为所有人都扔掉手头的工作，孩子们变成按固定运行轨道旋转的行星，围着这些陌生人，而妇女们则把上身探出窗外看着，狗儿们东撞西跑，猫儿们则逃到黑暗的角落里。

妇女穿裤子，人们已经听说过，但是穿着杰奎琳·兰巴那样的短裤，则没有听说过。

所有事情都愚不可及，在这一点上安达和悉尼的意见是一致的。

只有杰奎琳·兰巴不这么看，这个人不同寻常，他们意见不一。

猫儿躺在厨房门附近的墙上，抽着烟。收音机里低声播放的小说声钻进她的耳朵。收音机是为战争和退位的国王保留的。"电池"，祖父骂着，经常把电池藏起来的就是他。

当梅尔凯从猫儿面前走过，走进半明半暗的厨房时，猫儿闭上了眼睛。梅尔凯脱了裙子，穿上干活儿穿的罩裙，床尾的箱子里睡着她的小兄弟。他的小拳头是红色的，就像身体内部的器官一样，而不应放在淡蓝色的床单上。"小兄弟不会在这里待下去，邻岛上的一个姑奶奶会接走他。她没有自己的孩子。秋天之前，她的丈夫就会开船来接小兄弟。"祖母说。

猫儿是昨天夜里回来的，梅尔凯在听到她的脚步声之前，就闻到了她的味道，是茴香和荷兰芹的味道。当猫儿把衬衣和半截裙搭在椅背上的时候，梅尔凯还闻到了肉桂和柠檬的味道。床垫往下沉了沉，温暖的油脂、甜食和她的头发一起在枕头上铺开来。在她的手指上，持续散发着铁皮的味道。

猫儿来自大房子的其中之一，在那里她把菱形的饺子摆在盘子上，把杏仁剁碎，用一把刀把碎杏仁放进面粉里，把蛋白打到黏稠，把糖加热。在入睡之前她没有祈祷。

梅尔凯套上罩裙，祖母用手举着她用头巾包着的辫子，每天中午去田里的时候她都梳着辫子。"小羊羔。"祖母说。

"祖父在田里干活儿，为的是让梅尔凯吃得饱，睡得暖，每天早上有学可上；为的是神圣三王能带给她新的衣服，能让柴火在炉子里燃烧，烤熟栗子。要不然到了冬天她的手指就会在雨里烂掉了。"祖母说。

祖父用手掌侧面剁断兔子的脖子。对付羊羔，则是抓住它们的后腿，对着墙甩过去，直到羊羔的脑壳碎裂，梅尔凯能用指尖扯下羔羊的骨板。新生的"小猫"没有人要，猫儿只好带着鼓鼓的肚子悄悄溜进房子里，试图掩盖腹部的抽搐。

晚餐桌旁的所有人都在祈祷。梅尔凯等着其他人先开始。猫儿靠着墙，没有坐下来，伸长胳膊拿了一块土豆。祖母用叉子去打她，不过猫儿很快就跑到厨房门那边去了。

"她想去哪里？"祖父问道。

"明天有一艘船来。"猫儿回答道。

当那些大房子里没有庆祝活动的时候，猫儿就在挨着防波堤下面的大厅里工作，那里是装西红柿的地方。她先把每一个西红柿都放进窸窣作响的包装纸里，纸很薄，透过纸能看到粉红色的手指，然后再把西红柿放进箱子里，箱子上写着"莫尔＆西亚"。大厅里亮着一长排灯，灯下是打包用的桌子，桌子上放着装西红柿的篮子，篮子逐渐被取空。在梅尔凯的小兄弟出生之后，梅尔凯也来了。"你必须这么做。"祖母对猫儿说。早上她们两个回家的时候，她想从梅尔凯那里知道，猫儿是否和什么人谈了话。

猫儿在儿童时期没有上过任何一位女教师的课，这是她错过的东西。她不需要那个量西红柿的小板子，但是当监工看过来的时候，她也会时不时拿着它，以便相安无事。西红柿被按照大小放入六个不同的开口，开口处的锯边被磨得圆圆的。她总会把手里的西红柿送到合适的开口，从来不会有一个果子太大或者太小而不适合那个洞。只要看一眼就会了，猫儿熟稔这种分类的活儿。

猫儿是一个脸色灰白的寡妇。

"我的爸爸在古巴。"梅尔凯说。

"我爸爸也是。"阿马利娅叫道,踮起脚尖。

"当然,"那个她们在从田里回家的路上遇到的英国女人笑着这么说,"你爷爷也是,你们是姐妹。"

"我爸爸给我寄过一个手镯。"阿马利娅踮起脚尖,把手腕伸过去给那个英国女人看,"她爸爸什么也没有寄给她。"

这本来不是什么大事。她们看起来都是一样的,长着像拳头一样大的膝盖和瘦瘦的腿,当她们结伴经过村里的街道时,笑着,大声喊叫着四散开来,唱着《跳跃的皮球》,围成一个圈,指着她们中间的什么东西。她们身上穿着同样的短罩裙,最迟在下午就都变成同样的尘褐色。她们脚掌上的老茧够厚,足以踩灭香烟——在她们中没人愿意再吸的时候。

当她们在海边的岩石上奔跑的时候,所有人看起来都是一样的。她们不断拍打双脚,她们脚前那些又小又黑的甲壳虫,逃进了岩石上由海水拍击而形成的气泡里。用指尖在上面抚摸,其边缘锋利无比,底部却是光溜溜的。

当她们用小刀从岩石上挖下帽贝丢进桶里时,所有人看起来都是一样的。她们蹲在浅浅的小水塘里,看灰尘如何消失在温热的水面上一个个小小的"云朵"中,这些小"云朵"是她们罩裙上的纤维落在水面上慢慢形成的。

那些由海水咆哮冲刷而形成的大水塘,只有年纪大些的敢进去。没几个人能潜到海面以下,睁着眼睛,看那些微褐色的海藻像长长的秀发一样飘来飘去。

在做弥撒的时候,所有人看起来都是一样的。她们穿着因在洗衣石上揉搓而褪色的、周日才穿的裙子,低着头,头上的发髻是刚梳的。

着黑衣的寡妇、着白衣的寡妇、没守寡的，全都是一样的。孩子就是孩子，他们在中午和晚上纷纷跑进厨房里来的时候，个个饥肠辘辘，来得又晚，双手肮脏。所有人都希望夏天下雨，冬天出太阳。爸爸是否在古巴，几乎没有任何区别。刚开始的时候，他们还寄钱回来，寄一点比塞塔。那儿也在闹饥荒，他们写信解释说。也许寄一年的钱，然后就再也没有了，得了疟疾、白喉、黄热病、黑热病或是犯了重婚罪。

为什么"猫儿"叫"猫儿"，所有人都叫她"猫"？梅尔凯不知道。"她整天在各处坐着，把自己弄得干干净净。"祖母说。"哪儿有活儿需要干，她就悄无声息地迅速溜掉。"祖父说。"因为她有如此秀美光亮的皮毛。"小伙子们笑着，身体互相撞着彼此。

猫儿唱着催眠曲："母狼生了五只小狼，五只小狼，独自在野外。它生了五只小狼，把它们全部养大，喂它们吃奶，吃奶。"

"打听是不得体的。"祖母说。祖母无所不知，无所不能。她能把人身上的太阳掏出来，能阻挡邪恶的眼神。也能把一个旧的软木塞放到灰烬里，然后在新生儿的屁股上盖一个暗色的十字。能和痉挛的肚子谈话，用手掌摩挲它，为它祈祷。能给各路神仙点上蜡烛，各路神仙也都能娓娓道来。也能给在古巴、委内瑞拉和阿根廷的人写信，在她的写字台旁边坐着那些妇女，她们的啜泣和低声细语，在祖母的手上统统变成了线条和弧形。

当祖母给人掏太阳的时候，通常是让他们晚上来。如果他们早上来，祖母会骂人，因为她们会等到晚上。到时候梅尔凯会取来一个玻璃杯、一条毛巾和一块白色的手帕，这些东西总是放在厨房餐具柜的抽屉里。梅尔凯向杯子里倒入水，把一把椅子搬入中庭。那个脑子里有太阳的男人或者女人得坐在椅子上，折叠后的毛巾铺在他或者她的头发上,毛巾的一角垂到额头,正好对着眉心中间的位置。祖母小心地把玻璃杯放在毛巾上,祈祷三回。

"太阳,太阳,去到太阳那里吧,让它散发光辉,就像没有水就不是海洋,没有木头就不是森林,没有你就不是天空,耶稣,玫瑰,拿走你的光芒,从这里离开。"

所有人都盯着那个玻璃杯,等着,看杯子里是否升腾起气泡,如果是,就成功了。

梅尔凯觉得,最好的节日是9月时拉拉古纳的基督游行节。那时她在基督广场旁边的一个大房子里做饭,是猫儿带她来的,让她照顾还在吃奶的阿马利娅。第二等的好事,是坐在旋转收割机上,机子不停地转着,整天都在田里转圈。祖父站在圆形旋转盘的边上,抽着烟斗,骂水价太贵,眼睛紧紧盯着那几头奶牛的身子。一头牛抬起尾巴,他就会喊,"快点,女孩子们,桶!"然后梅尔凯和阿马利娅就会坐在滑动座架上,端着桶接着,不让牛粪毁坏田里的谷物。

重要的是保持合适的重量,别让收割机碾碎谷物,而是挤压谷穗,把轻的壳从重的谷穗中分离出来。之后她们会看到,收割机上的耙子把秸秆抛到空中,谷壳如同黄色的面纱一样被风吹走。

最后,当旋转盘被清扫干净,剩余的东西被筛出来的时候,祖父说:"你们看这里,我有一只小鸟。"他向她们伸出手,一只手罩在另一只手上面。但是他手中从来不会有小鸟,而总是两只成熟的、黄色的无花果,是他给她们摘的。

码头下面的几条街道正在修建中,城市还在不断扩大。悉尼把车停在浅色的沙土地上,几年前那里还是个城堡。圣克鲁斯的艺术和文化促进中心在几个月之前搬进了共和国广场9号,也就是宪法之家,即民政管理局旁边的一座房子里,搬进原来是英国人俱乐部的几间屋子里。

当悉尼穿过广场的时候,那个法国人靠在二楼的窗户处,前臂倚靠在法国阳台的栏杆上,抽着烟,看着越聚越多、围着长椅到处啄食的鸽子。悉尼知道在那里能看到什么。几乎能看到所有的东西,但是不够远,不会有一种一览众山小的感觉。可以很好地看清人的脸,看到他们脸上惊喜的快乐。可以确定,当一个人在那里靠着栏杆等着的时候,看到的就是这样一种令人愉快的、惊喜的快乐,明亮而心平气和。倚靠着栏杆的人,还会等着看是否还会喜极悲来。它来得太突然,跌跌撞撞,一路向前,势不可挡,冲下陡峭的山坡。

四年前,悉尼也站在那里的窗边,前臂靠在栏杆上,是在1931年的4月14日。尽管那天有选举,他还是在此之前去了俱乐部打台球。曼彻斯特的人会比他更早知道选举结果,他们会在悉尼的电报发出来之前就得知此事。所以他没有理由待在办公室,通过收音机等结果。

那个时候广场上的一堆人穿着浅色衣服,还戴着草帽,帽子上有深色的带子,还有零散的穿着白裙子的妇女们。那一年热得早。穿着白色制服的水手三四个人一堆儿地站在一起,胳膊搭在同伴的肩膀上。

当相邻的商店一家接一家相继关门的时候,宪法广场上还全是人,就像它直到这个晚上的名字。后来有人在一块木头上写上它的新名字——共和国广场,用一根铁丝绑在旧牌子上。

当悉尼看到梯子的时候,刚开始还不理解为什么需要梯子。直到工具被一堆人递到前面,有螺丝刀、凿子、锤子和一条撬棍。民政管理局的窗户上方悬挂着波旁王朝的徽章。徽章已经有些风化,当人们穿过广场的时候,它看起来和盖宪法之家所用的黑褐色石头无甚分别。两个男人爬上去,抓着窗户的栅栏,花了不少时间才卸下徽章。君主制冥顽不化。

酒吧里,悉尼的身后传来小声的、越来越肯定的声音:"上帝保佑国王。"悉尼不会说,他对阿方索十三世感到遗憾。其他的国王大都会有一些可笑的事情。

车队沿着阿方索十三世大道一路向下开,前几辆车的顶篷是开着的,插着西班牙全国劳工联合会和共和国各党派的旗子。市政府的乐队在广场上集合。关于该演奏什么曲目,他们讨论了好一会儿。在尚没有共和国国歌的情况下,他们最终决定演奏《马赛曲》。他们反反复复地演奏,整个晚上,深夜也是,在人们回家的路上,《马赛曲》的片段在风里回响。

从此以后,街道上人流状态如何,就逐渐成为岛上关系脆弱或者稳固的一个可靠的晴雨表。悉尼在此期间明白了,什么时候看不到人就是危险的时候。三年前大罢工的时候,圣克鲁斯大街上空空如也,路上没有行人,没有挑水的人,也没有卖牛奶的女人。

当悉尼走进二楼大厅时,安达和洛伦索站在一起。他们沉默着和睦地站在一起,没有抱着双臂,或者把脸转过去背着对方。他原来猜测他们会分开,站在离对方最远的角落里。

最初,悉尼认为这不过是她要点小脾气而已。当安达在他面前说起自己的每一个小发现——关于洛伦索的习惯、喜好和过去,他还感兴趣地听着。也笑话过她幼稚的、满溢出来的完完全全的盲目。当这一现象一直没有消失,安达在一年之后还总是数落洛伦索时,他将此形容为"一种轻微的强迫症"。在安达求他帮忙在她爸爸那里想办法时,他拒绝了,老穆尔求他去劝说安达,他也拒绝了。这件事虽然比较麻烦，但是会顺其自然地解决，这是悉尼的态度。他没有想到，西奥博尔多·穆尔最后会屈从。

在三周半的时间里，安达躺在床上，拉上窗帘，不看书，不做手工活儿，看不到她做任何事情，只是侧身躺在床边，用被子蒙住耳朵。几乎拒绝吃任何东西，不管是什么可爱的东西被人用托盘端过来，也不管南妮·布朗总是放在咖啡壶和面包筐之间的纤巧花瓶里插的是什么花，更不管有没有木瓜片。她也不见她的那些女朋友，如果南妮·布朗非要把什么人带进房来，她也只是在被子里面默默地摇头，背朝着客人。

事后安达跟人形容说，那是没有尽头的、漫长而无聊的三周半时间。唯一的变化是南妮·布朗的说教，让她别再这样闹下去。没有人的精力能比安达更为旺盛。她的爸爸这些年吃了她妈妈的苦头，变得胆小而焦虑。

只要安达的女朋友们和她在喝茶、吃点心的时候，俯下身看"搜索目录"，以找到合适的嫁妆；只要她们列出结婚礼品单，谈论床头桌上摆的夜灯和窗帘杆，一切就恢复正常了。她所有的女朋友都说，洛伦索是她们见过的最帅的人，那会儿她们坐在更衣室前的椅子上，那些椅子是仿路易十五式的，上面铺着淡蓝色的椅垫，她们在那里等着更衣室里的工人给衣服缝上长度合适的镶边。靠着珠宝商奥斯汀的陈列柜，她们重复着上面这句话，手指头翻看着织物样品展示册。

安达原本不需要太多，她和洛伦索会住在她爸爸那里，即维拉克莱维霍街。这是西奥博尔多·穆尔最终同意他们结婚时开的条件。但是他们终归也有自己的家什，这些东西用盒子、袋子和载重汽车，以及跑腿的小伙子统统搬进了维拉克莱维霍街。

当安达走过位于帕托斯广场的英国圣公会教堂长椅中间的过道时，她昂首、挺胸、抬头，每一个动作、每一步都显示着胜利，好像她第一个冲过终点线，赢了一场赛跑。她站在神父面前的时候，看上去春风得意，没有别的。

之后的最初几个月，有通知说，谁要是踏进只有安达和洛伦索所在的屋子，就得看上去举止得当。要想在洛伦索不在场时见安达，变得分外困难，因为洛伦索无所事事，只是成天陪着安达。在他形成他的政治怪癖之前，都是这样的。但是他们之间的问题与他的政治怪癖没有任何关系。

最初的半年是一段阳光灿烂的日子。直到从大陆来了信，一封又一封，这些信件从马德里来，按照姓氏的字母排序，如同他们几周之后确定的那样。寄信人包括康普斯顿大学、巴塞罗那大学和萨拉曼卡大学。他们又坐在多娜·皮拉尔的时尚工作室里，喝着柠檬汽水，等待着。在帘子后面，衣服被镶上长度合适的镶边，长及小腿的一半，"这是马德里当季的款式。"裁缝保证说。除去谈论购买去大陆时穿的裙子、订船票，还有打听带家具的房子、租金和房东是否苛刻，他们对其他事一概不谈。读电报，写信，等电话，安达就那样坐在一旁。

克莱门西亚和奥蒂利娅是最先告别的人，当时防波堤上撒满了五彩纸屑和彩色纸带。"我们几周之后见。"其他人喊道。在圣克鲁斯的码头，每一次告别都少一些人。直到某个时刻，所有人都走了，就剩安达没走，安达结婚了。

不管悉尼什么时候请求，安达总是有时间。洛伦索开车送她过去，安达从车子上下来，头也不回一下。他们两个人出门频繁，当他们出门的时候，人们常在不同的房间碰上他们。如果这不可能的话，那么则待在一个房间里的不同地方。"这也是好事。"悉尼很快断言。在洛伦索致辞的时候，安达下颌的肌肉绷紧，下巴向上仰。洛伦索抬起胳膊走向悉尼，比往常更热情地问候他，这就足够了。那个夜晚如同悉尼所期待的那样结束了。

那个夜晚，胡里奥·博特在大概一年时间内暗暗把它称为他一生中最糟糕的一个夜晚，开始的时候并没有什么异样。胡里奥·博特躺在床上，双脚搭在床沿上，被子和脚踝之间有一厘米的距离。他的妈妈有个坏习惯，就是突然走进他的屋子，站到屋子中央。他在读桑德坎的书，也想读点别的，但是不敢，因为他妈妈有这个坏习惯。

奥尔加在下面的楼梯喊"吃饭"的时候，她的声音和其他时候没什么分别。胡里奥·博特闻到蔬菜杂烩和兔子肉的味道，爸爸和约尔格都已经坐在桌旁了，胡里奥·博特把右手搭在椅子背上，打算把椅子拉过来坐下，这时候突然一切都顿住了。他的身体在做这一动作的时候僵住了，他的呼吸在肋骨后面寻找掩护。桌布上他的盘子旁如同裂开了一道深渊，他没有办法让自己的视线回避它。在他的勺子下面，原本应该是放干净的、叠了两层的餐巾的地方，现在放着一个本子。不，是那个本子放在那里。

勺子的头部盖住了单词"教育"开头的红色字母 U 和下面一个单词"性"中的字母 X，① 勺子的把柄则把封面上两只握着的手分开了。

"我想，也许你今天吃饭的时候愿意给我们朗读点什么东西。"奥尔加说。胡里奥·博特仍然顿在那里。

---

① 译者注：这两个西班牙语单词分别为"Educacion"和"sexual"。

"好主意。"约尔格的双臂交叠着放在胸前。

爸爸伸出手来,好像期待着胡里奥·博特把他的手放在"深渊"的四周,把本子向他递过去,但是胡里奥·博特仍然站在椅子后头,一只手放在椅背上。当奥尔加欠身去取那个本子时,胡里奥·博特的身子往后缩了缩,好像怕她会打他一样。

"还不会。"奥尔加一边说,一边看着他,奥古斯托则翻着本子,一直翻到画着两性差异的图画处,他每翻一页,都让胡里奥·博特感到浑身一阵阵发热。

当他的爸爸不再一页一页地翻下去,而是把本子递给约尔格时,约尔格回了一句:"怎么了?"

"我猜,这原本是你的东西。"奥古斯托·博特说道。

在这一刻,胡里奥·博特又可以动弹了,他想乘机不声不响地坐下来,不引人注目,消失在桌子的后头,他是这么想的,但是屁股还是碰到了椅子。椅子在石头地板上摩擦了一下。奥尔加摇着头,往他这边走过来一步。

"你不能跟我说,这个,"约尔格把那个本子又放回桌子的中间,然后说,"是没有意义的。你总是在谈村子里的许多孩子。女人的身体如同被揉过的皮革一样,你说过。然后所有人都会死去。流感,或者山岩塌方,或者不下雨,或者下太多雨,或者来了蝗虫。"

"启蒙是重要的,没有问题。但是你不可以把你的本子给你弟弟。"

"你看看他。如果女人们不是突然有了电路和电线,他绝不会知道这是怎么回事。"

然后两个人都笑了,约尔格接过了本子,递给胡里奥·博特。胡里奥·博特并没有对生活厌倦,但他没有动,没有去接递到他面前的本子。奥尔加始终站在他的椅子旁边，他的耳垂离她刚好有一臂的距离，如果她发起火来，就会去揪他的耳朵。胡里奥·博特低着头，奥尔加的愤怒正集中在约尔格身上。

"你们太快了，"奥古斯托·博特说，"你们实在是太快了。你们许多事做得对，但不是所有事，好吧。你们只是太快了。"

约尔格定期带本子和小册子回家，放在家里那些地方，让奥尔加生气，她把它们放在沙发旁的小桌子上，放在原本呈扇形的《黑与白》旧杂志上面。奥尔加的闺蜜周六来打纸牌的时候，会看到最上面的《上帝不存在：一个科学的观察》。罗伯特牧师来家访时，正好坐在一期关于农村改革的杂志《研究》旁。9月份基督游行节的时候，奥尔加的娘家人从北方来，在新堆在单人扶手椅上的衣服里咯吱咯吱作响的是《世代意识》①系列之一的《个人卫生导论》。奥尔加已经习惯了在给来访者开门之前，飞快地检查一下小桌子。

胡里奥·博特有那本小册子，一开始的那几页记录着安娜和罗伯特的事，关于相识、接吻和尊重，他经常看，都能背下来了。册子的后头是图画，准确地描绘了两性在人体解剖学上的差异。正如他问约尔格时，约尔格所说的那样。看起来就是这样，当然是淡红色的，不是黑白色的，周边还有黑色的毛发。

胡里奥·博特又躺上床，耳朵里开始响起鸣叫声，奥尔加在他胳膊上掐出来的紫色斑块已经不疼了。他坐起来，瞅着写字台，看他是不是把什么东西落在那里了。耳鸣的声音就像电压不稳的续电器发出的鸣叫声。

---

① 译者注：1923年到1928年期间出版的系列杂志，持无政府主义思想。

他摇了摇头,把手掌盖在耳朵上,把手指插进耳孔里,指尖转了转。耳朵里面的声音没有变大,也没有变小,没有变得更尖,也没有变得更低沉。

胡里奥·博特知道自己耳鸣。两年前他就有过耳鸣,但不是持续性的,而是间断出现。每一次他想到耳鸣的时候,会看见椅子躺在地上。

那个时候卡夫雷拉大夫建议用温油滴耳。在奥尔加往他的耳朵里滴温油的时候,他的耳道发痒,很难保持安静。耳鸣没有停止。按照德尔加多大夫开的处方,有一周时间他在睡觉的时候,用两个装满洋葱圈的布袋子搁在耳朵上。"没用,被单都臭了。"奥尔加最后断定。

奥尔加在报纸上看到,一位从委内瑞拉来的耳科专家有两个星期时间在圣克鲁斯的金松树酒店里接待病人。尽管胡里奥·博特抗议,她还是给酒店写了信。胡里奥·博特担心自己白天上学的时候会被医生包上耳朵。

"明天我不会坐车下去的。"约尔格头天晚上说。

"酒店是开着的,医生也在营业。毕竟他们都用不着租房。"奥尔加说。

租房者的事情已经闹了很久,他们成立了一个工会。"贫民窟。"约尔格说,胡里奥·博特不懂这个单词。约尔格继续说:"穷人住的地方,在圣克鲁斯周边的那些房子,那个地方总是臭气熏天。房东不修理任何东西,房租还高得离谱。"

"总有一个合法的途径。"每一次奥古斯托都这样反驳说。

"法庭拖着不办,或是用不可思议的理由拒绝申诉。"对此,约尔格愤愤不平。

"不付钱不是办法。"奥古斯托重复道,直到约尔格安静下来。

有轨电车里的人和平时一样多。当他们下车的时候,街上有很多国民警卫队的人。租户们在三周前就决定罢工,原本应该在4月1日交付的租金还没有交,租户们马上会被赶走。

医生没有头发,但是有胡子,戴着眼镜。他用灯照进胡里奥·博特的耳朵。"只是有脏东西。"他说,奥尔加扳着胡里奥·博特的肩膀。

"我每天晚上都说,他应该洗耳朵。"

"有时候这还不够,夫人。"

屋子里有一个长沙发茶几,上面盖着白色的布,一直拖到地板上。医生俯下身去,挑选茶几上放着的准备好了的工具。他决定用一个带有细嘴的喇叭筒,来给胡里奥·博特减轻负担。当他去拿一个长长的、尖尖的金属状的东西时,胡里奥·博特一直用手捂着耳朵。

一个正确的决定,胡里奥·博特断定,因为奥尔加试图去拉他的耳垂。医生把工具举到胡里奥·博特跟前,他看清楚它既不是手术刀,也不是注射器,而是一把镊子,才松开手把耳朵露出来。喇叭筒是冰凉的、坚硬的,并没有让人不舒服。当世界开始发出隆隆声的时候,胡里奥·博特觉得有得有失。他脑袋里面的拖曳和叮叮当当的声音,吞噬掉了所有的东西,包括屋子里的金色窗帘,推到墙边的、用作治疗沙发的酒店的床,他们进门时医生所坐的只放了几张纸的空桌子,桌子右边和左边各一个带米色灯罩的落地灯,还有从奥尔加张开又闭上的嘴唇里发出的声音。

"只不过是镊子碰到了喇叭筒,没有发生任何事。"医生说。奥尔加扶着胡里奥·博特的脑袋,医生一片一片地取出小碎屑,放在一个月牙形的盘子里。

当他们重新站在酒店前的街道上时,胡里奥·博特不再耳鸣了。但是他有一种奇怪的聋了的感觉。烟雾,他首先注意到的是呼气的时候感觉空气里有烟雾。他们朝有轨电车站的方向走过去,发现前面的街道被封了。奥尔加把他推到旁边的一条小街上,街上散落着一些椅子。那些椅子看起来特别可笑,像是睡着了的驴子,前腿往后弯折,完好无损的椅背斜对着天空,像驴脖子一样。还有一些书籍在黄色的笑声中散落在人行道上,散乱的书页上满是鞋子踩过的痕迹。两个单人扶手椅倒放着,四个圆柱形的木椅子腿朝天,能看见里面生锈的弹簧。街道两旁房子的门大敞着,门前是横七竖八的书架、板子,还有一个空的餐具柜,以及边缘尖利的陶瓷碎片。两个男孩从柜子的横格里拿出剩余的盘子,在石子路面上摔得粉碎。

一大早清房行动就开始了。只要法庭派来的执法者和警察一走,人们就撬开被封了的门,重新把家具搬进去。他们冲进房东的屋子,将凡能搬走的东西一抢而空。有些房子着了火,包括纳维拉腌制品工厂和罗梅洛的稻草仓库也未能幸免。地方法院遭到冲击,两天之后,市政府没办法,只好把邻岛上的全部国民卫队调到了圣克鲁斯,以重新恢复秩序。

自从右派在两年前赢得选举以来,局势逐渐安稳下来,只有妈妈对右翼获胜感到高兴。爸爸和约尔格的意见统一了一些。在吃晚饭的时候,不是每次"可以帮我拿一下面包吗?"这样的话,都足以引发关于土地改革的讨论,以及吃饭吃到一半时就跳起来离开,让奥尔加追在后面,最后和爸爸、约尔格一样愤怒。几乎没有什么罢工了。"有的只是绝望的寂静。"约尔格说。

1929 年
一九二九年

他脸庞瘦长，两只棕色眼睛呈水平状分布，两道眉毛是平直的、整齐的，在极其白皙顺滑的皮肤映衬下显得又浓又黑。他的头发垂到脸的两侧，一直到太阳穴，齐整地垂到右边眼角的位置。每天早上，他都用一把直尺来检查头发，之后用润发油把头发光滑而均匀地梳到脑后。但是安达是不知道这些的。

他长着一个长长的鼻子，不太宽，鼻梁有些塌陷，线条延伸到鼻尖处时微微向里弯。在他的每一张照片上都可以毫不费劲地发现，他是络腮胡子，是这里唯一一个长络腮胡子的人，鬓角处的胡子被剪短了一些，下巴处的胡子很密实，用剪刀仔细修剪过，和喉结处保持齐平。

他身材高大。安达不知道他的名字，刚刚才发现他，他站得笔直，双手交叉放在身前。他两腿微微叉开，自从安达开始观察他，他几乎一动未动。他站在那里，好像在倾听演讲，或者想要宣誓一样。他的嘴在动，动了多次，但是他的声音已融入大家的谈笑声中，散乱的、不连贯的语句消失得无影无踪。安达坐在小客厅的一个角落，在墙壁和开着的露台门之间，身子深陷在单人扶手沙发中，膝盖抬得高高的。在鹦鹉灯昏暗的光束下，在她身边的桌子上，水杯里的柠檬水已被喝光了。阶梯式人工瀑布在枝状吊灯的照射下闪闪发光，来宾们一堆堆站着，相谈正欢，蕾丝花边、香烟的烟雾和袖口的扣子在昏暗的灯光中若隐若现。

安达期待着他能活动一下。有一次，他稍稍晃了晃身子，把身体的重心从一条腿挪到另外一条腿上，然后又换回来，紧卧的双手没有松开。安达必须不断变换坐姿，以便透过有金属亮片的脊背、手臂和屁股，能够一直看到他。最后，他松开双手，手搭在对面人的上臂和肩膀上，露出洁白的牙齿笑起来。安达发现他的嘴唇很饱满，颜色红润，他身上还有一些东西，是她形容不出来的。那应该是从他小腹深处传达出来的东西，是温情——如果那儿是小腹的话。他溜达着，笑着，点着头，短暂的停留，触碰着他人的脊背，亲吻他人的面颊表示问候。

安达往右靠，往左靠，俯下身子，伸着脑袋，让他不会消失在自己的视线当中。他的西装是深色的，不像大部分人那样穿白色、象牙色或者是米色的西装，而是棕色，真是万幸。他在人群中鹤立鸡群，他边走边从托盘上取下一杯饮品，送到嘴边，抿了一口，然后又慢慢转身，把杯子放下。他像是在找什么，用目光不停扫视整个房间。安达赶紧往后靠，希望自己能躲到那些穿塔夫绸的脊背后面，也许他也发现了她。

正当她想弯下身来，看他是否也正看向她时，一只胳膊挡住了她，白色的衣袖，带着缝纫细腻的、用纽扣固定着的镶边。原来是南妮·布朗想要抓住她。南妮的手指碰到了她的脸颊，碰到了她右眼下细嫩的肌肤。若是往常，安达一定会喊"我的眼睛，我的眼睛疼",直到南妮在周围人埋怨的目光中表示抱歉。这一回她却没有这样做,只是不声不响地摸了摸自己的面颊,用胳膊肘撞了一下保姆。就好像南妮刚才并没有用力抓她的胳膊,只是点到为止。

"我来了。"她小声地说。他转过身子,背对着她,他宽阔的、笔直的背。如果他有什么东西落下来,她会接住并递给他。

之后,洗过澡,穿着睡衣,灭了灯,她坐在开着的窗户下,肘部支在窗台上,感觉有蚂蚁轻轻爬上她的手臂,并想爬入房间,于是她不耐烦地用手把蚂蚁拨到一旁。当她坐下来的时候,有蚂蚁在她的额头和面颊上乱爬。南妮·布朗会在第二天早上发现它们——有淡棕色翅膀的小蚂蚁,在窗户前的地板上围成一个半圆。

安达全神贯注地听着,试图在错综纷乱的声音旋涡中分辨出哪个声音是他的,声浪穿过客厅侧面敞开的门,消失在黑暗的花园里。

她时不时地弯下腰,向外探出身子,这样就能从屋子的一角,看到一部分露台和通往花园的小路。她必须再看他一眼,再看一眼,却不知道为什么。

在通往陶罗大酒店的路上,一个岔路边上,站着两个当地的警察,他们抽着烟,透过汽车的挡风玻璃盯着悉尼看了一眼,没有拦住他,而是退到一边。他们沉默着,从容不迫,悉尼只好以步行的速度开车拐了个弯。

在往陡坡上开的时候,悉尼深深吸了一口气,闻到了街边桉树和松树的味道,没有看到烟雾,也没有闻到空气中让人昏昏欲睡的烧焦的味道。平时坐在拐弯处矮墙上的那些孩子,会跳起来,把手伸向所有路过的车,让人担心两边的车灯会蹭着他们,而今天空无一人。城门前带头售货的妇女们也比较少,她们平时一看见有车过来，就会连忙拍打货物上的盖布和钩着白边的粗呢布，以拍去上面的灰尘。

在半开的翼门之间也站着两个当地的警察，他们也抽着烟，透过车子的挡风玻璃盯着悉尼看了一眼，从容而缓慢地退到旁边。在悉尼驶向铺了圆石子的道路时，二人都没有表示异议。

陶罗大酒店的外墙和以往一样是白色的，窗户都齐整地关闭着。草地上停着两辆深色的汽车，一辆车子的后轮停在圆形的花坛中，车轮上沾着碾碎了的碧冬茄花瓣。悉尼在下车的那一刻就可以断定，这两辆车子都是国民警卫队的。有警察过来问他的名字，彬彬有礼，试图了解他来这里的原因。他们问他是否要见什么人，说酒店里面的所有客人都被送往马泰内斯了。如果他有生意上的事情，可以通过律师联系到酒店负责人，律师的地址可以给他。

悉尼摆摆手拒绝。是好奇心，不是别的什么原因，让他在和阿方索·科洛根吃完午饭之后没有回到直接通往圣克鲁斯的路。

前天晚上，楼下大厅里的电话响了，那会儿刚过午夜。悉尼已经穿着睡衣上了床，发现自己受不了叶芝的作品，不管他得不得诺贝尔奖。楼下没有人动弹，但他肯定女管家已经听到了电话铃声。

光着脚，家居服拿在手里，他跑下楼，这个时间肯定是曼彻斯特来的电话。如果业务负责人这会儿把电话打到他家里，肯定是出了什么事情。他不相信海外的股票，过去几周汇率有短暂可控的下跌，引发的后果不算严重，已经不再令人担心，与去年秋天相比，目前的牌价至少还上涨了近百分之二十五。来电话的不是曼彻斯特，而是西奥博尔多·穆尔。他刚和他北方的管理人通了电话，陶罗大酒店着火了。

也许就是电线短路了，没有纵火的迹象或任何政治上的原因，午饭的时候,阿方索·科洛根也向他这样保证过。和这位奥罗塔瓦市长的见面是之前很早就已经约好了的,双方原来想谈一谈下一年要支付给自来水公司的费用。但是悉尼没法问火灾的事。"为预防起见,我们已经抓了几个人,做做样子,"科洛根反反复复说了多次,"但是我们肯定,这就是一次短路造成的。"

"我可以吗?"悉尼指着环绕房屋角落处的沙土路,问两名国民警卫队队员。沙土路两侧的草坪都被踩坏了,草皮翻了个个儿,横着竖着都是车轮碾过的痕迹。

他们点头。

悉尼用两根手指碰了碰额头,以示告别,他知道他们在背后看他。他在岛上最初的日子就是在陶罗大酒店里度过的,房间很小,位于这栋楼的西翼,在长长的走廊尽头。

秋天的时候,他在这里住了更长的时间,经历了普里莫·德里韦拉 10 月份的国事访问。这期间宾馆也由德国人掌管,不管是叫不列颠大酒店,还是叫洪堡疗养院,书房里都是一片寂静。那时他坐在靠窗的一个单人扶手椅上,窗户面向露台。新到的上个星期的《伦敦时报》折在一起,放在他膝盖上。旁边的桌子上是一杯泡了太久的茶,长在门边的藤类植物的叶尖在风中摇曳,一组空的乐谱架子放在屋子的角落里。屋子中间有四个用扶手隔开的座位区,垫有圆形软垫的长椅分布在东西南北四个方向。屋子的另外一头有一张桌子,挨着壁炉和几个书柜,桌子上铺着绣有玫瑰的桌布,就和二十年前他第一次来的时候一模一样。同样,书架上也摆着当年的各种读物,包括贝德肯的作品、爱情小说、《笨拙》周刊[①]、亨利·杰姆斯

---

① 译者注:1841 年创刊的英国幽默插画杂志。

和萨默塞特·毛姆的作品。门厅里的托内特摇椅寂寂无声,住在这里的几家有孩子的家庭已经搬走了,大厅、图画室、抽烟室和用餐室也早已人去楼空。悉尼肯定,在带有海蓝色加米色的蓝铃草图案的桌布后头,在二楼和三楼走廊的一扇扇门后面,在厨房中,在花园里的对冲迷宫和花朵形玻璃碟①后头,战斗已经打响。

  直到今天,悉尼都为他当时的决定而感到庆幸,那天他没去参加圣克鲁斯的招待会,而是在陶罗大酒店等着。参加招待会的那些人徒劳地在码头等待着——码头本来就是悉尼的码头,虽然他知道这种感觉是愚蠢无聊的,但码头上没有一个地段、一栋楼房或是一台机器的设计、建造或是运营是他本人没有参与过的。被选中参加招待会,并应该在独裁者到港之后被介绍给他的人不多,其中没有外国人。后来在宴会上,免不了有一两桌英国人,他们坐在比较靠边的位置,无须任何人证明坐这么边缘的位置是正确的。那一两桌人是来岛一年的汉密尔顿一家。在尼尔逊在圣克鲁斯被当作笑料之后,他们才从苏格兰来到本岛。但是这里所有人都是英国人,甚至是爱尔兰人。穆尔一家、白兰地一家和穆非一家都是。

  接下来的晚上,悉尼在陶罗大酒店的用餐室里见到了独裁者,一个疲惫的、被透支了的男人,他只想要他的安静。悉尼试图在谈话中巧妙地插入一些建议,但是他对所有的建议一点不感兴趣。

  一个糟糕的信号,莫过于普里莫·德里韦拉的来访。

  有谣言说,西班牙人想在岛上建造一座炼油厂。悉尼曾经希望他们会知难而退。在经历了阿布德·阿勒卡里姆的艰难时刻和无聊的里夫战争之后,他们在西撒哈拉的冒险已经足够了。但是局势可

---

① 译者注:指用以装饰彩色玻璃窗的小玻璃碟。

能会更糟糕。失败了也必须把东西运走。先把全部材料运进去，然后再把剩下的东西运出来。比如从达勒姆运来的煤炭。

一个自由的政权，悉尼是如此设想这个岛的未来的。若英国的殖民地已不复存在，就该建立一个自由的政权，没有海关，没有税，由企业自己来管理从打包站到运货码头的街道，以及扩建码头，这也是为了它们自身的利益。必须每天给当地人供应一定量的玉米面。

风从身后吹来，悉尼的脖子上流了许多汗水，他感觉风在刮。每走近一步，刺鼻的烧焦味就更为浓烈。

临街的房屋外墙是完好无损的，悉尼相信，明天早上《艺术公报》头版上那些该死的报道会用岛上特有的夸张手法来写。如果行进中看到中间的院子，他也许会停下来。他那只原本在走路时向前轻轻摇晃的胳膊停在空中，另外一只手原想要伸进夹克衫口袋里掏手帕擦脖子，也停了下来。

草坪依旧郁郁葱葱、完好无损，有些地方甚至可以看到割草机留下的整齐的纹路。但现在上面散落着卧室柜、茶几和所有比较容易搬出的东西，还有原本放在走廊里的窄柜，其中几个窄柜旁还靠着本来是一体的镜子。圆磴子放在露台上，酒红色的锦缎上有白色的消防水留下的痕迹。人高马大的当地警察在这些家具之间溜达，他们或许担心有人抢劫。在一楼的窗洞上有被熏黑了的三角形，有些窗户的玻璃已经碎了，那些完整的窗户是大敞着的。有些窗户里还挂着拱形的窗帘。

悉尼又重新坐回他的车里，看着那个穿制服的、在车子冷凝器前面摇启动机曲柄的人的后背。他得用两只手牢牢地抓住方向盘，好让自己的双手停止抖动。发动机上下颠簸着打着火，连他的手指都随着一道震动，在车子掉头的时候他必须小心，必须倍加小心，以免撞到国民卫队的深色汽车。

这是非同寻常的一年。本来所有事情都运转正常，他们也和军区司令部和当地政府有很紧密的合作，包括和各位市长和乡镇议会。他们的选举也办得毫不费力，令人信服，悉尼很少对选举结果感到意外，埃尔德&邓普斯特公司的候选人也很少落选。如果落选，他们也总是想方设法，希望得到悉尼的谅解。岛上几年都没有做出任何重要的决定，也没有颁布任何他不希望看到的法律。英国的香蕉市场已经恢复如初，从业务数字上看，战争期间的经济崩溃已经悄然而去。民间的海上航运亦是如此，过去一年里他们提供后勤服务的船只比 1913 年更多。悉尼相信，在航运中，柴油发动机永远不会取代煤炭。万事遂顺，好得不能再好了。

街道右边的山坡上长着蕨类植物，和在泥盆纪时代一样，它们颜色淡绿，枝叶茂密，几天前草坪上的雪才化了。现在，悉尼得想想如何招待客人，他们几个小时之后就会从卡萨·萨拉曼卡的大门前离开，最好把车停到街道边。也许他们会下车，躺在蕨类植物上。

此时他更想取消对所有人的邀请。给他们道个歉，就说有突发之事，实在难以脱身。带柄的大罐子又被过早地端出来放在露台上，罐子里有柠檬、西瓜汁和薄荷，还有用人滴下的汗水。等客人们来的时候，它们就会变得温吞吞的。茶，他名义上是邀请大家来喝茶的，但是除他之外，没有人会喝茶。他喝的是冰茶，里面放了甜柠檬、朗姆酒和蔗糖。还有夹小黄瓜的三明治。如果在英国集市上买不到这种三明治，那悉尼就不会提供三明治，而是让人做烤饼，扁平的、像手掌一样大的烤饼。厨娘用玻璃杯口压出烤饼，他在一旁督促着。从外观上来看，这让他想起德国的小圆面包。还有两种极受欢迎的甜辣酱——杧果和洋葱口味的,都是新做的,但他是唯一吃这两种酱的人,其他人都吃涂上一层糖浆的、看起来颜色很柔和的花色小蛋糕和拿破仑酥。情况总是这样,没有任何理由对此愤愤不平。

　　云朵漫上山坡,填满了山谷,看不到港口了,从一片白色雾气中冒起的山口看起来如同海岸一样。悉尼轻松地发现,他的手指不再颤抖了,他松了一口气。

1919 年
小 海

只要有人一拐入奥唐纳将军大街,帕托斯广场上的鸭子就会离开徽章形状的水池。它们从篱笆下钻过来,脖子往前伸,翅膀往后扑,迅速而直接地往人身上冲过来,人们会往它们张开的嘴巴看过去,看清楚它们是没有牙齿的,而它们则坚定地追逐着穿裤子的人。

当悉尼从普利多街拐过来的时候,鸭子们正沿着奥唐纳将军大街,追着三个穿淡色半裙的小姐,它们的脑袋紧紧地挨着摇晃的裙边。其中一个姑娘试图用太阳伞挡住鸭子,但是它们躲开了,又从另一边发起攻击。悉尼加快脚步,不然他也会被鸭子追赶。他抓紧手里的拐杖,另外一只手拿着帽子。还没等他走到三个小姐跟前,她们就进了一扇花园门,门立刻被关上,鸭子们在栅栏前嘎嘎地叫,脖子伸进栅栏条里,想要钻进去。

鸭子已经被引开了,于是悉尼悄悄转身,想迅速返回原路。他摸了摸自己运动夹克衫的口袋,装太妃糖的盒子还在,在忙乱中没有跌落出来。他不能肯定今天是否还有机会把糖给她。

他喜欢这一带,这里的街道虽然不是石子砌的,但是每天都会洒水，路上一尘不染，令人愉悦的清凉感从街道升腾上来。十五年前，当他清楚自己不会很快离开这座岛，考虑应该在哪里安身的时候，这一带除碎石子之外空无一物，甚至连一片田也没有。

在德埃萨兄弟的别墅前停着一辆马车。他们是最初在这里建造房子的人。悉尼至今都很难区分他们：两人都是银行家，他们房子的外观都是巴洛克风格，里面是摩尔人的风格。美国大使馆挂了旗，邀请他今天晚上过去，通常情况下他是会去那里的。

鸭子们放弃了栅栏，回到通往广场的路上，他听到鸭子走在身后，于是加快了脚步，希望悄声溜走。鸭子是这个城市收到的一份礼物，是几年前修建水池的时候一个乡镇委员会送的。几个月以来，没有人敢坐在水池周围的长椅子上，因为椅子上全是鸭粪。

从正面看，位于维拉克莱维霍街转角处的西奥博尔多·穆尔的别墅很像17世纪英国南部宫殿的警卫室，凸窗是维多利亚式的，花园这一面是约尔格亚式的，其余部分是都铎王朝复兴式的。有几个人说，西奥博尔多·穆尔扯下英国水泥袋上画着的地主庄园的图纸，塞到建筑师的手上，而建筑师也努力照搬所有元素。穆尔搬家到圣克鲁斯有六年了，之前没有人料到穆尔一家竟然会搬离岛上的旧中心区奥罗塔瓦。

无法指望她只呼吸云朵，年轻的穆尔太太说。穆尔先生不与当地某个英国家庭结亲，而是从英国娶一位太太过来，悉尼相信这是个错误。这位太太说天与地之间的空间不够，奥罗塔瓦是"一座白色的监狱"，因为大部分时间都看不到一米之外的东西。

呼吸困难让她苦不堪言，她整天拼命吸气，并且想要个孩子，因此西奥博尔多·穆尔认为他搬家的决定是正确的，此外还能做些什么呢？

可搬了家之后，年轻的穆尔太太也没能活太久。两年前，在一场流感肆虐期间，她死于帕托斯广场边的家中。

离别墅最近的路要横穿广场，经过水池。悉尼没走这条路，而是从英国圣公会教堂处转到街道的另一边。他的姐姐每次来信都叮嘱他要多去教堂。她害怕他会成为教皇。对此，悉尼忍不住咧嘴大笑。

他身后的鸭子走到了奥唐纳将军大街的尽头。他希望它们能够重新回到水中，于是小心地转头往后看。一只喷水的白鹭取代了水池中央的天使雕像，是那里唯一可见的鸟儿。人们私下里说，原来的天使雕像是按照英国圣公会教堂的愿望被挪走的，因为天使浑圆的臀部朝着英国教堂的方向。

本来这个广场应该叫奥唐纳将军广场，是按照那位苏格兰裔的西班牙将军的名字命名的。广场上纪念碑的基石原来是阿方索十三世在1906年来这里访问的时候隆重奠基的，两年前因为鸭子水池的原因被挪走了。对此悉尼感到很遗憾。"西班牙殖民政治的一个象征。"他喜欢对来访者这么说。纪念碑的建筑图消失在某一个抽屉里，在最短的时间里，一只路灯的杆子被插入方石中。敷衍了事，倒霉透顶，与西班牙在西撒哈拉的冒险一模一样。他对西班牙的困境心知肚明。自从经历了美西战争的失败之后，西班牙就不再作为世界统治者在海外耀武扬威。手握庞大的殖民军，又能干些什么呢？在属于西班牙的省份，部队营房早已人满为患，又缺乏军饷，士兵无事可干，所有的小邮包和外快都被疯抢一空。在丢掉了古巴和菲律宾之后，门罗主义禁止重新征服西班牙当年在南美洲和中美洲的殖民地，对西班牙来说，除了在非洲北部和西部尝试，再没有别的可能。之前，阿方索十三世把这座岛称为"一块没有旗帜的英国殖民地"，他将对此地的访问一推再推，直到1906年不能再推为止。这座岛的位置实在是再理想不过了,在晴朗的日子里,从这里几乎用肉眼就能看到西撒哈拉,此岛是一座理想的桥头堡。他只能希望局势能够继续稳定下去,他就不需要任何桥梁了。或者陷入动荡,那时西班牙就能够从那里撤走,对这些岛屿不闻不问,就像此前一样。

西班牙人在西撒哈拉的第一个定居点叫"小海的圣克鲁斯",是15世纪建立的,几个世纪之后又消失了。悉尼很喜欢"小海"这一说法,他在报道自己的业务活动时借用了这个概念。"我们把大海变小了,"他说,"一切都近在咫尺。"沿着运煤航线扩大自由市场几乎是自然而然的。

鸭子们又蹒跚地回到了水池,他听到鸭子在嘎嘎叫,它们离他不远。在悉尼关上花园门的时候,试图估计一下铸铁栅栏上的栅条之间的距离。这些栅条是从德国进口的,不是直的,而是弧形的,下方一条条分散开来,上方又重新挨在一起。悉尼断定,栅条之间的空隙足够能让一只鸭子钻进来,于是不失尊严地一路疯跑,跑上通往房门的四个台阶。他不敢转身,也不敢往后看试图钻进来的鸭子,他敲了敲门环。正如他担心的那样,还未等敲击门环的声音消散,他已听到穆尔的女儿走到门后了。

这个小家伙是个捣蛋鬼,捉弄过他,一刻不让他安宁。她把他当作狄更斯笔下的一个小说人物,原因在于悉尼和《双城记》里的人物悉尼·卡尔顿同名。最初他以为自己就是与她擦肩而过而已。但是在门厅里一听到他的声音,安黛拉[①]就冲下楼梯。在他路过前,她就已经在她爸爸书房前头的狭窄的走廊里等着他了。

[①] 译者注:安黛拉,缩写名为前文中的"安达"。

原本这个小姑娘亲近他,是他求之不得的。但是在上两次他送她太妃糖的时候,还没等他从口袋里掏出糖盒子,她就已经指着他的口袋了。不等他同意,她就已经用微胖的手指拿着糖果了。

"该说什么?"布朗小姐问道。悉尼几个月以来都在心里叫她埃斯特。

"谢谢,悉尼叔叔。"小姑娘拖长声调说,同时把上身歪向一边,坏笑着,她认为这样是在撒娇。

门还没有完全打开,她就把头伸进门缝。"悉尼叔叔,悉尼叔叔。"她伸出胳膊,搂着他的右腿。悉尼来不及弯下腰,害怕自己一瞬间失去平衡。他也不肯定自己是否有力气,能拖着她迈上最后一级台阶。门边的女用人一动不动,视线越过他,傻傻地呆望着街道的方向,小姑娘则试图把两只浅色的、系带的鞋子都踩到他右脚光亮的黑皮鞋上,以支撑身体。她的重量压到他的脚趾头上,让他感到疼,她的鞋底上下蹭着,他淡色的、带纽扣的绑腿,在上面留下一些褐色的条纹,来之前他在家里为挑选这副绑腿可颇费了一番功夫。他会在没人注意的时候把绑腿脱下来,让它消失在口袋里面。

幸好小姑娘的注意力被引开了,她指着排成一列长队站在人行道上嘎嘎嘎叫着的鸭子。悉尼小心地把双手放在她的腋下,从他的鞋子上把她抱下来,放在台阶上。

"我去取面包,"她喊道,"然后我们就可以喂它们了。"她转身跑开了。悉尼松了一口气,进入门厅,断定她是往厨房方向跑的。女用人接住了他的帽子和拐杖,埃斯特·布朗消失得无影无踪。

"南妮在哪里?"悉尼忍不住问道。他向小姑娘消失的方向望去,似乎对没照看好她而担心起来。

"在美国人那里,对面的大使馆里。被邀请去那里了。"女用人一边说着一边往暖房那边走过去,"我去和先生说,您来了。"

悉尼没有动,没有跟着女用人往那边走。"整个晚上吗?"他的声调听起来太高了。

女用人转过身来,有点吃惊,但没有表示任何怀疑:"您说什么?"

悉尼清了清嗓子,以赢得一点时间,但是除了重复上面的问题,他想不起别的话:"孩子的保姆整个晚上都在大使馆吗?"

他试图想象出一个场景,能够不惹恼穆尔先生,而取消这次来访,可以去广场的另一边,跟人家解释说他上周的拒绝只是因为疏忽,然后被人谅解。但终归是徒劳的。

"只要小姑娘想上床,8点钟她就必须回来了。"女用人指着暖房里的一把单人藤椅说,"如果您愿意在这里等的话。"

藤椅被棕榈叶子遮住一半。还在门厅里的悉尼听到小姑娘硬硬的皮鞋底踩到地上发出嗒嗒嗒的声音,就已经决定在这个位置等了。"我有面包,悉尼叔叔,我有面包。"

离8点还有两个小时。悉尼弯下腰,想把绑腿解开,他先把鞋带的活结打开。到西奥博尔多·穆尔准备好来接待他,还需要几分钟时间。

悉尼正踢掉第二只鞋子的时候,一句"你在做什么?"又让他直起身来。

穆尔小姐站在一只藤椅旁,肘部支在藤椅背上,手掌托着下巴看着他。她另外一只手里拿着一块干面包片。

"我鞋子里有一块小石子,"悉尼回答说,"你先去,鸭子们饿了,在等着呢。我马上就来。"

没想到这几句话竟然奏效了。安黛拉·穆尔转身走了。就在他绕着脚踝解开绑腿的时候,听到门锁撞上的声音。等西奥博尔多·穆尔来到暖房的时候,他的绑腿已经放在口袋里了,鞋带已经快系上了。

和最初定居于马德拉岛的大部分爱尔兰家庭(他们的葡萄酒出口生意最后被梅尔陶和雷布拉斯打败)不一样,穆尔家在大饥荒的时候便立即离开都柏林,迁往本岛的方向。几年后,他们家在奥罗塔瓦成立了贸易公司:一开始是出售甘蔗和烟草,之后是胭脂虫和烟草,直到在 1880 年前后的大危机中,红色的人工染料被发明,胭脂虫就没人要了。因饥荒而引起的数次暴动、瘟疫——俱乐部里的人们会讲蛮荒的故事。这是悉尼之前的时代。自从他来到这里,穆尔公司出口的东西和埃尔德 & 邓普斯特公司是一样的,都是西红柿和香蕉。本来他们是竞争者,不过是有着相同利益的竞争者。

岛上有两种水,好水和坏水。打鱼的人喝的是坏水,这种水飞快地冲过田地,带着泡沫,夺走防波堤、房屋,还有跑得慢的人,这种水在岛上无处不在。只有洛西洛斯的盐场才能从中获益。

好水则要去找,取自于深山,要一寸寸打穿岩石才能得到。西奥博尔多·穆尔第一个弄明白,关键是水,谁掌控了水源,谁就掌控了整座岛。在出售胭脂虫的十年里,这一点还不明显。因为胭脂虫寄生之上的印榕仙人掌,是不用浇水的。

奥古斯托·博特可以把整个药店里的东西,包括每个瓶子、每支管子、每个纸袋子和储物玻璃罐子里的东西一吞而下。这些东西也许会杀了他,却治不好他。奥古斯托·博特渴望见到贝尔塔。他早就该在回家的路上了,不仅仅因为今天是元旦前夜,而是因为奥尔加已经在分娩的阵痛中。从上午开始,在最初的几个小时里,接生婆会定时派一个小伙子来告诉他进展如何,并且为此讨几枚硬币。

奥古斯托的脸紧贴着药店的窗户玻璃,他之前多次哈气并用袖子擦了玻璃。他希望贝尔塔能够——哪怕是唯一的一次,快点经过这里,用坚定的眼神看着前方,不干别的,就是判断迎面而来的各种障碍。贝尔塔有一只绿色的眼睛和一只蓝色的眼睛,他在和她谈话的时候,曾左右不停地轮着看她的两只眼睛,因为他感觉自己必须要在她两只眼睛中选一只,但是又不知道选哪只好。这时候贝尔塔会说:"看左边的好了,你这个傻瓜。"奥古斯托·博特渴望见到贝尔塔。奥尔加在阵痛中。

他俩的故事始于"一只胳膊",距今差不多十年了。贝尔塔坐在窗户边,一个老式的多棱窗户,分为四排,一排有四块玻璃,一共是十六块。透过玻璃,他能看出她穿了裙子。有时候她在帮忙收拾桌子的时候,也会穿上围裙。在他顺着街道往下走的时候,总是最先看到她的一只胳膊,它非常长,总是指着哪里,打手势示意,消失一会儿,过一会儿又突然伸出来。她向前方伸出手掌,向路人打招呼、招手,用修长的手指去摸那些叫嚷着的孩子的头发。在刮风的日子里,她将手指伸进气流之中,微笑着,但是奥古斯托可不知道她在笑。她的衣袖多数情况下都是白色的,有时也会塞在蓝色的袖套中——那是轮到奥古斯托买面包的时候,也是接近晚饭的时间,面包房门前的葡萄长了出来,她已经在帮忙收拾桌子了。然后奥古斯托轻轻地去扯她袖套和上臂接口处的带子,装作好像要扯开带子的活结一样。贝尔塔大笑,去打他的帽子,想把他的帽子从头上扯下来,奥古斯托往后一躲,小心地不让自己撞到那些手里拿着面包袋和一个硬币、不耐烦地两只脚交换重心站着排队的人。

有时候贝尔塔的下臂支在窗台上,下巴靠在手臂上。有时候她的脑袋歪向一侧的手臂,脸颊把袖口上钩针钩成的花边压得扁扁的——当所有人都已经买到面包,剩她一个人的时候,大多数情况下就会这样。有时候她坐在靠窗的长凳上,用大拇指和食指捏着一枚顶端带金属小帽子的缝衣针,缝补着白色的织物和衬衫。或早或晚,她的胳膊会露出来,腋窝处压在窗台上,在空中挥舞着双手。

　　大概还在街道拐角处,他就能听到她的声音,不管有多少人在面包房门口等着,不管她试图盖过顾客喃喃低语的叫喊声有多大。2月,当雨停了的时候,她的胳膊第一次出现在那里。奥古斯托当时正走在回家的路上。

　　"嘿,你?"她冲他喊着,好像他是那五六个一伙儿的、从小房子开着的门里相互对射的、光着脚的小伙子之一。

　　"叫我吗?"半个小时之后,当奥古斯托手里拿着一个装了两个荷兰芹面包的纸袋继续赶路时,这样回答道,完全没有他平时的机灵劲儿,"我怎么啦?"

　　"你从哪里来?"她指着排队的一个小伙子,"他从邮局来。这两个人,"她指着手拉着手的一个小伙子和一个小姑娘,"住在街角。他们的妈妈让他们来,因为今天鳕鱼干泡水要花很长时间。还有她,"贝尔塔的下巴转向一个满头白发的老妇人,而那个老妇人却摇手拒绝,把脸转向一侧,"每天都来,并且说,我不能再这么调皮了,你呢?"

　　半个小时之后,奥古斯托手里拿着荷兰芹面包,指指自己身后,一个错误的方向,这是他当时所能想到的。上完最后一节课后,他和两个同班同学一起吃了饭,抽了烟,叫嚷着把女孩子的事情抛在脑后。

　　"从学院来。"

"啊,大学生,一个迟到的大学生,其他人早就通过这里的考试了。"

贝尔塔收回手臂,到双排的玻璃后头去拿面包。奥古斯托能预先估计到而不是辨认出这一动作。他觉得她的鼻子太宽了,不太长也不大,就是鼻尖稍稍亮了点。她的头发不是黑色的,而是介于棕色和金色之间,在阳光下闪耀着红光。当然这是他之后才发现的。

他第一次见到她的这只胳膊是在2月的这天下午,天气是阴沉的,墙的深处向外透着湿气。

"你自己呢?"他的声音很严肃,好像是在责备她。

"来做客的。"

剩下的就是一个玩耐心的游戏了,他鼓起勇气。"奥古斯托·博特,"他摘下帽子,微微点了点头,"请问我有幸认识的人是谁?"

"贝尔塔·菲格罗亚。"

"菲格罗亚小姐。"奥古斯托又点了点头。

贝尔塔笑了,把顶针戴在食指上,笑着拿走了缝衣针。

"请问有幸被你访问的人是谁?"

贝尔塔笑得更开心了,笑得要噎住了。顶针响亮地落到了靠窗台的木制长椅上,"我的大姨妈。"贝尔塔问道,"你总是这样吗?"

谈话继续着,直到她姨妈从黑暗的厨房里出来。她过来站在长椅旁,问他是否要买面包,不买就建议他走。

就这样,奥古斯托买了两个面包。当她姨妈问他是否要带荷兰芹的面包时,他莫名其妙地点了点头。带着从家里带来的面包袋,他回到了自己的房间,把它藏在书房的抽屉里。面包袋一直放在那里,面包变硬了,但没有长霉,这期间他检查了很多次,直到几个星期后他妈妈在晚饭的时候说起家里有荷兰芹的味道。也许是烧酒发出的,她猜。

由此奥古斯托了解到,面包师一家是一个城市里最早吃饭的人家。每天清晨,当天还黑蒙蒙的时候,勤快的家庭主妇们不是回炉烤头一天的面包,而是拿起袋子,带着肿胀的眼袋拥进面包房来买新鲜面包,他们会在此之前吃早饭。晌午吃完午饭,贝尔塔就坐在窗户前。奥古斯托在学院上学,离她不远,直线距离最多五百米,要走的路程在七百零九和七百三十四步之间,奥古斯托数了很多次。尽管如此,他在课堂上学整个二项式的公式、周期表上的所有元素,以及"a, ab, de, cum, sine, pro, prae",还是离贝尔塔和她有活力的胳膊很远。她现在正和谁说话?谁又被她拦住了?谁知道呢。

在面包师一家5点30分吃晚饭之前,不,应该是更早,在她姨妈弯腰察看煮着土豆的、锅盖不断跳动的锅子时,贝尔塔就开始收拾长椅了。奥古斯托要等到第二天才能站在她前面,无法决定到底是选她的右眼睛还是左眼睛。

当她第一次站到他前面而不是坐在长椅上的时候,他才吃惊地发现她有多矮小,几乎才到他的胸脯。贝尔塔在姨妈家待了六周,冬天时又来了六周。当他去马德里上大学时,他每个星期天都给她写信,而她从来不回。

他第一次放假的时候,她的胳膊又出现在那里。他走在去维亚纳大街咖啡馆的路上,看到她的胳膊风姿绰约地上上下下舞动着。奥古斯托每天都给她讲马德里的事,直到她能够和他交谈。

在后来的假期中,贝尔塔的姨妈搬到坎德拉里亚住,姨父死了,面包房关门了。一天清早,奥古斯托去港口,按照她写给他的地址去找她,加拉加斯街7号。到了晚上才发现,埃普尔托根本就没有加拉加斯街。

到下一个假期,他父母给他介绍了奥尔加,他们的脸上满是期待的微笑。她爸爸和他爸爸都是医生,是牙医。对于他讲的每一个笑话,奥尔加都会笑,也允许他在黑暗中吻她,还允许他在黑暗中解开她的一颗衬衣扣子,把手伸进她的衣服里面。当他在某个时候把她按到墙上,撩起她的几层裙子时,她也没有反抗。

四个月之后,他在马德里收到一份电报,上面只有"速回家"几个字。

六周之后,奥古斯托就结婚了,四个月之后做了父亲。考试是在接下来的夏天完成的。一切看起来似乎顺风顺水,泰奥菲洛,贝尔塔的爸爸,不是在赫拉多雷斯大街的下头,而是在街头开了一家杂货店。从那以后,贝尔塔每天至少两次经过他的窗子,奥古斯托·博特每次来都会带走他身体的一小块儿,他几乎要散架。奥尔加在阵痛中躺着,每天会更痛一点。

虽然确定已经过去一刻钟时间了,但悉尼还是决定看一眼钟。德国领事已经询问过他,今天晚上他是否还有第二个约会。

上次他和布朗小姐,即埃斯特,一起交谈了几分钟,他说起自己想要写的书。本来到目前为止,这只是因布朗小姐的有趣问题而引发的模糊念头,而不是计划中的事。他要写岛上的植物、动物和自然风光,夹杂着更容易被人接受的传说和奇闻趣事。几年前,他就完成了关于本地蜥蜴的水彩画,画得尚可。关于其他插图谁来画,博宁教授应该会从自己那些有天赋的学生中挑选一个推荐给他。悉尼约了博宁教授下周见个面,今天晚上本来很想告诉她,当然最好是争取博宁教授参与到这一任务当中。出版的费用和稿酬可以让各个宾馆承担,对于它们来说,相当于在大陆做了广告。

客厅的座钟响了，时间是 8 点 30 分，悉尼知道座钟很准，但是他还没有看见布朗小姐。他向哈迪森博士表示歉意，慢慢地向门口的方向挪过去。一米一米地溜达过去，问候熟人，在经过他们的时候交谈几句，直到他走到门厅，看到西奥博尔多·穆尔正在那里接待新来的客人。

"一切都好吗？"

悉尼点点头，举起他的威士忌酒杯，和他干了干杯，很想问问他南妮在哪里。只是担心她的老板会注意到她的不守时，因此对她心生芥蒂。

悉尼又回到客厅，此时他想到她也许会走后门。厨房边的后门，他猜。可是他如何解释自己出现在那里呢？他一筹莫展。

"不，小姑娘也不需要看护。"她叫嚷着，脸颊红红的，在客人中间跑来跑去，头发上戴着从桌上的插花取下来的晚香玉和黄色的百合花，两种花混在一起，跑的时候掉了一地。悉尼肯定，掉在地毯和木地板上的花朵会被鞋跟踩碎，留下难看的污迹。好长一段时间，安黛拉的脖子上挂着一条长长的琥珀项链，这是她用眼泪、跺脚和扭曲变形的脸蛋儿让一位夫人不得不给她的。

时不时地，安黛拉会去自助餐台前用手抓沙拉吃，当她站着不动的时候，会抠鼻子，或是舔蛋黄酱。她隔着整间房子，向他招手。悉尼看她的时间有点长，他没有别的事情做，他总得看点什么吧，于是她朝他走过来。她交叠双手放在悉尼的膝盖上，再把下巴放上去，好在她很快又觉得无聊。有几次他让她去取纸巾。

更糟糕的是，她看到他站着时，就会去抱他的腿，踩在他的鞋子上，她的头只到他的大腿。他没有办法摆脱她，也不想太用力地去抓她的肩膀，免得弄哭她，惹得周围的人看过来，因为所有人都觉得可怜的、没有母亲的安黛拉是个可爱的小姑娘。每次都需要等很长时间，直到某个用人过来解救他。

最后，在9点40分的时候，他决定告诉西奥博尔多·穆尔局势是怎样的，他感到这是他的责任。但是不管是在门口、客厅、自助餐台附近，还是在暖房，都找不到他。悉尼不敢去敲关着的书房门，免得莽撞地打断一场充满信任的谈话。而在客厅里的舞池中，跳舞的人胳膊上扬，莽撞地转动着自己的身体，直到身体失去重心，被周围的人笑着扶住。

悉尼决定去问一下，穆尔先生是否进了书房、和谁一起进了书房，于是他走向他所猜测的厨房的方向。没想到，他却比预料中更早碰到了西奥博尔多，他站在通往二楼的后楼梯跟前，而就在他面前楼梯的第一个台阶上的是南妮·布朗，她没有穿大衣。很遗憾，当西奥博尔多·穆尔和悉尼互相伸出胳膊走向对方时，她转过身走上楼梯，头也没回。西奥博尔多·穆尔问悉尼是否也想喝一杯威士忌。

悉尼点了点头。

"它在我们眼前，没有尽头，就像大海一样。"接近午夜时，西奥博尔多·穆尔说。在维拉克莱维霍街的客厅里欢聚的客人举起他们手中的杯子。安达兴奋得过了头，柠檬汽水从她的杯子里溢了出来。悉尼望着南妮·布朗，她跪在孩子面前，拿一块手帕擦掉滴落在地板上的汁水。

几千米远的山上，奥尔加在给还没有名字的婴儿喂奶。一个星期之后，孩子将在圣母受孕教堂受洗，取名叫胡里奥·博特。

奥古斯托·博特亲吻着约尔格的额头，她在他的手旁又蹦又跳，因为他想出去看烟花。所有的人异口同声地说：

"为了未来！"